NAGEL & KIMCHE

Die Arbeit der Übersetzerin am vorliegenden Text wurde
vom Deutschen Übersetzerfonds gefördert.

1. Auflage 2021

Die australische Originalausgabe erschien 2020
unter dem Titel »A Room Made of Leaves«
bei The Text Publishing Company, Melbourne

Satz: im Verlag, gesetzt aus der Adobe Garamond Pro
Herstellung: JournalMedia GmbH, München
Umschlag: JournalMedia GmbH, unter Verwendung
eines Motivs von Shutterstock;
Coverdesign: © Imogen Stubbs, The Text Publishing Company
Druck und Bindung: CPI book GmbH, Leck

ISBN 978-3-312-01234-3
Printed in Germany

FSC www.fsc.org
MIX
Papier aus verantwortungsvollen Quellen
FSC® C083411

KATE GRENVILLE

EIN RAUM AUS BLÄTTERN

ROMAN

Aus dem Englischen
von Anne Emmert

NAGEL & KIMCHE

Gewidmet all jenen,
deren Geschichte totgeschwiegen wurde.

»Glaubt nicht zu geschwind!«
Elizabeth Macarthur

Ich danke den Völkern Australiens
und der Torres-Strait-Inseln, den ersten Völkern des Landes,
in dem diese Geschichte spielt, und zolle den
Ältesten früherer und heutiger Zeiten meinen Respekt.

Mein Dank gilt auch der *Darug
Custodian Aboriginal Corporation* und dem *Metropolitan Local
Aboriginal Land Council*, deren großzügige
Beratung zu meinem Projekt ich sehr zu schätzen weiß.

ANMERKUNG DER HERAUSGEBERIN

Die wahrhaft unglaubliche und kaum bekannte Geschichte von der Entdeckung der lange verschollenen geheimen Lebenserinnerungen der Elizabeth Macarthur

Bei Renovierungsarbeiten an einem historischen Haus in Sydney wurde vor einiger Zeit auf dem Dachstuhl, eingeklemmt unter einem Dachbalken, eine Blechschachtel gefunden, die mit Wachs versiegelt und in geöltes Segeltuch eingewickelt war. Bei dem Haus handelte es sich um das Cottage Elizabeth Farm, in dem Elizabeth Macarthur, Ehefrau des berühmt-berüchtigten Siedlers John Macarthur, bis zu ihrem Tod 1850 gelebt hatte. Die Schachtel, vollgestopft mit schwer lesbaren und aus Platzgründen quer überschriebenen Schriftstücken, hatte all die Jahre unbemerkt dort oben gelegen, bis sie vor Kurzem durch eine Verkettung verschiedener unwahrscheinlicher Umstände, die schon fast fiktiv anmuten, in meine Hände gelangte. Wie es sich herausstellte, sind es Elizabeth Macarthurs verschollene Lebenserinnerungen.

In diesen privaten Aufzeichnungen, die gegen Ende ihres Lebens entstanden, tritt Elizabeth Macarthur hinter den nichtssagenden Dokumenten hervor, die bisher ihr öffentliches Gesicht geprägt haben. In dem Text begegnen uns intensive Empfindungen und gefühlsgeladene Erinnerungen. Mit bisweilen erschütternder Offenheit lädt uns die Verfasserin ein, ihr direkt ins Herz zu blicken.

Die australische Geschichte handelt wie fast jede Ländergeschichte überwiegend von Männern. Nur wenige Frauen sind ihrem üblichen Los, dem Vergessen, entgangen. Eine dieser wenigen ist Elizabeth Macarthur. Trotzdem gab sie uns Rätsel auf. Ihre Leistungen sind außergewöhnlich, doch wer sie war und welche Charaktereigenschaften sie antrieben, blieb enttäuschend unklar.

Elizabeth Veale, Tochter eines Landwirts, kam 1766 in dem winzigen Dorf Bridgerule in Devon zur Welt. Als junges Mädchen wurde sie in die Familie des ortsansässigen Pfarrers aufgenommen und wuchs in einem Umfeld auf, das dem ihrer Zeitgenossin Jane Austen recht ähnlich war. Im Jahr 1788 heiratete sie einen Soldaten, und ein Jahr später brachen die beiden mit ihrem kleinen Sohn zur neu gegründeten Strafkolonie New South Wales auf. Wie eine Rosenknospe, die in der Abtrittgrube landet, geriet die vornehme junge Frau aus dem Pfarrhaus von Bridgerule auf der anderen Seite des Erdballs in eine Gesellschaft, die von Gewalt und Brutalität geprägt war.

Rätselhaft ist bereits, was sie eigentlich dazu veranlasste, Ensign John Macarthur zu ehelichen. Er war kein Charmeur. Sie selbst beschreibt ihn als »zu stolz und hochmütig angesichts unserer bescheidenen Mittel und Erwartungen«. Auch bot er keinen erfreulichen Anblick, denn sein Gesicht war von den Narben einer Pockenerkrankung in der Kindheit gezeichnet. Und er war weder reich noch angesehen: Als Sohn eines Tuchhändlers aus Plymouth konnte er außer seinem Halbsold keinerlei Einkünfte vorweisen. In Jane Austens Welt wäre eine solche Heirat wohl kaum infrage gekommen.

Eines aber sprach für John Macarthur: Die skrupellose Zielstrebigkeit, mit der er seinen sozialen Aufstieg betrieb. Dank einer erbarmungslosen Mischung aus Schikane, Schmeichelei und Schwindelei war er zehn Jahre nach seiner Ankunft der reichste und mächtigste Mann von New South Wales.

Ein Historiker nennt Macarthur bewundernd einen »Heißsporn«, eine eigenwillige Bezeichnung für jemanden, der seinen vorgesetzten Offizier im Duell anschießt und die Amtsenthebung eines Gouverneurs inszeniert. Für beide Vorfälle musste sich Macarthur in London einem Gerichtsverfahren stellen. Das erste Mal war er vier Jahre weg, das zweite Mal acht Jahre. In dieser Zeit überließ er seiner Frau in Australien die Leitung der Geschäfte.

Meiner Generation wurde beigebracht, dass »unsere Nation auf dem Rücken der Schafe reitet«, Wolle also das Fundament unserer Wirtschaft sei. Und John Macarthur gilt als »Vater der Wollindustrie«. Überall in Australien sind in Anerkennung seiner Leistungen Straßen, Schwimmbäder und Parks nach ihm benannt.

Aber die Sache ist die: Das australische Merinoschaf, auf dessen Rücken wir reiten, wurde überwiegend in den Jahren veredelt, in denen sich John Macarthur in England aufhielt. Es sieht ganz danach aus, als sei der Vater der Wollindustrie in Wahrheit die Mutter der Wollindustrie gewesen: seine Frau.

Wer also war Elizabeth Macarthur? Wie überstand sie die Ehe mit einem der womöglich schwierigsten Männern auf Erden? Wo hatte sie gelernt, einen großen Bauernhof zu führen, Schafe mit besonders feiner Wolle zu züchten und ein aus verrohten Sträflingen bestehendes Gesinde anzuleiten? Diese Aufgaben hätten wohl auch die beherzteste Austen-Heldin entmutigt.

Kommen wir nun zum eigentlichen Problem. Der Ehemann hat einen Berg von Schriftstücken hinterlassen, denen wir entnehmen können, wer er war, doch wenn wir nach Elizabeth suchen, finden wir so gut wie nichts: einige unverbindliche Briefe an Familie und Freunde in der Heimat, ein halbfertiger Bericht über ihre Schiffspassage nach New South Wales und jede Menge dröger Korrespondenz mit ihren erwachsenen Kindern. In den

Dutzenden von Briefen, die sie ihrem Mann in den beiden langen Phasen seiner Abwesenheit schrieb, dürften sich Hinweise auf ihre Persönlichkeit finden, allerdings ist nie auch nur ein einziger dieser Briefe aufgetaucht.

Die Umstände katapultierten Elizabeth Macarthur in ein Leben, das für eine Frau ihrer Herkunft und ihrer Zeit eigentlich unvorstellbar war, und sie muss bestimmte Wesenszüge besessen haben, die es ihr ermöglichten, diese Umstände für sich zu nutzen. Sie hat Generationen von Forschern fasziniert. Wie ärgerlich war es daher, nichts in der Hand zu haben, das auf ihre Persönlichkeit hätte schließen lassen – bis heute.

Die Schriftstücke in der Schachtel habe ich lediglich transkribiert. Wo die verblasste alte Tinte unleserlich war, musste ich meine Fantasie bemühen, und viel Zeit habe ich darauf verwendet, die Fragmente in der nach meinem Dafürhalten richtigen Reihenfolge zu ordnen. Doch abgesehen davon lasse ich Elizabeth Macarthur ihre Geschichte selbst erzählen. Es ist mir eine Freude und ein Privileg, ihre Worte als Erste lesen und in die Welt tragen zu dürfen.

Kate Grenville
Transkriptorin und Herausgeberin

DIE
LEBENSERINNERUNGEN
DER
ELIZABETH MACARTHUR

TEIL EINS

MEIN LIEBER SOHN JAMES hat mir für die letzten Jahre oder Monate oder jedenfalls die Zeit, die mir über meine vielen Lebensjahre hinaus noch bleibt, eine Aufgabe gestellt. Ich soll einen Bericht verfassen mit dem Titel *Die Geschichte der Macarthurs von Elizabeth Farm*. Die Rede ist von meinem verstorbenen Gemahl John Macarthur und mir selbst.

Er war kaum unter der Erde, da pries man ihn schon als Helden, auch wenn man ihn im Leben nicht hatte ausstehen können. Süß ist die Rache dessen, der den Feind überlebt, ehrfürchtig seinen Namen liest, den Blick zum Himmel hebt, einem Pfarrer gleich die Hände faltet und all die verlogenen Worte spricht.

Die Geschichte der Macarthurs von Elizabeth Farm. Bei diesen Worten fährt es mir kalt durch Mark und Bein. Schon das *die*, dieses unscheinbarste Wörtchen unserer Sprache, mutet absurd an. Wie könnte es *die* Geschichte geben? Und dem ersten Artikel, eindeutig und akkurat, folgt der nächste, nicht weniger eindeutig und akkurat.

Doch James macht es mir schwer, mich der Aufgabe zu entziehen. Sämtliche Schreibtische und Schubladen hat er durchkämmt, sämtliche Relikte der Vergangenheit geborgen, um meinem nachlassenden Gedächtnis auf die Sprünge zu helfen. Ich sehe mir diese Hinterlassenschaften mit einer gewissen Abscheu an. Irgendwann in der unvorstellbaren Zukunft wird jemand sie unter die Lupe nehmen, um ihnen die Vergangenheit zu entlocken. Ihr und Ihnen, den Leserinnen und Lesern meiner Worte, kann ich nur sagen: *Glaubt nicht zu geschwind!*

Worum handelt es sich also bei diesen Zeugnissen der Vergangenheit?

Erstens neununddreißig Briefe meines Mannes an mich.

Obwohl er doch seit zwölf Jahren unter der Erde liegt, verspüre ich beim Anblick der allzu vertrauten Schrift noch heute einen Anflug von Beklommenheit. Schon aus der Grußformel konnte ich auf den Inhalt des Briefes schließen. *Meine liebe Elizabeth. Meine liebste Elizabeth. Meine liebste Elizabeth. Meine geliebte Elizabeth. Meine liebste geliebte Elizabeth.* Es war immer dasselbe: je kunstvoller die Anrede, desto unangenehmer der Brief.

Zweitens ein Brief von Elizabeth Macarthur an ihren Mann, zwölf Zeilen, der, kurz vor seinem Tod eilig zu Papier gebracht, abgesehen von heiteren Familiennachrichten, nichts Aufschlussreiches enthält.

Drittens zwölf Briefe an Freunde und Verwandte in England, Kopien natürlich, auf deren Anfertigung der gewissenhafte Mr. Macarthur bestand. Es sind untadelige Schriftstücke, fromme beschwichtigende Lügen von vorn bis hinten, gespickt mit der einen oder anderen Übertreibung.

Viertens mein Bericht vom ersten Teil unserer Reise von England nach New South Wales im Jahr 1790. Da er zur Veröffentlichung bestimmt war, gibt er kaum etwas von mir preis.

Fünftens zwei kleine Elfenbeinminiaturen von John Macarthur und Elizabeth Macarthur. Für einen Gentleman und seine Gattin schickte es sich, ihr Porträt auf Elfenbein malen zu lassen, und Mr. Macarthur ließ sich nicht davon abschrecken, dass es in New South Wales weder Elfenbein gab noch einen Künstler, es zu bemalen. Er ließ Mr. Bullen hier vor Ort Skizzen anfertigen, um sie anschließend einem Fachmann in Mayfair zu schicken, der sie auf Elfenbein übertragen sollte. Die Porträts haben daher bestenfalls eine annähernde Ähnlichkeit. Doch um

Ähnlichkeit ging es meinem Mann auch gar nicht. Er wollte zwei kostbare Porträts im Salon aufhängen, und da fiel es nicht ins Gewicht, wenn der eine oder andere Besucher nicht recht wusste, wer da eigentlich abgebildet war.

Mr. Macarthur ließ sich von der Seite zeichnen; alles an ihm war verbrämt, verschlossen, verschlagen, ausweichend. Da ist sein arrogant vorgerecktes Kinn, die streitlustige Unterlippe, die hochmütige Kopfhaltung. Er begriff diesen Habitus als *aristokratisch* und wäre nie auf den Gedanken gekommen, dass das Porträt seine schlimmsten Charaktereigenschaften enthüllte.

Was mich betrifft, so war ich gern bereit, Mr. Bullen in die Augen zu sehen, und mit seinen Skizzen durchaus zufrieden. Mr. Macarthur aber hatte ständig etwas auszusetzen. Ich sei zu unscheinbar, mein Blick zu freimütig, das Kinn zu eckig, die Augen ein wenig scheel, der Mund zu freundlich, auf der nächsten Skizze zu unfreundlich. Der arme Mr. Bullen kratzte, radierte und begann von vorn, bis das Papier durchgescheuert war und er einen neuen Bogen nehmen musste. Als die Skizze endlich Mr. Macarthurs Vorstellungen vom Aussehen seiner Frau entsprach, bezweifelte ich, dass mich in diesem anmutigen Geschöpf, das ganz aus Locken und Grübchen bestand, noch jemand erkennen würde.

Und doch sind das die Macarthurs, die in die Zukunft reisen werden. *Wie entschlossen und gebieterisch er war!*, werden die Leute sagen. *Und ach, was für eine reizende und hübsche Frau er hatte – schaut nur, auf dem Bild könnt ihr es deutlich sehen!*

Mein erster Impuls war, alles zu verbrennen. Aber dann kam mir eine bessere Idee. Ich werde ein weiteres Schriftstück anfertigen, in dem ich die anderen Dokumente als die hochtrabende Dichtung entlarve, die sie sind. Was ich hier aufschreibe, sind die ungeschönten wahren Worte, die festzuhalten mir früher nicht möglich war.

An diesem Frühlingsnachmittag, in der geruhsamen Stunde der langen Schatten, die ich besonders liebe, blicke ich erregt und atemlos dem skandalösen Unterfangen entgegen, auf das ich mich da einlasse. Gott sei Dank habe ich ihn überlebt. Bei dem Gedanken setzt mein Herz einen Schlag aus. Wie entsetzt – oder vorgeblich entsetzt – die Leute wären, wenn sie davon wüssten. Ich aber gehe hinaus in die friedliche Abenddämmerung und sage mir: *Noch bin ich nicht tot. Ich bin noch nicht tot und kann endlich frei sprechen.*

ICH WAR KEIN WAISENKIND

Als meine kleine Schwester Grace starb, war ich fünf Jahre alt, zu jung, als dass ich das Wort *tot* schon gekannt hätte. Mir war kaum begreiflich, was eine Schwester überhaupt ist, hatte ich doch gehofft, dass dieses neue Wesen in unserem Hause, dieser selbstsüchtige Schreihals nur eine vorübergehende Erscheinung sei.

Mutters Augen waren noch verquollen von ihrer Beerdigung, als Vater demselben Leiden erlag. Auch das mussten sie mir erklären, meinten, sie erklärten es mir. *Bei den Engeln. An einem besseren Ort.*

»Nein«, schrie ich beim Anblick der Kiste, die im Wohnzimmer aufgebockt war, »wie soll er denn atmen, holt ihn da raus!«

Beim Gottesdienst rutschte ich ruhelos hin und her, erwartete jeden Augenblick, dass Vater durch die Tür käme und sich zu uns setzte. Später erzählte mir Mutter, oft mit einem bitteren Lachen, ich hätte gezappelt und gezerrt, sei zur Tür und auf die Straße gerannt, hätte ihn gesucht, nach ihm gerufen. »Niemand konnte dich beruhigen«, sagte sie. »›Vater! Vater!‹, hast du geschrien, und Mr. Bond musste mit dir nach draußen gehen. Ich habe dieses Geschrei nicht ertragen, ich wollte ja auch, dass er käme, und jedes Mal, wenn du ›Vater!‹ gerufen hast, hat mich das ins Herz getroffen wie ein Messerstich.«

Bis dahin hatte ich in den Tag hineingelebt, hatte keine Sekunde im Haus verbringen müssen. Ich fühlte mich eins mit den Feldern, mit den Tieren, die ihr Leben lebten und aufs Engste mit mir verbunden waren. Als meine Hände groß genug waren, lernte ich, eine Kuh zu melken. Es ist fast meine einzige Erinnerung an Vater, der Geruch seines Tweedanzugs, sein großer warmer Körper neben meinem, wie er mir die Hände auf das

Euter legte, meine Finger um die feuchten weichen Zitzen schloss. Ich spürte ihn vor Freude leise lachen, als ich den Kniff heraus hatte, und die Milch gegen die Innenwand des Eimers zischte.

Die Witwe des Richard Veale von Lodgeworthy Farm zu sein, stand meiner Mutter nicht gut an. Sie zerbrach an ihrem Witwenstand, aber vielleicht war sie auch nie mehr als ein Schilfrohr gewesen, das sich an ihren Mann angelehnt hatte. Sie verkümmerte, lag viel im Bett, gab sich vor dem Kamin düsteren Grübeleien hin, begleitet von Seufzern, die mich veranlassten, eingeschüchtert von dieser Verzweiflung eines erwachsenen Menschen, auf Zehenspitzen das Weite zu suchen.

Einmal hörte ich sie früh am Morgen unter meinem Fenster mit dem Pfarrer reden, leise zwar, doch ihre Worte stiegen zu mir empor.

»Ich kann nicht einmal darauf hoffen, dass ein Sohn seinen Platz einnimmt«, sagte sie. *Seinen* bezog sich auf meinen Vater.

Mr. Kingdon brummelte etwas, das ich nicht verstand.

»Bestenfalls kann ich wohl auf einen Schwiegersohn hoffen, so sie einen findet«, sagte Mutter. *Sie* bezog sich auf mich.

Mr. Kingdon muss sie mit seinem Tröstungsversuch verärgert haben – darin sind Geistliche wie er ja recht versiert –, denn als sie antwortete, klang ihre Stimme scharf.

»Nun, Sir, ich kann beten, und ich kann mich in Hoffnung und Erwartung üben. Aber vorläufig bin ich allein mit einem eigensinnigen Mädchen ohne Schönheit oder Mitgift.«

Ich hatte mich über den Fenstersims gelehnt und sorglos zugehört, ohne mich darum zu kümmern, ob sie mich bemerkten. Doch auf diese Worte hin sank ich zu Boden und kauerte mich an die Wand, machte mich so klein, wie es irgend ging. Ein *eigensinniges* Mädchen. Dieses Wort *eigensinnig* zeichnete ein Bild von mir, in dem ich mich nicht erkannte. Sicher, ich war ein aufgewecktes Kind, besaß Temperament, eine schnelle Auffassungsgabe, ein loses Mundwerk und brachte mich damit oft in Schwierigkeiten. So war ich eben. Aber nun erfuhr ich, dass ein solches Mädchen als *eigensinnig* galt. Und ein eigensinniges Mädchen – das hörte ich dem Tonfall meiner Mutter an – war unerquicklich, unliebsam, unausstehlich.

Plötzlich glühte ich vor Scham, weil ich eigensinnig war, weder Schönheit noch Mitgift besaß und niemand mich würde haben wollen. Schämte mich auch für meine Mutter, weil sie so von ihrer Tochter sprach. Ich roch den Staub in den Vorhängen und spürte die kalte Luft, die aus dem Spalt zwischen Sockelleiste und Bodendielen kam. Dieser Geruch und dieser schwache Luftzug verbinden sich noch heute mit der schrecklichen Erkenntnis, die mir die Worte meiner Mutter enthüllten: Ich war kein Waisenkind, aber obwohl sich noch ein Elternteil um mich kümmern konnte, hätte ich ebenso gut eines sein können.

GESELLIG UND GEFÜGIG

Der Bauernhof meines Vaters war ein Erbhof und ging nach seinem Tod an John Veale über, meinen Vetter zweiten Grades. Er setzte uns zwar nicht gerade vor die Tür, schickte uns aber einen Karren mit leeren Truhen und Kisten, Seilen zum Festbinden und ein paar Säcken Sägemehl für das Geschirr.

Mein Großvater hieß uns auf seinem Hof willkommen, auf dem Mutter aufgewachsen war, doch der alte Mann steckte in seinen Gewohnheiten fest. Unser Geschirr holten wir nie aus dem Sägemehl, die Truhen landeten, bis auf eine Kiste Kleidung für jede von uns, ungeöffnet in der Scheune, und so waren es Großvaters Laken, in denen wir schliefen, und Großvaters Teller, von denen wir aßen. Mutter verfügte über ein kleines Witwengeld, das sie mir später überließ. Dank dieser Summe musste sie Großvater nicht um ein Paar Stiefel für mich oder eine neue Haube für sich bitten. Doch das war nur Nadelgeld, und da Großvater es ihr einst überlassen hatte, entsprang es ebenfalls seinen wohltätigen Händen.

Ich sehnte mich nach Lodgeworthy. Kurz nach unserem Umzug kamen Mutter und ich am Hof vorbei. Ich lief zum Tor, hatte die Hand schon auf dem vertrauten Riegel. Mutter musste mich packen und wegziehen, musste mir erklären, wenn ich den Riegel öffnete und durch das Tor ginge wie tausendmal zuvor, würde man das als »unbefugtes Betreten« bezeichnen, und ich wäre so etwas wie eine Diebin. Nur auf Einladung käme ich dort noch hinein. Ich hätte keinerlei Ansprüche, sondern nur vorübergehendes Gastrecht.

So stand ich vor dem Tor, das Handgelenk im eisernen Griff meiner Mutter, und schrie. Eigensinnig, wie ich war, riss ich mich los, rannte zum Haus, während sie »Elizabeth! Elizabeth!« hinter mir her rief, und hob die Hand, um anzuklopfen. Doch noch nie hatte ich diese Tür als ein so gleichgültiges Stück Holz erlebt, nie hatte ich anklopfen müssen, damit sie sich auftat, und bei dem merkwürdigen Anblick und bei der Vorstellung, John Veales blasse unfreundliche Frau könnte aufmachen, ließ ich die Hand sinken.

Mutter wartete hinter dem Tor auf mich. Sie sah mich nicht an. Schweigend gingen wir weiter, allerdings nicht, ohne dass ich zuvor das Tor so heftig zugeschlagen hatte, dass es knackte.

Ja, ich war ein schwieriges Kind, das sehe ich heute ein. Nicht, dass ich schwierig sein wollte, ich besaß einfach einen starken Willen. Hatte ich denn nicht das Recht zu fühlen, was ich fühlte, zu sein, wer ich war?

Wie bei Unseresgleichen üblich, herrschte in unserem Haushalt bescheidener Wohlstand, gepaart mit Sparsamkeit. Großvater vertraute auf Gottes Großes Licht, das nichts kostete, und den Verzehr von Gottes Gaben: Eier der eigenen Hühner, Kohl aus dem Garten, hin und wieder ein Stück Fleisch von dem Schwein, das zu Weihnachten geschlachtet wurde.

Großvater war ein Mensch, der sich von den Dingen dieser Welt gelöst und sein Leben völlig in den Glanz von Gottes Herrlichkeit gestellt hatte. Viel Zeit wurde in der Kirche verbracht, oft war von der Vorsehung die Rede, stets erhielt der Herr tief empfundenen Dank für die Speisen auf dem Tisch. Am Sonntag zweimal Gottesdienst, jeden Abend Bibellektüre, Gebete vor dem Zubettgehen.

Trotz meiner Jugend war ich so klug, die Frage, auf die es keine Antwort geben konnte, nicht zu stellen: *Wenn Gott gut ist, warum ist Vater dann tot?* Wenn ich mit den anderen den Kopf neigte und Amen sagte, als ob ich es meinte, war das meine erste Unaufrichtigkeit. Unter den Wimpern beobachtete ich, ob auch Mutter heuchelte, ertappte sie aber nie dabei.

Doch Großvater war eine gütige Seele, und er liebte mich. Ließ mich über die Felder streifen und mit Zweigen und Blättern Verstecke bauen, in denen ich mich verkroch. Hielt mich nicht davon ab, wenn ich hinaus in den Regen lief und am Abhang hinter dem Haus stundenlang das Bächlein staute und umleitete.

»Ein sauberes Kind ist kein glückliches Kind«, sagte er, wenn Mutter schimpfte.

Großvater, der einige Morgen Land besaß, hatte von allem etwas: Gerste, Rüben, Heu. Seine Liebe galt den Schafen. Wenn er mit gebieterischem Schritt in die Herde trat, stoben die Tiere ernst und steifbeinig auseinander, doch kaum waren sie in sicherer Entfernung, sahen sie sich über die Schulter zu ihm um.

»Gott hat sie gesellig und gefügig geschaffen«, erklärte mir Großvater. »Sie sind Gemeinschaftswesen. Wir armen Sünder dagegen meinen, wir kämen mit allem allein zurecht.«

Mutter fand die Schafe dumm, aber das waren sie nicht, sie verhielten sich nur anders als wir. Ich schloss sie ins Herz, verstand und mochte sie. Wenn man nicht gegen ihr Naturell arbeitete, sondern es nutzte, waren sie folgsame Geschöpfe und alles andere als dumm. Großvater brachte mir bei, beim Treiben hinter ihnen zu bleiben und die Ruhe zu bewahren. Wenn sie sich umdrehten und mich anstarrten, sollte ich unerschrocken zurückstarren. Und ich sollte abwarten, bis sie in die gewünschte Richtung sahen, ehe ich die Schäferschippe hob, um mich größer zu machen, als ich war.

Wenn so eine Kreatur auf einen zu rannte und mit den Hufen stampfte, weil man ihrem Lamm zu nahe gekommen war, musste man sie einfach ins Herz schließen. Das Mutterschaf, das arme Ding, hatte ja keine anderen Mittel, ihr Junges zu verteidigen. Vor lauter Bewunderung für ihren Mut musste ich lachen.

»Gott mäßigt den Wind für das geschorene Lamm«, sagte Großvater, als das Tierchen stolperte, fiel und wieder aufstand.

»Denk daran, Lisbet, wenn das Leben dir seine Stürme entgegenbläst.«

Großvater brachte mir alles bei, was ich später als Frau eines Bauern können musste. Wie man buttert, wie man ein krankes Huhn heilt, wie man Schafe zählt, was deutlich komplizierter ist, als man denkt.

»Wenn du eine Herde zählst, kannst du dir nie sicher sein«, sagte er in seiner ruhigen lehrreichen Art. »Schafe haben so etwas an sich, da geht das Zählen oft schief. Zum Zählen einer Herde machst du Schlaufen in eine Schnur. Oder Kerben in ein Holz, immer eine für zwanzig Tiere.«

Um es mir zu zeigen, holte er eine Schnur aus der Tasche, entfernte die Schlaufen von der letzten Zählung und gab sie mir.

»So schaffst du das auch«, sagte er. Das Lächeln, die Zärtlichkeit waren seiner Stimme anzuhören.

Großvater war ein Bauer, der, wie es hieß, die *Zucht verbesserte,* und als ich noch klein war, dachte ich, das habe mit der Züchtigung eigensinniger Kinder zu tun und mit seinem unerschütterlichen Glauben daran, dass Unser Herr alles zum Besseren richte. Wie ich heute weiß, verkörperte er ungeachtet seines Alters einen neuen Typus Landwirt. Mit *verbessern* war die Veredelung durch Zucht gemeint. Daher herrschte große Aufregung – sogar der zurückhaltende Großvater war aus dem Häuschen –, als er einem gewissen Mr. Bakewell einen Schafbock abkaufte. Ehe ich das Tier zu Gesicht bekam, dachte ich, es handle sich womöglich um ein Kuchenschaf oder vielleicht eine Schafspastete, jedenfalls etwas Gutes zu essen, und war enttäuscht, als es Wolle und Hörner hatte wie jeder andere Widder auch. Der Karren wurde von einem Mann namens Hale gebracht, der den Bock am Strick durch unser Tor führte wie einen Prinzen. Ich streichelte unterdessen den Hund, den er mitgebracht hatte.

»Pass auf mit dem, Kindchen«, rief Mr. Hale. »Wenn du stehen bleibst, pinkelt er dir ans Bein.«

Ich hielt das für einen hübschen Scherz, doch an Großvaters strenger Miene konnte ich ablesen, dass er Mr. Hale ordinär fand.

Großvater hielt den Kopf des Widders an den Hörnern hoch, und Mr. Hale, von dem aus meiner Perspektive nur der Hut zu sehen war, beugte sich über das Tier, zog mit den großen groben Händen den Pelz auseinander und brachte unter dem grauen Filz die cremeweiße Wolle zum Vorschein.

»Was halten Sie von einem Dutzend solcher Kerle«, sagte er, »wenn er erst mal seinen Zipfel in Ihre hübschen Ladys gesteckt hat?«

»Vorsicht«, sagte Großvater. »Hüten Sie Ihre Zunge, Mr. Hale, wenn ich bitten darf. Haben Sie denn die junge Dame hier nicht gesehen?«

Diese Bemerkung fand ich gleich in doppelter Hinsicht erstaunlich: Zum einen bargen Mr. Hales Worte, deren Bedeutung mir ein Rätsel waren, offenbar etwas Lasterhaftes, und zum anderen war ein Mädchen von neun Jahren eine *junge Dame,* die vor der Bedeutung dieser Worte geschützt werden musste.

Mr. Hale warf mir einen kurzen Blick zu und war wohl ebenso erstaunt wie ich, dass dieses schmuddelige Kind mit schlammverklebtem Rocksaum eine *junge Dame* sein sollte. Dann unterhielt er sich murmelnd mit Großvater über Flocken und Wollfett. Ich schwang derweil auf dem Tor hin und her, hin und her, und kratzte mir am untersten Holm den Schlamm von den Stiefeln, bis die Matschklumpen sauber aufgereiht auf dem Boden lagen, was allerdings zwecklos war, denn sobald ich vom Tor sprang, wären die Stiefel gleich wieder matschig. Die fahle Frühlingssonne, die blökenden Lämmer auf der Weide, Großvater, der gedämpft mit Mr. Hale plauderte, der Schafbock, der starren Blickes darauf harrte, freigelassen zu werden: Diese Erinnerung ist nach siebzig Jahren so deutlich, als wäre es gestern gewesen.

Als Mr. Hale gefahren war, standen Großvater und ich in der wogenden Herde zwischen den blökenden Schafen, und er erklärte mir, warum er für den Bock fünfzehn Guineen ausgegeben hatte, für das Ohr eine gewaltige Summe, wo doch der Widder für das Auge aussah wie jedes andere Schaf. Dieser Bock habe *wunderbare Lebenskraft* und *hervorragendes Vlies*, sagte Großvater, er sei *ein schönes robustes Tier.* Wenn er ihn über die Mutterschafe lasse, trügen die Lämmer, die sie warfen, seine Lebenskraft, das hervorragende Vlies und die Robustheit in ihrem Blut. Dann gelte es, etwas zu machen, das er *Inzucht* nannte, das heißt, man suchte im Frühling die besten Lämmer heraus und paarte sie mit diesem kräftigen Bock und auch untereinander. Dabei müsse ein neuer Schafbock entstehen, und dann höre man mit der Inzucht auf, damit das Blut nicht zu dünn werde.

Als ich das alles begriffen hatte, war ich hingerissen. Mir kam es vor, als blicke man die Zukunft: Man sah, was zehn Jahre später geschehen würde, wenn man einen bestimmten Weg beschritt, und überlegte, ob es womöglich besser wäre, einen anderen zu wählen.

Was mir, da ich diese Zeilen schreibe, nicht nur für das Leben schöner kräftiger Schafe zutreffend erscheint, sondern auch für das der Menschen.

NICHT ALLZU KLUG SEIN

Mit Reverend Kingdons Tochter Bridie war ich seit frühester Kindheit befreundet. Lodgeworthy lag am Fuß des Hügels am Fluss, das Pfarrhaus oben auf dem Hügel neben der Kirche. Bridie und ich waren fast jeden Tag zusammen, und nachdem meine Mutter und ich zu Großvater gezogen waren, blieb ich oft über Nacht, weil das Pfarrhaus ein gutes Stück Weg vom Haus meines Großvaters entfernt lag. Es war einfacher, mehrere Nächte bei den Kingdons zu verbringen, als immer wieder nach Hause zurückzugehen. Bridie und ich teilten uns das Himmelbett in ihrem Zimmer, Mrs. Kingdon deckte uns zu und blies die Lampe aus. Für mich war es, als hätte ich eine Schwester.

Mr. Kingdon, der in Oxford studiert hatte, hielt Wissen für ebenso wichtig wie Speis und Trank. Er schickte seine Söhne auf die Schule fort, und obwohl er für Mädchen einen Schulbesuch nicht als notwendig erachtete, verwendete er viel Mühe auf Bridies Bildung. Dabei stellte er fest, dass sie in Begleitung einer Freundin besser aufpasste. Ich lernte schnell, schneller als Bridie, um ehrlich zu sein, und Mr. Kingdon fand Gefallen an meiner Auffassungsgabe. Lesen, schreiben, die Grundrechenarten, die englischen Könige und Königinnen, die wichtigsten Flüsse der Welt in alphabetischer Reihenfolge, und Latein, allerdings nur so viel, um den Wahlspruch der Kingdons unter dem Familienwappen zu lernen: *Regis donum gratum bonum.*

Mr. Kingdon zeigte sich erfreut über meine Fortschritte, doch als er mich eines Tages in seinem Arbeitszimmer zur Seite nahm, mir eine Liste von Wörtern gab und mich bat, sie eins nach dem anderen zu lesen, schien mir Vorsicht geboten. Woher ich das wusste? Was wusste ich überhaupt?

Ich hätte es damals nicht begründen können und kann es auch heute nicht, jedenfalls aber beschloss ich, ihm nicht zu zeigen, wie gut ich lesen konnte. Die ersten Wörter, die er mir vorlegte, waren leicht, leicht, leicht. Bridie hätte diese Wörter ebenso gut gelesen wie ich. Dann wurde es schwerer. Ich las weiter, jedoch langsamer. Auf Mr. Kingdons Seite spürte ich eine komplizierte Gefühlsmischung: Neugier, Wohlgefallen, Genugtuung, aber auch noch etwas anderes. Als ich daher zu dem Wort *Colonel* kam, ein merkwürdiges Wort, nun, da ich es hier aufschreibe, stockte ich.

»Das kann ich nicht lesen«, sagte ich, obwohl ich das Wort so gut beherrschte wie die leichten davor.

Mr. Kingdon wirkte beruhigt, nachgerade erleichtert. Ich war enttäuscht, er hätte mein Unwissen nicht so einfach hinnehmen dürfen. Fast hätte ich gesagt: *Oh, jetzt sehe ich es, das heißt Colonel!* Doch ohne, dass es mir jemand hätte erklären müssen, wusste ich schon als Kind, dass es zu meinem Besten war, nicht allzu klug zu sein.

EINEN SCHAFBOCK ZU KAUFEN

Dann kam John Leach, um meinem Großvater einen Schafbock abzukaufen, und hätte es nicht angefangen zu schütten, so hätte er den Bock gekauft und wäre von dannen gefahren. So aber nahm Großvater ihn mit ins Haus, damit er mit uns beim Abendessen das Gewitter abwarten konnte. Wie es sich herausstellte, kannte John Leach Mutters Vetter in Taunton und war Vater einmal in Holsworthy begegnet. Nicht einmal einer Elfjährigen entging, wie heiter meine Mutter seine Freundlichkeit stimmte. Dieses Kind konnte sich indes nicht für ihn erwärmen, mochte nicht, wie er ihre Mutter umgarnte, antwortete mürrisch und missmutig, wenn er ihr schmeichelte, sich jovial nach ihrem jungen Hund und ihrer Handarbeit erkundigte. Immerhin war dieser große rotgesichtige Mann gekommen, einen Schafbock zu kaufen, den er auf seinen Karren packen würde, ehe er mit ihm davonfuhr: Wozu sollte sich ein kleines Mädchen da um Höflichkeit bemühen?

Bis John Leach zu Besuch kam, ohne einen Schafbock zu kaufen.

Der Witwer John Leach, der vermutlich eine Frau brauchte, die ihm den Haushalt führte und das Bett mit ihm teilte, hatte ein Auge auf die Witwe Grace Veale geworfen. Ich kann mich weder an Gespräche über meine Rolle in diesem Arrangement erinnern, noch – und das mag ein Glück sein – an beschönigende Erklärungen dafür, warum es für mich in der neuen Ehe keinen Platz gab. Mutter teilte mir mit, sie und Mr. Leach würden in sein Haus in Stoke Climsland ziehen, ich aber würde bei Großvater bleiben.

»Welch wunderbare Aussichten für dich, Liebling«, rief sie. »Was für ein Glück du hast! Da kannst du mit deinem Unterricht fortfahren!«

Das war freilich nur ein Vorwand dafür, mich zurückzulassen. Mr. Leach und ich glichen zwei Hunden, die sich mit gesträubtem Fell gegenüberstehen. Natürlich wollte ich meine Mutter für mich behalten. Und Mr. Leach drängte es nicht danach, sein Leben mit einem Mädchen zu teilen, das größenwahnsinnig war von all dem Wissen, das der Pfarrer ihr hatte angedeihen lassen, einem Mädchen, das in seinen Augen verwöhnt und faul war, im Pfarrhaus allerlei Allüren und Attitüden angenommen hatte und das es gewiss nicht danach drängte, im Morgengrauen aufzustehen und die Kühe zu melken.

Und es stimmte ja auch: Ich verspürte keinerlei Wunsch, bei Mr. Leach zu wohnen, fürchtete, er würde mir jeden Bissen seines Essens vorzählen und bei meiner Mutter anmahnen, dass ich endlich die Nase aus dem Buch nehmen und meine Arbeit erledigen müsse. Trotzdem tat sich in mir eine große Leere auf, hatte meine Mutter doch eine Entscheidung getroffen, die mich nicht mit einschloss. Das eigensinnige Mädchen war unerwünscht.

Auf der Hochzeit stand ich mit einen Blumenstrauß in der Hand neben Großvater und den anderen Gästen, und wir warfen Reis auf meine Mutter. Eine Handvoll – wie der Zufall es wollte, aus meiner Hand – traf sie an der Wange. Sie zuckte zusammen und starrte mir so unverwandt ins Gesicht, wie ich es selten erlebt hatte. Da bestätigte sich für mich eine Ahnung: Meine Mutter mochte mich nicht besonders. Vielleicht glaubte sie, mich zu lieben, denn welche Mutter liebt ihre Tochter nicht? Doch an diesem ungeschützten Blick war deutlich abzulesen: Sie konnte mich nicht leiden.

An diesem Nachmittag fuhren John Leach und Grace Leach in ihrem Gig davon, unter lautem Klappern, weil an einem Rad eine Speiche gebrochen war. Ich sehe es noch vor mir, das zersplitterte Holz, das ich lächelnd und winkend fixierte, um zu verdrängen, dass ich soeben Abschied von meiner Mutter nahm. Stoke Climsland war nicht furchtbar weit, nicht so weit wie Bath oder Plymouth, doch von jenem Tag an hätte sie auch am anderen Ende des Erdballs wohnen können.

Bald wurde sie Mutter einer weiteren Tochter, Isabella Leach. Isabella war die Verzahnung, die das neue Gefüge ein für alle Mal in seine Form presste.

Ich aber hatte Großvater, der mich liebte und mit einem gutmütigen Lächeln zusah, wie ich meine ersten Schafe schor. Ich führte die Schere, wie er es mir gezeigt hatte, bis zwei getrennte Teile vor mir lagen: ein kahles, knochendürres geschrumpftes Tier und daneben ein Haufen Fell.

KLEIN ZUSAMMENGEFALTET

Ohne größere Ankündigung kam es dazu, dass ich zu den Kingdons umzog.

»Dein Großvater ist alt«, sagte Mr. Kingdon.

Eine genauere Erklärung erhielt ich nicht. *Aber Großvater ist doch schon immer alt gewesen,* wollte ich sagen. Doch Mr. Kingdon, mit den strengen, ehernen Falten im frommen Gesicht, widersprach man nicht.

»Sei herzlich willkommen, Elizabeth«, sagte Mrs. Kingdon. »Wir freuen uns, dich in unsere Familie aufzunehmen.«

Bei den Kingdons war es völlig undenkbar, in einem alten Schürzenkleid in Matsch und Mist herumzutollen oder mir abzuschauen, wie man einen Widder festhält, ohne von den Hörnern gestoßen zu werden. Das Leben im Hause der Kingdons war anders als meine Besuche dort. Eine junge Lady, die im Pfarramt wohnte, machte sich die Hände nicht selbst schmutzig, sondern überließ das anderen. Ihr Alltag bestand nicht aus Schafen und Hühnern, sondern aus französischen Nähten, Hohlsäumen und Stickarbeiten.

Auch das Verhältnis zu Bridie veränderte sich. Da ich nun als ihre Beinahe-Schwester mit ihr im Pfarrhaus lebte, vermied ich jeden Streit, denn was hätte aus mir werden sollen, ohne Schönheit, ohne Geld und praktisch ohne Familie? Wo sollte ein Mädchen hin, das, wie ich es empfand, gleich mehrmals im Stich gelassen worden war, erst vom Vater, dann von der Mutter und zuletzt vom Großvater?

Ich musste vorsichtig sein und mied fortan ängstlich jeden Fehltritt. Dabei forderte meine neue Umgebung Fehltritte nachgerade heraus. Ich hütete meine Zunge, um die Kingdons nicht etwa mit dreisten Worten auf den Gedanken zu bringen:

Oh je, vielleicht ist sie es doch nicht wert.

Wachsamkeit ging mir in Fleisch und Blut über und brachte eine neue Unentschlossenheit mit sich. Die tapfere Kleine, die der Großvater mit einem Lächeln ermuntert hatte, duckte sich nun vor jedem Donnerschlag und ließ sich von unwichtigen Entscheidungen in tiefe Verwirrung stürzen. Ich verwandelte mich in ein junges Mädchen, das sich nicht vollständig von sich gelöst haben mochte, jedoch auch nicht gänzlich sie selbst sein konnte. Ich war verbindlicher, liebenswürdiger, hatte mich klein zusammengefaltet und sorgfältig versteckt, sodass niemand mich sehen konnte.

GOTTES UNBEGREIFLICHE SCHÖPFUNG

Ich war zwölf, als ich zu den Kingdons zog, Bridie ein paar Monate älter. Mrs. Kingdon nahm uns zur Seite und kündigte an, bald schon werde unsere *Monatszeit* kommen, wie sie sich ausdrückte. Sie war so verlegen, dass sie verärgert klang, als sie nach einem besseren Wort für *Blut* suchte. Erklärte uns, was wir mit den Lappen machen sollten.

So naseweiß wir auch waren, verschlug uns das nun doch die Sprache. Unfassbar, dass zwischen unseren Beinen etwas – Blut! – ausfließen würde und unter dem Rock mit diesen Stofffetzen aufgefangen werden musste, die wir anschließend an John und Amos vorbei heimlich zu Mary bringen sollten, damit sie sie auswusch und uns für den nächsten Monat wieder in die Kommode legte.

»Jeden Monat?«, fragte Bridie. Ihre Stimme quiekte vor Entsetzen. »Wirklich jeden Monat?«

»Ja, Liebes«, sagte Mrs. Kingdon. »Wenn es ausbleibt, erwartest du ein Kind.«

Sie seufzte.

»Gottes Schöpfung ist uns nicht immer begreiflich«, sagte sie. »Aber es ist eine Wonne, ein Kind zu bekommen, und ohne diese Sache gibt es keine Kinder.«

Als Bridie und ich in den Obstgarten gingen, sahen wir einander nicht an. Schließlich sprach sie aus, was ich dachte.

»Das macht mich ganz krank, allein schon der Gedanke«, sagte sie. »Mir wird das nicht passieren.«

Ihrem Tonfall war anzuhören, dass sie ihren eigenen Worten glaubte und sich damit tröstete. Mir gelang das nicht, und in einem Anflug von Gehässigkeit wollte ich auch ihr den Trost nehmen.

»Dann wirst du niemals Kinder bekommen«, sagte ich.

Wir kannten beide die arme Mrs. Devereaux im Dorf, die verheiratet, aber kinderlos war, und wussten, welches Elend sie umgab. Die Leute redeten über sie, als wäre sie blind oder missgebildet.

»Ja«, sagte Bridie. »Was wäre so schlimm daran?«

Doch als sich unsere Blicke trafen, bemerkte ich die Angst und Verzweiflung in ihren Augen. Angesichts dieser Wahl, die keine Wahl war, erging es mir nicht anders.

Später im Bett merkte ich, dass Bridie wach lag. Wie ich grübelte sie darüber nach, dass wir die geborgene Kindheit nun hinter uns ließen und die offene See des Frauseins ansteuerten.

»Ich werde nie heiraten«, sagte sie in die Dunkelheit hinein. »Bist du wach, Lisbet? Ich werde nie heiraten.«

Sie lachte das wilde Lachen, das im Wohnzimmer niemand je zu hören bekam; ich war die Einzige, die es kannte. Wenn sie ihr Salongekicher zum Besten gab, bewunderte ich sie für diese glänzende Darbietung, denn ich wusste ja, dass sie in Wahrheit ein völlig anderer Mensch war.

Gleichzeitig hatte ich Angst um sie und auch um mich, denn wie sollten wir ein ganzes Leben lang eine Lüge aufrechterhalten?

»Dann wird eine alte Jungfer aus dir«, sagte ich.

Es folgte ein langes Schweigen.

»Ja, eine alte Jungfer«, sagte sie. »Ein Fräulein. Eine Nonne, eine Hexe. Die Hexe von Bridgerule.«

Draußen ertönte der geheimnisvolle Ruf einer Eule.

»Ich glaube, du bist mutiger als ich«, sagte ich.

Doch ich hatte die Worte noch nicht ausgesprochen, als Bridie einfiel, die Stimme heiser vor Erregung: »Gibt es vielleicht noch einen anderen Weg?«

Wieder klagte die Eule, und ein Zweig des Baums schlug an unser Fenster. Wir hatten nur noch ein paar Jahre, dachten wir beide, dann war jede von uns entweder vermählt oder eine elende alte Jungfer.

»Witwe ist auch eine Möglichkeit«, sagte ich. »Besser als Ehefrau oder alte Jungfer, wenn es sich einrichten lässt. Schmerzlos natürlich.«

Sie lachte wieder, ein heiseres Bellen diesmal.

»Ja«, sagte sie, »und Schwarz ist so kleidsam.«

Ich sah es vor mir wie einen heiteren Kupferstich im Rahmen: die Witfrauen von Bridgerule, geschäftig in ihren schwarzen Kleidern, glücklich an den Gestaden des Witwenstandes angelandet. Doch da war meine Mutter, die der Witwenstand nicht befreit, sondern niedergedrückt hatte. Sie hasste die Trauerkleidung, wie sie mir einmal gestand, fand es schrecklich, wie die Ehefrauen sie mitleidig oder, schlimmer noch, misstrauisch beäugten und sich fest bei ihren Ehemännern unterhakten.

»Wir könnten eine Schule aufmachen«, sagte Bridie. »Miss Veale und Miss Kingdon mit ihrer kleinen Schule auf dem Hügel, geliebt von ihren Schülerinnen, die sich fragen: ›Was haben wir nur gemacht, als es die Schule auf dem Hügel noch nicht gab?‹ Das könnten wir doch machen, Lisbet. Andere machen das auch.«

»Ja«, sagte ich. »Das könnten wir machen.«

Allerdings war das, wie wir beide wussten, keine Möglichkeit, sondern nur ein tröstlicher Gedanke.

Ich erinnere mich gut an Bridie, die seit dreißig Jahren tot ist, die einzig wahre, die allerbeste Freundin, die ich je hatte. Ich weiß noch, was wir in der dunklen Wärme jenes Bettes alles miteinander machten, Bridie mit mir, ich mit Bridie, wir beiden zusammen. Wir sprachen nie darüber, hatten keine Worte dafür, schämten uns auch nicht deswegen. Das machten zwei Menschen eben miteinander. Es war völlig selbstverständlich, eine Befriedigung, so natürlich und unschuldig, wie wenn man isst, um den Hunger zu stillen, oder trinkt, um den Durst zu löschen.

WIR SAHEN ES ÜBERALL

Nun, da wir Frauen waren, sahen wir es überall. Der Rüde, der sein glänzendes kleines Ding zeigte und wieder verbarg, der völlig außer sich geriet, wenn die Hündin läufig wurde, und mit allen Mitteln versuchte, zu ihr zu gelangen. Der Bock, der das Schaf anstupste und beschnupperte, während es unbeteiligt mit gesenktem Kopf neben ihren Schwestern graste, als wolle es sagen: *Oh, wir sind viel zu beschäftigt.* Der Bock, der das Schaf besprang, sich festklammerte. Kurz darauf war es vorüber, das Schaf rupfte immer noch Gras.

Bridie war die Frechere von uns beiden. Was ich nur dachte, sprach sie aus.

»Also ehrlich, Lisbet«, sagte sie auf ihre trockene Art, »wenn das so abläuft, kann ich gut darauf verzichten.«

Troilus und Cressida, Romeo und Julia begegneten uns in Bridgerule nicht. Wir konnten es beobachten: Ein Mann vergnügte sich nach Möglichkeit mit einer Frau, egal welcher Frau. Und eine Frau heiratete nach Möglichkeit einen Mann, egal wie er war, Hauptsache, er konnte ihr eine Zukunft bieten. Nur in Büchern wurde geschwärmt und geschmachtet. Da heirateten die Liebenden auf der letzten Seite, und was danach kam, blieb im Dunkeln. Wir lasen diese Bücher genau, doch als Leitfaden für Mädchen, die erkunden wollten, was ihnen bevorstand, eigneten sie sich nicht.

Bridie mochte, zumindest, wenn sie mit mir allein war, forsch daherreden, aber sie hatte ja eine Mutter und einen Vater, die sich um sie kümmerten, Brüder, die sie beschützen würden, und eine stattliche Mitgift von Mr. Kingdon, die sie zur rechten Zeit erhalten würde. Bridie und ich mochten zusammen lachen, doch mein Lachen klang hohl. Ich war nicht schön. Ich hatte keine Familie, keine Mitgift, keinerlei Beziehungen zu einflussreichen

Persönlichkeiten. Mein einziger Besitz in dieser Welt war meine Jungfräulichkeit. Mehr konnte ich nicht bieten. Und mir schwante, dass ich mit diesem Einsatz das denkbar beste Geschäft machen musste, denn wenn ich ihn verlor, blieb mir nichts.

Als wir zu jungen Damen heranwuchsen, machten uns junge Männer ihre Aufwartung. Offiziere aus der Kaserne in Holsworthy, Lehrer von der Schule, die Bridies Brüder besuchten, etliche Vikare. Diese Männer sprangen auf, wenn wir den Raum betraten. Wenn wir gingen, sprangen sie wieder auf, um uns die Tür zu öffnen, als wären wir unfähig, den Türknopf zu drehen. Wenn wir über die Wiesen spazierten, setzten sie über den Zaun und halfen uns, indem sie uns bei der Hand nahmen und einen Arm um die Taille legten. Wären die voluminösen Unterröcke nicht gewesen, die Schals, die uns von der Schulter rutschten, das Gebot des Anstands, das jede natürliche Bewegung verhinderte, hätten wir keine Hilfe nötig gehabt. All die vollendete Höflichkeit, all die galanten Gemeinplätze konnten nicht das Mysterium überdecken, das sich da zwischen unseren Beinen verbarg und so wertvoll war, dass man uns deswegen zu Gefangenen machen musste.

Wertvoll oder gar gefährlich? Das war nicht ganz klar.

Mit keinem dieser Männer waren wir jemals allein, eine Frau und ein Mann. Stets führte man seichte Gespräche in Begleitung anderer. Von Streifzügen, wie Bridie und ich sie als Kinder über Felder und Wege unternommen hatten, wurde uns abgeraten, es sei denn, einer von Bridies Brüdern streifte wie durch Zufall in dieselbe Richtung.

»Bridget, du bist jetzt eine Frau«, mahnte Mrs. Kingdon mit mildem Tadel, nachdem wir uns eines Morgens davongestohlen hatten. »Elizabeth, du auch. Ich muss es so deutlich sagen: Es gibt Männer, die junge Mädchen ausnutzen.«

»Ausnutzen«, sagte Bridie. »Mutter, wie denn?«

Mrs. Kingdon zögerte. Ihr Zögern war nicht der Scheu geschuldet, uns alles zu erklären, denn ihre Sorge überwog die Scheu. Das Problem lag nicht in den guten Sitten, sondern in den richtigen Worten, oder besser gesagt, dem Fehlen selbiger.

»Ihr habt doch gewiss schon gesehen«, sagte sie schließlich, »dass die Bauern die Schafböcke von den Mutterschafen trennen. Sie lassen nur den Bock zu den Schafen, den sie ausgewählt haben. Der Bock ist nicht so wählerisch. Der geht zu jedem Schaf, wenn er die Gelegenheit hat.«

Sie nahm mit der einen Bridies Hand, mit der anderen meine.

»Ihr Mädchen seid kostbar. Euer künftiges Glück hängt davon ab, dass ihr euch nicht in Gefahr bringt. Versteht ihr das, ihr Lieben?«

Nicht so richtig, um ehrlich zu sein.

»Ob kleine Jungs auch ausgewählt werden wie Lammböcke?«, sagte Bridie an diesem Abend im Dunkeln. »Ich glaube nicht, hätte ich sonst sechs Brüder?«

»Nein«, sagte ich. »Oder irgendwie doch. Der mit dem meisten Geld kann sich die Frau aussuchen.«

»Und was für eine sucht er sich aus?«, fragte sie und fügte die Antwort gleich hinzu. »Eine reiche oder eine gut aussehende Frau. Beides trifft auf uns nicht zu.«

Sie machte ein Geräusch. Lachte sie, oder schluchzte sie?

»Sie schauen sich uns genau an«, sagte Bridie. »Prüfen uns von oben bis unten, besonders unsere … Reize.«

»Und was ist mit uns«, sagte ich, »prüfen wir ihre Reize auch?«

Denn die Männer hatten so eine Art, dazustehen mit ihren blassen hellen Hosen, einen Ellbogen auf den Kaminsims gestützt, den maßgeblichen Körperteil eingerahmt von den dunklen Schößen ihres Rocks.

»Ich sehe mir das Gesicht eines Mannes an«, sagte Bridie. »Sehe nach, ob … ich weiß auch nicht. Ob er auf etwas anderes achtet als auf meine Reize? Ob er sich für mich interessiert?«

»Für dich interessiert!«, wiederholte ich.

Das Bett bebte erst unter ihrem, dann auch unter meinem Gelächter. Ein Mann, der sich für uns interessierte! Das war so lustig, dass wir lachten, bis das Bettgestell wackelte. Mr. und Mrs. Kingdon, die in ehelicher Innigkeit im Zimmer unter uns lagen, konnten uns womöglich hören, und bei diesem Gedanken verstummten wir.

Ein Vater – vorausgesetzt, er wäre zugänglicher gewesen als Mr. Kingdon – hätte sich womöglich leichter getan. Ein Vater hätte schonungslose Worte finden können. *Sie schmeicheln euch,* hätte ein Vater sagen können. *Sie seufzen beim Anblick eurer Schönheit. Glaubt ihnen keine Sekunde. Lasst sie auf keinen Fall in euch eindringen, denn das ist das wahre Ziel ihrer Schmeicheleien. Lacht,* hätte solch ein Vater gesagt. *Bleibt unter allen Umständen freundlich, aber lacht ihn aus.*

SCHAFSCHWINGEL

Mr. Macarthur lernte ich an dem Tag kennen, an dem ich Taufpatin für das Neugeborene der Kingdons wurde, ein süßes Kind, das sie nach mir benannten. Diese Idee kam von der guten Mrs. Kingdon, die mich auf diese Art noch enger in das geborgene Umfeld ihrer Familie einbinden, mir ein wenig mehr Gewicht geben und meine Aussichten verbessern wollte. Bridie und ich waren zweiundzwanzig. Mrs. Kingdon sah glasklar, was uns entging: Die Jahre verflogen immer schneller.

Captain Moriarty legte mit seinem Freund Ensign Macarthur den Weg von der Kaserne in Holsworthy zu Fuß zurück, um der Taufe beizuwohnen. Der Captain war ein gut aussehender heiterer Mann, ein entfernter Verwandter der Kingdons, und offensichtlich galt sein Besuch an jenem Tage Bridie. Sie war wie ich keine Schönheit, doch Mr. Kingdon hätte einen durchaus nützlichen Schwiegervater abgegeben. Mir schien, Captain Moriarty gefiel sich in seiner Großzügigkeit, sich der reizlosen Miss Kingdon als Geschenk anzudienen.

Bei Tisch saß er eng neben Bridie, und ich beobachtete, wie er ihr unter dem Vorwand, das Stuhlbein von der Teppichkante zu schieben, noch näher auf den Leib rückte. Beim Anblick Captain Moriartys, der sie musterte wie die Männer, die Großvaters Schafböcke begutachteten, schwante mir, dass Bridie und ich nicht mehr lange zusammen sein würden.

Mr. Macarthur hatte seinen Freund begleitet, damit dieser sein Glück bei Bridie versuchen konnte, und unser aller Aufgabe war es nun, ihnen die Möglichkeit der Selbstdarstellung zu geben. Mrs. Kingdon schenkte Tee ein und wandte sich dem zu, was sie besonders gut beherrschte: dem Tanz der Konversation.

»Miss Veale befasst sich mit dem Studium der hiesigen Gräser und Wiesen«, sagte sie und lächelte mich an, warf dann aber

Mr. Kingdon einen unsicheren Blick zu. Sie mochte sich fragen, ob das Studium des Weidebewuchses – das deutlich weniger damenhaft war als andere Wissensgebiete – einen falschen Eindruck von Bridies Freundin und somit von Bridie selbst vermitteln könnte.

Ich lächelte Captain Moriarty und Mr. Macarthur an, nicht, weil sie mir gefallen hätten, sondern weil ich die freundliche Mrs. Kingdon unterstützen wollte.

»Ja, das stimmt«, sagte ich. »Aber das betrifft natürlich nur unsere heimischen Gräser in Devon, Schafschwingel und dergleichen.«

Sogleich überfiel mich die Sorge, meine Worte könnten wie ein milder Tadel klingen und nahelegen, dass ich mich gegen Mrs. Kingdons Lob verwehrte. Schon drohte aus dem Tanz ein Gestolper zu werden. Doch meine Bedenken und Zweifel wurden wie Mrs. Kingdons Bedenken und Zweifel von Captain Moriarty weggewischt, der, wie es sich herausstellte, mehr über Gräser wusste als alle anderen im Raum.

Er spreizte die Beine, als spreche er ein großes Publikum an, und hob einen Finger in die Luft.

»Ah ja, Miss Veale, *Festuca ovina,* Echter Schafschwingel. Ich frage mich, ob Sie wohl auch mit dem etwas selteneren Brutknospenschwingel vertraut sind?«

Vom Brutknospenschwingel hatte ich natürlich noch nie gehört und räumte das auch sogleich ein, woraufhin Captain Moriarty uns mit seinem umfassenden Wissen zu dem Thema beglückte. Mr. Kingdon, Mrs. Kingdon, Mr. Macarthur, Bridie und ich hörten nickend zu, und als Captain Moriarty sämtliche Punkte an den Fingern abgezählt hatte, war Miss Veales kleines Studium der heimischen Gräser nur noch ein winziger Klecks am Gesprächshorizont.

Der vielsagende Blick, den Bridie und ich wechselten – *Was für ein Windbeutel!* – schenkte uns sinnlose Genugtuung. Dann strich sich Bridie die Locke aus dem Gesicht, die ihr gern wie eine kesse Widerrede über die Schläfe fiel, stellte völlig geräuschlos die Tasse ab und rückte dabei noch ein kleines Stückchen näher an Captain Moriarty.

Dieser Blick zwischen uns tröstete mich, und trotzdem war ich in diesem Augenblick unendlich einsam, und von jenem Tag an stand eine Befangenheit zwischen Bridie und mir. Wir hatten diesen Blick getauscht, konnten jedoch nicht aussprechen, was wir beide wussten: Auch wenn Captain Moriarty ein langweiliger Klugschwätzer war, würde Bridie Ja sagen, wenn er sie fragte. Wie jede andere Frau konnte sie es sich nicht leisten, auf Troilus oder Romeo zu warten.

NATÜRLICH EIN GENTLEMAN

Wenn Bridie und Captain Moriarty im Salon saßen oder durch den Garten spazierten, hielten sich Miss Veale und Mr. Macarthur daher stets in der Nähe auf und betrieben lebhaft Konversation, in deren Windschatten unsere Freunde zu einem Einverständnis gelangen konnten.

Mr. Macarthur war ein garstiger und kaltherziger Zeitgenosse. Er hatte nichts Freundliches oder Angenehmes an sich. Mit seiner verdrießlichen Oberlippe glich er einem launischen Knaben, und eine Pockenerkrankung in der Kindheit hatte zahlreiche Narben hinterlassen. Seine Augen wirkten wie willkürlich im Gesicht verteilt, standen zu weit auseinander, eins höher als das andere. Zudem war er hochmütig und blickte sich mit abschätzig verzogenem Mund um, als lasse Mr. Kingdons Salon zu wünschen übrig.

Dabei stand ihm Überlegenheit wahrlich nicht zu. Er führte den niedrigsten Offiziersrang, Ensign, im niedrigsten Regiment, nämlich dem des alten Fish, das, kaum aufgestellt, wegen des frühen Kriegsendes gleich aufgelöst worden war, sodass er hier gestrandet war. Die Anwesenden im Raum konnten es sich leicht ausrechnen: Vierhundert Pfund steckten in seinem Offizierspatent, und er stand mit leeren Händen da. *Ein Ensign auf Halbsold:* der Inbegriff des Gescheiterten.

Es war ausgeschlossen, dass er mich umgarnte, wie Captain Moriarty es mit Bridie versuchte. Ein Ensign auf Halbsold konnte auf eine Frau ohne Mitgift keinen Anspruch erheben. Dazu kam seine Jugend: Er war erst zweiundzwanzig, so alt wie ich. Vielleicht auch einundzwanzig: Wie in anderen Dingen hielt er sich in Bezug auf sein Alter bedeckt.

»Oh ja, ich ziehe eine anwaltliche Tätigkeit in Erwägung«, erklärte er, als warte die Juristerei nur auf ihn.

Er war natürlich ein Gentleman. Zumindest besaß er Auftreten und Bildung eines Gentlemans, ging, wenn er Gelegenheit hatte, mit der Meute auf Jagd, konnte Horaz zitieren und beherrschte ein wenig Griechisch, was Mr. Kingdon vermuten ließ, er sei würdig, mit seiner Familie Tee zu trinken.

Wie es sich herausstellte, war sein Vater allerdings im Handel tätig, arbeitete genau gesagt als Tuchhändler. Mr. Macarthur zufolge betrieb er beileibe keinen kleinen Knopfladen, sondern wickelte große Geschäft ab. Da er Armee und Marine mit Stoffen für ihre Uniformen belieferte, war die Vorstellung, dass Mr. Macarthur senior mit der Schneiderelle hinter der Verkaufstheke stand, völlig abwegig. Gleichwohl wurde das Offizierspatent für Mr. Macarthur junior unbestreitbar mit dem Verkauf von Hemden und Unterkleidern bezahlt. Es war unübersehbar, wie sehr dieser Umstand den Sohn quälte, einen Mann, der bis in die letzte Faser seines Körpers von Stolz zusammengehalten wurde.

Aus diesem Grund erfuhren wir viel darüber, was es bedeutete, ein Macarthur zu sein. Sein Großvater, erzählte Mr. Macarthur, war Laird of Strathclyde in Argyllshire gewesen, desgleichen der Vater seines Großvaters und so weiter bis tief in den Nebel der Geschichte, in dem sich, wie er andeutete, hinter dem ersten Arthur und Stammvater der Linie kein anderer als König Artus selbst verbarg.

Doch der Großvater hatte sich gemeinsam mit seinen sieben Söhnen, deren einer Macarthurs Vater war, in den jakobitischen Schlachten seiner Zeit auf die falsche Seite geschlagen und den König auf der anderen Seite des Meeres unterstützt. Nicht, weil er ein Papist gewesen wäre, versicherte uns Mr. Macarthur eilig, sondern um der Politik und des größeren Ruhmes für Schottland willen. Nach der Niederlage von Culloden wurden ihnen Ländereien und Titel aberkannt, und nach diversen Wechselfällen des Lebens ließ sich Mr. Macarthurs Vater in Plymouth nieder. Dort heiratete er Mr. Macarthurs Mutter und zeugte zwei Söhne. Mr. Macarthur war der jüngere der beiden, was ihn sehr erzürnte. Ihn drängte es durchaus nicht danach, Tuchhändler zu werden, doch ihn verbitterte, dass der Bruder das Familiengeschäft in Plymouth nur erhielt, weil er der Erstgeborene war, während Mr. Macarthur im ländlichen Holsworthy festsaß und warten musste, bis sich ihm eine Zukunft öffnete.

»Mein Bester«, sagte Mr. Kingdon voller Mitgefühl. »Was für eine entsetzliche Geschichte. Ihrem Vater muss das sehr ans Herz gehen.«

»Das stimmt«, sagte Mr. Macarthur. »Es ist eine Wunde, die niemals heilt, eine tägliche Kränkung.«

Seine Worte waren tief empfunden. Mr. Macarthur meinte auch seine eigene Wunde, seine eigene tägliche Kränkung: dass er, Nachkomme des Laird of Strathclyde, vielleicht sogar von König Artus, sich in einem bescheidenen Pfarrhaus in Devon rechtfertigen musste. Sein Stolz verbot es ihm, den Beweis für seinen Stand als Gentleman zu erbringen, doch in der kalten Realität seiner Lage blieb ihm nichts anderes übrig.

Captain Moriarty war der Anstand in Person, glatt wie Seife, in Mr. Macarthur dagegen glühte eine düstere, beißende Ruhelosigkeit. Ein Feuer schlummerte in ihm, und dieses schlummernde Feuer hatte etwas an sich, das mich fesselte. Ich will offen sein: Ich fühlte mich davon angezogen.

Er konnte versteinert und schweigend dasitzen, während Captain Moriarty bei Bridie seine Punkte sammelte. Doch im Garten, wenn Bridie und ihr Captain in Sichtweite, aber außer Hörweite waren, gab er sich manchmal Mühe, amüsant zu sein. Mr. Macarthur verstand es hervorragend, andere unbarmherzig nachzuahmen. Akkurat konnte er Captain Moriartys Pose einnehmen, wenn dieser weihevoll schwadronierte, präzise das bewundernde Erstaunen über das eigene profunde Wissen auf sein schmales Gesicht zaubern.

Das war boshaft, und eine boshafte Ader in mir sprang darauf an. Ich stellte fest, dass auch in mir eine Pantomimin schlummerte, die den gestrengen Mr. Kingdon und seine brummigen Frömmeleien vollendet nachahmen konnte. Ich bildete mir nichts darauf ein, meinen Wohltäter, der so gut zu mir gewesen war, zu verspotten, konnte aber nicht widerstehen, die sprühende und neckische junge Frau in mir zu entfesseln, die diesen unnahbaren Mr. Macarthur zum Lachen bringen konnte.

Und nicht nur zum Lachen bringen. Mit fast unmerklichen Blicken und Anspielungen, die nur ein sehr empfängliches Mädchen wahrnehmen konnte, gab mir Mr. Macarthur zu verstehen, dass ich sein Interesse entfacht hatte, und dieses Interesses wollte ich mich würdig erweisen. Das war keine Koketterie. Hätte Bridie gesagt, *Lisbet, du kokettierst mit ihm!*, so hätte ich es abgestritten, vielleicht scherzhaft behauptet, mit Mr. Macarthur lediglich für den Fall zu üben, dass ein tauglicherer Bewerber seinen Weg ins Pfarrhaus von Bridgerule fände. Das wäre nicht gelogen gewesen, aber die ganze Geschichte war es auch nicht.

Damals begriff ich nicht, was ich heute begreife: Ich beobachtete nicht ihn, sondern mich selbst. Ich erkannte plötzlich Seiten an mir, die sich nie offenbart hatten, und diese Entdeckung war beglückend.

Der kühnste Augenblick folgte – und diese Erinnerung ist deutlich wie in Kupfer gestochen – am Nachmittag vor Mittsommer. Mr. Macarthur und Captain Moriarty waren zu Besuch, wir saßen im Salon und verabredeten uns für den folgenden Nachmittag zu einem Spaziergang ins Dorf, wo ein Mittsommerfeuer mit Tanz stattfinden sollte. Wir, die Herren und Damen, würden natürlich nicht im Schein des Feuers tanzen und herumtoben wie die Dorfbewohner, die mit geröteten Wangen ihre Freiheit auskosteten, waren doch in der Mittsommernacht alle Regeln ausgesetzt. Wir würden das lodernde und knackende Feuer bestaunen, die wilden Funken, die aufstiegen, wenn der Schmied Axtens ein großes Stück Holz nachlegte, die Nacht, die alles Vertraute fremd machte. Und wir würden beobachten, wie sich Gestalten, die sich im Schein des Feuers nur undeutlich abzeichneten, paarweise davonstahlen.

Unser Besuch wollte gerade gehen, es herrschte Aufbruchstimmung: Mr. Moriarty und Bridie warteten draußen auf dem Kiesplatz vor dem Haus, Mrs. Kingdon befand sich auf der Außentreppe, unterwegs zu den beiden, Mr. Kingdon holte im Obergeschoss ein Buch, das er Mr. Macarthur versprochen hatte, und ich stand unmittelbar vor der offenen Haustür.

Mr. Macarthur war im Wohnzimmer geblieben, und als ich mich zu ihm umdrehte, sah ich ihn, eingerahmt von den beiden Türöffnungen, sodass der Flur einen Schlauch aus leerer Luft bildete, durch den wir einander anblickten. Die Luft zwischen uns, diese schmale Blicklinie stellte so etwas wie eine vertrauliche Bindung zwischen uns her. Am einen Ende des Schlauchs stand die junge Frau, die sich fragte, wie sich ein Mann zwischen ihren Beinen wohl anfühlen mochte, am anderen ein junger Mann, dessen Blick sie mit drängender Inständigkeit durchbohrte.

Wir hatten lediglich Sekunden, die er indes zu nutzen wusste. In einer zarten Bewegung, einer Liebkosung seiner selbst, legte er sich die Hand aufs Herz, die Finger auf dem Mantel gespreizt, und neigte fragend, ergeben, sehnsuchtsvoll den Kopf. Wie viel ein Mensch allein mit der Neigung seines Kopfes ausdrücken kann!

Dieses Bild, das nicht länger als eine Sekunde währte, entwaffnete die besonnene Elizabeth Veale vollständig. Worten hätte ich keine Sekunde getraut, doch der Hand auf dem Herzen, dem sonderbaren Ruf des geneigten Kopfes schenkte ich Glauben.

Dann kam Mr. Kingdon die Treppe herunter, Mrs. Kingdon drehte sich zu mir um, Mr. Macarthur setzte den Hut auf, und Miss Veale eilte vor ihm die Treppe hinunter, hinaus in einen Nachmittag, der plötzlich so herrlich war, dass mein Herz raste.

IM ZITTERNDEN LUFTHAUCH

Die Mittsommernacht, Mr. Macarthur und ich. Schlamm klebte an unseren Stiefeln, denn wir waren auf dem Weg zum Festplatz, auf dem das Flackern des Feuers die Bäume auf den Kopf zu stellen schien. Bridie und Captain Moriarty gingen vor uns, ohne sich umzublicken, Mr. und Mrs. Kingdon nahmen den längeren Weg über die Straße. Und da war Mr. Macarthurs starke Hand, die sich um meine Taille legte, während ich über den Zaun stieg, seine Wange nah an meiner.

»Ein besonders heikler Zaun, Miss Veale«, sagte er. »Nicht wenige, habe ich gehört, unterschätzen diesen Zaun und bereuen es später – hier, bitte, nehmen Sie meine Hand!«

Der Zaun war freilich nicht gefährlicher oder ungefährlicher als jeder andere. Bridie und ich hatten ihn hundertmal ohne die geringste Schwierigkeit überwunden. Doch ich reichte ihm die Hand, und es war wohl der Dunkelheit und der ungewohnten und unnötigen Hilfe geschuldet, dass ich das Gleichgewicht verlor und mich kurz bei ihm abstützte, fast schon gegen ihn fiel. Er ließ meine Hand nicht los, sondern führte mich an der Hecke entlang: nicht der kürzeste Weg zur Festwiese, wenn er überhaupt dorthin führte, doch ich folgte ihm.

Die Dunkelheit war angereichert von den intensiven Düften der taubenetzten Vegetation und des zitternden Lufthauchs, der anders als die markanten Böen am Tage verstohlen über den Boden kroch. Die Nacht glich einem Geschöpf, das sich versteckte und erst, wenn die Menschen schliefen, zu einem Eigenleben erwachte, in nahezu unmerklichen kühlen Luftbewegungen mal aus dieser, mal aus jener Richtung atmete, im Laub flüsterte und mich in seine Geheimnisse einweihte.

GIGANTIN

Es war vor allem Neugier, die mich veranlasste, den Ereignissen ihren Lauf zu lassen. Neugier und natürlich seine Schmeicheleien. Oh, seine Schmeicheleien. Und meine Eitelkeit, ihnen Glauben zu schenken.

»Süßer, süßer Mund!«, murmelte er.

Ich hörte das Stocken in seiner Stimme, spürte das Zittern in seinen Fingern, als sie meine Wange berührten, der Form meiner Lippen nachspürten.

Es war neu, unerhört, dass ich einen Mann auf dieses sprachlose Verlangen reduzierte. Fast schon bettelte er. Ich spürte, wie mächtig ich also doch sein musste, fühlte mich groß wie die Nacht, frei, grenzenlos. Der Himmel war unendlich, die Sterne strahlten wie das Hochgefühl, das sich in mir ausbreitete, versprachen wandernd, pulsierend, funkelnd Zeit, Raum, Ewigkeit, all das, was eine Frau nicht besaß. Endlich konnte ich frei zu meiner eigenen Größe finden, und ich war eine Gigantin.

»Süßer, süßer Mund«, flüsterte er.

Nicht die Worte, sondern seine zitternden Finger brachten mich dazu, an der Hecke niederzusinken. Die Sterne, das Knacken des Mittsommerfeuers am anderen Ende der angrenzenden Wiese, das fieberhafte Flackern des Feuerscheins in der Hecke: Alles vibrierte, alles wirkte fremd. Doch in der Mittsommernacht war ja auch alles fremd, alles erlaubt, alles neu, und man könnte wohl sagen, ich fühlte mich wonnetrunken angesichts der Macht, die ich in mir entdeckte. So also erklärte sich die Besorgnis, mit der sie uns einwickelten, die Angst, die sie uns einflößten, die unausgesprochene Gefahr, vor der sie uns so rigoros beschützten. Nicht unsere Angst vor ihrer Macht, sondern ihre Angst vor unserer!

Als er mich zu Boden drückte, zitterte er am ganzen Körper. Ein Ziehen und Zerren an den Stoffen zwischen uns, dann endlich nackte Haut in der Nachtluft. Ja, ich begriff, dass es ein Überfall war, dass ich genau davor gewarnt worden war. Hatte genügend Schafböcke und Hunde gesehen, um zu wissen, was mir geschah.

Ich kann nicht behaupten, es nicht gewusst zu haben. Doch so gewiss wie alles, woran ich je geglaubt hatte, spürte ich, dass es mein Akt war, mein Entschluss, meine Entscheidung. Wie konnte es anders sein? Ich war eine Gigantin, eine Göttin. Die schwachen Stimmen, die mich gewarnt hatten, verstummten und wichen der Glorie der Gewissheit, einer Glückseligkeit, die nicht falsch sein konnte.

Es währte nicht lange. Schon rückte er von mir ab und stand auf. Ein Schrei vom Feuer her und das Blöken eines verwirrten Schafes, das unvermittelt erwacht war, und schon dröselte sich das Geschehen vor meinen Augen auf, und ich sah die Lüge deutlich vor mir. Vorbei waren das Zittern, das Stöhnen, die säuselnden Worte, wie betörend ich sei. Was blieb, war das Unbehagen in seiner Stimme, Unbehagen und Lieblosigkeit.

»Stehen Sie auf, stehen Sie auf, Miss Veale«, flüsterte er heiser. »Miss Veale!«

Ich war doch keine Gigantin. Ich war lediglich Miss Veale, die er mit kühler fester Hand hochzog und wie ein Schaf an der Hecke entlang zum Zaun führte. Am Zaun diesmal keine Albernheiten, und als er meine Hand ergriff, geschah es nur, weil er mich auf die andere Seite befördern wollte.

»Los, wir gehen da außen herum«, sagte er forsch wie ein Herr, der seine Kutsche herbeiruft. »Schnell, schnell!«

So wuselten wir wie die Ratten die dunkle Hecke entlang und traten getrennt voneinander in der Nähe des Feuers ins Freie und taten, als ob wir immer dort gewesen wären und einander nicht kennen würden.

Aha, dachte ich, als ich früh am nächsten Morgen erwachte; Bridie schlief noch in aller Unschuld neben mir. *Jetzt weiß ich Bescheid.* Immer wieder sagte ich mir die Worte innerlich vor, die mir grimmige Genugtuung verschafften. *Jetzt weiß ich Bescheid.* Als könnte mir dieses Wissen eine Spur der mächtigen Gigantin zurückgeben, die ich in jenen kurzen wahnwitzigen Minuten hinter der Hecke gewesen war. *Jetzt weiß ich Bescheid.*

Heute, sechzig Jahre zu spät, ist mir klar: Er hatte nicht vermutet, dass ich mich ihm hingeben würde. Die Verführung der Elizabeth Veale war eines dieser Ziele, die zu erreichen niemand erwartete. Heute weiß ich, welche Befriedigung es ihm verschaffte, dem Unmöglichen nachzujagen. Er liebte die Jagd, nicht die Beute. Seine Lieblosigkeit danach war auch der Enttäuschung geschuldet. Der Fuchs hatte sich dem Jäger ergeben. Wo blieb da der Triumph?

ENTSCHLOSSENHEIT

Dies und das hatte ich gehört, und zu meiner Schande muss ich gestehen, dass ich alles ausprobierte. Heiße Bäder, Sprünge aus großer Höhe, Hüpfen, bis es in der Seite sticht. Auch von Rosmarin hatte ich gehört, und im Garten gab es reichlich davon. In meiner Not war ich wild entschlossen, und so schlang ich das Kraut mit aller Willenskraft hinunter. Doch auch in der schlimmsten Not konnte kein Mensch so viel Rosmarin schlucken, dass er die von mir erwünschte Wirkung entfaltet hätte.

Ich rannte, so schnell ich konnte, die Straße entlang, die aus dem Dorf führte, immer bergauf, bis ich stolperte und der Länge nach im Matsch landete. Stand auf, lief wieder los, rannte weit über meine Kräfte hinaus, zwang mich immer weiter, gelangte oben auf den Hügel an und wünschte mir den nächsten. Nach der langgezogenen Kurve, dort, wo die Kirche steht – ich sehe es deutlich vor meinem inneren Auge –, flacht das matschige Sträßchen ab und führt vom Pfarrhaus über eine Hochfläche nach Holsworthy. Hätte diese triste Straße, die Mr. Macarthur so oft gegangen war, über einen Hügel geführt wie den, den ich soeben hinaufgerannt war, so hätte er sich die Mühe vielleicht gar nicht gemacht. So aber, wie die Dinge standen, blickte ich erhitzt, schwitzend und innerlich aufgewühlt eben diese Straße entlang und spürte ein herrlich hoffnungsvolles Seitenstechen. Nach all den Torturen würde es doch gewiss kein Kind mehr bei mir aushalten!

Scham empfand ich nicht. Es war einfach eine Aufgabe, die ich zu erledigen hatte. Johanna von Orleans hätte keine größere Entschlossenheit an den Tag legen können als ich.

ES LIESS SICH NICHT VERBERGEN

Ich brachte es nicht über mich, es Bridie zu erzählen. Sie war traurig, obwohl sie sich tapfer gab: Captain Moriarty hatte ihr doch keinen Antrag gemacht. Er kam noch mit Mr. Macarthur zu Besuch, offensichtlich aber erwog er nicht mehr, Bridie zu ehelichen. Hätte ich ihr meine Lage offenbart, so wäre ihre dagegen verblasst, hätte trivial gewirkt, was nicht zutraf. Außerdem, wie sollte ich ihr erklären, dass mich etwas so Kindisches wie Neugier und etwas so Unwürdiges wie Eitelkeit getrieben hatten?

Unter Frauen, die in der vertraulichen Nähe eines Haushalts lebten, ließ sich dieses besondere Geheimnis indes nicht lange verbergen.

Bridie und ich saßen Seite an Seite auf der Mauer zwischen Haus und Kirche und blickten in die Augustnacht hinaus. Ich hatte einen Fächer bei mir. Nicht, dass die Nacht so warm gewesen wäre, doch Bridie wusste es, und ich wusste, dass sie es wusste, und so verspürte ich den Drang, mich zu verstecken. Nicht aus Reue über die Sünde, die ich zugelassen hatte. Sondern aus Schmach über meine Dummheit. Da hatte man mich mein Leben lang gewarnt, mich eine Wahrheit über die Welt gelehrt, und ich dachte, ich wüsste es besser.

Ich war keinem Zwang erlegen, oder wenn, dann nur dem meiner eigenen Dummheit und Arroganz, die mich zu der Annahme verleitet hatten, ich hätte das Geschehen im Griff. Dazu kam meine traurige Unkenntnis der Gepflogenheiten und Schmeicheleien der Männer. Oh, dieser Reiz, einen Mann – vermeintlich – herabzusetzen, den hohen Herrn vom Sockel zu holen!

Im Schutz des Fächers glühten meine Wangen. Was sie erhitzte, war Wut. Wut darüber, nicht einen einzigen Schritt über das Erlaubte hinaus tun zu können, ohne bestraft zu werden. Nicht einen Schritt! Nicht ein einziges Mal!

Heute, da ich diese alte Geschichte erzähle, sehe ich deutlich, was ich damals nicht erkennen konnte. Bitte seien Sie in Ihrem Urteil nicht zu hart. Ich würde die junge Frau gern bei der Hand nehmen und sagen: Du warst keine Närrin. Oder nicht nur. Wer die gesetzten Grenzen allezeit anerkennt, bleibt ein Kind.

In mir brannte eine Flamme, eine Sehnsucht, diese Grenzen zu sprengen. Das dürfte doch kein Verbrechen sein.

Bridie sprach sie alle, die Worte, immer und immer wieder, sanft, aber fern, als riefe sie, sicher auf einem Schiff stehend, freundlich eine Person an, die über Bord gegangen und nicht mehr zu retten ist. Dann gab es nichts mehr zu sagen.

In dieser stillen Nacht, als all ihre sanften Worte gesprochen waren und ihre Hand warm in meiner lag, stieß mich ihr Mitleid ab. Ich war sehenden Auges hinter die Hecke gegangen. In jener Nacht, in der meine Welt unwiderruflich gekippt war, beschloss ich: Niemand soll mich bemitleiden. So, wie Stolz der Schlüssel zu Mr. Macarthurs Charakter war, sollte die Zurückweisung von Mitleid der meine sein.

Ich lag wach neben ihr, wohl wissend, dass es die letzte Nacht unseres alten Lebens war. Die nahende Morgendämmerung sollte die letzte sein, in der ich mein Geheimnis wahrte, der Morgen, der vor mir lag, der erste meiner Zukunft. Welcher Zukunft? Eine Ehe mit diesem mürrischen Fremden, unser beider Leben vergiftet von Reue? Oder erwartete mich ein anderes Schicksal, völlig unvorstellbar, weil es meine Erfahrungen im gesitteten Bridgerule sprengte? Was sollte ein Mädchen tun, das weder Familie noch Geld besaß, sondern nur einen Bankert im Bauch?

Ich lag da und sah zu, wie das Licht den Tag ankündigte, an dem ich das Unausgesprochene aussprechen und in einem Wasserfall aus Konsequenzen ertrinken würde. Ich horchte auf die Geräusche des erwachenden Haushalts. Bald schon würde ich meinen Platz darin einnehmen und alles ertragen müssen, was ertragen werden musste.

VERTUSCHUNG

Mr. Macarthur war ein eher empfindlicher Mensch, der den Geruch von Lanolin und Schafdung nicht leiden konnte. Besonders verabscheute er das dümmliche Geräusch der Schafe, die einzige Lautäußerung, die den armen Tieren zu Gebote steht. So verzog er, als er den Hof meines Großvaters überquerte, den Mund besonders verächtlich.

Dank Mr. Kingdons Güte sollte meine Sünde vertuscht werden, die Worte gesprochen, der klobige Ring auf meinen Finger gesteckt. Mr. Macarthur stand neben mir und stocherte mit dem Stiefel im Matsch. Ich klopfte und rief wieder und wieder. Großvater indes hatte mit der Vertuschung von Sünden noch nie etwas zu schaffen gehabt. Rauch stieg aus dem Kamin auf, doch er zeigte sich nicht.

EIN STÜCK HEIMAT

Mrs. Kingdon war mir eine Mutter gewesen, hatte mir Haus und Herz geöffnet, und für all ihre Fürsorge hatte ich sie verhöhnt. Dennoch verzieh sie mir meinen Verrat. Die durch und durch gute Frau sprach mit meiner Mutter, die mir daraufhin ihr kleines Witwengeld überließ: nicht genug für meinen Lebensunterhalt, aber mein. Dann fand sie ein Mädchen aus dem Dorf, das sich überreden ließ, mich als Dienstmagd zu begleiten.

»Du wirst Hilfe brauchen«, sagte Mrs. Kingdon, »wenn das liebe Kindchen kommt.«

Das liebe Kindchen! Ich pries damals Mrs. Kindgons Güte und preise ihr Andenken noch heute.

Anne war keine fünfzehn, ein groß gewachsenes mageres Mädchen mit Sommersprossen und roten Haaren, schüchtern und ungebildet, doch obwohl ich das Mädchen kaum kannte, tröstete es mich, ein Stück Heimat mitzunehmen. Sie sah es offenbar als Abenteuer.

Mr. Kingdon hatte mir, seit ihm die Nachricht überbracht worden war, nicht mehr in die Augen sehen können, aber dem gnädigen Herrn folgend, dessen Vikar er war, verwies er die Sünderin nicht des Hauses. Er zog im Bekanntenkreis die eine oder andere Strippe, was die glückliche Folge hatte, dass Mr. Macarthur eine Stellung im 68. Infanterieregiment erhielt, das in Bälde zum Garnisonsdienst nach Gibraltar entsandt werden sollte. Das erfüllte einen doppelten Zweck: Ensign Macarthur bezog wieder den vollen Sold, mit dem er Frau und Kind, wenn auch bescheiden, versorgen konnte, und Mr. und Mrs. Macarthur kämen so weit wie irgend möglich von Bridgerule weg.

GLÜCKLICHES EREIGNIS

Den Schein, dass es sich um ein glückliches Ereignis handle, griff ich dankbar auf und lächelte, bis mir der Kiefer schmerzte. Mr. Macarthur beteiligte sich nicht an der Heuchelei. Er war grimmig und ernst und machte viel Wirbel um den Eintrag ins Kirchenbuch: Er sei ein wohlgeborener Herr und daher als John Macarthur *Esquire* zu betiteln. Mr. Kingdon erschrak und kniff verunsichert die Augen zusammen, doch Mr. Macarthur blieb standhaft, und der arme Mr. Kingdon wollte die Sache vom Tisch haben, damit wir aus seinem Leben verschwanden. Da steht es also und wird die Zeit so lange überdauern wie das Buch, in das es eingetragen wurde: John Macarthur, *Esquire*.

Die Frau aus Eisen, Elizabeth Veale, reckte das Kinn in die Luft und heftete den Blick fest auf Mr. Kingdon, der die Worte sprach. Ich war gefasst und bewunderte aus großer Ferne meine Gefasstheit. Doch als der Augenblick näher rückte, da ich die beiden kleinen Worte sprechen musste, wurde mir der Mund so trocken, dass die Zunge am Gaumen klebte, die Kehle eng und die Lippen taub wurden.

Nein, ich würde mich nicht demütigen lassen! Die Leute würden später nicht behaupten können, *ach, die hat ja nicht einmal die Worte herausgebracht!* Also sog ich die Wangen ein, lockerte die Zunge im zusammengeklebten Mund, ließ das Kinn sinken und stellte mir innerlich eine Zitrone vor, während Mr. Kingdon das Ehegelübde verlas.

Ich hatte geübt, wie ich die Worte sprechen würde. *Ich will!* Laut und bestimmt, ohne den Hauch eines Zweifels. Der Beginn einer lebenslangen Fiktion: *Ich wollte genau das.* Der Gedanke an die Zitrone war meine Rettung, aber ich besiegelte mein Schicksal mit einem dünnen Krächzen.

Mr. Macarthurs Hände zitterten so stark, dass er größte Schwierigkeiten hatte, mir den Ring an den Finger zu stecken. Ich hörte ihn heftig durch die Nase atmen, sah seine bebenden Hände, und mein eigenes Zittern verflog. Dieser Fremde und ich, wir mussten das nun gemeinsam durchstehen, wie wir es gelobt hatten, in Gesundheit und Krankheit, in Reichtum und Armut, und seine Schwäche gab mir Kraft. Er war ein fremdes Wesen, ein Mann, der die fremde Sprache von Macht und Gewissheit sprach, doch wir kamen aus demselben Land, in dem man sich für jemand anders ausgeben musste, als man war. Die Frage, die unsere Ehe bestimmen würde, lautete: Würde es uns gelingen, uns in unserer gemeinsamen Geheimsprache zu verständigen? Würde er mir, würde ich ihm so viel Vertrauen entgegenbringen, dass wir einander bereitwillig offenbarten, was ich, wenngleich es ihm nicht recht war, am Zittern seiner Hände ablesen konnte?

Am Abend, im kalten Zimmer der Kaserne von Holsworthy, versuchte ich es. Die Lampe war gelöscht, zwei Fremde in einem schmalen Bett, das nur einen kleinen Abstand zwischen uns zuließ. Von den Ställen her wieherte ein Pferd, jemand rief etwas, rief es immer wieder, es klang wie *Elefant! Elefant! Elefant!* Aber wer um alles in der Welt würde nachts auf dem Hof der Holsworthy-Kaserne *Elefant!* rufen?

Neben mir lag Mr. Macarthur reglos wie ein Stein. Er konnte nicht gestorben sein, nicht in den wenigen Minuten, seit er die Kerze ausgeblasen und sich raschelnd seiner Kleider entledigt hatte, ehe er von der anderen Seite ins Bett gestiegen war. Er konnte nicht tot sein, er lag jedoch da wie tot.

»Früher konnte ich nichts damit anfangen, wenn jemand sagte, ›*Ich trage mein Herz auf der Zunge*‹, sagte ich.

Ich hatte das Gefühl zu schreien, so laut klangen die Worte in diesem Würfel aus Dunkelheit, aber mir blieb nichts anderes übrig, als fortzufahren.

»Heute habe ich verstanden, was damit gemeint ist: Mein Herz hat sich auf meiner Zunge dermaßen breit gemacht, dass nicht einmal mehr Platz für Spucke blieb!«

Ich musste daran denken, wie schwer sein Atem gegangen war, als er mir den Ring ansteckte, und ermahnte mich: *Fang so an, wie du es auch künftig gern hättest oder dir zumindest erhoffst.* Ich schob die Hand unter den Laken durch, fand seine Hand und drückte sie.

»Und Sie«, fragte ich, um einen unbeschwerten Tonfall bemüht, »haben Sie Ihr Herz auch auf der Zunge getragen, Mr. Macarthur?«

Er sagte nichts, erwiderte meinen Händedruck nicht, und ich spürte die kalte Spitze eines Fehlers, vor der ich würde zurückweichen müssen. Doch endlich regte sich etwas, er drehte sich offenbar zu mir hin.

»Ja«, sagte er. »Nein, nie.«

Er hielt inne, machte mit einem Hüsteln den Weg frei für die Worte, die offenbar feststeckten, und stieß ein ersticktes Lachen aus.

»Sehen Sie, ich bekomme die Worte nicht heraus, um zu beschreiben, in welch merkwürdigem Gewässer ich mich wähne.«

Er hätte mein Herz wohl eher erwärmt, wenn er in diesem Satz das Wort *wir* untergebracht hätte, aber wie ich war er bis zu diesem Tag sein Leben lang *ich* gewesen. Die Vorstellung, dass er und ich nun etwas bildeten, das sich *wir* nennt, wirkte auf uns beide gleichermaßen neu und erschreckend. War ich bereit, *wir* zu sein? Ich nahm seine Hand, scherzte über einen Mund ohne Spucke, aber wie sehr wollte ich, beabsichtigte ich wirklich, mit diesem Fremden *wir* zu sein?

Wir waren ein verheiratetes Paar, hatten uns vermählt, weil wir uns angemaßt hatten, was nur Eheleuten zustand. Nachdem wir es getan hatten, als es noch nicht erlaubt war, wäre es widernatürlich gewesen, es jetzt nicht zu wiederholen. Doch diesmal verzichtete er auf Seufzer und süße Worte. Mir blieb das glorreiche Gefühl anschwellender Macht versagt. Da war nichts als der Akt, pragmatisch, kurz und heftig.

Als ich mich von dem Körper neben mir weggedreht hatte, musste ich weinen. Ich weinte bittere stille Tränen um den viel zu kleinen Beutel Münzen, den ich verschleudert hatte. Um den Weg, der hinter uns lag und den ich voller Angst und Schwermut zurückgelegt hatte, weil ich alles zurücklassen musste, was ich kannte, alle, die mich kannten. Weinte, weil ich in tiefster Schande gegangen war, die verschärft wurde vom falschen Lächeln, von der falschen Freude, der Falschheit der guten Wünsche, von denen nur einer ehrlich gemeint war: *Lebe wohl, lebe wohl,* was bedeutete: *Auf dass wir dich nie wieder sehen.*

TEIL ZWEI

TROCKENER TOAST

Wir hatten Bridgerule gerade rechtzeitig verlassen, denn schon wenige Wochen nach der Hochzeit war meine Schwangerschaft nicht zu übersehen.

Und es war eine elende Schwangerschaft. Ich hatte Frauen von der morgendlichen Übelkeit reden hören und beobachtet, dass Mrs. Kingdon eine Zeit der wächsernen Blässe durchgemacht hatte, als sie meine Patentochter Elizabeth erwartete. Wenn ich mich morgens, geplagt von Übelkeit, über die Waschschüssel beugte, weinte ich an vielen Tagen vor Kummer und Reue. In diesen Momenten glaubte ich an die Hölle, wie ich an einen Himmel nie geglaubt hatte. Doch auch nachmittags quälte ich mich oft ab, in der Nacht lag ich wach, weil ich Hunger hatte, Essen mich aber anekelte. Bedeutete das etwa, dass auch das Kind krank war, dass es starb, wie ich zu sterben meinte? Damit hätte mir das Leben wahrlich einen bösen Streich gespielt, nachdem ich so viel Rosmarin hinuntergewürgt hatte.

Die vier oder fünf Monate, die ich bis zur Geburt des Kindes noch durchstehen musste, kamen mir vor wie eine Ewigkeit. Von der Geburt selbst hatte ich keinerlei Vorstellung. Mrs. Kingdon war nie so weit gediehen, mir zu erklären, was mich im Kindbett erwartete. Wahrscheinlich meinte sie, wenn die Zeit käme, wäre es früh genug. Natürlich wussten wir, dass es wehtat, aber wie genau? Wie ein Beinbruch? Wir hatten gehört, dass Frauen starben, aber wie? Schnell oder schleichend? Und was war das für ein Wunder, das ein ganzes Kind durch so eine kleine Öffnung quetschte?

Anne war, wie sie mir erzählte, die Älteste von elf Kindern, was ich gern hörte, denn das hieß, dass sie sich auf etwas verstand, wovon ich keine Ahnung hatte: wie man einen Säugling versorgt. Ihr Vater, ein Landarbeiter, hatte von Zeit zu Zeit bei meinem Vater ausgeholfen. Anne konnte nicht lesen und nur krakelig ihren Namen schreiben. Sie war ein ungeschicktes und unbeholfenes Mädchen, und ehrlich gesagt, maß ich ihr nicht viel Bedeutung zu.

Ich hoffte auf ihre Verschwiegenheit. Obwohl sie im Dienstbotentrakt wohnte, hatte sie eine recht genaue Vorstellung vom Verhältnis zwischen Mr. und Mrs. Macarthur. Wie es dazu gekommen war, dass sie Mr. und Mrs. Macarthur wurden. Ganz Bridgerule wusste Bescheid, dessen war ich mir sicher. Und so trat ich vermutlich recht arrogant auf, behandelte Anne unfreundlicher als nötig und kehrte die Dame heraus.

Bis zu dem Tag, an dem sie mit versengtem Haar und einem hochroten Ohr zu mir kam.

»Aber Anne«, sagte ich, »was ist denn passiert?«

»Mir ist eine Motte ins Ohr geflogen, Madam«, sagte sie. »Die hat mich kirre gemacht da drin, da habe ich eine Kerze hingehalten, weil ich dachte, das Licht zieht sie an.«

Sie biss sich auf die Lippen und warf mir einen kurzen Blick zu. Sie fürchtete wohl, ich würde mit ihr schimpfen, doch bei der Vorstellung, wie sich dieses ernste Ding eine Kerze ans Ohr gehalten hatte, musste ich zum ersten Mal seit vielen Wochen lachen.

»Oh, du schlaues dummes Mädchen«, sagte ich.

Ich gab ihr eine Salbe für das Ohr und pries innerlich Mrs. Kingdon, die in ihrer Umsicht ein Mädchen gefunden hatte, hinter deren wenig verheißungsvollem Äußeren sich eine verschroben praktische Veranlagung verbarg.

Der Weg nach Bridgerule und zu Bridie war nicht weit, doch als Mr. und Mrs. Macarthur frisch vermählt im gemieteten Gig vor der Kirche aufbrachen, schob sich eine Wand zwischen mich und diese Welt. Bridie und ich wechselten hin und wieder kurze Briefe. Allerdings übten wir uns beide in Zurückhaltung, weil im Salon des Pfarrhauses alles gelesen werden konnte. Oh, wie ich die geflüsterten Gespräche im gemeinsamen Himmelbett vermisste! Auf dem Papier musste sich unsere Freundschaft auf Schilderungen des Kasernenlebens von meiner und unverfänglichen Tratsch über gemeinsame Bekannte von ihrer Seite beschränken.

Die Ehefrau eines gewissen Captain Spencer bewohnte in der Holsworthy-Kaserne ein Quartier, das groß genug war, um zwei oder drei Damen zum gemeinsamen Tee zu beherbergen, und diese Frauen bildeten fortan meine Gesellschaft. Mrs. Spencer war eine hübsche kleine Person, dürr und zittrig wie ein Windhund, dass man hätte meinen können, ihr korpulenter Ehemann, der auf den Fersen gehen musste, um seinen Bauch auszubalancieren, hätte ihr sämtliches Fleisch von den Knochen gesogen. Ihre Freundin Mrs. Borthwick, Gattin von Captain Borthwick, war eine selbstbewusste und elegante ältere Frau mit der Angewohnheit, mittels hochgezogener Mundwinkel einen vergnügten Eindruck zu vermitteln und ihre wahren Gefühle, welche auch immer das sein mochten, zu überdecken.

Diese Frauen waren Bekannte, mit denen ich Tee trank, keine richtigen Freundinnen. Eine Kaserne ist kein Dorf. Nichts hatte Tiefgang, nichts Vergangenheit oder Zukunft. Doch sie waren freundlich zu mir, dem unwissenden Ding. Trockener Toast gegen die morgendliche Übelkeit, sagten sie. Trockener Toast und Tee mit viel Zucker. Ich knabberte den Toast, trank den Tee. Auch wenn die Übelkeit nicht im Geringsten nachließ, fühlte ich mich getröstet, gab es doch auf dieser Welt Menschen, denen ich immerhin so viel bedeutete, dass sie mir helfen wollten.

Ganz anders Mr. Macarthur. Ich hörte ihn vor anderen mit seiner klugen Frau angeben, die so schöne Briefe schrieb und Sir Thomas Browne und Livius – natürlich in Übersetzung – gelesen hatte. Für mich aber fand er kein freundliches Wort, und von sich selbst gab er nie etwas preis. Die Hand auf dem Herzen, die pantomimischen Einlagen, mit denen er um mich geworben hatte: All das gehörte der Vergangenheit an. Die Gesten hatten ihren Zweck erfüllt und wurden nicht mehr gebraucht.

Oh, er war höflich, schrie mich weder an, noch schlug er mich. Dafür konnte ich dankbar sein. Doch seine Höflichkeit hatte etwas Mechanisches. Wenn ich ihn ansprach, hörte er ohne jedes Interesse zu, als wäre ich eine Fremde, die näher kennenzulernen nicht lohnte. Wenn er mir antwortete, geschah das lieblos und gleichgültig. Es war nicht so, dass er mich nicht mochte oder mir die Schuld für die Lage gab, in der wir uns befanden. Er war nur völlig blind für mich als Person.

Wäre mir die erhobene Stimme, die erhobene Hand lieber gewesen? Natürlich nicht. Dass man allerdings in Gesellschaft eines anderen Menschen, mit dem man nur wenige Quadratmeter teilt, so einsam sein kann, hatte ich nicht geahnt.

Ich sehnte mich nach sanften Worten, ja sogar nach scharfen Worten, wenn wir uns nur so näherkommen konnten. Von Anfang an hatte ich mir geschworen, ihn niemals anzuflehen. Keinesfalls wollte ich bemitleidet werden. Die blasse, hagere unglückliche Frau, die ich war, mochte durchaus Mitleid erregen. Aber wozu soll es gut sein, um etwas zu bitten, wenn es nicht bereitwillig gewährt wird?

Eines Morgens jedoch sprudelten die Worte aus meinem Mund.

»Mr. Macarthur«, sagte ich, »haben Sie denn nie ein sanftes Wort für mich übrig?«

Ich hörte mir meine Verärgerung an, den flehenden Tonfall, den ich nicht leiden konnte.

Er stand vor dem Kamin, drehte sich überrascht um und sah mir geradewegs in die Augen. Ich dachte schon, ich hätte meine Gefühle früher äußern sollen: Er kann mich hören, er wird antworten.

»Meine geliebte Frau«, sagte er. »Eine Zuneigung wie die meine muss sich in so vielen maßgeblichen Akten offenbart haben, dass entsprechende Beteuerungen töricht wären!«

Er lächelte in den Raum, voller Bewunderung über seine eigene Wortgebilde.

»Dass ich dankbar und erfreut bin über Ihr Benehmen, versteht sich von selbst.« Er spulte die Worte herunter, als hätte er sie geübt. »Die Gewissheit, dass eine so vorbildliche Rechtschaffenheit nur diese und keine andere Wirkung gehabt haben kann, muss Sie doch mehr als jede Beteuerung meinerseits überzeugen.«

Diese Ausführungen, mit denen Mr. Macarthur seiner Frau das Erbetene gab und es ihr gleichzeitig versagte, legten mich innerlich lahm. *Ich bitte um Brot, und du gibst mir einen Stein.* Nun begriff ich, was das bedeutete. Nicht nur, dass man das, was man bekam, nicht essen konnte. Es ähnelte auch dem, was man brauchte, und hätte seine Stelle einnehmen können: Das war in seinem Hohn grausamer als eine glatte Zurückweisung.

Ich war zu stolz, ihn noch einmal um ein sanftes Wort zu bitten.

ANIMALISCHE KRÄFTE

Mr. Macarthur war ein zudringlicher Ehemann mit einem Überschuss an animalischen Kräften, der mich allabendlich mit seiner Fummelei und der folgenden Prozedur behelligte. Dasselbe am Morgen, denn Mr. Macarthur schätzte es auch nach dem Erwachen, seine Frau in die Arme zu schließen. Und mitten am Tage, wenn es die Umstände erlaubten.

Für mich war der Akt nicht angenehmer als für die Schafe auf der Weide. Das lag nicht am Akt selbst. In den gemeinsamen Nächten mit Bridie hatte ich erfahren, welch atemlose Beglückung damit verbunden sein konnte. Wenn er mit Mr. Macarthur jeder Lust entbehrte, so lag das nicht daran, wie sich die verschiedenen Körperteile begegneten. Schuld war vielmehr das Gefühl, ich, Elizabeth Veale – als die ich mich immer noch betrachtete – könnte meinem Ehemann nicht mehr bedeuten als ein beliebiges Schaf dem Bock. Was das Bett zum Knarren brachte, hatte mit Elizabeth Veale nichts zu tun. Es entsprang einem Hunger in ihm, der wieder und wieder gestillt werden musste. Ich war nicht mehr als das Mittel für diese flüchtige Befriedigung.

Solcherlei Neigung war aber sein eheliches Recht, und Mr. Macarthur versäumte es nie, ein Recht, das ihm zustand, geltend zu machen. Als seine Frau, die außer ihrem Ehestand nichts besaß, war ich nicht mehr als eine Pächterin im eigenen Körper. Wenn der Pachtherr anklopfte, musste ich ihn einlassen.

Andere Frauen schützten Krankheit vor, und meine erbarmungslose Morgenübelkeit ließ sich ja auch nicht leugnen. Doch tagelang auf dem Sofa zu liegen, ist unglaublich langweilig, und ich wollte nicht mein Leben damit verbringen, den Streifen Sonnenlicht, der durchs Fenster fiel, bei seiner Wanderung über den Fußboden zu beobachten und auf die Nacht zu warten. Ohnehin ließ sich Mr. Macarthur nicht entmutigen, wenn ich mal wieder tonlos über Kopfschmerzen klagte.

»Ich werde Ihnen etwas Kampfer auf die Schläfen reiben«, sagte er dann. »Das bringt sichere Linderung.«

Er setzte sich beim Licht der Lampe zu mir ans Bett, rieb mir geschäftsmäßig das grässliche Zeug auf die Stirn und wandte sich dann den Körperteilen weiter unten zu.

Hin und wieder, wenn die Sache einen deutlich unangenehmeren Lauf nahm als in anderen Nächten, waren Schmerz und Demütigung unerträglich. Ich schrie dagegen an, das Wort *Nein!* ließ sich nicht überhören. Doch in solchen Augenblicken war Mr. Macarthur taub wie ein tollwütiger Hund. Am Morgen konnte ich ihm nicht in die Augen sehen, diesem Ehemann, der seiner Frau so etwas angetan hatte.

ZÄHLEN VERSCHAFFT GROSSE ERLEICHTERUNG

Mrs. Spencer wirkte äußerst angespannt, gerade so, als stünde sie kurz vor einem Nervenzusammenbruch. Eines Tages beim Tee war es so weit.

»Männer sind solche Scheusale«, brach es aus ihr heraus, und sie knallte die Tasse mit solcher Wucht auf den Unterteller, dass ich dachte, er würde zerbrechen.

Ihr Gesicht war zu einer Grimasse verzogen, die ihr anmutiges Haupt für einen Moment in einen kreischenden Schädel verwandelte. Keine von uns sagte etwas, nur Mrs. Borthwicks Mundwinkel zuckten leicht. Während sich Stille ausbreitete, dachte wohl jede von uns an ihren eigenen Mann und welch ein Scheusal er im Dunkel des ehelichen Bettes war.

Dann legte Mrs. Spencer die Hand auf die Kanne, stellte fest, der Tee sei noch warm genug für ein weiteres Tässchen, klingelte nach Milch, und die Teestunde wurde fortgesetzt. Anmutig lächelnd reichte sie mir meine frisch gefüllte Tasse, und ich dachte an die Worte, die sie soeben gesprochen hatte. Oder hatte ich sie nur falsch verstanden?

Als Mrs. Borthwick und ich zu unseren Unterkünften zurückkehrten, erwähnte keine von uns Mrs. Spencers Ausbruch. Wir hatten nie über den Teil unseres Lebens gesprochen, der sich hinter verschlossenen Türen abspielte. Doch nun erzählte Mrs. Borthwick von ihrem Mann George und ließ durchblicken, dass sie im Ehebett keine Erfüllung fand. Gesittet wie eine Nonne neben mir herschreitend, erzählte sie weiter. Offenbar gab es einen Herrn, der nicht ihr Ehemann war. Und mit dem sie ein erhebliches Maß an Lust erlebte.

»Ja, meine liebe Mrs. Macarthur«, sagte sie. »Ich hoffe, Sie sind nicht allzu entsetzt.«

Sie warf mir von der Seite einen kurzen Blick zu.

»Natürlich bin ich verpflichtet, mit dem lieben George zu verkehren. Einmal im Monat scheint mir vernünftig.«

Vernünftig? Ich überlegte, und plötzlich begriff ich, was sie meinte. Nun sah ich sie von der Seite an, doch sie wirkte so reizend und ungerührt, dass ich dachte, ich müsse mich täuschen.

»Ach ja«, sagte sie. »Und ich finde, meine Liebe, es hilft, wenn man innerlich einen Reim oder so etwas aufsagt. Ich habe da ein oder zwei Dinge, die mir besonders gute Dienste tun.«

Plötzlich sang sie mit einer schönen vollen Altstimme: *Kommt spielen, Kinder, kommt nur schnell, der Mond scheint wie am Tag so hell.*

»Für diesen besonderen Anlass kann ich Ihnen das nur empfehlen, Mrs. Macarthur«, sagte sie. »Auch Zählen verschafft große Erleichterung. Beim lieben George bin ich noch nie weiter als fünfundvierzig gekommen.«

Draußen vor unserem Fenster nistete ein Vogel, und oft lag ich in der Morgendämmerung wach und lauschte seinem Lied, einer kurzen Melodie, die er unablässig wiederholte. *Dah dah, di di di, da da!* Es war ein hübsches Lied, zu dem es aber keinerlei Variation gab. Ich stellte mir den Vogel vor, wie er da saß im dunklen Laubwerk, die Federn zerzaust von den Böen des anbrechenden Tages, gefangen in dieser einen traurigen Äußerung. *Dah dah, di di di, da da!* Er mochte allerlei darüber zu erzählen haben, wie es war, wach zu sein in der Stunde, bevor die Sonne aufgeht und der Alltag wieder beginnt. Er verfügte indes nur über diese eine Tonfolge. Ich stellte mir vor, wie der Vogel vor Enttäuschung weinte, wie er den Schnabel öffnete, um all sein Wissen mitzuteilen, und doch nur wieder eine Parodie dessen herauskam, was er im Herzen barg.

EHRGEIZ

Mr. Macarthur fühlte sich zu Höherem berufen. Alles, was er unternahm, war von Ehrgeiz getrieben. Ich hatte kein Zuhause, hielt Gibraltar für nicht schlimmer als jeden anderen Ort und richtete mich auf ein Leben dort ein. Doch die Aussicht, auf den Befestigungsmauern von Gibraltar auf und ab zu marschieren, sagte meinem Mann ganz und gar nicht zu. Nur ein Hohlkopf folgte widerspruchslos dem Ruf seines Regiments. Sofern kein Krieg ausbrach, verband sich mit dem 68. Regiment keinerlei Aufstiegshoffnung. Dort dienten bereits zu viele niedere Offiziere, denen nur eine unter den Vorgesetzten grassierende Krankheit eine Beförderung bescheren konnte. Mr. Macarthur ärgerte sich über diese mageren Aussichten und schmiedete allerlei Pläne, wie er sich darüber hinwegsetzen konnte.

Er würde sein Patent verkaufen – vierhundert Pfund würde das einbringen! Verkaufen und Anwalt werden! Er hatte sämtliche Bücher gelesen, kannte das Gesetz so gut wie jeder Jurist. Er würde sich selbstständig machen, und das würde sich herumsprechen, und in kürzester Zeit würden sich die Leute darum reißen, von John Macarthur vertreten zu werden!

Im Zimmer auf und ab schreitend, legte er mir alles dar. Im Kamin sackte die Glut zusammen und warf einen hellen Schein auf sein Gesicht, in dem sich die Konturen der Pockennarben scharf abzeichneten. Seine Augen leuchteten ob seiner glorreichen Zukunft.

»John Macarthur von Lincoln's Inn«, sagte er. »Hat das nicht einen besonderen Klang?«

»Ja natürlich«, sagte ich. »Einen prächtigen Klang.«

Unbedarft, wie ich als Frau vom Lande war, bezweifelte ich, dass es so einfach sein konnte, aber ich wollte ihn in seiner Gewissheit nicht entmutigen. Sollte das doch die Welt erledigen statt seiner Frau. Vielleicht war es ja auch tatsächlich möglich. Eine Minute lang gestattete ich mir den Gedanken, wie viel angenehmer als Gibraltar Lincoln's Inn wäre.

Schon eine Woche später war indes von Lincoln's Inn nicht mehr die Rede. Nun hieß es, er werde mit einem Bekannten seines Vaters sprechen, der ihm eine Anstellung im Zeugamt von Portsmouth verschaffen könne: Oh, das wäre eine hervorragende Position, die beste der Welt!

»Und die Anwaltschaft, Mr. Macarthur?«

Ich wollte nicht sticheln, aber immerhin war mein Leben mit seinem verquickt.

»Oh, legen Sie mich nicht auf jedes Wort fest, das ich je geäußert habe«, sagte er. »Ihre Auffassungsgabe ist hervorragend, Weib, mit Ihrem unzureichenden Weltwissen steht es Ihnen aber wahrlich nicht an, mich zu belehren.«

»Mr. Macarthur, auf keinen Fall will ich Sie belehren«, sagte ich. »Da unser Schicksal jedoch miteinander verbunden ist, wollte ich erfahren, wie meine Zukunft aussehen mag!«

»Haben Sie Dank für diese Erinnerung«, sagte er. »In der Tat, es liegt an unserem *verbundenen Schicksal«* – er betonte die beiden Wörter spöttisch –, »dass ich mit jeder Faser danach strebe, mich zu verbessern!«

Er starrte mich strafend an, beobachtete, wie ich zu entwirren versuchte, was soeben geschehen war: Eine recht einfache Angelegenheit hatte sich innerhalb einer halben Minute heillos verknotet.

Großartige Pläne waren für Mr. Macarthur so überlebenswichtig wie Essen und Trinken. Jeder Plan schuf die Welt im Lichte seiner Überzeugung neu. Und auch er wurde ein neuer Mensch, eine glorreiche Version seiner selbst, sodass die beiden John Macarthurs nebeneinander herliefen wie zwei gut aufeinander abgestimmte Kutschpferde: einander ähnlich, aber nicht identisch, einander nah, ohne sich je zu berühren.

Er würde mit seinem Bruder sprechen, der den mittlerweile einflussreichen Politiker Evan Nepean aus seiner Schulzeit kannte. Er würde mit dem Vetter eines guten Freundes von Sir Joseph Banks sprechen, der ihn als Sekretär bei einem Mitglied des House of Lords unterbringen konnte. Er würde einen Bekannten Captain Moriartys bitten, an seinen Schwager zu schreiben, der eine hohe Stellung im Palast innehatte.

Der Palast! Ich stieß einen Laut aus, den man nur als Schnauben bezeichnen konnte und den ich mit einem Husten überspielen und mit dem Taschentuch ersticken musste, wovon Mr. Macarthur allerdings nichts merkte.

Als Erstes galt es, das Offizierspatent zu verkaufen. Leider verweigerten die beschränkten, engstirnigen und kleinlichen Männer, die solche Entscheidungen fällten, offenbar ihre Zustimmung. Sie hatten Ensign Macarthur nicht bei vollem Sold in den aktiven Dienst aufgenommen, um ihm nun das Ausscheiden aus diesem Dienst zu vergolden.

So blieb es also bei der Holsworthy-Kaserne, einer Brutstätte für Intrigen, Feindschaften und wechselnde Loyalitäten: zu viele Offiziere, die kaum etwas anderes zu tun hatten, als sich darüber zu empören, dass ihr Leben an ihnen vorbeiging. Verleumdungen, Gerüchte, Beleidigungen und Anfeindungen allenthalben.

Den Tratsch erfuhr Anne über die anderen Bediensteten oft vor mir, und wenn ich Unglauben vortäuschte, konnte ich sie anstacheln, mir mehr zu erzählen. Anfangs berichtete sie ängstlich und mit weit aufgerissenen Augen, was sie gehört hatte, doch als sie nach ein paar Wochen zahlreiche Skandale hatte hochkochen und versiegen sehen, erfreute sie sich daran wie an einem Theaterstück, das die Offiziere zur Unterhaltung ihrer Dienerschaft aufführten.

Ich schützte einen Gleichmut vor, den ich nicht besaß, denn die meisten Geschichten trafen höchstwahrscheinlich zu. Auch war mir bekannt, dass Mr. Macarthur in jeder dieser widerlichen Affären seine Finger im Spiel hatte. Oft setzte er im Namen eines gekränkten Offizierskollegen erzürnte, mit juristischen Fachbegriffen gespickte Briefe auf. Besonders entzückte es ihn, wenn ihm eine geniale Interpretation einfiel, mit der er ein unanfechtbares Argument auf den Kopf stellen konnte. Oh, er liebte juristische Winkelzüge!

Höchstes Vergnügen fand er an der, wie er es nannte, langen Partie. Ein schneller Sieg war kein Sieg. Besondere Finesse – und zwar genau seine Art von Finesse – erforderte es dagegen, einer scheinbar harmlosen Aktion eine gleichermaßen unschuldige folgen zu lassen, sodass diese Manöver einander verstärkten. Das Opfer wurde bei lebendigem Leib verschlungen, ohne recht zu wissen, wie ihm geschah.

Eines Abends hörte ich Mr. Macarthur prahlen, ihm sei es noch immer gelungen, einen Mann, den er nicht ausstehen konnte, zu vernichten. Das Lachen, das er diesem Bekenntnis folgen ließ, klang eher wie Triumphgeheul.

Das gezielt platzierte Gerücht war seine schärfste Waffe und entfaltete umso größere Wirkung, weil es immer ein Fünkchen Wahrheit enthielt, das ihm Glaubhaftigkeit verlieh. Ich fühlte mit Mr. Macarthurs Feinden, die seinen Verleumdungen hilflos ausgeliefert waren. Wenn der Betroffene Wind von den Gerüchten bekam, waren sie schon in der Welt. Er mochte sich noch so heftig zur Wehr setzen: Diese erste Geschichte war stets diejenige, der man Glauben schenkte.

Mr. Macarthur tappte in keine Falle. Mrs. Borthwick interessierte sich eines Tages für das Datum unserer Eheschließung und den erwarteten Geburtstermin unseres Kindes. Hätte man diese beiden Termine nebeneinandergestellt, so wäre das peinlich für uns geworden. Doch er hatte die geschmeidige Antwort eines Gentleman parat, die jeden Zweifel auszuräumen vermochte.

»Oh, wir hatten es eilig«, sagte er und schmunzelte milde. »Es war allgemein anerkannt, dass es zwischen uns eine informelle Übereinkunft gab – wir standen für das Kind einer Freundin Pate, wissen Sie. Und da, na ja, da ist unsere gegenseitige Zuneigung schlichtweg mit uns durchgegangen. Ist es nicht so, meine Liebe?«

»In der Tat«, sagte ich und versuchte zu lächeln. »So war es in der Tat, Sir.«

Ein Fünkchen Wahrheit enthielt auch diese Behauptung. Ja, ich war Elizabeth Kingdons Taufpatin. Der durchaus naheliegende Umstand, den er hinzudichtete – dass auch er Taufpate war –, fügte sich nahtlos ein. Wer würde sich je die Mühe machen, das zu überprüfen? Auch wenn in der Zukunft jemand nach Beweisen suchte, so würde sich kein Stück Papier finden lassen, das die Behauptung bestätigen oder widerlegen konnte. Nur dieses hier, auf dem ich Ihnen die Wahrheit offenbare.

DUELL

Immer wieder, jede Woche, wie es schien, spielte sich das grandiose Schauspiel eines Duells ab. Hätten die Pistolen der Offiziere ihr Ziel getroffen, so hätte das die Streitkräfte Seiner Majestät schmerzlich dezimiert. Doch seltsamerweise kam, soweit ich weiß, in diesen Duellen nie jemand ernsthaft zu Schaden.

Mrs. Borthwick, deren George offenbar schon das eine oder andere Duell bestritten hatte, erklärte mir, es sei Aufgabe der Sekundanten, zu verhindern, dass jemand getötet werde. Sie luden, einander genau beobachtend, die beiden Pistolen übereinstimmend so, dass der Schuss nicht losging oder sein Ziel weit verfehlte. Sie sollten nicht etwa Aufsicht über den Tod führen, sondern faire Bedingungen herstellen. Es war völlig hinreichend, wenn in der Morgendämmerung des anberaumten Tages ein gebührender Knall die Vögel von den Bäumen aufscheuchte und eine gebührende Rauchwolke über dem Duellplatz aufstieg. Der Krach, der Rauch und der Geruch, dazu die salbungsvolle Betriebsamkeit der Sekundanten mit ihren Zollstöcken, des Arztes mit seinem Koffer: all das schmeichelte dem Stolz und linderte die Kränkung. Eine Wunde, geschweige denn eine Leiche war nicht notwendig.

Wie die anderen Offiziere empörte sich Mr. Macarthur ständig über die eine oder andere Schmähung oder Beleidigung und geriet bei der kleinsten Verletzung seiner vermeintlichen Ansprüche in Rage. Ein kompliziertes Regelwerk grenzte den einen Gentleman vom anderen ab, und an diesen Grenzen patrouillierte Mr. Macarthur mit wachsamem Auge und offenem Ohr, unablässig nach kleinsten Verstößen Ausschau haltend.

Eines Nachmittags stürmte er in unser Quartier. Auf seinem Nacken leuchteten zornrote Flecken, die Kiefermuskeln bewegten sich unter der Haut wie eine unsichtbare Kreatur, die ständig an- und abschwoll.

»Ich werde Genugtuung fordern!«, schrie er und eilte zu dem Regal mit dem Kästchen, in dem, eingeschlagen in weinrotem Samt, die Duellpistolen lagen.

Wie ich mittlerweile wusste, endete ein Duell nicht zwangsläufig mit dem Tod. Gleichwohl war mir der Anblick der Pistolen zuwider, flößte mir die Vorstellung, dass ein heißer Bleiball auf das ungeschützte Fleisch eines Menschen zuraste, Angst ein.

»Aber Mr. Macarthur, worum geht es? Was hat man Ihnen denn angetan? Es werden doch gewiss keine Pistolen notwendig sein!«

Mr. Macarthur, erfuhr ich, hatte sich bereit erklärt, für Lieutenant Selby in dessen Duell gegen Lieutenant Bannerman als Sekundant zu fungieren. Als man auf dem Duellplatz eintraf, stellte es sich heraus, dass Lieutenant Bannerman einen Mann namens Baker als Sekundanten dabei hatte, und Baker war kein Gentleman.

»Ich erklärte Bannerman, ich ließe mich nicht beleidigen«, sagte Mr. Macarthur. »Was dachte sich der Narr dabei, mir einen Kerl wie diesen Baker an die Seite zu stellen?«

»Aber Sir, das kann es doch nicht wert sein, dafür zu sterben?«

Sterben! Das erzürnte meinen Mann aufs Neue.

»Meine Liebe«, sagte er, »Sie beleidigen mich, wenn Sie annehmen, ich wäre derjenige, der stirbt. Das ist wahrlich der unwahrscheinlichste Ausgang!«

»Sir, ich bezweifle nicht, dass Sie ein guter Schütze sind«, antwortete ich, verärgert über seinen Hochmut. »Aber dieser Bannerman könnte ein noch besserer sein! Wollen Sie mich als Witwe zurücklassen?«

»Oh, meine liebe Frau«, sagte er, »haben Sie keine Angst! Zufällig besitzen meine Pistolen gewisse Eigenheiten und lassen sich nur von jemandem sicher laden, der damit vertraut ist. Sprich, von mir.«

Seine Augen strahlten vor Selbstzufriedenheit.

»Meine Liebe«, rief er, »es würde Ihnen gut anstehen, mehr Vertrauen in Ihren Gemahl zu haben!«

Mich überkam eine große Erschöpfung. Ob er nun auf dem Duellplatz vor einem nichtsahnenden Gegner oder vor seiner Frau stand: Mr. Macarthur hatte immer einen Trick auf Lager, der ihm am Ende den Sieg sicherte.

»Oh, so viel also zum Ehrenmann«, sagte ich.

Ich wollte ihn verletzen, dachte, damit würde ich ihn treffen. Aber er schien mich gar nicht zu hören und verließ das Zimmer mit dem Pistolenkästchen.

Mit der Zeit wurde mir klar, dass die jeweilige Kränkung keine Rolle spielte. Sein Status als Gentleman dagegen – ja, an dem lag ihm viel. Da er sich dessen so unsicher war, musste er ihn ständig unter Beweis stellen, wenn nötig, bis zum Tod. Man munkelte, er sei vor seinem Eintritt in das Fish-Regiment bei einem Korsettmacher in die Lehre gegangen. In der Kaserne kursierten alle möglichen bösartigen Gerüchte, und dieses konnte ich nicht recht glauben. Doch es prägte sich mir ein. Wenn es stimmte, erklärte es dieses verzweifelte Bedürfnis.

Seine Unsicherheit äußerte sich nicht nur in Vornehmtuerei. Er suchte nach Kränkungen, weil er nur in der Konfrontation mit anderen Vertrauen in sich selbst fassen konnte. Er brauchte diese fadenscheinige Vorstellung von *Ehre,* um sein Selbstwertgefühl daran zu heften, weil er nicht wusste, woran er es sonst heften sollte.

Und ich? Woran heftete ich mein Selbstwertgefühl? Ich hätte es nicht sagen können, erkannte aber eine gewisse Halsstarrigkeit tief in meinem Innern, die mich ermächtigte, die zu sein, die ich war. Auch wenn ich in den Augen der Welt wenig mein

Eigen nennen konnte, besaß ich mit diesem Selbstwertgefühl mehr als mein Ehemann, ungeachtet all seiner Arglist.

Mit sieben habe man ihn weggeschickt in die Schule, erzählte er mir. Wie ich von Bridies Brüdern wusste, regierte in solchen Einrichtungen die Macht des Stärkeren, und die Schwachen fristeten ein elendes Leben. Ein Junge lernte schnell, sich besser auf die Seite der Raufbolde zu schlagen.

Er war in der Schule, als seine Mutter starb. Niemand hatte ihn von ihrer Krankheit unterrichtet. Sein Vater schrieb ihm weiterhin wöchentlich einen Brief, den der Junge mit Berichten über Kricketspiele und Fortschritte im Griechischen beantwortete. Dass sie gestorben war, erfuhr er erst, als er in den Ferien nach Hause zurückkehrte. Sein Vater sagte, es sei am besten so gewesen. Warum hätte er ihn beunruhigen sollen? Hätte er seine Mutter gesund machen können, wenn er zu Hause gewesen wäre? Hätte er sie von den Toten zurückholen können, wenn er der Beerdigung beigewohnt hätte?

Ich hatte mich für einen traurigen Fall gehalten. Aber ich hatte um meinen Vater weinen dürfen, und mein Großvater liebte mich. Meine Freundschaft mit Bridie war aufrichtig und tief, und die Kingdons hatten mir einen Platz in ihrem Leben eingeräumt. Mein Mann hatte niemanden gehabt, und wohl deshalb hatte sich schon vor Jahren ein maßgeblicher Teil von ihm, ein beständiges Bild seiner selbst in ein Versteck zurückgezogen wie eine Maus in ihr Loch. Diesen Schmerz aber konnte er nie eingestehen. Er musste ihn in eine Klinge verwandeln, um die Welt, die ihm so viel Leid zufügte, zu bestrafen.

Manchmal gab er sich aberwitzigen Schwärmereien und ungestümen Plänen hin. Doch aus einem solchen Fieberwahn konnte er innerhalb einer halben Stunde in eine so tiefe Melancholie stürzen, dass er sich nicht überreden ließ, das Bett zu verlassen. Sein Gesicht nahm einen beängstigenden Ausdruck an: starr und ausgemergelt, hölzern wie eine Maske. Er war völlig unzugänglich. Alles sei hoffnungslos, flüsterte er. Er sei ein Nichtsnutz, sein Leben eine trostlose Einöde. Versuchte ich, ihn mit Späßen aus seinem schwarzen Trübsinn zu locken, schien es, als wäre er weit weg und könne mich nicht einmal hören.

Wie viele Ehefrauen lernen wohl wie ich, das Klima im Raum zu prüfen? Darauf zu achten, wie der Ehemann den Kopf neigt, die Füße setzt, den Löffel hält, die Faust neben den Teller legt? In einem Wimpernschlag zu erfassen, ob Sonne oder Schatten die Oberhand hat? In so einem Raum war das Wetter wechselhaft wie der Mai in Devon.

EIN SCHIMMERNDER KÄFER

Mrs. Borthwick, selbstsicher, humorvoll, gescheit und hübsch wie ein edles Pferd, mochte vormachen, wie eine Frau ihr Leben zu ihrer Zufriedenheit ordnen konnte, doch mir gelang es damals nicht, einen solchen Weg zu erkennen. Allerdings gestand ich mir, stolz, wie ich war, nur tief in meinem Innern ein, in welch verheerende Lage ich mich gebracht hatte. Ich legte mir eine spiegelglatte Oberfläche zu, an der schon die kleinste Andeutung einer mitfühlenden Nachfrage abperlte. Den Schmerz, nicht geliebt zu werden, stieß ich in weite Ferne, wo er mir nichts anhaben konnte. Ich wurde wie einer dieser flachen schimmernden Käfer, die im Herzen eines verrotteten Baumstamms leben, ein winziges Geschöpf, das sich in den schmalsten Spalt zurückziehen kann.

Die Wehen setzten auf dem Weg zur Kaserne in Chatham ein, von wo aus wir nach Gibraltar übersetzen wollten. Allerdings waren wir noch weit von Chatham entfernt, als sich abzeichnete, dass das Kind kommen würde, und so landeten wir unter hektischen Umständen in einem ärmlichen Gasthof am falschen Ende von Bath.

Mit der ersten Wehe hatte ich zu weinen begonnen, denn dieses plötzliche Stechen machte mir bewusst, was ich bis dahin nicht hatte wahrhaben wollen: Es gab kein Zurück. Und dann konnte ich nicht mehr aufhören zu weinen. All die Jahre, in denen ich die Tränen hinuntergeschluckt, in denen ich mich fröhlich und nachgiebig gegeben, stets nur mittelmäßige Gedanken geäußert hatte, dann die sonderbaren Monate meiner Ehe mit einem Mann, zu dem ich nicht vordrang: All dieser unterdrückte Kummer steckte in meiner Kehle wie ein Kloß.

Anne wusste etwas mehr über die Geburt als ich, aber sie war eben ein junges Mädchen, und als die Wehen heftig und in kurzen Abständen kamen, hatte sie ebenso viel Angst wie ich. Für eine Reisende, die gerade erst in die Stadt gekommen war, ließ sich keine Hebamme auftreiben, und so blieb die Frau des Gastwirts während der Niederkunft bei mir.

Ihr ging jede Gutmütigkeit ab. Für eine, die sich nicht vorbereitet habe auf das, was da auf sie zukomme, stellte sie klar, fehle ihr jedes Verständnis. Doch sie kannte sich aus und blieb bei mir, während ich die schreckliche Landschaft aus Schmerz, Angst und Chaos durchschritt. Die Zeit war aufgehoben, die Zeit wollte nicht verstreichen, die Zeit ließ sich nur in den Pausen zwischen dem brutalen Wüten der unerbittlichen Faust in meinem Körper messen. In diesen Pausen – sechs Atemzüge, dann drei, dann einer – wurde ich mir zurückgegeben, konnte spüren, wie Luft in den Brustkorb strömte und wieder entwich, konnte das kühle Wasser schmecken, das Anne mir einflößte, konnte feststellen, dass sich die Erde weiter drehte und die Zeit wie gewohnt verstrich. Jede Atempause aber war der reine Hohn. Die geballte Faust kam wieder, fern zuerst, dann brüllte sie über mir, durchdrang mich, umschloss mich, saugte Luft und Zeit auf und schleuderte mich in eine Ewigkeit des Unerträglichen. Schließlich fügten sich die Wehen lückenlos aneinander, ohne jede Atempause, und ich konnte nur noch um mich schlagen in dieser entsetzlichen Welt, die sich keinen Deut um mich scherte, die mich knautschte und stauchte, bis ich keine Person, kein Mensch mehr war, sondern nur noch ein schreiendes Tier.

Die Stimme meiner Begleiterin war eine Rettungsleine, die mich mit dem Leben verband. In der Finsternis, durch die ich mich quälte, war sie bei mir, nicht aber im Schmerz. Diese Hölle musste ich allein durchqueren. Dort lernte ich eine kalte, mitleidlose Wahrheit: Jeder Mensch – sogar, wenn er geliebt wird, und ich wurde nicht geliebt – ist allein. Auf dem gesamten Erdball gab es niemanden außer mir, und ich war erschüttert, reduziert auf ein winziges Körnchen Sein.

Das Kind, das mir die Frau in die Arme legte, sah nicht aus wie die properen rosigen Säuglinge, die ich bis dahin gesehen hatte, süße kleine Bündel, die in einem Zimmer voller lächelnder Menschen herumgereicht wurden. Es war ein entsetzliches Äffchen mit reisigdünnen Beinen, knallroten Händen und einem dicken runden Bauch. Es schien sein Leben auszuhauchen, der Mund öffnete sich und schloss sich wieder, doch es entwich nur ein leises Wimmern.

Die Frau des Gastwirts nahm mir mein Kind ab, und ich lag erschöpft auf dem Bett, platt und schlapp wie eine Kreatur, die man tot aus dem Meer gefischt hatte. Es war wohl die schlimmste Stunde meines Lebens. Der armselige Gasthof, das schwächliche Kind und nun Anne, die mich mit Wasser traktierte, Brot in Milch bröselte, die ich nicht wollte. Armes Mädchen, sie meinte es nur gut, aber sie konnte mir nicht helfen, sie war mir fremd. In dieser Welt, dachte ich, lebte ich jetzt also, in einer abscheulichen hässlichen Welt, in der ich allein war, allein, allein. Wieder weinte ich, wütete und schluchzte, und die Flut wollte kein Ende nehmen. Weh mir, oh, ich Ärmste, weh mir.

Die Frau kam mit dem gewaschenen und gewickelten Kind zurück, legte es neben mich, setzte sich, die kräftigen Arme über der Brust verschränkt, und musterte mich ohne jede Herzlichkeit mit ihren kleinen pfiffigen Augen. Augenscheinlich begriff sie, was mit meinem Leben geschehen war, kannte die ganze traurige Allerweltsgeschichte, ohne dass sie ihr jemand erzählen musste.

»Mrs. Macarthur«, erhob sie schließlich die Stimme über mein Schluchzen, und ich dachte schon, sie würde meine Hand nehmen, mich vielleicht mit ein paar Gemeinplätzen aufmuntern.

Weil ich überzeugt war, dass sich meine Not mit solchen Gemeinplätzen nicht lindern ließ, machte ich mich für neue Tränen bereit. Doch ihr versteinertes Gesicht blieb hart, sie spendete mir keinerlei Trost.

»Wer nicht sieht, was Sie sich da eingebrockt haben, Mrs. Macarthur, muss schon ein Dummkopf sein«, sagte sie.

Sie sagte es leichthin, als erklärte sie jemandem den Weg von Bridgerule zum Red Post Inn. Hielt kurz inne, sah mich mit meinem tränennassen Haar scharf an. Diese grässlichen Haare, die mir auf den Wangen klebten, waren Teil des Elends, in dem ich ertrinken wollte. Ich ließ sie kleben, statt sie aus dem Gesicht zu streichen.

»Das sieht ja wohl ein Blinder, wie Ihnen das zusetzt«, sagte sie. »Und ich will Ihnen auch nicht mit den leeren Worten kommen, die man sonst so hört, *Zumindest haben Sie einen süßen Jungen,* denn das ist wahrlich ein trauriger kleiner Wicht. Ist ehrlich gesagt noch nicht abgemacht, ob er lebt oder stirbt.«

Ich fragte mich, ob sie der Teufel war, der mich heimgesucht hatte, mich zu verhöhnen.

»Ich kenne Sie nicht, deshalb kann ich offen sein«, sagte sie. »Als eine, die schon so manche Leiche gewaschen hat, will ich mal so viel sagen: Sie sitzen ganz schön in der Patsche, und niemand auf Erden kann Ihnen da raushelfen.«

Ich wappnete mich für fromme Worte nach dem Motto *Gottes Wege sind unergründlich.*

»Und wohl auch niemand, der nicht auf dieser Erde ist.« Sie konnte meine Gedanken lesen. »Da kann sich einer noch so mächtig ins Zeug legen.«

Sie lachte ein schreckliches Lachen. Ihr Gesicht zerfiel in seine Bestandteile, Nase, große grobe Wangen, Mund.

»Was Sie angeht, Kindchen, Sie haben noch ein Päckchen an Jahren zu tragen«, sagte sie. »Suhlen Sie sich in Ihrem Elend, wenn Ihnen danach ist, warten Sie auf etwas, das nie kommt. Niemand in der Welt wird Sie abhalten, wenn Sie es so wollen.«

Sie stand auf, rollte die Ärmel herunter und knöpfte sie zu, als wäre sie fertig mit mir.

»Aber das eine kann ich Ihnen sagen, Kindchen. Das Leben ist lang. Es hat mehr Wegbiegungen, als Sie zählen können. Eine Frau kann allerlei tun, sie muss nur auf den rechten Augenblick warten.«

Als sie mit Anne im Schlepptau gegangen war, weinte ich bitterlich über die harten Worte und ihr mangelndes Mitgefühl. Ich lag da in meinem Elend, die gierigen Tränen strömten mir über das Gesicht und tropften mir vom Kinn. Nichts tat sich, niemand kam. Nur die stille Kammer, das Kind, das neben mir schlief, und ich, die ich meinem eigenen Heulen und Zähneklappern lauschte.

Ich hätte ewig weiter weinen, an meiner hemmungslosen Verzweiflung sterben können, doch nach einiger Zeit waren einfach keine Tränen mehr da. Ein letzter trockener Schluchzer ging in einen Schluckauf über. Dann war es vorbei.

Das Kind rührte sich, ließ ein schwaches Wimmern hören, drehte mir den Kopf zu, reckte die winzige Faust. Wir saßen in einem Boot, wir beide gemeinsam. Da lag es, diese hässliche Handvoll Leben, das nichts konnte außer leise zu fiepen, eine Faust zu ballen, die nicht größer war als eine Walnuss, und ziellos den Kopf zu drehen. Etwas in mir wandte sich ihm zu. Ich nahm den Jungen auf, sein verschwommener Blick schien meinem zu begegnen, das Mündchen bewegte sich, und ich begriff, wenn er überlebte, dann nur, weil ich für ihn sorgte. Armes schwaches, unansehnliches Geschöpf, das er war: Ich konnte nicht anders, als ihn zu lieben.

GEHEIMWISSEN

Als der Fremde, der mein Ehemann war, das Zimmer wieder betrat, roch er nach Zigarren und Rum. Ich hatte mich aufgesetzt, die Kissen im Rücken und das Kind in den Armen. Anne hatte Wasser, einen Lappen und ein sauberes Nachthemd gebracht, mir sanft das Gesicht gewaschen und die Haare zusammengebunden.

»Meine Liebe«, sagte er, und ausnahmeweise schwangen in der Anrede echte Gefühle mit.

Doch er konnte mir nicht in die Augen sehen, hatte wohl gewissermaßen Angst vor mir. Ich hatte Schmerz und Angst überstanden, war wie jede Frau im Kindbett dem Tod nahe gewesen. Ich hatte mehr Stärke bewiesen, als es das Leben ihm je abgefordert hatte. Hatte Einsichten gewonnen, die sich ihm nie erschließen würden. Geheimwissen erworben, das nicht erlernt, sondern nur erlebt werden kann.

Er blickte das Kind an und schob das Tuch zur Seite, um sein Gesicht zu sehen.

»Hm«, sagte er, und es war nicht zu überhören, dass er wie ich nicht dieses verschrumpelte Geschöpf, sondern ein rosiges rundes Engelchen erwartet hatte. Er legte dem Kind einen Finger auf die blasse Wange, als müsse er sich vergewissern, dass es lebte. Es drehte den Kopf, die blau geäderten Lider flatterten.

»Mein Sohn«, sagte er unsicher, aber sichtlich bemüht, diesen Winzling mit seinen stolzen Worten in Einklang zu bringen. Sah mich kurz an, als blickte er in ein grelles Licht.

»Edward vielleicht«, sagte er. »Edward Macarthur, das klingt gut, finden Sie nicht auch?«

Er kehrte in seine vertraute Welt zurück, in der er die Zügel in die Hand nahm und die Richtung vorgab.

Vor der Geburt hatte auch ich einige Überlegungen zum

Namen angestellt. Wenn es ein Mädchen würde, sollte es Jane heißen, zu Ehren der guten Mrs. Kingdon, wenn es ein Junge würde, wollte ich es nach meinem Vater Richard nennen, oder vielleicht nach meinem Großvater John.

»Ich dachte an Richard«, sagte ich. »Nach meinem Vater. Also vielleicht Edward Richard.«

Ich sprach die Worte sanft, freundlich. Ich war in Todesangst versunken und heil zurückgekehrt. Ich war mir selbst begegnet und wollte mich nie wieder verlieren. Gegenüber diesem Mann, der solcherlei Privilegien nicht genoss, konnte ich großzügig sein.

Vor langer Zeit hatte ich mich klein zusammengefaltet und sorgfältig versteckt. Dieses Verhalten hatte mir gute Dienste geleistet. Doch dann hatte ich mich übereilt und leichtsinnig entfaltet, am falschen Ort, zur falschen Zeit und mit dem falschen Partner. Von der Frau, die sich klein zusammengefaltet, und der Frau, die es allzu früh gewagt hatte, sich zu entfalten, blieb, wenn man alles andere abzog, ein winziges Körnchen übrig. Das war jetzt bei mir und würde immer bei mir bleiben. Es würde verhindern, dass ich mich zur Wand drehte und mein Leben damit vergeudete, mein Schicksal zu beklagen. Dieses kostbare Körnchen Ich würde ich mit in die Zukunft nehmen.

EINDRINGLING

Ich hoffte darauf, dass Edward besser gedeihen würde, wenn wir erst in die Kaserne von Chatham gezogen waren, doch er blieb ein kleines und mageres Kind, das kränklich in meinen Armen wimmerte. Anne und ich lernten einander gut kennen an den Tagen und in den langen Nächten, in denen wir ihn abwechselnd zu beruhigen versuchten. Wir nahmen ihn auf den Schoß, legten ihn hin, ich stillte ihn und ließ ihn aufstoßen, wir wickelten ihn fest ein oder deckten ihn lose zu. Als Anne einen Schal in ein Tragetuch verwandelte, das wir mir fest um den Körper banden, verschaffte diese schlaue Erfindung uns allen eine Atempause.

Die gute Anne – anders als ich verzweifelte sie nie – war nicht bereit, das Kind aufzugeben. Mehr als einmal kam sie mir zu Hilfe, wenn ich mit dem weinenden Edward auf dem Schoß ermattet im Lehnstuhl saß und vor lauter Erschöpfung bittere Tränen vergoss. Brachte mich ins Bett, deckte mich sanft zu, als wäre sie die Mutter und ich das Kind, und nahm Edward mit, bis ich aus tiefem Schlaf erwachte und wieder bereit war, mich mit ganzer Kraft meiner Mutterrolle zu widmen.

Edward überlebte, eine Woche, einen Monat, zwei Monate, und ich dankte dem Gott, an den ich nicht glaubte, dass dieses Kind nicht tot war, wie ich es mir noch ein Jahr zuvor sehnlichst gewünscht hatte.

Das Kind war keine drei Monate alt, als mich Mr. Macarthur einmal im großen Lehnstuhl vor dem offenen Kamin beim Stillen antraf. Edward und ich bildeten eine Einheit: Mein Körper ruhte entspannt in den Kissen, er schmiegte sein warmes Gewicht eng an mich, mit Seestern-Fingerchen den Quell der Glückseligkeit liebkosend, die Füßchen verzückt ineinander verschlungen.

Als Mr. Macarthur unvermittelt in der Tür stand, hatte ich keine Zeit, die Szene neu zu arrangieren. Eine Mutter dürfte wohl kaum Gewissensbisse entwickeln, weil sie ihr eigenes Kind stillt. Trotzdem fühlte ich mich ertappt, und es drängte mich, meine Blöße zu bedecken. Edward spürte sofort die Veränderung meiner Gemütslage, der geschmeidige Rhythmus seiner Nuckelbewegungen geriet aus dem Takt, er prustete und hustete und stieß sein verzweifeltes Fiepen aus.

Ich sah die Veränderung in Mr. Macarthurs Gesicht, als er auf diese Szene blickte, die er zuvor noch nie erlebt hatte: seine Frau, die sich der Wonne einer liebenden Umarmung hingab. Was lag in diesem ungeschützten Blick? Erschütterung, Überraschung: ja, beides. Aber da war noch etwas anderes: Verlust, Sehnsucht, Einsamkeit, Trauer.

»Ich bitte tausendmal um Entschuldigung, Mrs. Macarthur«, sagte er. Der Moment gefror zur höflichen Entschuldigung eines Gentlemans, der seine Gemahlin gestört hatte. »Bitte verzeihen Sie mein Eindringen.«

Dann drehte er sich um und schloss leise die Tür hinter sich.

Er hatte seinen Kummer schnell verborgen, doch so viel begriff ich: Ein Tyrann, ein Maulheld und ein Schmeichler, der bei anderen Menschen geschickt die Fäden zog, war Mr. Macarthur nicht etwa, weil ihm die schlechten Eigenschaften in die Wiege gelegt worden wären. Wie ich wusste er sich allein im weiten wirbelnden Universum, ein Körnchen Nichts, dick eingepackt in die derbe Durchtriebenheit, unter der er sich verschanzte. Ich war meinem Körnchen Ich begegnet und hatte seine Gesellschaft begrüßt, wohingegen er sich lediglich als das Opfer sah, das wir alle zweifellos waren. Wie jeder von uns fühlte er sich nicht willkommen. Kurzum, er war eine Seele unter vielen, doch aus lauter Angst konnte er einer anderen Seele weder Anerkennung noch Vertrauen schenken.

ZAHLENSPIELE

Edward war ein halbes Jahr alt, als mein Mann mit dem vertrauten Leuchten in den Augen ins Zimmer trat: Er hatte einen Plan.

»Liebste«, sagte er, was mich umgehend misstrauisch stimmte. »Liebste, Sie haben mehr Geduld bewiesen, als es sich jeder Ehemann wünschen kann.«

Ich lächelte und dachte bei mir: *Was kommt jetzt schon wieder?*

»Als wir beschlossen haben, unser Schicksal miteinander zu verknüpfen«, sagte er, »habe ich gelobt, Sie zu lieben und zu ehren. Nun kann ich Ihnen voller Freude Nachrichten überbringen, meine Liebste, die Ihr Herz mit Glück und Dankbarkeit erfüllen werden ...«

»Um Himmels willen«, rief ich. »Heraus damit, Sir!«

»Ich habe heute Morgen beantragt, in ein neues Regiment eintreten zu dürfen, für das man mir eine Beförderung angeboten hat. Lieutenant Macarthur vom New South Wales Corps! Klingt das nicht prächtig, meine liebe Frau? Wir sollen die Marine unterstützen, die bereits dort ist. Im Dezember brechen wir auf.«

Ich dachte, er mache einen Scherz, doch bei dem angespannten Zug um den Mund, den ich so gut kannte, verging mir das Lachen. Er hatte Freude erwartet, die ich ihm aber nicht bieten konnte.

»New South Wales!«, rief ich. »Das New South Wales Corps!«

Ich lavierte wie ein kreuzendes Schiff, inständig hoffend, der Wind möge sich drehen. Über New South Wales wusste ich nicht mehr, als dass es auf der anderen Seite des Erdballs lag, das jüngste Straflager, das Seine Majestät für Verbrecher der schlimmsten Art errichtet hatte.

»Aha, und warum New South Wales, Mr. Macarthur?«

Nun purzelten die Worte förmlich aus ihm heraus, und mit Feuereifer legte er mir die glorreichen Aussichten im New South Wales Corps dar. Die Beförderung sei nur der Anfang.

»Dort bieten sich zahlreiche Gelegenheiten«, sagte er. »Befehlshaber ist Nicholas Nepean, dessen Bruder ein Schulfreund meines lieben Bruders war. Der dortige Gouverneur verfügt über das Recht, Land zu vergeben, große Ländereien, und wenn man seinen Fall geschickt darlegt, lässt er sich gewiss überzeugen.«

»Aber die Kolonie ist ein Zuchthaus!«, rief ich. »Gegründet vor nicht einmal zwei Jahren. Das ist gewiss nicht mehr als eine Rodung in der Wildnis!«

Oh, er hatte auch darauf eine Antwort parat und legte mir die letzten Berichte aus der Kolonie vor.

»Sehen Sie nur, meine Liebe«, sagte er. »Sehen Sie hier: *rasante Baufortschritte!* Die Feldfrüchte gedeihen *in schier unglaublicher Weise!*«

Er redete und redete, steigerte sich wieder einmal in etwas hinein. Wenn ich geduldig wartete, würde es vorübergehen wie ein Regenschauer. *Nicht widersprechen,* ermahnte ich mich. Der Gedanke an New South Wales erschreckte mich dermaßen, dass mir keine List einfiel.

»Mr. Macarthur, das sind doch nur Buchstaben auf Papier«, sagte ich. »Die Menschen, die an diesem schrecklichen Ort leben, wollen es als Erfolg verkaufen. Diese Berichte stammen von Männern, die ihr eigenes Süppchen kochen!«

»Unsinn«, sagte er. »Das sind die besten und neuesten Berichte. Wollen Sie etwa behaupten, der Gouverneur von New South Wales lügt?«

Wie so oft hatte er mir eine Schlinge umgelegt, die sich mit jeder Antwort nur enger zuziehen konnte. Auf der verzweifelten Suche nach einem Ausweg änderte ich die Richtung.

»Da gibt es die schlimmsten Verbrecher«, sagte ich. »Egal, wie prächtig die Ernte ist, sehen Sie sich wirklich als Gefängniswärter für den Abschaum von Newgate?«

Ah, das war ein Treffer. Ich spürte, wie er zusammenzuckte, und baute meinen Vorteil aus.

»Und was ist mit Ihrer Frau und Ihrem Kind, Sir? Möchten Sie, dass Ihr Sohn – wenn er überlebt – in der Gesellschaft von Dieben und Mördern aufwächst?«

»Unsinn«, wiederholte er.

Ich hatte überzogen. Seine Zweifel verflüchtigten sich.

»Haben Sie keine Angst«, sagte er. »Die Berichte mögen überschwänglich sein, aber sie sind auch bereits veraltet. Bis unser Corps dort eintrifft, wird für unseren Empfang alles bereit sein. Meine liebe Frau, lassen Sie sich nicht von abgeschmackten trivialen Vorurteilen leiten!«

»Mag sein, dass ich Vorurteile habe«, sagte ich. »Ich gehe jedenfalls nicht da hin!«

Hohle verzweifelte Worte. Er wusste so gut wie ich, dass der Satz *Ich gehe jedenfalls nicht da hin* nur heiße Luft war. Er brauchte die Gegenfrage gar nicht stellen: *Wo gehen Sie dann hin?*

Seine Gedanken drehten sich ohnehin nicht darum, was seine Frau wollte oder nicht wollte. Die Art, wie sein Blick über den Teppich huschte, ließ vermuten, dass ihn noch etwas anderes beschäftigte.

»Da wäre auch noch die Angelegenheit mit der kleinen Geldschuld«, sagte er schließlich. »Die Summe, die ich vor meinem Eintritt in das 68. Regiment aufgenommen habe. Von einem Gentleman kann man schließlich nicht erwarten, von einem Shilling und Sixpence am Tag zu leben.«

»Eine kleine Geldschuld«, sagte ich.

Ich hatte wie er in beiläufigem Ton gesprochen. Dann verstummte ich und wartete ab. *Eine kleine Geldschuld.* Zwanzig

Pfund? Fünfzig? Zwanzig Pfund waren der halbe Jahressold eines Ensign. Fünfzig Pfund verschlangen den Sold eines Lieutenants. Ich begann, im Kopf zu rechnen, wie viel wir über wie viele Jahre wöchentlich zur Seite legen mussten, um zwanzig Pfund zurückzuzahlen.

»Ein paar Hundert«, sagte er. »Ein paar Hundert oder so.«

Ein paar Hundert. Ich kannte die Worte, doch sie klangen, als gehörten sie einer Fremdsprache an. Zwanzig Pfund konnte ich mir vorstellen, Münzen über eine Tischplatte verteilt. *Ein paar Hundert,* das war etwas völlig anderes. Der Sold eines niederen Offiziers und ein paar Hundert Pfund, das ließ sich nicht zusammen denken.

Er fuhr sich mit der Zunge über die Lippen, wich meinem Blick aus.

»Vielleicht fünfhundert.«

Er treibt seinen Spaß mit mir, dachte ich. Aber es war kein Spaß. Er hatte den Kopf gesenkt, die borstigen Wimpern lagen über seinen Augen. Noch nie hatte ich Mr. Macarthur kleinlaut erlebt, nun jedoch konnte man ihn fast so bezeichnen.

Unser Gespräch kreiste plötzlich nicht mehr um etwas, das zu ändern in meiner Macht lag. Es hatte keinen Sinn, Zahlenspiele zu betreiben und mir den Kopf zu zerbrechen. Mein Mann hatte zu viele Schulden, als dass ein Soldat sie in Friedenszeiten hätte zurückzahlen können, egal, wie man die wöchentlichen Raten ansetzte.

Ich war stets davon ausgegangen, dass sein Vater ihm das Offizierspatent gekauft habe, doch nun ging mir auf, dass er das Geld dafür wohl geliehen hatte. Dieser Betrag zuzüglich der Aufbesserung seines täglichen Shilling und Sixpence mochte sich auf etwa fünfhundert addieren. Kein Wunder, dass seine Stiefel aus dem besten Leder waren und dass er Mrs. Kingdon mit Bonbons beschenken konnte! Und kein Wunder, dass er so darauf erpicht war, sich einen besseren Posten als Gibraltar zu sichern!

Nun räusperte er sich, trat zum Fenster und blickte hinaus, als gäbe es dort etwas Interessantes zu sehen. Wie er so dastand, mit der Schulter zu mir, stellte er sich offenbar auf Geschrei, Wut und Tränen ein, die Schulter diente als Barriere. Aber welchen Nutzen hätten Tränen oder Wutgeschrei gehabt? Wut verriet Schwäche. Dasselbe galt für Tränen. Wie Mr. Kingdon mit dem Finger auf der Landkarte dem schlängelnden Lauf eines Flusses gefolgt war, unermüdlich bis zum Ozean, so folgte ich den Worten *fünfhundert Pfund.*

»Ja, ich verstehe«, sagte ich.

Eine gewisse Erleichterung war ihm anzumerken. Es stand nicht in meiner Macht, ihm die Idee mit New South Wales auszureden. Nichts, was ich hätte tun oder sagen können, hätte an diesem ungeheuren Sachverhalt etwas geändert: *fünfhundert Pfund.* Er hatte recht. New South Wales war der einzige Ausweg. Mr. Macarthur brauchte dringend Beförderung und Aufstiegsmöglichkeiten, und die konnte nur ein neues Regiment bieten.

Seine Verlegenheit war verflogen, und so musste er sich auch nicht mehr mit dem Bollwerk seiner Schulter gegen mich abgrenzen. Er wandte sich vom Fenster ab und durchmaß energisch das Zimmer, als wolle er den weiten Weg nach New South Wales zu Fuß zurücklegen.

»Bitte sehen Sie die Sache von der rechnerischen Seite, meine liebste Frau«, sagte er. »In Gibraltar gibt es null Aussichten auf Aufstieg. Im unbekannten New South Wales liegt die Wahrscheinlichkeit jedenfalls höher als null. Und es besteht sogar die Möglichkeit eines großartigen Erfolgs, bei einer Wahrscheinlichkeit irgendwo zwischen null und unendlich!«

»Ja, Mr. Macarthur«, sagte ich. »Eine Zahl hat uns in diese Lage gebracht, da ist es wahrlich ein Glück, dass Zahlen uns auch wieder aus der Patsche helfen.«

Er blieb stehen und warf mir einen kurzen Blick zu.

»Meine Liebe«, sagte er. »Ich verstehe. Sie denken an Ihre gute Mutter.«

»Nein, ich denke nicht an meine gute Mutter! Ich denke an mich, Mr. Macarthur! An mich und das Kind!«

Er aber hatte nur die eigenen schönen Worte im Sinn, an denen er bereits feilte.

»Bedenken Sie, meine liebste Elizabeth: Wenn Sie einen vertrauten Ort verlassen müssen – und wie kann es für die Frau eines Soldaten anders sein? –, ist es doch fast dasselbe, ob zweihundert oder zweitausend Meilen Sie von diesem Ort trennen.«

Und schon fiel ihm die nächste Redeblume ein.

»In New South Wales wird dieselbe Vorsehung über Ihnen wachen, und die Sonne, die auf Ihre Mutter und Ihren Großvater scheint, wird auch Ihnen die Gunst ihrer aufmunternden Strahlen gewähren.«

Aus diesem Geschwafel ging deutlich hervor, dass er ebenso viel Angst hatte wie ich. Ein Mann, der sich seiner Sache sicher ist, hat es nicht nötig, Sätze zu knoten wie einen Türkenbund.

»Ja, mein Lieber«, sagte ich. »Aber Sie sind nicht so sicher, wie es sich anhört.«

Er blinzelte, stürzte jäh aus seinem heiteren Tagtraum. Er blinzelte, und da war sie, die Furcht in seinem Gesicht, der Ausdruck eines in die Enge getriebenen Tieres.

»Ah«, sagte er. »Nun ja.«

Einen Augenblick herrschte Frieden, der Frieden nach der Kapitulation. Das war schändlich, aber ich konnte besser damit umgehen, wenn er ebenso viel Angst hatte wie ich.

Dann unterlief mir eine Fehleinschätzung, denn ich nahm seine Hand. Er zuckte zurück, entzog sie mir. Die Verbundenheit, die gemeinsame Furcht zweier Menschen, bot mir einen gewissen Trost. Für ihn war sie gleichbedeutend mit Schwäche. Als ich seine Hand ergriff, ließ ich ihn wissen, was ich gesehen hatte, und das konnte er nicht zulassen.

Ich stellte es Anne frei, nach Bridgerule zurückzukehren. Dort konnte sie sich, dachte ich, eine Zukunft aufbauen, einen jungen Mann zum Heiraten finden oder einen Haushalt, der eine Dienstmagd suchte. Ich bemühte mich, mir nicht anmerken zu lassen, wie sehr mich die Aussicht, mich von ihr zu trennen, wider eigenem Erwarten betrübte.

Sie erwog mit unstetem Blick ihre Möglichkeiten, stellte Berechnungen an, die über den Rest ihres Lebens bestimmen würden.

»Lass dir so viel Zeit, wie du brauchst, Anne«, sagte ich. »Das ist eine wichtige Entscheidung.«

»Nein, Madam«, sagte sie. »Ich habe mich schon entschieden. Ich komme mit.«

»Oh!«, rief ich aus. Ich konnte meine Erleichterung nicht verbergen.

Aber ich wollte ihre Unwissenheit nicht ausnutzen.

»Bist du auch ganz sicher?«, sagte ich. »Ein halbes Jahr auf dem Schiff, und dann, weiß der Himmel, was wir dort vorfinden. Die Zustände werden primitiv sein, sehr primitiv. Dazu kommen Hunger und Entbehrungen, die wir uns noch gar nicht vorstellen können.«

Sie schenkte mir ein wissendes Lächeln: Hatte ich sie doch tatsächlich für so dumm gehalten, das alles nicht bedacht zu haben.

»Danke, Madam«, sagte sie, »dass Sie mir nicht das Blaue vom Himmel herab versprechen. Aber in Bridgerule erwartet mich nichts. Ich möchte lieber mein Glück versuchen.«

Anne war offenbar auf etwas Derartiges gefasst, wenn nicht auf New South Wales, so doch auf Gibraltar. Sie hatte alle Möglichkeiten abgewogen, und so waren meine Zweifel überflüssig. Klarsichtiger als ich hatte sie genaue Berechnungen angestellt, was für sie am besten war. Auch falls sich New South Wales als schlechte Wahl herausstellen sollte: Blind rannte sie jedenfalls nicht in die Zukunft. Ich war doppelt froh, dass sie mit uns kam, weil ich für mich noch weiteres Ungemach voraussah. Man hatte mir erklärt, eine Frau, die stillt, könne nicht schwanger werden, doch ich war mir fast sicher, wieder schwanger zu sein. Wenn meine Vermutung stimmte, würde dieses Kind auf dem letzten Teil der Reise geboren werden, mitten auf dem tosenden eisigen Südmeer. Verglichen mit einem Sträflingsschiff auf hoher See war der schmuddelige Gasthof bei Bath das reinste Paradies.

Ich nahm Annes Hände und war selbst überrascht von den Tränen, die mir in die Augen traten, und dem Bedürfnis, sie zu umarmen.

»Ah«, sagte Mr. Macarthur, als ich ihm die Nachricht von dem zweiten Kind überbrachte. »Sie werden die erste Offiziersfrau sein, die auf dem neuen Kontinent ein Kind zur Welt bringt!«

»Eine Ehre, auf die ich gern verzichten würde«, sagte ich.

Beim bissigen Ton meiner Antwort sah er mich überrascht an.

»Es ist nur, was da alles vor uns liegt«, sagte ich. »In dieser Sache habe ich so gut wie keine Wahl. Ich werde mich darauf einstellen, aber, Mr. Macarthur, Begeisterung können Sie von mir nicht erwarten.«

In den Nächten grübelte ich mit schwerem Herzen über diese unvorstellbare Reise nach, die wir da vor uns hatten. Neben mir lag mein Wegbegleiter, dessen Hand im Schlaf zuckte, als schlüge er ein Pferd mit der Gerte.

Ich schrieb an meine Mutter in Stoke Climsland. *Bedenken Sie, meine liebe Mutter, wenn wir getrennt sind, ist es unerheblich, ob zweihundert oder zweitausend Meilen zwischen uns liegen. Dieselbe Vorsehung wird über mir wachen, dort in New South Wales. Die Sonne, die auf mich scheint, wird auch Ihnen die Gunst ihrer aufmunternden Strahlen gewähren.*

DIE WELT DER NEPTUNE

Wir waren auf unserer Reise nach New South Wales gerade erst bis Plymouth gekommen, wo wir anlegten, um Vorräte zu laden, als Anne mir die Nachricht überbrachte, dass Mr. Macarthur den Kapitän Mr. Gilbert zum Duell herausgefordert hatte.

»Ach, meine Liebe«, sagte ich, »da will dich jemand auf den Arm nehmen!«

Sie blickte mir wortlos in die Augen. Es wäre unklug gewesen, ihr mit Spott zu begegnen, und so überwand ich meinen Unwillen und hörte mir alles an. Anne hatte es vom Schiffskoch erfahren, der es von Mr. Gilberts Diener wusste: ein Duell am folgenden Tag, hinter dem Old Gun-Pier.

Mr. Gilbert war ein grobschlächtiger Kerl, und tatsächlich hatten wir die Themse kaum hinter uns gelassen, als zwischen ihm und Mr. Macarthur ein Streit entbrannte – wie immer ging es um die Ehre meines Mannes –, woraufhin die beiden nicht mehr miteinander redeten. Doch in der engen Welt der *Neptune* war Mr. Gilbert allmächtig, und im nächsten halben Jahr lag unser Schicksal ganz und gar in seinen Händen. Nur ein Wahnsinniger zerstritt sich mit einem so mächtigen Mann. Egal, welcher Art die mutmaßliche Kränkung gewesen war: Mr. Macarthur würde gewiss einen Ausweg finden und den Streit beilegen, dachte ich.

Aber als Anne am nächsten Abend in unsere Kabine kam, berichtete sie, sie habe soeben vom Schiffskoch gehört, dass Mr. Macarthur und Kapitän Gilbert eine Stunde zuvor aufeinandergetroffen seien. Mr. Gilberts Kugel sei weit am Ziel vorbeigegangen, doch Mr. Macarthurs Geschoss habe den Ärmel des Kapitäns durchschlagen und den Mann selbst nur um Haaresbreite verfehlt.

Mit Edward, der das Gesicht in kummervolle Falten legte, als begriffe er, was sein Vater getan hatte, folgte ich Anne aufs Deck. Unter uns auf dem Pier stand Mr. Macarthur inmitten einer Traube von Männern. Ich konnte nicht hören, was er sagte, aber der Anblick eines triumphierenden Mr. Macarthur war mir vertraut. Er warf verächtlich den Kopf hoch, trat einen Schritt zurück, begleitete den nächsten Geistesblitz mit einem Satz nach vorn und zählte an den Fingern seiner Hand Kränkungen oder Erfolge auf. Aus der Ferne glich es einem Tanz, wie er vor und zurück, nach rechts und nach links schritt, sich verbeugte und die Hand zu einer majestätischen Geste hob.

Mir stockte das Blut in den Adern. Ich beobachtete wie aus großer Ferne Elizabeth Macarthur, die ihren Mann beobachtete. Seit jener Nacht hinter der Hecke war mir mein Leben entglitten und zu nah auf den Leib gerückt, als dass ich es noch deutlich hätte erkennen können. Als ich nun an der Reling stand, schien es mir, als entferne ich mich von mir und könne einen endlosen unbewegten Augenblick lang die Wahrheit erkennen.

Mein Mann war unbesonnen, unbeherrscht, launisch, selbstbetrügerisch, gefühlskalt, unerreichbar, selbstverliebt. Das hatte ich nach und nach erfahren und angenommen, diese Eigenschaften machten seinen Charakter aus. Nun ging mir auf, dass ich mich getäuscht hatte. Es war schlimmer. Mein Mann besaß ein gefährlich gestörtes Urteilsvermögen. In seinem Innern klaffte eine tiefe Wunde, und so konnte es geschehen, dass all seine Gerissenheit, all seine Menschenkenntnis vom törichten Wahn blinder Raserei hinweggefegt wurden.

Mein Leben und das Leben des hilflosen Kindes in meinen Armen hingen an der hohlen Schale seiner Ehre, die mehr zählte als die Menschen, die von ihm abhängig waren. Andere betrachtete er lediglich als Objekte, die er beeinflusste: mit Fürsorge, ja, mit Charme, mit Schmeichelei, mit einem Lächeln, sofern sich das Erwünschte mit einem Lächeln am besten erreichen ließ.

Doch um andere Menschen scherte er sich nicht mehr als um einen Schuh oder einen Suppenlöffel. Einen Schuh konnte er nicht kränken, für einen Löffel waren die Folgen seines Tuns unerheblich.

Ich spürte Annes Blick, spürte ihr Mitleid. Ich konnte ihr nicht in die Augen sehen. Sie kannte mich und meine Lage nur zu gut. Was ich aber soeben beobachtet hatte und erst noch verarbeiten musste, schmerzte so heftig, dass ich mit niemandem darüber sprechen konnte.

»Danken wir dem allmächtigen Lenker der Welt, dass nichts Schlimmeres geschehen ist«, sagte ich. »Und hoffen wir, dass sich Genugtuung eingestellt hat.«

»In der Tat, Madam«, sagte Anne, und wir wechselten doch noch einen Blick.

Als Mr. Macarthur später in die Kabine kam, war er gespannt wie ein Flitzebogen und vibrierte regelrecht vor Schadenfreude und Selbstgefälligkeit. Er hatte Gilbert im Ärmel getroffen! Und Gilbert, dieser Weichling, hatte sein Ziel verfehlt! Gilbert solle abgesetzt werden, erzähle man sich, und ein anderer werde seinen Platz einnehmen!

Widerspruch war so zwecklos, wie es sinnlos wäre, einem bellenden Hund zu widersprechen. Trotzdem widersprach ich.

»Ja«, sagte ich, »und dieser Neue weiß gewiss schon, dass ein hitziger Passagier an Bord den Kapitän dieses Schiffes zum Duell herausgefordert hat. Das ist doch kein Triumph, Mr. Macarthur!«

Er bedachte mich mit einem Blick, der sagte: *Das können Sie ja auch nicht verstehen.* Dazu ein affektiertes Lächeln und so etwas wie ein Schulterzucken.

»Wäre es nicht klüger gewesen, Sir, sich einen Menschen, der so viel Macht über uns hat, nicht zum Feind zu machen?«

Meine Stimme war nun schrill vor Wut, ich schrie und scherte mich nicht darum, wer zuhörte.

»Auch wenn Sie mit Ihren verfluchten Pistolen alle möglichen Tricks auf Lager haben?«

Das affektierte Lächeln hielt sich hartnäckig.

»Nun, Weib«, hob er gewichtig an, als wolle er eine Erklärung abgeben. »Wie wunderbar.«

Noch während er die Worte sprach, hatte er schon das Interesse daran verloren. Er rubbelte über einen Fleck auf seinem Ärmel, strich über einem Ohr das Haar glatt, streckte eine Hand aus und begutachtete seine Fingernägel. Dann, als hätte ich nichts gesagt und als hätte er nicht soeben einen Gedanken begonnen, verließ er die Kabine.

AUSSPÄHEN

Das Duell auf dem Pier brachte Mr. Macarthur mitnichten zu Verstand, sondern stachelte ihn nur weiter an. Eine Woche, nachdem das Schiff endlich abgelegt hatte, überwarf er sich mit dem neuen Kapitän, einem Mr. Trail, als er sich im Namen der Soldaten über deren Ration beschwerte. Er schäumte und geiferte vor Zorn. Plötzlich war nichts wichtiger als das Wohl der Männer.

»Überlassen Sie diesen Kampf doch jemand anderem«, sagte ich. »Es wird nicht gut ausgehen, wenn Sie sich da einmischen.«

»Ich betrachte das als meine Pflicht«, sagte er, selbstgefällig wie ein Pfaffe. »Die armen Kerle werden übervorteilt, die leiden tatsächlich Hunger!«

Mr. Macarthur versuchte, seinen Vorgesetzten Captain Nepean auf seine Seite zu ziehen, der aber so schlau war, sich nicht in den Streit einzumischen. Nepean war abgebrüht und pochte auf seine Position als Kommandant des New South Wales Corps, die er innehatte, solange sich kein ranghöherer Offizier überreden ließ, sich der Aufgabe anzunehmen. Dazu kam, dass er der Familie Nepean aus Saltash entstammte und sein jüngerer Bruder Evan als hochrangiger Regierungsvertreter viel Einfluss besaß. Evan Nepean hatte mit Mr. Macarthurs Bruder James die Schule besucht, und Mr. Macarthur war nur dank dieser Beziehung sein neuer Posten überhaupt angetragen worden. Captain Nepean muss gewusst haben, dass Mr. Macarthurs Position im Regiment ausschließlich auf den Einfluss seines Bruders zurückging. Wusste wohl auch von den fünfhundert Pfund. Wenn ich auf dem Achterdeck Luft schnappte und er mir begegnete, verbeugte er sich höflich vor mir und meinem drallen Bauch, hatte es aber stets eilig und blieb nie bei mir stehen.

Dass von Nepean keine Unterstützung kam, erzürnte meinen Mann.

»Sir«, versuchte ich ihn zu beruhigen. »Captain Nepean versteht sich eben auf seinen Vorteil, und das sollten Sie auch!«

Nun gelangte Mr. Macarthur zu der Überzeugung, dass sich Trail und Nepean gegen ihn verschworen hatten. Der Offizier und Gentleman schlich zur Kapitänskajüte und lauschte an der Tür. Was er zu hören bekam? Etwas, das seinen Zorn weiter schürte und Öl ins Feuer goss, vielleicht aber auch nichts. Mittlerweile war er unerschütterlich und in grimmiger Empörung von der Niedertracht Kapitän Trails, Nepeans, des Bootsmanns, ja der gesamten Welt überzeugt.

Nepean und der Kapitän bewohnten bequeme Kajüten unter dem Oberdeck, was Mr. Macarthur erboste, weil man uns nur eine halbe Kabine weiter unten zugewiesen hatte. Hinter einer leichten Zwischenwand wohnten weibliche Sträflinge. Die Demütigung brannte in ihm, es berührte nicht sein Mitgefühl, sondern seinen Stolz, dass er darauf zurückgeworfen war, eine Kabine mit Verbrecherinnen zu teilen.

Oh, ich erinnere mich gut an diese grässliche Kabine. Die Frauen nebenan fluchten und stöhnten, schrien, kreischten und furzten. Ein ständiges Poltern und Rumoren drang von drüben herüber, der konfuse Lärm zu vieler Frauen, die auf zu engem Raum eingepfercht waren. Hin und wieder sang eine von ihnen mit lauter, heiserer Stimme *Liebe, komm herab zur Erde*. Ich bekam die Frauen nie zu Gesicht, kannte aber die Sängerin zumindest dem Namen nach, denn die anderen schrien sie an, sie solle *um Himmels willen die Klappe halten, Mary Anne!*

Mr. Macarthur behauptete, die Frauen nebenan seien allesamt Dirnen, die nichts Besseres verdient hätten, doch ich nahm ihm das nicht ab.

Mittlerweile wusste ich, wie wenig Möglichkeiten einer Frau offen standen, und so vermutete ich, dass sie mitnichten alle

Dirnen waren, sondern lediglich noch weniger Glück gehabt hatten als ich.

Ihre Lage war viel schlimmer als meine, manch ein Leiden hatten wir aber auch gemein. Eine von ihnen – vielleicht waren es auch mehrere – stöhnte und spie, und so musste auf der anderen Seite der dünnen Wand mindestens eine Frau wie ich unter Morgenübelkeit leiden, nachts wie ich im Angstschweiß wachliegen und über ihre und des ungeborenen Kindes Zukunft nachgrübeln.

Doch ich besaß Privilegien, von denen diese Frauen nur träumen konnten: eine gewisse Privatsphäre, die Hilfe eines Dienstmädchens, das klaglos die Entbehrungen an meiner Seite ertrug, und die Erlaubnis, an Deck frische Luft zu schnappen, wann immer ich wollte.

Letzteres allerdings fand ein Ende, als herauskam, dass Mr. Macarthur den Kapitän und Nepean ausspähte, und man uns den Aufgang zunagelte. Buchstäblich zunagelte. Mr. Macarthur benutzte den anderen Gang – den ich, weil er als Sträflingslazarett diente, gemieden hatte und den zu benutzen mir mein Mann nun wegen der Ansteckungsgefahr untersagte. Samt meinem kranken Kind in die übel riechende Kabine eingesperrt, selbst krank, ohne auch nur eine Stunde an Deck verbringen zu können, erging es mir nur unwesentlich besser als den Frauen nebenan.

Zwanzig Tage lang waren wir in der Kabine eingesperrt, und diese Zeit nutzte Mr. Macarthur, um Pläne zu schmieden. Nicht etwa, weil er uns befreien, sondern weil er Nepean, sobald wir in New South Wales eintrafen, vors Kriegsgericht bringen wollte.

»Mr. Macarthur«, flehte ich ihn an, »um Himmels willen, vergessen Sie Nepean, vergessen Sie Trail – denken Sie an uns, und legen Sie den Streit bei!«

Aber jedes Mal, wenn er von Deck herunterkam, notierte er auf einem wachsenden Stapel Papier einen neuen Beweis für

Nepeans Niedertracht, den er später vor Gericht verwenden konnte.

Einen Ausweg gab es nicht, doch ich fand so etwas wie eine Zuflucht in mir selbst. Ich machte mich klein und immer kleiner, zog mich in mich zurück, bis ich so weit weg war, dass mich nichts mehr berühren konnte. Ich hätte auch den Tod gleichmütig hingenommen. In diesem barmherzigen Nebel war die Zeit aufgehoben. Aus großer Ferne hörte ich Edwards Wimmern und nahm mich seiner an. Sein Weinen war ein Geräusch, das mich nicht mehr betraf als das Knarzen der Schiffsplanken oder das Stöhnen auf der anderen Seite der Trennwand. Das winzige Geschöpf, das ich war, hatte sich davongeschlichen und nur die Hülle der Frau zurückgelassen, die sich in ihrer Koje zusammenkauerte.

PROVOZIERENDES VERHALTEN

Dann forderte mein Mann Anne und mich auf, all unser Hab und Gut zusammenzupacken, weil wir unsere Kabine auf der *Neptune* gegen eine auf der *Scarborough* eintauschen würden. Ich hatte nicht geahnt, dass mitten auf dem Atlantik ein Umstieg von einem auf ein anderes Schiff überhaupt möglich war – Ehemann, hochschwangere Ehefrau, Kleinkind, Dienstmädchen, Gepäck –, doch Mr. Macarthur versicherte mir, genau das werde geschehen, sobald sich das Wetter beruhige. Er triumphierte, als hätte er genau das immer gewollt.

Wie hatte er es geschafft, seinen Willen durchzusetzen? Oder wollten ihn Trail und Nepean loswerden? Vor lauter Übelkeit war mir das gleichgültig. Ich sah es nur als Befreiung.

Auf der *Scarborough* teilten Edward und ich uns eine Kabine mit Lieutenant Abbotts Frau. Freundlich machte sie Edward und mir Platz, obwohl unser Gewinn ihr Verlust war.

Ich tat ihr leid, das sah ich ihr an. Alle auf dem Schiff wussten, dass uns Mr. Macarthur mit seinem provozierenden Verhalten auf der *Neptune* das Leben zur Hölle gemacht hatte. Dass er das Problem erst geschaffen und dann eine Lösung herbeigeführt hatte, die für möglichst viele Menschen möglichst viele Unannehmlichkeiten mit sich brachte. Es entsprang gewiss nicht meiner Einbildung, dass der Kapitän, die Offiziere, sogar die Matrosen auf der *Scarborough* mit Mr. Macarthur behutsam umgingen wie mit einem unberechenbaren Hund.

FIEBER

Wir erreichten wohlbehalten das Kap, doch mein Mann zog sich ein ansteckendes afrikanisches Fieber zu, und während wir das Südmeer überquerten, lag er in einer engen, schmutzigen Kabine, die als Lazarett bezeichnet wurde, darnieder. Ich kümmerte mich um ihn, so gut es mir möglich war, und blieb wochenlang bei ihm in dieser Kabine, denn Mrs. Abbott fürchtete sich vor Ansteckung und wollte für sich und ihr Kind kein Risiko eingehen. Ich wollte auch Anne, die mir ihr Schicksal in die Hände gelegt hatte, nicht in Gefahr bringen. Die gute Mrs. Abbott kümmerte sich um Edward und sorgte dafür, dass Anne mir alles, was ich brauchte, vor die Tür legte. Abgesehen davon war ich allein in dieser Kabine, allein mit meinem stöhnenden Ehemann. Wer hilft schon einem gefährlichen Hund, wenn er krank wird?

Ich aber versuchte mit allen erdenklichen Mitteln, ihn am Leben zu halten. Ich bekämpfte das Fieber mit kalten Tüchern, die heiß wurden, sobald sie seine Haut berührten, und flößte ihm jede verfügbare Arznei ein, bis mir vor Erschöpfung schwindlig wurde und sich das Kind beschwerte, indem es sich in meinem dicken Bauch hin und her drehte.

Ich konnte ihn nicht sterben lassen. So schlimm es als Mr. Macarthurs Ehefrau auch war, als seine Witwe wäre es schlimmer gewesen. In New South Wales, wo nur Sträflinge und Soldaten lebten, hatte ich nichts zu erwarten. Vornehme Familien, deren Kinder eine Gouvernante brauchten, gab es dort nicht. Niemand suchte eine Näherin. Vielleicht käme jemand auf den Gedanken, die Witwe würde eine gute Ehefrau abgeben, aber das war unwahrscheinlich. Mrs. John Macarthur, blass, dünn, mit einem kümmerlichen Sohn und einem Säugling an der Brust, wäre für keinen Mann die erste Wahl.

Ich würde also die nächste Schiffspassage zurück nach England nehmen müssen, gemeinsam mit Anne, so sie mit mir fuhr und vorausgesetzt, meine kleine Mitgift würde dafür reichen. Und dann? Kalte Angst stieg in mir auf, wenn ich mir vorstellte, wie ich mit meinen Taschen und Kisten in Plymouth am Pier stand, Edward neben mir, das neugeborene Kind in meinen Armen. Meine Mutter würde mir pflichtschuldig eine Zeitlang Unterschlupf gewähren. Ich würde die Halbschwester umarmen, der ich erst einmal auf meiner Hochzeit begegnet war, und wir würden alle beteuern, wie froh wir doch seien. Aber sie waren mir ebenso fremd wie ich ihnen. Ein Zuhause würde ich dort nicht finden.

Vielleicht würde ich ein paar Stunden mit Bridie verbringen. Kurz vor meiner Abreise hatten wir einander geschrieben. Aus ihren Briefen ging hervor, dass sie noch im Pfarrhaus lebte und unverheiratet war, doch sie machte gute Miene zum bösen Spiel und erzählte fröhlich von ihren Brüdern, als verschwende sie keinen Gedanken an die Ehe. Sie und ihre Mutter würden Edward und mich gastfreundlich willkommen heißen. Ich würde ihnen die Reise nach New South Wales und die Fahrt zurück, die für sie völlig unvorstellbar waren, zu schildern versuchen. Am Ende würden sie mich umarmen und vage den nächsten Besuch andeuten. Dann stünde ich mit Edward und dem Säugling wieder auf der Straße.

Und Großvater? Vielleicht würde er mir verzeihen, immerhin lehrt uns der Herr Vergebung. Nie wieder aber würde ich den Platz in seinem Herzen einnehmen, den ich einst innegehabt hatte. Ich würde ihn allezeit lieben, würde seinetwillen eine Frömmigkeit vorschützen, die ich nicht besaß. Vielleicht liebte auch er mich allezeit, doch der Kummer darüber, dass ich ein verlorenes Schaf war, würde nicht vergehen.

Aber wie wäre es, dort in seiner Küche am geschrubbten Tisch zu sitzen, Großvaters Stiefel neben dem Küchenofen,

Edward verdrießlich und ängstlich angesichts dieses stoppelbärtigen Fremden, der sich nicht für das Kind erwärmen konnte, weil es der lebende Beweis für meine Sünde war? Der gute alte Mann, er würde mich zur Seite nehmen, mich mit den blauen Augen im sonnengebräunten Gesicht scharf ansehen und fragen, wie ich zu meinem Erlöser stünde, und ich würde antworten, er brauche sich um meinen Glauben keine Sorgen machen. Diesen Augen aber entging nichts. Er würde wissen, dass ich meine Worte mit List gewählt und mit einer Lüge vorgegeben hatte, die Wahrheit zu sagen.

DER TRIBUT

Meine hingebungsvolle und unermüdliche Pflege zeigte Wirkung, und es sah so aus, als könnte Mr. Macarthur überleben. Doch die Anstrengung forderte ihren Tribut. Als er sich zu erholen begann, setzten bei mir, Wochen vor der Zeit, die Wehen ein.

Diese Tochter konnte nicht überleben. Eine Stunde lang aber lebte sie, dieses winzige magere Geschöpf. Die bläulichen Lippen schnappten nach Luft, die sie noch nicht atmen konnte, die geäderten Lider flackerten im Licht, das sie noch nicht sehen konnte.

Sie konnte nicht überleben, das war mir klar, hätte auch im sicheren Bridgerule mit einem Arzt an meinem Bett nicht überlebt. Gleichwohl drückte ich sie an mich und hoffte. In meiner Not redete ich mir ein, eine gnädige Vorsehung könne mich erhören, und betete. Ich hielt den schwachen Körper, versuchte, ihr meine Wärme und Kraft einzuflößen, und die Welt schrumpfte auf die Stellen, an denen sich unsere Haut berührte und Lebenskraft zwischen uns fließen mochte.

Anne war so klug, sie nicht zu waschen oder zu wickeln. Sie breitete ein großes Tuch über uns aus und setzte sich schweigend neben uns.

Mrs. Kingdon zu Ehren nannte ich die Kleine Jane. Ich flüsterte ihr den Namen ins winzige Ohr, *Bleib bei mir, Jane,* weil ich dachte, wenn sie einen Namen hätte, könnte sie nicht gehen. Auch wenn ich die Worte wohl nicht laut aussprach, hörte sie mich, dessen war ich mir sicher. *Bleib bei mir, bleib, bleib.* Aber die Haut reichte nicht aus, das Tuch reichte nicht aus. Noch so viel Haut, noch so viel Tuch hätten nicht ausgereicht.

Als ich nicht mehr so tun konnte, als würde sie noch atmen, machte sich anstelle der Hoffnung kalte Benommenheit breit.

Später kam der Pfarrer, doch ich wollte keinen Mann um mich haben. Es könnte sein, dass ich ihn heftig anging. Ich weiß noch, wie er sich mit eingezogenem Kopf aus der Kabine schlängelte, spinnengleich in seiner dunklen Kleidung, in der Hand groß und schwarz die Bibel, die als Letztes aus meinem Sichtfeld verschwand.

Das Jenseits. Wie alle anderen neigte ich den Kopf, als Kapitän Marshall über dem Leinenbündel die Trauerrede hielt, obwohl ich mir sicher war, dass es kein Jenseits gab. Nur das Hier und Jetzt, dann Stille.

Jedes Jahr am Tag ihrer Geburt und ihres Todes denke ich an Jane, bis heute. Nicht mit Trauer, Bedauern, Sehnsucht oder Wut, sondern in aller Stille, mit Respekt für dieses Persönchen, das eine kurze Zeitlang auf der Welt war.

Außer Anne und mir dürfte sich niemand mehr an sie erinnern. Nun wissen auch Sie von ihr, die Sie dies lesen. Es erleichtert mir das Herz, Janes Dasein schriftlich festzuhalten. Mitzuteilen, wie sie hieß und dass sie geliebt wurde.

Mr. Macarthur, die Pockennarben hässlich rosarot auf seinen kreidebleichen Wangen, ging im Hafen von Sydney unsicheren Schrittes von Bord. Doch er ging.

TROJANISCHES PFERD

Für meine Mutter verarbeitete ich das Erlebte in eine glorreiche Romanze. Es war nicht so, dass ich log, jedenfalls nicht unverblümt. Meine Methode war raffinierter, denn ich sorgte dafür, dass die Unwahrheit denselben Raum einnahm wie die Wahrheit. Jahrzehnte später lese ich die Abschrift voller Bewunderung für mein jüngeres Ich. Die schreckliche Erfahrung, in der Kabine eingesperrt zu sein, erwähnte ich nicht. Den gefährlichen Kapitän Trail verwandelte ich launig in *ein wahres Seeungeheuer.* Um meine Mutter davon zu überzeugen, dass mein Ehemann alles zu meinem Besten geregelt hatte, gaukelte ich ihr vor, ich sei es gewesen war, die um den Schiffswechsel gebeten habe. *Dieser Umstieg erwies sich für mich in jeder Hinsicht als zufriedenstellend,* schrieb ich, als wäre der Vorgang belanglos wie ein Spaziergang im Garten.

Es verschaffte mir zornige Befriedigung, andere dermaßen höhnisch hinters Licht zu führen. Doch ich kann mich noch gut erinnern, wie niedergeschlagen ich war, als ich den Brief faltete und abschickte. So viel List und Tücke machen einsam.

Am Ende dieses mit heiterem Zierwerk gefüllten Briefes fügte ich eine Nachricht an Großvater an. Ich hatte ihn seit dem Tag, an dem er von meinem tiefen Fall erfahren hatte, nicht mehr gesehen. Auf mehrere Briefe hatte ich keine Antwort erhalten. Nun, da mir bewusst wurde, wie unwahrscheinlich es war, dass ich ihn je wiedersehen würde, drängte es mich danach, ihn um Verzeihung zu bitten. Er mochte dem verlorenen Schaf eine Antwort verweigern, dennoch hoffte ich, ihn erweichen zu können. *Versichern Sie meinen Großvater meiner Liebe,* schrieb ich, *und richten Sie ihm aus, dass ich seinen Rat, der Pflicht gegenüber unserem Schöpfer stets eingedenk zu sein, nicht vergessen habe.* Ich versprach nicht, seiner ernsten Ermahnung Folge zu leisten, sondern nur, daran zu denken. Wie ein trojanisches Pferd sollten meine Worte das Tor zu seinem Herzen öffnen und die Worte einlassen, die mir so wichtig waren: *meiner Liebe.*

TEIL DREI

UNGLAUBLICH

Die Behauptung, die Feldfrüchte gediehen *in schier unglaublicher Weise,* war durchaus nicht falsch: Sie gediehen in so *unglaublicher Weise,* dass niemand daran glauben mochte. In Wirklichkeit war der Weizen verkümmert und abgestorben, der Mais zu dürren Blättern an knarzenden Stängeln vertrocknet, die Gerste gar nicht erst aufgegangen.

Die Sträflinge, hatte es geheißen, machten *rasante Baufortschritte,* und auch das war eine als Wahrheit getarnte Lüge. Es wurde ausgiebig gebaut, das war nicht gelogen, solange eine Kleinigkeit unerwähnt blieb: dass es sich um ärmliche Hütten mit krummen Pfosten und Wänden aus losem, mit Lehm verschmiertem Flechtwerk handelte, erbärmliche Löcher, für die sich sogar ein Hund geschämt hätte. Und *rasante Baufortschritte* wurden auch mit schimmliger Leinwand gemacht, denn einige Behausungen bestanden gerade mal aus einem Segeltuch, das man über ein zwischen zwei Bäumen gespanntes Seil geworfen und an den Ecken mit Steinen beschwert hatte; in den so entstandenen dreieckigen Raum – man mochte ihn als *Bau* bezeichnen – konnte ein Mensch hineinkriechen.

Als wir an unserem ersten Morgen die Unterkunft in Sydney begutachteten, die man uns zugeteilt hatte, ein niedriges armseliges Häuschen mit Palmdach, war Mr. Macarthur anzusehen, dass ihn zum ersten Mal Zweifel beschlichen. Er kräuselte die Lippen und zog die Augenbrauen zusammen. Wie Gewitterwolken, die sich drohend am Horizont zusammenballen, waren das die Vorzeichen eines Wutanfalls. Als Nächstes käme der entschlossene Marsch zum Gouverneur, erhobene Stimme, Zeigefinger in der Luft. *Meine Frau,* würde er sagen. *Mein Sohn!* Damit aber konnte er niemanden beeindrucken. Wer brachte schon Frau und Kleinkind an einen solchen Ort, wenn er mit etwas Demut in einer behaglichen Kaserne in Gibraltar hätte sitzen können?

»Das ist ja viel besser, als ich dachte«, sagte ich. »Und sehen Sie mal, das da drüben übertrifft es doch bei Weitem!«

Ich deutete auf das Nachbarhaus und das Hinterteil eines Offiziers, der sich soeben tief bücken musste, um durch die Tür seiner Hütte zu treten, die noch armseliger war als unsere.

»Man hat hier offenbar großen Respekt vor Ihnen, Sir«, sagte ich, »wenn man uns so ein Haus überlässt. Und sehen Sie nur, wie praktisch nah es am Bach liegt!«

Die Vorsehung bescherte mir ein heftiges Poltern beim Nachbarn. Der Besitzer des Hinterteils stand da und rieb sich den Schädel. Er hatte sich am Türsturz angehauen, der nun wie ein gebrochener Arm im Eingang hing.

»Wir hätten es wahrlich schlimmer treffen können, Mr. Macarthur«, sagte ich in meinem heitersten Tonfall. »Schnell, wir nehmen es besser in Besitz, bevor unser Nachbar aus lauter Neid auf die Idee kommt, es uns abzuluchsen.«

Dieses Argument traf wie erwartet ins Schwarze.

Sydney war ein staubiges Städtchen, erfüllt von Hass und Zorn, ein erbärmliches ödes Stück Land, auf dem sich zu viele Seelen den lieben langen Tag wünschten, woanders zu sein. Zwei Jahre waren vergangen, seit eintausend Sträflinge und zweihundertfünfzig Marinesoldaten Seiner Majestät in die Bucht Sydney Cove eingefahren und an der kargen, ihnen völlig unbekannten Küste an Land gegangen waren. Seither lebten sie völlig abgeschnitten von jeglichem Nachschub, zurückgeworfen auf einen Informationsaustausch, der über die ersten *schier unglaublichen* Berichte nicht hinausging.

KAKERLAKEN

Anfangs fiel ich von einem Schrecken in den anderen. Die Sträflinge, Männer und Frauen, waren im Laufe ihres Lebens so verroht, dass sie sich gegenseitig das Brot aus dem Mund stahlen. Ständig heckten sie Fluchtpläne und Revolten aus, und wenn es darum ging, den Kornspeicher zu plündern oder die Nachbarn zu bestehlen, kannten Erfindungsgabe und Verschlagenheit keine Grenzen. Einige der Marineinfanteristen waren nicht viel besser und fanden Freude am Auspeitschen von Delinquenten. Manch ein Soldat, so schien es, bestrafte sie nicht nur für ihre Missetaten, sondern auch dafür, dass er ihnen seinen Aufenthalt hier verdankte. Manchmal waren die Schreie bis in den letzten Winkel der Siedlung zu hören.

Hunger und Verzweiflung, Wut und Angst, Entwurzelung und Heimweh holten das Schlimmste aus den Menschen heraus. Heimtücke, Hinterlist und üble Nachrede waren an der Tagesordnung, jede und jeder trachtete danach, die Schwächen der anderen aufzuspüren und die eigenen nicht preiszugeben. Das enge steile Tal, in dem wir alle lebten, glich einer Mauerspalte, in der die Kakerlaken übereinander herwuseln.

Anfangs träumte ich wirr und schemenhaft von Tumulten, schwingenden Fäusten, Wirbelstürmen. Als mir die Gräueltaten der Sträflinge und ihre grausige Bestrafung keine Alpträume mehr bereiteten, versetzte mir auch das einen Schrecken.

GOTTGLEICH

Gottgleiches Oberhaupt dieses unglücklichen Ortes war Arthur Phillip, ein schmaler Mann von schiefem Wuchs, der jene erste Flotte zwei Jahre zuvor in den Hafen gesteuert hatte. Dem Captain der Marine war es nicht fremd, Gott und König in einer Person zu sein, doch sein Erfahrungsschatz hatte ihn nicht auf das vorbereiten können, womit sich der Gouverneur von New South Wales herumschlagen musste: Er trug die Verantwortung für tausend Verbrecher, die verzweifelt auf Flucht oder Rebellion sannen, und eine ruhelose Mannschaft unwilliger Wachleute. Da ihn eine einjährige Schiffsreise von möglichen Beratern trennte und er sich mit niemandem über seine Probleme austauschen konnte, war er denkbar einsam.

Die Obrigkeit hatte mit ihm dennoch eine gute Wahl getroffen. An einem Ort, an dem Wohlwollen Mangelware war, legte er als wohlwollender und großzügiger Mensch seine Hoffnung in die Vorbildwirkung seiner Rechtschaffenheit. Als einige Zeit vor unserer Ankunft die Nahrungsvorräte knapp geworden waren, hatte er verfügt, jede und jeder an diesem hungergeplagten Ort solle dieselbe Ration erhalten, der niedrigste Sträfling also genauso versorgt werden wie der Gouverneur. Er hatte sogar seine Privatration Mehl für den allgemeinen Gebrauch in den Gemeinschaftsspeicher gegeben.

Die Leute aber schien seine vorbildhafte Selbstlosigkeit nicht zu kümmern. Ungeachtet der Wachleute und der Auspeitschungen wurde jede Karotte und jede Rübe gestohlen, kaum dass sie die Größe eines Fingers erreicht hatte. Unter Dieben gab es kein Ehrgefühl. Kurz nach unserer Ankunft tauschte ein Sträfling in seiner Verzweiflung seinen einzigen Topf gegen eine Handvoll Reis, aber da ihm niemand einen Topf lieh, in dem er den Reis kochen konnte, verschlang er ihn roh und starb daran. Die

Marinesoldaten und die Neuankömmlinge des New South Wales Corps murrten derweil hinter dem Rücken des Gouverneurs, weil sie hungerten wie die Sträflinge.

Der Gouverneur, der wusste, dass er sich auf verlorenem Posten befand, wahrte seine Würde, wie es wohl keinem zweiten gelungen wäre. Doch er war auch nur ein Mensch, und das in einer Situation, die ihm Übermenschliches abforderte. Wie allgemein bekannt war, quälte ihn ein unablässiger Schmerz in der Seite, der trotz aller ärztlichen Bemühungen nicht nachließ und es mit sich brachte, dass er schnell entkräftet und erschöpft war. Unter den glänzenden Goldknöpfen und dem Schwert an der Hüfte verbarg sich ein Mann, der kurz vor dem Zusammenbruch stand.

DAS JUWEL DES GOUVERNEURS

Der Einladungskarte für Lieutenant und Mrs. Macarthur zu ihrem ersten Dinner im Government House war eindeutig zu entnehmen, dass wegen der knappen Vorräte jeder Gast sein eigenes Brot mitbringen möge. Als wir eintrafen, hatten wir daher, einwickelt in eine Serviette, Brötchen aus dem Regimentsbackofen dabei.

»Liebe gnädige Frau!«, rief der Gouverneur mit festem Händedruck. »Das war ein Versehen. Ich wollte Sie zur Ausnahme der allgemeinen Regel machen. Seien Sie versichert, auf Mrs. Macarthur wird an meinem Tisch stets ein Brötchen warten!«

Durch Zufall trafen wir als Letzte ein. Captain Nepean begrüßte Mr. Macarthur und mich mit einer frostigen Verbeugung, ehe er sich Captain Hill zuwandte. Captain Collins, stellvertretender Leiter des Marinerechtswesens, war in ein Gespräch mit dem Arzt Mr. White vertieft, und ich tauschte ein Lächeln mit dem Schiffsarzt Mr. Worgan, der mir großzügig seine Bücher ausgeliehen hatte. Einige Marineoffiziere standen am offenen Kamin, unter ihnen der unablässig lächelnde Captain Tench. Er hatte sich Mr. Macarthur kaum eine Stunde nach unserer Ankunft vorgestellt und war ihm seither in vielen kleinen Dingen behilflich gewesen. Offensichtlich wusste Captain Tench wie alle anderen in Sydney Cove sehr genau, was für ein Mann Mr. Macarthur war, und hatte die weise Entscheidung getroffen, sich gut mit ihm zu stellen.

»Wenn Captain Tench alles besonders genau beobachtet, Mrs. Macarthur«, sagte der Gouverneur, »so liegt es daran, dass er sich verpflichtet hat, ein Buch über unsere kleine antipodische Gesellschaft zu schreiben.«

Tench verbeugte sich lächelnd. Wenn er neben einem größeren Mann stand, war er klein, doch in seiner regen und umtriebigen Art schien er unverhältnismäßig viel Raum einzunehmen.

»In der Tat, Madam«, sagte er, »konnte ich der Gelegenheit nicht widerstehen, den ersten Bericht über diesen Ort zu verfassen – hier gibt es so viel Neues, dass mir trotz meiner bedauernswert begrenzten schriftstellerischen Fähigkeiten eine breite Leserschaft gewiss sein dürfte. Ich bin wie die Ameise in der Fabel: Ich verschwende nichts und speichere alles, was mir zufliegt.«

Er hätte wohl noch mehr zu sagen gehabt, aber der Gouverneur war schon weitergegangen und stellte mich Lieutenant Dawes von der Marine vor. Dawes, ein großer, unbeholfen wirkender Mann, verbeugte sich, ohne mir in die Augen zu sehen.

»Sie können sich glücklich schätzen, Mr. Dawes kennenzulernen«, sagte der Gouverneur. Mit einem Lächeln füllte er die Pause, die entstand, weil Mr. Dawes offenbar entging, dass Artigkeiten wie ein *Erfreut, Mrs. Macarthur* oder ein *Wie geht es Ihnen, Mrs. Macarthur* von ihm erwartet wurden.

»Unser Mr. Dawes ist der Astronom von Sydney Cove«, fuhr der Gouverneur fort. »Deshalb kann er uns nach Sonnenuntergang nur selten Gesellschaft leisten.«

Mr. Dawes verneigte sich erneut, doch der Moment für ein *Erfreut, Mrs. Macarthur* war verstrichen, und es herrschte wohl allgemeines Einverständnis, dass wir ihn von der unübersehbaren Qual, die es ihm bereitete, im Mittelpunkt der Aufmerksamkeit zu stehen, erlösen wollten.

»Nun denn, Mrs. Macarthur«, sagte der Gouverneur, »dann nehmen wir mal unsere Plätze ein. Wir wollen doch das Festmahl nicht verpassen!«

Diese Worte lösten im Raum höfliche Belustigung aus, der sich Mr. Macarthur und ich anschließen konnten. Wir waren mittlerweile lang genug in Sydney Cove, um zu wissen, dass sich jeder Mann, jede Frau und jedes Kind in der Siedlung an diesem Abend auf dasselbe *Festmahl* freuen konnte: eine kleine Portion

Salzfleisch, Erbsenbrei und Brot. Da mir Captain Tench allerdings erzählt hatte, der Wildhüter des Gouverneurs erlege hin und wieder eine Wildente oder ein Känguru, hatte ich noch Hoffnung.

Die Teller wurden gebracht: Salzfleisch und Erbsenbrei mit einigen Blättchen eines Krauts, das als Botany-Bay-Petersilie bezeichnet wurde. Stille senkte sich über den Raum, als die Hoffnung auf Ente oder Känguru in aller Herzen erlosch. Mir gegenüber saß Tench, dessen Mundwinkel in Erwartung seiner eigenen geistreichen Worte zuckten.

»Ah, wie jeden Tag ein teuflisch guter Happen«, rief er aus, und alle lachten, sogar der Gouverneur.

»Haben Sie Dank, Captain Tench«, sagte er. »Dieser Witz wird erst schal, wenn die Versorgungsschiffe eintreffen.«

Offenbar hatte der Gouverneur den Ausspruch schon öfter gehört, vielleicht einmal zu viel. Er schien indes den scharfen Ton in seiner Stimme zu bereuen, denn er lächelte und richtete das Wort an mich.

»Captain Tench mausert sich zum Humoristen von Sydney Cove«, sagte er. »Das sich allerdings für Komik nicht gerade anbietet.«

Er beugte sich über den Tisch und sagte zu Tench: »Ich für meinen Teil bin Ihnen für Ihre Bemühungen dankbar, das kann ich Ihnen versichern, werter Herr.«

Oh, diese Dinner! Auf den prächtigen Platten mit Goldrand wirkten die kleinen Portionen noch winziger, und das Salzfleisch hatte einen widerlich ranzigen Geschmack. Dennoch wurde der gesamte Prunk aufgeboten. Wein in Kristallgläsern, auch wenn es nur ein paar Schlucke waren. Blitzendes Silber wie für ein Sieben-Gänge-Menü. Damastservietten, silberne Kerzenleuchter, ein wortreiches Tischgebet, mit sonorer Stimme vorgetragen von Reverend Johnson.

Ich beobachtete Mr. Macarthur, der mir gegenüber saß und den Gouverneur mit Liebenswürdigkeiten zu umgarnen suchte, wie es nur einer kann, der Liebenswürdigkeiten strategisch einsetzt. Der Gouverneur hatte mit seiner stirnrunzelnd sorgenvollen Anständigkeit und seiner freundlichen Art bei Mr. Macarthur von Anfang an nur tiefste Verachtung hervorgerufen. Insgeheim nannte er ihn, der Captain nicht des Heeres, sondern der verachteten Marine war, in seinem spöttischsten Tonfall *den guten alten Seebären*. Doch nun sah ich in einer Mischung aus Erleichterung und Verachtung meinen Mann lächeln und nicken.

Der Gouverneur hatte gewiss Erkundigungen eingezogen und war von Captain Nepean über die Ereignisse an Bord der *Neptune* unterrichtet worden. Mir schien, er nahm Mr. Macarthurs Liebenswürdigkeiten in demselben Geist entgegen, in dem sie ihm dargebracht wurden, und legte keine besondere Herzlichkeit an den Tag.

Wie es sich für einen Gottkönig ziemt, warteten dem Gouverneur etliche Diener auf: drei oder vier Sträflinge, die sich in einer Art Livree als Lakaien verdingten, und mehrere weibliche Sträflinge als Dienstmädchen. Die Haushälterin, eine stille Frau im gepflegten grauen Kleid, beobachtete die Straftäter auf Schritt und Tritt und zählte unverhohlen das Silber.

An den Gouverneur ließ sie die Sträflinge nicht heran, sondern servierte ihm das Essen selbst. Als seiner Tischnachbarin fiel mir auf, dass aus der Neigung ihres Kopfes mehr als die Beflissenheit der Bediensteten, aus seinem geraunten Dank mehr als höfliche Erkenntlichkeit sprach. Der Gouverneur bemerkte meinen Blick.

»Mrs. Brooks ist ein Juwel«, sagte er und bedachte die Haushälterin mit einem Lächeln. »Sie ist schon seit vielen Jahren bei mir, ist auf kleinen und großen, löchrigen und seefesten Schiffen mitgefahren, nicht wahr, Mrs. Brooks?«

»In der Tat«, sagte sie, »und ich kann mich glücklich schätzen, in Ihren Diensten zu stehen.«

»Mrs. Brooks ist mit dem Bootsmann der *Sirius* verheiratet«, erklärte der Gouverneur. »Und sie ist so gut, an Land und auf hoher See meine Bedürfnisse zu erfüllen.«

Bei den Worten *meine Bedürfnisse zu erfüllen* huschte ein leicht überraschtes Lächeln über Mrs. Brooks' Gesicht, und zwischen den beiden flackerte etwas, nicht mehr als ein Blick, flüchtig wie die hauchzarte Berührung einer feinen Feder.

Aha, dachte ich, Mrs. Brooks mag die Haushälterin und die Ehefrau des Bootsmanns sein, aber wenn ich mich nicht täusche, ist sie auch noch etwas anderes.

AUFMERKSAMKEITEN

Mir gegenüber war der Gouverneur die Freundlichkeit in Person. Nach diesem ersten Dinner bemühte er sich nach Kräften, mir das Leben zu erleichtern, schenkte mir hin und wieder Obst aus seinem Garten, Eier von seine Hühnern, ein- oder zweimal auch eine Wildente. Sobald es ihm möglich war, wies er den Macarthurs eines der neu erbauten solideren Häuser zu, und so zogen wir wenige Monate nach unserer Ankunft in ein Backsteinhaus mit Bretterboden und Schindeldach, zwei ordentlich bemessenen Zimmern, das größere mit offenem Kamin, und einem komfortableren Örtchen hinter dem Haus.

Der Gouverneur hielt es zweifellos für weise, sich mit Mr. Macarthur gut zu stellen, indem er seiner Frau gefällig war. Ungeachtet dessen kamen seine Aufmerksamkeiten von Herzen. Ich glaubte damals und glaube auch heute, dass sie nicht nur strategischen Zwecken dienten.

SPAZIERGÄNGE

Anne brauchte einige Überredung, ehe sie sich aus dem Haus wagte. Ein frecher Kerl hatte steif und fest behauptet, er habe – persönlich, mit eigenen Augen – beobachtet, wie in der angrenzenden Bucht ein Löwenrudel einen Mann in Stücke gerissen und gefressen habe, und ich konnte sie nicht davon überzeugen, dass er ihr ein Märchen aufgetischt hatte. Ich hielt es sogar selbst für möglich. Meine Beteuerungen, es gebe in New South Wales keine Löwen, gingen unausgesprochen mit der Einschränkung *soweit wir wissen* einher. Auf unseren Spaziergängen hatte Anne vor allem und jedem Angst. Jeder Ast konnte eine Schlange sein, unter jedem Blatt eine Spinne lauern.

Doch wann immer sich eine Gelegenheit bot, zog es mich aus dem Haus, das zwar komfortabler als das erste, aber trotzdem dunkel und feucht war. Edward lieferte mir einen höchst willkommenen Grund, denn an diesem entbehrungsreichen Ort begann er endlich zu gedeihen. Bei unserer Ankunft hatte er seinen ersten Geburtstag bereits hinter sich gehabt, war aber kaum größer gewesen als ein Kind von einem halben Jahr, ein blasses, stilles Geschöpf mit Augen, die für sein verhärmtes Gesicht zu groß waren. Schon wenige Wochen nach unserer Ankunft lief er munter an der Hand und plapperte darauf los; seine Wangen waren zwar nicht rosig, aber immerhin nicht mehr weiß wie Kerzenwachs.

Mr. Macarthurs Anweisungen folgend, gingen wir nie weiter als bis zur jeweils letzten Hütte auf beiden Seiten der Bucht.

»Vergessen Sie nicht, meine Liebe, wir sind hier nicht in Devon«, erklärte er, als wüsste ich das nicht selbst.

Nie gingen wir ohne Private Ennis und sein Gewehr los. Ennis, ein fröhlicher Bursche, sollte uns gegen aufdringliche Sträflinge verteidigen, aber auch gegen die Einheimischen, die unter dem Schutz der Gouverneursverfügung, sie seien freundschaftlich und liebenswürdig zu behandeln, mittlerweile im Städtchen ein- und ausgingen.

Mr. Macarthur hatte kein Verständnis für die sentimentalen Anwandlungen des Gouverneurs. Die Ureinwohner seien Wilde in ihrer niedrigsten Form, erklärte er mir. Ihre Sprache, so hatte er erfahren, kenne keine Wörter für *bitte* oder *danke* und keinen Begriff für Ehemann und Ehefrau, sondern unterscheide nur zwischen männlich und weiblich wie bei Tieren. Aus sicherer Quelle wisse er, dass sie ihre Neugeborenen töteten und auffraßen. Er nannte sie *unsere schwarzen Brüder,* was ihn stets belustigte, denn als solche betrachtete er sie gewiss nicht. Die wilden Waldbewohner waren in seinen Augen Brüder, wie Papageien es gewesen wären. Doch die Floskel ermöglichte es ihm, seine Angst mit geschliffener Ironie zu überdecken.

Die Männer waren schon ein wenig furchteinflößend: große, gut gebaute nackte Krieger, die, den Speer lässig in der Hand, Selbstbewusstsein und Stolz ausstrahlten. Die Frauen ängstigten mich nicht so sehr, verunsicherten mich aber mit ihrer unbekümmert selbstsicheren Nacktheit.

Auf unseren Spaziergängen nahmen wir, Edwards langsamem Tempo folgend, stets denselben kurzen Weg, vorbei an einer zwischen Bäumen gelegenen Hüttensiedlung, in der die Sträflinge Lieutenant Macarthurs lustwandelnde Frau und ihr Gefolge hämisch begafften. Jeden Tag fragte ich Anne in großer Ernsthaftigkeit, ob sie lieber von Westen nach Osten oder von Osten nach Westen wandern wolle. Sie ging auf mein Spiel ein, und mimte eine schwierige Entscheidungsfindung, ehe wir uns auf den Weg machten. Private Ennis hatte ihr hoch und heilig versprochen, dass es keine Löwen gebe, und wenn doch einer auftauche, werde er ihn erschießen!

Von der jeweils letzten Hütte zu beiden Seiten des Tals konnten wir die Landschaft hinter der Siedlung überblicken. Sie sah nicht gerade aus, als wäre sie für Fußgänger geeignet: felsiges unebenes Gelände, fremdartige Bäume, Sträucher mit nadelspitzen Blättern und Gras, an dessen Halmen man sich, wie ich aus Erfahrung wusste, schneiden konnte. Diese Landschaft wirkte stachlig und unwegsam, war mutmaßlich gefährlich und mit Sicherheit unerquicklich.

Eine Eiche gleicht allen anderen Eichen, doch hier hatte jeder Baum eine andere Form, die vermutlich verriet, unter welchen Umständen der Samen auf den steinigen Untergrund gefallen war, wie er gekeimt und sich seinen Weg nach oben gebahnt hatte. Einige Bäume waren schnurgerade. Andere wucherten in die Breite. Manche Stämme wuchsen aufrecht, aber ineinander verdreht wie Seilstränge. Mr. Macarthur glich einigen dieser Bäume: Der Samen war unter widrigen Bedingungen aufgegangen, die den Mann für alle Zeit prägten.

Ich spielte mit Edward, fütterte ihn mit der faden Nahrung, die uns zur Verfügung stand, schickte Anne weg, damit ich dem bescheidenen Vergnügen frönen konnte, ihn zu baden. Mit dem Flickzeug setzte ich mich neben die Öffnung in der Außenwand, die als Fenster diente. Ich las die wenigen Bücher, die wir hatten, und las sie wieder.

Wenn die Spaziergänge absolviert, die Flickarbeit erledigt und die Bücher gelesen waren, zogen sich die Stunden hin. Mich juckte es in den Fingern, etwas zu tun. Ich musste daran denken, wie ich mir als Kind auf Großvaters Hof Blasen eingehandelt hatte, wenn ich die Schafe geschoren oder auf dem Hackstock mit dem Beil die Holzscheite gespalten hatte. Ich dachte an den Mist, den Hofgeruch, hier, wo es keine Höfe und keinen Mist gab. Der Sträfling, der für uns die groben Arbeiten erledigte, brauchte eine Stunde, um lustlos den Platz hinter dem Haus zu harken. Ich hatte große Lust, ihm den Rechen zu entreißen und selbst Hand anzulegen, bis ich Muskeln und Knochen, Sehnen und Gelenke spürte und das Blut in Wallung geriet.

Das Leben ist lang, Mrs. Macarthur, hatte die ruppige Frau des Gastwirts gesagt. *Das Leben ist lang.* Sie konnte kaum ahnen, wie recht sie hatte, denn in New South Wales war jeder Tag eine Abfolge eintöniger Längen. Dabei befanden wir uns mitten in einem uns völlig neuen Universum: die Ureinwohner und ihre Sprache, die Pflanzen, die Vögel, die fremdartigen Tiere. Sogar die Sterne waren unbekannt, und nach Aussage des Gouverneurs hatte Mr. Dawes mit ihrer Kartierung so viel zu tun, dass er nur selten den Weg in die Siedlung fand. Das Land schüttete seine Gaben aus, ein überquellendes Füllhorn des Neuen und Wunderbaren, das aber für Mrs. John Macarthur auf ihrer alltäglichen damenhaften Runde völlig unerreichbar war.

Ich konnte nur auf *den rechten Augenblick* warten. Wenn ich etwas reichlich besaß, so war es die Zeit, eine dieser Wegbiegungen abzupassen, die mir die Frau damals in Aussicht gestellt hatte.

WEDER GEWINN NOCH GENUSS

In Sydney Cove lebten zwölfhundert Menschen, doch da man die Abbotts in die zweite Siedlung auf Norfolk Island entsandt hatte, blieb nur eine einzige Frau, deren Gesellschaft sich für die Gattin eines Offiziers ziemte: die Pfarrersfrau Mary Johnson.

Himmel, war Mary langweilig. Ungebildet, engstirnig und mit der zermürbenden Angewohnheit, in jedem einzelnen ihrer Sätze den Allmächtigen zu beschwören. Mrs. Johnsons Gesellschaft versprach weder Gewinn noch Genuss.

Wie ihr Mann war sie indes ein guter Mensch. Die beiden versorgten die Kranken aus ihren eigenen Vorräten und verzweifelten ungeachtet aller Rückschläge nie an der Aufgabe, den Sträflingen das Herz für die Erlösung zu öffnen.

In Gesellschaft der Johnsons kam ich mir sündhaft, kaltherzig und selbstsüchtig vor. Wenn ich sie innerlich verspottete, schämte ich mich dafür. Ihr Glaube, das spürte ich, schenkte ihnen eine Geborgenheit, die mir völlig abging, und mein Spott entsprang einem komplizierten Gefühl, das aus heutiger Sicht sehr nach Neid aussieht.

Mr. Macarthur mochte sich mit dem geschwätzigen Pfarrer nicht abgeben. Richard Johnson beherrschte kein Griechisch und nur wenig Latein, sprach den breiten Yorkshire-Dialekt des Bauern, der er einst gewesen war. Somit war er kein Gentleman und für meinen Mann ohne Belang.

»Oh, meine liebe Frau«, sagte er, als ich mich einmal wieder auf den Weg machte, um Mary einen Besuch abzustatten. »Das ist in der Tat ein hoher Preis für unseren Aufenthalt in New South Wales. Hätte ich gewusst, dass der Pastor und Mrs. Johnson hier auf uns lauern, so hätte ich den Plan vielleicht noch einmal überdacht!«

Er hielt das für höchst amüsant.

GOTT MAL GOTT SEIN LASSEN

Eines Morgens traf ich Mary an, wie sie neben ihrer Haustür zwei kümmerliche Rosensträucher wässerte. Die Pflanzen hatten offenbar schon immer dort gestanden, denn es war kein Schiff eingetroffen, das Rosenstöcke hätte mitbringen können. Doch wir waren im Winter nach Sydney Cove gekommen, und erst jetzt, im Frühling, sprossen Blätter aus den kahlen Ästen. Oh, dass ich Rosensträucher zu Gesicht bekam an diesem Ort des öden Olivgrüns, der trostlosen Grautöne und der fremdartig harten Blätter! Sie kamen mir vor wie alte Freunde, die mir versprachen, dass ich irgendwann in das Land zurückkehren würde, in dem vor jedem Haus Rosen wuchsen.

»Meine Güte, Mrs. Johnson«, sagte ich, »beim Anblick Ihrer Rosen muss ich an die Heimat denken!«

»Sie sind sehr schön«, sagte sie. »Aber ich muss Sie berichtigen. Das sind nicht *meine* Rosen, Mrs. Macarthur. Es sind Gottes Rosen.«

Ich fühlte mich zurechtgewiesen wie ein kleines Kind, und wie ein Kind spürte ich Trotz in mir aufsteigen. Mary lächelte mich selbstgefällig an, in der Gewissheit, im Paradies in den Genuss ewiger Glückseligkeit zu kommen, die leichtfertigen Plaudertaschen wie Elizabeth Macarthur versagt bleiben würde.

Mary Johnson nicht zu besuchen, wäre unhöflich gewesen, und Unhöflichkeit hätte in dieser viel zu kleinen Gesellschaft schwere Folgen gehabt. So lernte ich doch noch, aus Marys Gesellschaft Genuss zu ziehen. Wie ihr Ehemann stammte sie aus Yorkshire. Als ich noch in Devon gelebt hatte, war Yorkshire für mich fremd und fern gewesen. Von der anderen Seite der Erdkugel betrachtet waren Devon und Yorkshire dagegen engste Nachbarn, und so konnten wir Erinnerungen an die Heimat austauschen. Wir sprachen über den Geschmack von Erdbeeren, den Anblick von Pilzen, die wie gestrenge Wachtposten im frühmorgendlichen Nebel standen, und die Wollbüschel in den Sträuchern am Wiesenrand, dort, wo die Schafe mit dem Fell hängengeblieben waren.

Mary war nicht wie ich von Heimweh geplagt, aber auch sie muss sich weibliche Gesellschaft gewünscht haben. So konnte sie Gott auch mal Gott sein lassen und mit mir nostalgisch den Klang von Schafsglocken an einem Wintermorgen heraufbeschwören.

BRIEFE

Meiner Mutter und Bridie schrieb ich regelmäßig. Die Abschriften der Briefe habe ich hier vor mir, und ach, wie fade sie sind. Sie strotzen von hochtrabenden Phrasen und entbehren doch jedes Inhalts. *Nun nehme ich also endlich die Feder zur Hand, um meine liebste Mutter meiner Gesundheit zu versichern, und diesem erfreulichen Umstand möchte ich hinzufügen, dass sich auch Mr. Macarthur und mein kleiner Edward dieser Segnung erfreuen. Unser Glück ließe sich nur steigern, wenn wir erführen, dass Sie gleichermaßen glücklich und wohlauf sind.* Diese Sätze klingen wie aus einem Leitfaden für elegante Ausdrucksvarianten oder wie die weitschweifigen Formulierungen eines Schreibers, der nach Zeilen bezahlt wird.

Was auf mich gewissermaßen zutraf. Der Anstand gebot es, meiner Mutter und meiner lieben Freundin aus Kindertagen kundzutun, dass ich über alle Maßen zufrieden, unsere Lage prächtig und vielversprechend war. Sie würden meine Briefe den Nachbarn vorlesen, sämtliche Besucher im Haus meiner Mutter und im Pfarrhaus mit Elizabeths Berichten über das merkwürdige Land, in dem sie nun lebte, unterhalten. Ich wollte nicht, dass sich jemand um mich sorgte. Was hätte das auch genützt? Dazu kam der nicht zu unterschätzende Faktor meines Stolzes. Auf keinen Fall wollte ich von ihnen bemitleidet werden.

Wenn ich meine Briefe mit einer gewissen Bewunderung für all den geheuchelten Frohsinn noch einmal durchlas, sehnte ich mich bisweilen nach einer Geheimschrift, die sich nur mir und Bridie erschloss. Auf der großen weiten Welt war sie die Einzige, der ich über die nichtssagenden Worte hinaus gern anvertraut hätte, wie die Dinge wirklich standen. Aber es war völlig unmöglich, die Wahrheit auch nur anzutippen.

Mr. Macarthur las alle Briefe, die ich an Bridie und meine Mutter schrieb. Ich vermied daher peinlichst jede Andeutung, die er hätte beanstanden können. Er zeigte mir auch seine Briefe an Bruder und Vater. Wie ich hüllte auch er alles in goldenes Licht. Nie ging er darauf ein, dass meine Briefe viel heiterer waren als die Realität, und ich zog auch seine Darstellung nie in Zweifel. Im Gegenteil: Mehr als einmal übernahm ich seine Ergüsse wortwörtlich, weil ihn das zufriedenstellte, und ein zufriedener Mr. Macarthur war eine deutlich angenehmere Gesellschaft als ein unzufriedener Mr. Macarthur.

Wenn ich Abschriften seiner Briefe anfertigte, fiel mir auf, dass das Wort *wir* darin niemals vorkam. In Mr. Macarthurs einsamem Universum gab es ein solches Pronomen nicht. Nur *mir*, *mich*, *ich*.

GERISSENHEIT UND GEDULD

Wenn mich morgens das barbarische Gekreisch des Lachenden Hans weckte, versuchte ich nicht darüber nachzugrübeln, wann wir wohl wieder abreisen würden. Die Dienstzeit der Marine betrug drei Jahre, von denen die Hälfte bereits abgelaufen war, doch das New South Wales Corps war gegründet worden, um sie dauerhaft zu ersetzen. Die Länge unseres Aufenthaltes hier – unserer Freiheitsstrafe, könnte man sagen – hing von Mr. Macarthurs Erfolg ab: Schulden begleichen, Geld zur Seite legen und nach Hause zurückkehren.

Ich musste allerdings auch in Betracht ziehen, dass es nie so weit kam. Er war gerissen und ehrgeizig, ja, aber eben auch unberechenbar, aufmüpfig, streitsüchtig und unvernünftig. Ihm war es durchaus zuzutrauen, dass er all unsere Hoffnungen zerschlug.

Wenn ich morgens neben ihm lag, inständig hoffend, er möge noch nicht erwachen, hatte ich Muße zum Nachdenken. Als Frau und Gemahlin besaß ich keinerlei Macht und musste gleichwohl unser Schicksal irgendwie in die Hand nehmen. Das konnte ich nur, indem ich seinen Bedürfnissen und Wünschen auf den Grund ging, gerade so, wie er die Bedürfnisse und Wünsche der Männer studierte, die er seinem Willen unterwerfen wollte.

Welche Wünsche mochte er haben, welche mochte er sich einreden lassen? Was er unablässig und unersättlich begehrte … ich wollte gerade schreiben, das waren Lob und Schmeichelei. Aber die Sache war doch komplizierter. Er wollte gesehen und gehört werden. Er brauchte Beachtung: Beachtung und Respekt. Der Sohn eines Tuchhändlers, der Ensign mit Halbsold war aus Sicht anderer so lange klein gewesen, dass er nun aus eigener Sicht Größe beanspruchte. Deshalb warf er, wenn er meinte, seine Ehre verteidigen zu müssen, auch bereitwillig jeden Vorteil über Bord.

Mir kam der gelassene, der beständige Part zu. Während wir uns in diesem Land aufhielten – nein, für den Rest unseres Lebens –, musste ich verhindern, dass uns Mr. Macarthur wie an Bord der *Neptune* ins Verderben stürzte. Zu diesem Zweck musste ich lernen, ihn mit seiner eigenen Hinterlist zu schlagen, ihn mit Gerissenheit und Geduld auszutricksen. Musste abwägen, wann ich ihm besser widersprach und gleichzeitig mein Argument als das seine unterschob, und wann ich ihn besser lobte – *Oh ja, Mr. Macarthur, was für ein famoser Plan* – und abwartete, bis seine Begeisterung verpufft war.

Wenn ich diese Kunst erlernte, bestand Hoffnung, irgendwo zwischen null und unendlich, dass wir nach Hause würden zurückkehren können. Wenn ich versagte, würden wir womöglich den Rest unseres Lebens in diesem Exil verbringen.

Bei Mrs. Borthwick hatte ich mir die fein hochgezogenen Mundwinkel abgeschaut, mit denen ich, zunächst bewusst, später gewohnheitsmäßig, ein abgeklärtes Lächeln andeutete. Nur wenn ich allein war, konnte ich mich entspannen, und in diesen unbeobachteten Momenten lag, wie ich wusste, der Ausdruck zäher Geduld auf meinem Gesicht.

EIN SCHAFDIEB

Zu den Vergünstigungen für Offiziere gehörte es in diesem Lande, dass sie sich Sträflinge als Dienstmägde und Diener zuteilen lassen konnten, die von Seiner Majestät eingekleidet und ernährt wurden. Sobald wir ein größeres Haus bewohnten, nutzte Mr. Macarthur dieses Privileg weidlich aus.

Schon bei unserer Ankunft hatte man uns einen ungehobelten Kerl namens Sullivan zugeteilt. Er war noch ein junger Mann, besaß aber die körperlichen Male eines harten Lebens. Das Gesicht war verschlissen wie ein alter Schuh, im Mund klafften Zahnlücken. Mr. Macarthur erzählte mir, Sullivan sei mit Kerzenhaltern erwischt worden, die sichtbar aus seiner Tasche ragten, während er steif und fest behauptete, er wisse nichts über Kerzenhalter.

Eine Frau musste ihn geboren und ihm einen Namen gegeben haben, doch der einzige Vorname, den er jemals angab, lautete Smasher. Er sah niemandem in die Augen. Die Sträflinge hatten sich das so angewöhnt, den Blick anderer zu meiden. Wer seinem Herrn in die Augen sah, machte sich verdächtig, sich ihm ebenbürtig zu fühlen, was *Anmaßung* gewesen wäre, und auf Anmaßung standen zwölf Peitschenhiebe. Sullivan nannte Mr. Macarthur stets mit einem höhnisch wissenden Grinsen *Squire*.

Als die *Atlantic* mit einer frischen Ladung Sträflinge eintraf, stand Mr. Macarthur am Pier parat. Ein Offizier, der etwas auf sich hielt, gab sich nicht mit einem nutzlosen Faulenzer zufrieden.

William Hannaford war ein korpulenter blonder Mann mit einem ehrlichen offenen Gesicht. Auch nach Monaten im Frachtraum der *Atlantic* war ihm der Bauer anzusehen, ein fröhlicher Mensch, der sich nicht unterkriegen ließ, egal, was das Leben für ihn bereithielt.

»Ein Schafdieb«, erklärte mir Mr. Macarthur. »Ist aber dem Galgen entgangen, Gott weiß, wie.«

Als Hannaford und Sullivan an jenem ersten Tag zusammenstanden und sich unterhielten, fiel mir auf, dass sein Tonfall klang wie der meine. Ich konnte ihn mir gut vorstellen, wie er in Devon an einen Zaun gelehnt mit dem Nachbarn plauderte, im Gespräch Hügel und Senken abschritt, wie Großvater es so gern getan hatte. Als sich Sullivan zu mir umsah, folgte Hannaford seinem Blick und erschrak, weil Mrs. John Macarthur mit ihrer besten Haube auf dem Kopf ihm zuhörte.

»Sie kommen doch aus Devon?«, sagte ich. Ich mühte mich, den richtigen Ton für einen Diener zu finden, der auch ein Verbrecher war. Aber beim Klang dieser vertrauten Vokale konnte ich nicht widerstehen, mit ihm über unsere gemeinsame Heimat zu sprechen.

»Aus welchem Teil denn?«

Das klang nun neugieriger als beabsichtigt, und er sah mich misstrauisch an. Als ich lächelte – nicht zu viel! –, entspannte sich seine Miene.

»Ja, Mrs. Macarthur«, sagte er, »mein Hof war in der Nähe von Bradworthy. Aber das ist weit ab vom Schuss, den Namen haben Sie, schätze ich, noch nie gehört.«

»Ist das an der Straße nach Milton Damerel?«, fragte ich. »Oder eher in Richtung Kilkhampton?«

Ich sah alles vor meinem inneren Auge, die Wege mit den hohen Hecken.

»Mehr in Richtung Sutcombe, Mrs. Macarthur«, sagte er. »Solden Cross, dann Honeycroft und an der Biegung von Beckett's Hill kommt mein Hof.«

Es setzte ein Schweigen ein, während wir uns, jeder für sich, diese Orte vergegenwärtigten. Er presste die Lippen zusammen, und ich konnte mir seinen Kummer gut vorstellen. Die wenigen Felder, die er besessen haben mochte, vielleicht auch Frau und

Kinder, dazu die gesamte Zukunft, die ihm vorgeschwebt war, hatte er vermutlich verloren, als er die Hörner des Schafs gepackt hatte, das nicht ihm gehörte, und erwischt worden war.

Zu spät merkte ich, dass ich ihm keinen Gefallen tat, wenn ich die Ortsnamen seiner einstigen Heimat heraufbeschwor. Mrs. Macarthur würde mit etwas Zeit und Glück an diese Orte zurückkehren. Nicht so William Hannaford, der lebenslang verbannt war.

Wie war das, wenn man eine Entscheidung traf, die das gesamte Leben veränderte? Ein Schaf von der Herde trennte, wohl wissend, dass man in der Sekunde, in der man es an den Hörnern packte, ein toter Mann sein konnte? Hatte er es aus Verzweiflung getan oder leichtsinnig sein Glück versucht? Wie war es, hier zu enden, auf fremder Erde, und den Blick einer Frau meiden zu müssen, die ihn in Ketten legen lassen konnte, wenn es ihr beliebte?

Als hätte ich meine Fragen laut ausgesprochen, hob er mit seiner Geschichte an. Mir schien, er hatte sie schon oft erzählt, erzählte sie jedem, der bereit war, sie sich anzuhören, als könne sie, wenn sie nur oft genug vorgetragen würde, anders ausgehen.

»Ich brauchte einen Schafbock, wissen Sie, Mrs. Macarthur«, sagte er. »Für meine erbärmliche kleine Herde. Ich wollte sie weiter entwickeln, aber dafür brauchte ich einen guten Bock. Nur diesen einen.«

Er stieß ein reumütiges Lachen aus.

»Andere hatten Schafböcke, die sie nicht brauchten, Böcke, die sie nicht verdient hatten. So sah ich das.«

Er warf mir einen kurzen Blick zu, wie um sich zu vergewissern, dass ich nicht etwa auf den Gedanken kam, ihn wegen Ungebührlichkeit auspeitschen zu lassen. Doch er sah mir an, dass mir so etwas nicht lag.

»Sehen Sie, Mrs. Macarthur, mein Vater hatte mir das beigebracht. Worauf man achten muss«, sagte er. »Auf dem Markt von Crawley war mir ein guter Schafbock ins Auge gefallen. Das war weit genug weg von Zuhause. Ich hatte einen Karren und einen Sack dabei, unter dem ich den Bock verstecken konnte, hatte mir sogar ein Märchen für die Nachbarn ausgedacht, eine traurige Geschichte von einem, der mir den Bock billig verkauft hatte, weil ihm die Frau gestorben war. Oh, ich hatte alles geplant. Haben Sie schon mal was so klar und deutlich vor sich gesehen, dass Sie dachten, Sie hätten ein Anrecht drauf, Mrs. Macarthur?«

Er wollte gar nicht hören, was ich über solches Anspruchsdenken zu sagen wusste, auch wenn mir durchaus etwas eingefallen wäre. Bei mir war es der kurze Ausflug hinter die Hecke gewesen, als ich fälschlicherweise gemeint hatte, ein Anrecht zu haben.

»Was war ich nur für ein Dummkopf«, sagte er mit leiser Verwunderung.

So oft er die Geschichte schon erzählt haben mochte: Verdaut hatte er sie jedenfalls noch nicht.

»Aber dann hatte ich mehr Glück, als ein Dummkopf wie ich es verdient hätte«, sagte er. »Hatte mir ein Tier geschnappt, das General Watson gehörte, und das war ein gütiger Herr. Der trat vor den Richter und sagte, er vergibt mir, und auf keinen Fall will er einen Mann wegen einer einzigen jämmerlichen Dummheit hängen sehen.«

Einen Mann hängen sehen. Seine Geschichte eröffnete mir einen neuen Blick auf New South Wales. William Hannaford hätte sterben sollen, doch er durfte leben. Allerdings nur hier. Das makellose England wollte das Krebsgeschwür eines Schafdiebes nicht mehr im Lande haben, und ohne den Sträflingstransport wäre General Watson mit seiner Bitte auf taube Ohren gestoßen. New South Wales war ein Gefängnis, aus dem William Hannaford niemals zurückkehren würde. Es konnte sich allerdings auch herausstellen, dass dieses Land dank der schieren

Entfernung, der Fremdheit, ja, sogar gerade wegen seiner zunächst eher abschreckenden Eigenschaften durchaus keine Wand vor Hannaford aufbaute, sondern eine Tür öffnete, die ihm eine Zukunft verhieß.

ER HAT MIR EINEN HEIRATSANTRAG GEMACHT

Mehrere Monate nach unserer Ankunft kam Anne eines Nachmittags mit ernster Miene zu mir.

»Na, Anne, ist dir eine Laus über die Leber gelaufen?«, fragte ich. Ich dachte, sie würde sich über die Zusammenarbeit mit Sullivan beklagen. Mir war aufgefallen, wie er sie mit seinem zahnlosen Grinsen belästigte. In diesem Fall hätte ich ihn liebend gern in den staatlichen Dienst zurückgeschickt, ja, ich hoffte, Anne möge genau das auf dem Herzen haben.

»Es tut mir so unheimlich leid, Madam«, sagte sie.

»Leid?«, sagte ich. »Was ist denn, Anne, bist du unglücklich?«

»Oh nein, Madam«, sagte sie, »mir tut es leid, dass ich Sie im Stich lassen muss.«

Nun lief sie rot an.

»Sehen Sie, er hat mir einen Heiratsantrag gemacht«, sagte sie. »Private Ennis. Und ich habe ja gesagt.«

Anne und ich hatten viel miteinander durchgemacht. Ich konnte mich auf sie verlassen, sie war eine verlässliche Stütze in einer Umgebung, in der ich niemandem trauen konnte. Und wie Mrs. Kingdon es mir versprochen hatte, war sie ein Stück Heimat in der Fremde. Eine Sekunde lang verlor ich fast die Haltung; man stelle sich die stoische Mrs. Macarthur vor, die flehte: *Verlass mich nicht!*

»Ach Anne, da freue ich mich aber für dich«, sagte ich. »Was bist du nur für eine Geheimniskrämerin, mir ist nichts aufgefallen!«

Natürlich war mir nichts aufgefallen, ich hatte ja auch nicht auf sie geachtet. Wie das andere Mitglied unseres Haushalts auch war ich nur mit *mir* beschäftigt gewesen. Anne ließ mich durchaus nicht im Stich. Sie machte nur das Beste aus dem, was ihr das Schicksal bot, nahm die Abbiegung, die vor ihr lag. Sie hatte genau zwei Jahre für mich gearbeitet, denn ich hatte Bridgerule im Oktober verlassen, und nun war es wieder Oktober. Als ich sie betrachtete, fiel mir auf, was mir bis dahin in meiner Gleichgültigkeit entgangen war: Sie war kein schlaksiges Mädchen mehr, sondern eine junge Frau, die mit ihren Sommersprossen und dem roten Haar zur Schönheit gereift war und eine gelassene freundliche Tüchtigkeit ausstrahlte. Private Ennis, dieser gutherzige junge Bursche, hatte gut gewählt.

»Liebe Anne«, sagte ich, »ich freue mich so für dich.«

Wir umarmten uns, wie wir es schon einmal getan hatten. Als sie mich anschließend ansah, muss sie aber erkannt haben, was sich hinter meiner Freude verbarg.

»Es tut mir so leid, Madam«, wiederholte sie zögernd.

Sie rang nach Worten. Sie kannte den Zustand meiner Ehe aus der Nähe und wollte mir Trost spenden. Doch es gab keine Worte, es gab keinen Trost, und so konnte sie mir nur für einen kurzen Augenblick die Hand drücken.

Annes Weggang brachte mich in die Klemme, denn ich wusste nicht, wie ich eine Dienstmagd finden sollte, die ich gern um mich hatte. Der Gedanke, Edward in die Hände einer verkommenen Verbrecherin zu geben, gefiel mir gar nicht.

Mary Johnson erfuhr immer als Erstes, was sich in unserer kleinen Welt abspielte, und eine Stunde nach meinem Gespräch mit Anne ließ sie mir ausrichten, sie erwarte meinen Besuch. Sie bat mich in ihr Cottage. Im Wohnzimmer bereitete ihr Mann gerade seine Predigt vor, über den Tisch gebeugt, die offene Bibel vor sich, völlig vertieft in seine Arbeit. Mary und ich gingen in das zweite Zimmer, in dem ein Feuer qualmte. Daneben saß eine Frau, den Kleidern nach offenbar ein Sträfling, und nähte. Als wir eintraten, stand sie unbeholfen auf und drückte ihre Näharbeit an sich.

»Bist du bald fertig, Agnes?«, sagte Mrs. Johnson. »Beeil dich, bring das rasch zu Ende.«

»Ja, Mrs. Johnson«, erwiderte die Frau, ohne eine von uns anzusehen, setzte sich wieder und nähte weiter.

Ihre Jugend lag hinter ihr, die Wangen waren bleich, die Figur konnte man nur als mager bezeichnen. Sie war, kurz gesagt, keine Schönheit, was sich für sie als großer Vorteil erwiesen hatte, denn mit einer hübschen Dienstmagd hätte Mary Johnson ihr Haus und die Fürsorge für Mann und Kleinkind nicht geteilt. Sie mochte fromm sein, aber sie war nicht dumm.

»Sie hat auf der Überfahrt Schreckliches erlebt«, erklärte Mrs. Johnson in einem Flüsterton, der bis in den letzten Winkel des Zimmers zu hören war. »Bedauerlicherweise hat sie an Bord ein Kind verloren.«

Ich wandte den Blick von der Frau ab, die sich über ihr Nähzeug beugte, als wolle sie darin abtauchen. Mrs. Johnson schwadronierte weiter.

»Ich habe ihr gesagt, und ich bin mir sicher, Sie würden mir zustimmen, Mrs. Macarthur, Gott hat ihr Kleines in die Arme geschlossen, und sie soll nicht trauern, sondern frohlocken, dass das Kindchen ihr vorausgegangen ist.«

Von Agnes kam ein kaum vernehmlicher Laut der Abwehr, ein wortloser Widerspruch. Auf ihrem Gesicht lag tiefe Trauer, die zu betrachten mir zudringlich vorkam. Auch ich hatte erfahren, wie es ist, an Bord eines Gefängnisschiffes ein Kind zu verlieren. Doch ich hatte mir nicht von Mrs. Johnson anhören müssen, dass der Verlust ein Segen sei.

»Ich könnte sie erübrigen, Mrs. Macarthur«, sagte Mary Johnson. »Ich habe eine verdienstvolle Frau im Auge, die ihre Stelle einnehmen könnte. Wenn Sie sie haben möchten.«

Dass Mary Johnson mir diese Frau überließ, hatte ich mit herzlicher Dankbarkeit zu bezahlen, das war vorauszusehen. Aber mein Problem war gelöst.

Und Mary Johnson hatte sich bereits entschieden.

»Mr. Johnson hat Erkundigungen zu ihrem Charakter eingezogen«, sagte sie, »und sie hat sich als recht zufriedenstellend erwiesen. Natürlich ist sie eine Diebin, aber nicht von der schlimmsten Sorte, und sie hat einen anständigen Charakter.«

Agnes hielt den Kopf gesenkt.

»Ich werde sie Ihnen also am Samstag schicken«, kündigte Mrs. Johnson an. »Am Nachmittag, ist Ihnen das recht, Mrs. Macarthur?«

MRS. BROWN

Agnes Brown umwehte eine Schwermut, die es mir unmöglich machte, sie Agnes zu nennen. So sprach ich sie als Mrs. Brown an, obwohl es ungewöhnlich war, einer Sträflingsfrau diese höfliche Anrede zuzugestehen. War sie überhaupt eine Mrs.? War sie eine Brown? Vielleicht traf beides nicht zu. Es spielte keine Rolle.

Sie sprach nicht mehr als nötig, und wenn, konnte ich wie bei Hannaford den Zungenschlag Südwestenglands heraushören. Sie lächelte selten, erledigte äußerlich ihre Pflichten, schien aber innerlich woanders zu sein. Ihr Gesichtsausdruck war völlig ungerührt. Als Agnes Brown ihr Kind gebar und verlor, als sie das Verbrechen beging, das sie herführte, als sie das Leben eines Sträflings annahm, war offenbar etwas in ihr geschehen, das alle starken Regungen in ihr abtötete. Das Leben strömte wie Wasser über sie hinweg.

In einer anderen Welt wären Mrs. Brown und ich nicht Herrin und Dienerin, sondern einander ebenbürtig gewesen. Recht offensichtlich war sie kein liederliches Frauenzimmer. Ich hätte gern gewusst, was für ein Unrecht sie hergebracht hatte, und hätte es auch mit Leichtigkeit herausfinden können. Ich tat es nicht, so redete ich mir ein, weil es für mich ohne Bedeutung war, doch in Wahrheit schämte ich mich dafür, dass ich aus meiner Machtstellung heraus ihre Vergangenheit aufdecken konnte, wohingegen sie auf meine Geschichte keinerlei Anspruch hatte.

Mrs. Brown war erst wenige Wochen bei uns, als ich sie mit Mr. Macarthurs Horaz überraschte – er hatte das Buch auf den Kaminsims gelegt, um damit Eindruck zu schinden, und nicht etwa, weil er jemals darin gelesen hätte. Erschrocken legte sie das geöffnete Buch zur Seite.

»Bitte verzeihen Sie, Mrs. Macarthur«, sagte sie. »Es ist nur so lange her, dass ich ein Buch aufgeschlagen habe. Aber wie ich sehe, ist es kein englisches Buch, verzeihen Sie, Mrs. Macarthur.«

Ihr Schreck konnte ein Ausdruck ihrer Unschuld oder ein Beweis für ihre Schuld sein. Ich fragte sie, ob sie denn lesen könne? Als sie das bejahte, holte ich eines meiner Bücher und öffnete es an einer beliebigen Stelle.

»Wären Sie so gut, mir einen oder zwei Sätze vorzulesen, Mrs. Brown?«, fragte ich.

»In der Philosophie«, las sie, »wo die Wahrheit janusköpfig erscheint, ist keiner mehr dem Paradoxen zugeneigt als ich.«

Ja, sie konnte lesen, und ich schämte mich.

Nie die Siedlung verlassen, hatte mir Mr. Macarthur eingeschärft, aber ich war den ausgetretenen Pfad unserer langweiligen Runde um die elenden Hütten leid. Nachdem Anne uns verlassen hatte, erlaubte ich mir daher, *die Siedlung* neu zu definieren. Mrs. Brown begleitete mich auf meinem täglichen Spaziergang, und da Mr. Macarthur einen bewaffneten Wachmann nicht mehr für notwendig hielt, ging Hannaford mit. Die Grenzen, die Mr. Macarthur mir gesetzt hatte, kannten beide nicht.

Auf dem westlichen Kamm oberhalb des Tals lebten Sträflinge in Hütten und Buden, einige auch in den Höhlen, die wabenartig den felsigen Abhang durchlöcherten, und zwischen diesen behelfsmäßigen Quartieren verlief ein Labyrinth aus steilen Pfaden. Wenig unterhalb der Hangkante lag die letzte Behausung, eine Höhle, deren Eingang mit Segeltuch verhängt war. Hier hatten Anne und ich immer kehrt gemacht, um auf demselben Weg zurückzugehen. Auf meinem ersten Spaziergang mit Mrs. Brown und Hannaford ging ich voran bis zu der Höhle und dann einfach weiter, als sei das die übliche Route. Eine Frau schob das Segeltuch zur Seite und beobachtete uns.

»Mrs. Macarthur«, rief Hannaford. Ich sah mich zu ihm um. Oh, er wusste Bescheid, das war ihm anzusehen. Sullivan musste es ihm gesagt haben. Und verriet Mrs. Browns Gesicht, ehe sie es rasch unter der Haube verbarg, nicht auch Erstaunen darüber, dass Mrs. Macarthur die erlaubte Welt verließ?

»Ja, Hannaford?«, sagte ich. Er zögerte.

»Bitte verzeihen Sie, Mrs. Macarthur«, sagte er. »Es ist nichts.«

Ich wandte mich wieder um und folgte weiter dem Pfad, mit der unschuldigen Miene einer Frau, der gar nicht in den Sinn kommt, dass sie ein Gebot ihres Mannes missachten könnte.

Als wir den Kamm erklommen hatten, war das verschandelte Tal hinter uns verschwunden, und vor uns öffnete sich eine breite Felsterrasse. Anders als in der Siedlung konnten wir von hier aus meilenweit in alle Richtungen sehen. Im Osten reckte das bewaldete Land seine Finger in den Meeresarm, der zum Ozean führte. Im Westen bot sich uns ein Panorama aus unerforschten Halbinseln, Inseln, Hügeln und Tälern, und nur der Rauch des einen oder anderen Feuers verriet, dass es hier Leben gab, Menschen, für die das Land kein Gefängnis war, sondern Heimat. Nie hatte ich in Devon eine solche Sonne erlebt, deren Strahlen sich senkrecht zwischen die Bäume bohrten und die Schatten flach auf den steilen Hang legten, nie eine solch unerbittliche Brise, unter der sich die Sträucher hin und her warfen und in deren Aufwind die Möwen kreisten und kreischten.

»Oh«, sagte Mrs. Brown. »Wahrhaftig, das ist …«

Doch sie brachte den Gedanken nicht zu Ende. Ich bezweifelte, dass unsere Sprache überhaupt Worte für diese Landschaft bereithielt.

Von der großen offenen Terrasse, auf der wir standen, fiel das Gelände zum Wasser hin ab, und ein schmaler Pfad schlängelte sich um Felsen und Bäume bergab. Irgendwo dort unten lag das Observatorium, in dem der Astronom Mr. Dawes lebte.

Ich hatte nicht die Absicht, diesem Pfad zu folgen, sondern setzte mich auf einen Felsen mit der passenden Größe und einer nützlichen Vertiefung in der Form des menschlichen Gesäßes. Auch Mrs. Brown fand einen geeigneten Sitzplatz. Hannaford nahm sich Edward von den Schultern, und die beiden begannen ein Spiel mit Zweigen und Blättern.

An diesem Ort wurde mir bewusst, was ich in der Siedlung nie gespürt hatte: dass mich nichts Handfesteres von meinem Heimatland trennte als Luft. Es lag in dieser Richtung, Nord-Nord-West. Hinter dem unbekannten Kontinent, hinter dem Ozean, den wir überquert hatten, musste, wie Mr. Macarthur einst weihevoll erklärt hatte, Devon unter derselben Sonne und denselben Mond liegen, die uns hier Licht spendeten, nur dass sich dort vermutlich die ersten Fröste auf das Gras legten, wohingegen hier warme Tage einen Vorgeschmack auf die kommende Hitze gaben.

Wäre ich ein Vogel gewesen wie eine der Möwen hoch oben am Himmel, hätte ich aufsteigen, über das wilde Land und die schäumende See fliegen und schließlich hinabsegeln und mich auf dem Tor vor Großvaters Bauernhof niederlassen können, unter dem ich als Kind die Matschklumpen verteilt hatte. Wie ein Muslim, der in Richtung Mekka betet, wandte ich mich der Heimat zu, die alle guten Erinnerungen der Vergangenheit und sämtliche Hoffnungen für die Zukunft in sich barg. Unter dem Geraschel fremdartiger Blätter und dem Gekreisch fremdartiger Möwen rief ich mir die sanften Böen von Devon in Erinnerung, das Rauschen der Eichen und Buchen, das Zwitschern und Tirilieren der scheuen Vögel in den Hecken. Diese Landschaft kannte ich in- und auswendig. Und ich sehnte mich danach, wie sich ein Kind nach der Mutter sehnt.

Geradezu abergläubisch redete ich mir ein, wenn ich mir die vielen kleinen Eigenheiten meiner Heimat immer wieder aufs Neue vergegenwärtigte – den genauen Verlauf des Weges am Bond-Hof, das leise Rauschen des silbernen Flusses in den Auen unterhalb von Lodgeworthy, den Duft der vom Pflug umbrochenen fruchtbaren Erde –, so würde ich eines Tages mit der Rückkehr dorthin belohnt. Wenn ich diese Erinnerungen aber vernachlässigte, wenn ich zuließ, dass sie verblassten, so würde ich zur Strafe meine Heimat nie wiedersehen.

Mir war, als entwickelte ich aus Urprinzipien den Grundgedanken des Gebets, Trostspender und tiefes Bedürfnis zugleich.

Als ich wieder in die Gegenwart zurückkehrte, schrak ich auf wie unter einem Schwall eiskalten Wassers. Ich befand mich hier in New South Wales, saß mit kaltem Hinterteil auf einem

Felsblock, der, wie es sich herausstellte, doch nicht für die Bequemlichkeit des Menschen erschaffen worden war.

In den vier Wänden unseres Hauses war an ein Gespräch mit Mrs. Brown nicht zu denken, hier draußen aber folgte ich dem Drang, mich mit ihr von Frau zu Frau zu unterhalten, und sprach sie an. Ihre Haube hatte sich gelöst, sie hielt sie in der Hand, und Haarsträhnen tanzten ihr um den Kopf. Sie blickte hinaus in den strahlenden Nachmittag, einen sanften Ausdruck auf dem Gesicht, der einem Lächeln näherkam als alles, was ich bis dahin an ihr gesehen hatte. An diesem wilden stürmischen Ort war sie eine völlig andere als die verhärmte Frau, die ich kannte.

»Ein herrlicher Anblick … Ausblick«, stotterte ich unbeholfen. »Und wie angenehm, hier frische Luft zu schnappen.«

»Oh ja«, sagte sie.

Dann fiel es ihr wieder ein.

»Mrs. Macarthur«, fügte sie hinzu.

Sie setzte die Haube wieder auf und schob die Haarsträhnen darunter. Womöglich hatten meine Worte geklungen, als wollte ich sie für ihren Müßiggang tadeln. Sie runzelte die Stirn in der nicht enden wollenden Furcht eines Menschen, der nicht frei über seine Zeit verfügen kann. Mit einem stechenden Schmerz wie von einem kranken Zahn erinnerte ich mich an diese Furcht, die ich aus meinen Jahren im Pfarrhaus kannte.

Ich wollte den Faden unseres Wortwechsels auftrennen und einen neuen stricken.

»Wir sind fern der Heimat, Mrs. Brown«, sagte ich. »Sie, und ich auch.«

Merkte, dass es klang wie der Auftakt zu der Frage, aus welchem Grund sie denn der Heimat so fern war. Dieses Gesprächsthema wollte ich ihr nicht aufdrängen, und so sprach ich schnell weiter.

»In meiner Kindheit am Fluss Tamar galt es schon als eine weite Reise, wenn mein Vater nach Exeter fuhr«, sagte ich.

Dachte, dass ich noch keinen Schritt vorangekommen war, und redete weiter.

»Er war Bauer«, sagte ich. »Aber er starb, als ich noch ein Kind war.«

»Oh«, sagte sie. »Wenn ich fragen darf, Mrs. Macarthur, wo lag denn der Hof? Es ist nur, mein eigener Vater war auch Bauer, mit einem kleinen Hof natürlich. Und er ist gestorben wie Ihrer. Wir wohnten zwei Meilen vor Whitstone.«

»Whitstone!«, rief ich aus. »Da war ich mal mit Großvater, er kaufte dort damals ein Schwein. Wir lebten in Bridgerule, gar nicht weit entfernt.«

Stille senkte sich über uns, während wir wohl überlegten, dass wir uns als kleine Mädchen in Schürzenkleidern in den Gassen von Whitstone begegnet sein konnten.

Vermutlich war sie nach dem Tod ihres Vaters der Unbill des Lebens ausgeliefert gewesen, wie es auch mir leicht hätte widerfahren können. Ich hatte Glück gehabt, denn ein liebender Großvater hatte mich ebenso beschützt wie eine Freundin im Pfarrhaus und ein Pastor, der so großzügig war, den Fehltritt einer Mittsommernacht mit einer Eheschließung zu vertuschen. Einen solchen Schutz hatte sie vermutlich nicht genossen, und so hatte das unerbittliche Schicksal hart zugeschlagen und sie als Gefangene in die Fremde verbannt.

Die ungestellte Frage hing in der Luft.

»Ich bin keine Diebin, Mrs. Macarthur«, sagte sie.

Dann runzelte sie die Stirn.

»Nein, ich meine, ich bin eine Diebin. Das heißt, ich war eine Diebin …«

Sie hielt inne.

»Ja, ich habe gestohlen«, sagte sie schließlich.

Sie sprach wie jemand, der sich in den finsteren Stunden

schlafloser Nächte seine Sünden immer wieder vorbetet, damit sich durch die Wiederholung an der schmerzenden Stelle eine Hornhaut bildet.

»Ich habe gestohlen, daher bin ich eine Diebin.«

Sie sprach geringschätzig wie ein Richter.

»Aber hier bin ich keine Diebin«, sagte sie. »Das versichere ich Ihnen, Mrs. Macarthur.«

An ihrem gepressten Atem merkte ich, dass sie die Tränen zurückhalten musste. Ich hätte sie gern berührt, wollte mich ihr jedoch nicht aufdrängen.

»Mrs. Brown, lassen Sie es uns so sagen: Früher waren Sie eine Diebin. Jetzt sind Sie einfach nur eine Frau, die es an eine ferne Küste verschlagen hat, wo im Sommer Weihnachten ist und auch sonst allerlei Unerwartetes geschehen kann.«

Ich bemühte mich um einen lockeren Ton, um es ihr leichter zu machen, wunderte mich aber selbst über diese Worte aus der Tiefe meiner Seele, wo doch noch Hoffnung schlummern musste. Ich hatte mir versagt, auch nur einen Gedanken an die entsetzliche Dummheit zu verschwenden, die mich hierher geführt, an das Mittsommerfeuer und die Dunkelheit, mit der alles seinen Anfang genommen hatte. Mein Denken richtete sich ausschließlich auf die Gegenwart, auf das Durchhalten von einer Minute zur nächsten, damit ich mein Leben nicht als Gesamtheit überschauen musste. Und trotzdem waren mir diese Worte über *allerlei Unerwartetes* aus dem Mund gesprudelt.

Mrs. Brown konnte sie hören, diese unterschwellige Bedeutung. Unsere Blicke begegneten sich, und einen Augenblick lang waren wir einfach nur zwei Frauen auf einem weiten windgepeitschten Felsplateau, die etwas gemein hatten, ohne genau sagen zu können, was es war.

Diese Felslandschaft, offen wie ein Blick in den Himmel, steuerten wir in jenem ersten Frühling auf all unseren Spaziergängen an. Irgendwie ergab es sich nie, Mr. Macarthur zu erläutern, welchen Weg seine Frau, sein Sohn und seine Dienstboten jeden Nachmittag nahmen, wenn sie das Haus verließen.

UNTER VATERS FUCHTEL

Unsere Ausflüge machten Edward so viel Freude wie mir, denn Hannaford beschäftigte ihn mit Spielen, die einem Eineinhalbjährigen gefallen mussten. Er war glücklich, wenn er auf Hannafords Schultern reiten durfte und, auf dem offenen Felsplateau angekommen, in großem Bogen schwungvoll abgesetzt wurde.

Zu Hause stand Edward unter der Fuchtel seines Vaters. Mr. Macarthur kannte keine Nachsicht. Edward durfte keinerlei Schwäche zeigen, keine Klagen vorbringen. *Schluss damit!*, kam scharf und zackig wie ein Peitschenhieb vom Vater, wenn das Kind hinfiel oder wenn es nörgelte, weil es getragen werden wollte. *Schluss damit, mein Junge!*

Doch auf seine Art liebte Mr. Macarthur seinen Sohn. Gab ihm mit der Kurzform Ned einen Kosenamen. Ich hatte zudem beobachtet, wie er das schlafende Kind mit einem Gesichtsausdruck betrachtete, den ich sonst nie an ihm sah, eine Art trauriger Zärtlichkeit.

Zärtlichkeit, weil Mr. Macarthur kein Monster war, sondern ein Geschöpf wie jedes andere, für das die Liebe zum eigenen Kind elementar ist wie das Atmen. Traurig, weil er, nachdem er selbst als kleiner Junge in die Schule fortgeschickt worden war, nie gelernt hatte, dass ein Vater, wenn nötig, streng und trotzdem zärtlich sein kann.

Wenn er sich über das Kinderbett beugte, erfasste mich unerwartet Milde, ja fast schon Mitleid mit diesem gepanzerten Mann.

MR. NEPEANS BRUDER

Knapp drei Jahre, nachdem Captain Phillip mit seinen unwilligen Kolonisten an Land gegangen war, bestand New South Wales aus zwei britischen Flecken inmitten eines unendlichen Gebiets, das nicht von Briten besiedelt war. Der eine Flecken war das Städtchen an der Sydney Cove. Der andere, etwa fünfzehn Meilen landeinwärts gelegen, trug den Namen, den die Einheimischen ihm gegeben hatten: Parramatta. Da die Böden in der Gegend besser waren, galt sie als das Kerngebiet der Landwirtschaft, sofern man davon überhaupt sprechen konnte. Man hatte für die landwirtschaftlichen Arbeiten Sträflinge abgestellt und eine Kaserne errichtet, damit die Ordnung gewahrt blieb. In Parramatta gab es auch ein zweites Gouverneurshaus, der Bau von Straßen war geplant.

Zu unserem Glück war Captain Nepean für begrenzte Zeit nach Parramatta entsandt worden, um die Siedlung zu beaufsichtigen. Nachdem es in den ersten Wochen in Sydney zu peinlichen Begegnungen gekommen war, empfand ich es als befreiend, Nepean fünfzehn Meilen weit weg zu wissen. Fünfzehn Meilen weit weg von mir, vor allem aber von Mr. Macarthur. Mir waren die Seiten füllenden Notizen, die mein Mann an Bord der *Neptune* angefertigt hatte, gut in Erinnerung, und ich hoffte inständig, er möge sie vergessen haben.

Als Mr. Macarthur von Nepeans Versetzung nach Parramatta erfuhr, freute er sich diebisch. Auch er war zum Dienst eingeteilt worden, weil er aber behauptet hatte, seine Familie brauche ihn in Sydney, war sein Aufenthalt nur von kurzer Dauer gewesen. Die Offiziere empfanden den Dienst dort als Schande. Parramatta galt als Provinz in der Provinz, als Rückzugsort für Männer ohne Ehrgeiz und ohne größere Ziele: ein antipodisches Gibraltar.

In jenem ersten Frühjahr stürzte Mr. Macarthur eines Abends ins Zimmer. Ich saß neben einem kleinen Kaminfeuer, das mehr um der Gemütlichkeit als um der Wärme willen brannte. Kaum war er durch die Tür, Kopf und Schultern merkwürdig angespannt wie einer, der sich gegen den Wind stemmt, entlud sich auch schon sein Zorn.

»Jetzt beleidigt mich dieser Schurke auch noch«, rief er aus, »hier in Sydney! Er streut das Gerücht, dass ich ihn und Trail belauscht hätte – dass ich an seiner Tür gehorcht hätte wie ein Laufbursche!«

Er stand in der Ecke des Zimmers am Tisch, wühlte in seinen Papieren und drehte sich, einen Stapel Blätter in der Hand, zu mir um.

»Sehen Sie! Sehen Sie her! Hier habe ich alles, jede einzelne Lüge!«

Er hatte also die Aufzeichnungen von der *Neptune* nicht wie erhofft vergessen. Oh, warum habe ich sie nicht verbrannt? Ich hatte eine einmalige Gelegenheit vertan. Zehn Monate waren seit den Ereignissen an Bord vergangen, nun aber hatte ihm irgendein Scharfmacher von Nepeans Vorwürfen berichtet, und schon kochte seine Wut doppelt wieder hoch.

»Aber Sir«, sagte ich, »das ist doch alles vorbei. Seitdem ist viel Wasser den Berg hinuntergeflossen. Kein Hahn kräht mehr danach. Was wäre damit gewonnen, Dinge auszugraben, über die längst Gras gewachsen ist?«

Ich trat auf der Stelle, in der Hoffnung, den Zorn meines Mannes abkühlen zu können, indem ich ausgiebig Phrasen drosch.

»Was damit gewonnen wäre? Sie fragen, was gewonnen wäre?«

Sein Blick hätte auch eine Backsteinwand durchbohrt.

»Oh, gar nichts, meine Liebste. Nur mein guter Name. Meine Ehre. Unbedeutende Bagatellen wie diese, meine liebe Frau!«

Ich hatte mich nie vor Mr. Macarthur gefürchtet, doch sein schneidender Tonfall brachte mich zum Schweigen.

»Er muss seiner gerechten Strafe zugeführt werden«, schrie er. »Seine Majestät soll erfahren, was für ein Lügenmaul er ins Militär geholt hat!«

Er wedelte mit den Papieren.

»Sehen Sie, ich habe alles hier! Alles, was er gesagt hat, was er getan hat! Eindeutige Beweise.«

Er nahm ein Blatt Papier und schleuderte es mir entgegen: Ich las die Worte *monströs* und *grundlos,* ehe er es mir wieder wegnahm und ein anderes herauszog.

»Sehen Sie hier! Sehen Sie, was er gesagt hat, und hier meine Erwiderung! Wort für Wort! *Am selben Tag* notiert! Sie, meine Liebe, können bezeugen, dass ich noch *am selben Tag* alles aufgeschrieben habe, Sie erinnern sich gewiss daran! Wenn Sie vor Gericht gefragt werden, können Sie es beschwören!«

Ich gefror innerlich.

»Bezeugen«, sagte ich. »Aber Mr. Macarthur, ich war nicht dabei, ich habe nichts gesehen.«

Das war der falsche Weg.

»Sie schlagen sich also auf seine Seite! Meine eigene Frau verrät mich!«

»Nein, ich verrate Sie nicht!«

Doch es half wenig, etwas abzustreiten, was ich nie gesagt hatte.

»Vor Gericht«, sagte ich. »Also würden … die Offiziere darüber richten?«

»Nein! Nein!«

Ein schadenfrohes Grinsen breitete sich über sein Gesicht aus.

»Nicht hier, meine Liebste. Ein Kriegsgerichtsverfahren gegen Nepean könnte hier nicht durchgeführt werden. Keiner dieser Schwächlinge würde ihn verurteilen, egal, wie viele Beweise vorlägen.«

Er war jetzt ruhig, sah einen klaren Weg vor sich und am Ende dieses Weges das gewünschte Ziel.

»Das Verfahren würde nicht hier stattfinden«, sagte er. »Es würde zwangsläufig zu Hause stattfinden.«

Nachdem er unter so viel Leid die weite Reise unternommen hatte, wollte er nach derart kurzer Zeit wieder zurückkehren? Wegen einer Nichtigkeit, über die das Gericht nur lachen konnte? Wo sollten wir, wir alle hin, wenn seine Zukunft in Scherben lag?

Ganz ruhig, ermahnte ich mich. *Bleib gefasst.*

»Aber Mr. Macarthur«, sagte ich sehr ruhig, sehr gefasst, »Sie haben doch sicher nicht vergessen, dass Mr. Nepeans Bruder Sie mit einer einzigen Unterschrift ruinieren könnte?«

Er sagte nichts. *Aha, ich hatte einen Nerv getroffen.*

»Und vergessen Sie nicht«, fuhr ich fort, »dass vielleicht auch Nepean Aufzeichnungen gemacht hat und seine eigenen Zeugen mitbringt. Mr. Trail zum Beispiel.«

Gut gemacht, dachte ich und holte schon Luft für das nächste Argument, aber Mr. Macarthur war schneller.

»Der verdammte Lügner!«, schrie er. »Lauter infame Lügen! Ich wäre wahrlich ein Feigling, wenn ich die ungeschoren davonkommen ließe!«

Die Worte hingen im Raum. Er schlug mit der Faust in den Handteller und marschierte mit hochrotem Kopf vom Kamin zum Tisch und wieder zurück. Sullivan und Hannaford im Schuppen hinter dem Haus und Mrs. Brown auf der Pritsche in der Küche, sie alle konnten vermutlich alles mithören. Sie mochten sich köstlich amüsieren, von Sullivan konnte ich mir das jedenfalls gut vorstellen. Ich sah ihn schon vor mir, wie er später eine Imitation des erzürnten Lieutenant Macarthur zum Besten gab.

Die großspurigen Drohungen eines Mannes, die nur seine Frau hören konnte, brachen aus dem geschützten Raum nach draußen, und in der vibrierenden Stille nach dem Geschrei drohte alles unumkehrbar zu kippen.

Nicht aus Kalkül, sondern aus Verzweiflung begegnete ich seiner Wut mit meiner Wut.

»Oh ja«, sagte ich mit beißender Ironie. »Oh, Mr. Macarthur, wie recht Sie haben!«

Welche Freude, zu kapitulieren und die Vernunft mit ungestümem, unbedachtem Zorn hinwegzufegen.

»Natürlich, nichts weniger kann ein Mann von *Ehre* tun!«

Nun schrie auch ich. Sollten es doch alle hören! Was spielte das noch für eine Rolle, nun, da wir auf die Katastrophe zusteuerten?

Er sah mich scharf an, und ich dachte schon, er würde gleich auf mich losgehen. In meinem maßlosen Zorn wäre mir ein Schlag lieber gewesen als dieser Tanz der Worte. Doch meine Ironie erreichte ihn gar nicht. Er schwieg, starrte ins Feuer. Er beugte sich auf dem Stuhl nach vorn, bewegte einen Fuß, verzog den Mund.

Im Raum hatte sich etwas verändert. Als ich ihm seine eigene Raserei vor Augen führte, indem ich es ihm gleichtat, war es mir unbeabsichtigt gelungen, den wilden Sturzflug zu unterbrechen.

Gerissenheit und Geduld. Schlage ihn mit seiner eigenen Hinterlist.

»Beeilen Sie sich, Mr. Macarthur«, sagte ich. »Gehen Sie zum Gouverneur, gleich morgen früh.«

Er blinzelte, wohl vor Überraschung. Die durchaus angebracht war.

»Bei seinem Gerechtigkeitssinn wird der Gouverneur seine Freundschaft zu Nepeans Bruder selbstverständlich hintanstellen!«

Mr. Macarthur räusperte sich, als wolle er etwas sagen. Doch er schwieg, nahm stattdessen das Schüreisen zur Hand und stocherte damit im Feuer herum. Ein Holzscheit loderte auf und erleuchtete sein Gesicht. So konnte ich sehen, wie er beim Nachdenken die Oberlippe vorschob. *Jetzt ist es genug,* sagte ich mir. Zu hören war nur das Prasseln des Feuers, das er neu entfacht hatte.

Mir wurde das Schweigen unerträglich, und so gab ich vor, ich hätte Edward rufen hören. Ging zu ihm und fand ihn im Tiefschlaf vor, die Ärmchen nach oben gestreckt, die Hände neben den Ohren. Ich stand über ihm, betrachtete ihn und lauschte. Das Haus hielt den Atem an: Die Luft in den Zimmern, die Frau, das Kind, alles wartete.

Als ich zu Mr. Macarthur zurückkehrte, stand er mit dem Rücken vor dem wärmenden Kamin.

»Nun gut, es ist Bettzeit, meine Liebe«, sagte er unbekümmert und ruhig, als hätte er nicht zehn Minuten vorher den gesamten Haushalt zusammengeschrien.

Er verließ das Zimmer, und ehe ich ihm folgte, warf ich einen kurzen Blick auf den Tisch. Die Papiere mit seinen detailreichen Notizen über die empörenden Vorfälle auf der *Neptune* hatte er zusammengefaltet und den Falz mit einem Buch beschwert. Hatte sie nicht weggeräumt, nicht versteckt, aber beiseitegelegt.

REISETAGEBUCH EINER DAME

Captain Tench war nicht der einzige Offizier, der beabsichtigte, einen Bericht über seinen Aufenthalt in der Kolonie zu veröffentlichen. Captain Collins und Mr. White verfolgten denselben Plan. Da ich alle drei kannte, vermutete ich allerdings, dass Tenchs Schilderung bei Weitem die unterhaltsamste sein würde. Ihr Vorhaben brachte Mr. Macarthur auf die Idee, ich könne Ähnliches versuchen. Er stellte sich eine Geschichte vor unter dem Titel *Reisetagebuch einer Dame auf der Fahrt nach New South Wales im Jahre 1790 von Mrs. John Macarthur.* Er sah wohl schon die einflussreichen Männer in Whitehall vor sich, die das Buch lasen. »Oh, der junge John Macarthur«, würden sie sagen, »den müssen wir im Auge behalten. Seine Frau drückt sich wahrlich exzellent aus. Befördern wir ihn unverzüglich zum Captain!«

Da der Bericht lange nach den beschriebenen Ereignissen verfasst werden sollte, würde es sich natürlich nicht um ein authentisches Tagebuch handeln. Wir hatten unsere Reise im November 1789 angetreten, und seither war ein Jahr vergangen. Aber das sollte mich nicht abhalten: Mr. Macarthur riet mir, Datumsangaben einzustreuen, um den Eindruck der Unmittelbarkeit zu erwecken.

»Wer soll das je nachprüfen, meine liebe Frau«, sagte er, »ob Sie nun am dreizehnten oder am vierzehnten des Monats an Bord der *Neptune* gegangen sind?«

Ich begriff mich nicht als Schriftstellerin und hatte auch keinerlei Verlangen, die grauenhafte Reise wieder aufleben zu lassen. So versuchte ich mich herauszureden, behauptete, ich sei so unwohl gewesen und so weiter und so weiter, dass meine Erinnerung in einem unglücklichen Nebel verschwinde. Daraufhin allerdings gab er mir als Gedächtnisstütze das kleine zusammengefaltete Papierbündel mit seinen Notizen.

»Meine Liebe«, sagte er leichthin, »seien Sie gewiss, dass ich Sie von dieser Aufgabe nicht entbinden werde!«

Nun erst begriff ich seine wahren Beweggründe. Er hatte den Plan, Nepean zu bestrafen, nicht vergessen. Mrs. Macarthur würde in ihrem *Reisetagebuch* die ihm zugefügten Ungerechtigkeiten bezeugen. Da nicht er es verfasst hatte, bliebe der Anschein der Objektivität gewahrt. Es war Bestandteil der *langen Partie,* die er besonders schätzte.

Er hatte, das begriff ich jetzt, seine Terrierzähne in diese Tagebuchidee geschlagen und würde nicht loslassen, bis ich mich fügte. Sollte ich mich weigern, würde er nur noch fester zubeißen. Mir blieb nur eine Möglichkeit: Ich musste ein dermaßen fades *Reisetagebuch* verfassen, dass sich der Terrier nach etwas Schmackhafterem umsah.

Schon die ersten Seiten gerieten mir so öde, wie ich es geplant hatte. Wen würde es schon interessieren, dass wir in Billingsgate ein Boot mieteten oder dass das Schiff bei Longreach lag? In meinem wenig originellen Erguss über die Klippen von Dover fiel mir nicht mehr ein als der Hinweis, sie hätten mich mit ihrer *gewaltigen und romantischen* Erscheinung beeindruckt. Langatmig und detailversessen ließ ich mich über die weiß getünchten Häuser der Holländer am Kap aus, die ungewöhnliche Form des Table Mountain und den Kauf eines Kohlkopfs in False Bay.

So sehr ich mich um Eintönigkeit bemühte, konnte ich doch nicht alle interessanten Ereignisse unserer Reise verschweigen. Ein Duell, ein zugenagelter Gang, der Umstieg von einem Schiff aufs andere mitten auf dem Atlantik: Das alles gehörte in den Bericht. Ein- oder zweimal erwischte ich mich bei humorvollen und ironischen Bemerkungen. Wie ich heute sehe, kommentierte ich den schrecklichen Sturm in der Bucht von Biskaya selbstironisch mit den Worten, dass *ich unversehens zum Feig-*

ling wurde. In Wahrheit hatte ich, klagend wie ein Tier, in einer Ecke der Kabine gekauert.

Die Streitigkeiten zwischen Mr. Macarthur, Captain Nepean und Mr. Trail beschrieb ich nur in allgemeinen Zügen. Wer den Bericht genau liest, erfährt, dass ich nicht dabei war, als der Soldat geschlagen, der Sergeant beleidigt, die geizige Rationierung angeprangert wurde. Den Grund für die Sperrung des Aufgangs zum Deck kannte ich nur von Mr. Macarthur, und was Captain Nepean dazu veranlasst hatte, den Umstieg auf die *Scarborough* zu veranlassen, erfuhr ich nie.

Was sich genau zwischen diesen drei komplizierten Männern abspielte, ist nicht dokumentiert und muss ein Rätsel bleiben. Gewissheit besteht nur darüber, dass diese beängstigende Situation – die, falls sie nicht von Mr. Macarthur verursacht, so doch von ihm verschärft wurde – ihm offenbar Befriedigung verschaffte. Mit der Geschichte, die er sich selbst einreden konnte, der Version vom ehrenhaften Mann, der sich erhobenen Hauptes allein gegen die Welt behauptete, gelang es ihm, einen tief in seinem Inneren verankerten Groll zu besänftigen.

Als ich beim Kauf des Kohlkopfes in False Bay angelangt war, zeigte ich Mr. Macarthur, was ich geschrieben hatte. Er las die Seiten billigend und wollte sie behalten, doch ich bat ihn um Rückgabe, damit ich den Bericht noch um die lange Fahrt bis nach Sydney Cove ergänzen konnte.

Meine Aufgabe bestand nun darin, den Bericht immer weiter in die Länge zu ziehen, damit er nie ein Ende fand, nie als zusätzlicher Zunder in Mr. Macarthurs Unterlagen einging. Wie Penelope, die webte und auftrennte, webte und auftrennte, wollte ich dafür sorgen, dass das *Reisetagebuch* nie fertig wurde.

Als ich allerdings zu Mr. Macarthurs Krankheit und Janes Tod gelangte, floss aus meinem tiefsten Innern, das bis dahin geschwiegen hatte, Satz um Satz aufs Papier. Aus dem, was ich da niederschrieb, sprach meine eigene Stimme zu mir. Sie war mir völlig neu und gab Gefühle preis, die ich mir nie eingestanden hatte. Trauer und Verzweiflung, ja, die waren mir bewusst. Überrascht war ich über das Ausmaß meines Zorns. Zorn auf Mr. Macarthur natürlich, aber auch auf die grausame Maschinerie aus generationenalten Gesetzen, Glaubenslehren und Gepflogenheiten, die eine Frau der Möglichkeit beraubten, ihr Schicksal selbst in die Hand zu nehmen.

Eine gefährliche Woche lang verwahrte ich diese Blätter tief in meinem Nähkorb wie eine wilde Kreatur, die man vor der Umwelt verstecken muss. Eine wilde Kreatur allerdings, die ich liebte, die meine teuerste Gefährtin war. Jeden Morgen erwachte ich mit dem angenehmen Gedanken, dass sie dort auf mich wartete.

Dann kam ich zur Vernunft. Ich behielt den geschönten, ungefährlich weitschweifenden ersten Teil des Tagebuchs, verbrannte aber die Seiten über die Zeit nach der Umsegelung des Kaps. Und ich gelobte mir, lange zu leben, mir Verstand und Freiheit zu bewahren, damit ich es später noch einmal aufschreiben konnte. Dennoch schmerzte es, die Blätter zu zerreißen und ins Feuer zu werfen. Sie hatten mich gelehrt, dass ich Gesellschaft finden konnte, wenn mir das Leben keine schenkte, und mir dazu verholfen – zum ersten Mal, wie es mir schien –, meine wahre Stimme zu hören.

Wie jede Kröte und jede Stubenfliege hat auch farblose Prosa ihren festen Platz im großen Weltenplan. Als Mr. Macarthur jenen geistlosen ersten Teil gelesen hatte, fragte er nie wieder nach dem *Reisetagebuch einer Dame.* Die verbleibenden Blätter wurden sauber verschnürt und aufbewahrt, bis ich das Band vor einer Stunde wieder löste. Als ich sie las, trauerte ich um die zerstörten, die wahrhaftigen Blätter, die aufzuheben ich nicht gewagt hatte.

DIE RÄTSELHAFTE WELT DER NOTEN

Der Schiffsarzt Mr. Worgan hatte sich für mich zur Leihbibliothek entwickelt. Er war der Einzige, der seine Reisekisten nicht mit Mehl, Tabak und Schnaps, sondern mit Büchern gefüllt hatte. An diesem Ort der Entbehrungen wurde er zwar dafür verspottet, er selbst aber war mit seiner Entscheidung im Reinen und borgte mir seine Bücher großzügig aus.

»Nahrung für die Seele, Mrs. Macarthur«, sagte er. »Der Körper kann sich bescheiden, doch der Geist kann verhungern, wie wir allenthalben beobachten.«

Und nicht nur Bücher hielt er für wichtiger als Tabak und Rum. Er hatte auch ein Klavier mitgebracht, für das er allerdings in seinem primitiven Quartier keinen Platz fand. Nach unserem Umzug in das größere Haus mit den geräumigeren Zimmern schlug er vor, das Instrument bei uns aufzustellen, damit wir darauf achthaben konnten. Im Gegenzug wollte er mir beibringen, es zu spielen.

Mr. Worgan war ein unsteter, fahriger Mann. Seine Unruhe übertrug sich auf mich, und die Vorstellung, neben ihm auf dem Klavierhocker zu sitzen und mich abzuquälen, sagte mir nicht gerade zu. Doch die Höflichkeit gebot es, seine Offerte anzunehmen, und bald schon freute ich mich auf die Klavierstunden, denn sobald Mr. Worgans Finger die Tasten berührten, fiel alle Anspannung von ihm und folglich auch von mir ab.

Unübersehbar litt er unter Einsamkeit und sehnte sich wie ich nach Gesellschaft. Für meine musikalischen Bemühungen lobte er mich überschwänglich. Ich legte keine besondere Begabung an den Tag, empfand aber die Beschäftigung mit der rätselhaften Welt der Noten als ebenso angenehm und anregend wie sein Lob. Unsere Klavierstunden entwickelten sich zum Vergnügen und gingen auf beiden Seiten mit einigem Gelächter über die Missklänge einher, die ich erzeugte. Ich übte fleißig, nicht, weil ich glänzen wollte, sondern weil das mühsame Erlernen der Fingersätze für *Foote's Minuet* und *God Save the King* manch leere Stunde füllte.

In dieser rauen Umgebung die scheppernden Töne aus Mr. Worgans kleinem Klavier zu hören, war wirklich merkwürdig. Sie trugen nicht weit, sondern gingen in der kernigen Musik der Umgebung unter: dem Wind in den Blättern, den Rufen der Vögel, dem Gebrüll von Männern, die anderen Männern Befehle erteilten. Die sanfte Melodie des *Minuet* kam aus einer völlig anderen Welt. Was in einem Wohnzimmer in Devon Gefallen gefunden hätte, wirkte hier ein wenig lächerlich.

Mr. Macarthur begrüßte es, dass seine Ehefrau ihre Begabungen durch musikalische Fertigkeiten erweitern konnte, und förderte meine Klavierstunden. Der Klavierhocker aber war schmal, und das Bild von vier Händen, die zusammen über die Tasten hüpften, vermittelte eine gewisse Vertrautheit. Mein Mann hatte bis dahin keinen Grund gehabt, an mir zu zweifeln. Ich hatte stets sorgsam darauf geachtet, mein Interesse an anderen Männern und ihres an mir gering zu halten. Ich bewunderte Celia Borthwick dafür, dass sie ein Leben im Leben führte mit einem Mann, der nicht ihr Gatte war. Mr. Macarthur jedoch ließ sich nicht mit dem trägen George Borthwick vergleichen. Schon der Hauch eines Verdachts hätte eine Schreckenskaskade in Gang gesetzt. So kam es, dass ich mich in den Klavierstunden mit Mr. Worgan zunehmend unwohl fühlte und mir vorstellte, wie die Heiterkeits- und Lobesbekundungen auf jemanden wirken mochten, der vor der Tür lauschte.

Als hätte auch er dieses Bild vor Augen, setzte Mr. Worgan eines Nachmittags recht unvermittelt zu einer Geschichte an.

»Ich konnte mich lange nicht annehmen, Mrs. Macarthur«, sagte er. »Sehr lange.«

Ich nickte, fragte mich aber, was er meinte.

»Doch dann traf ich einen Mann.«

Er lachte kurz auf.

»Oh, und was für einen Mann! Da blieb mir gar nichts anderes übrig. Ich musste mich der Wahrheit stellen. Was ich war, was für ein Mann ich war. Ihn plagten keinerlei Zweifel, er war sich seit jeher über sich im Klaren gewesen. Als Tanzlehrer hatte er stets seine Tanzmeistergeige in der Rocktasche, spielte für seine Schüler auf, verspürte nie irgendwelche Qualen. Er brachte mir bei, auch meine Qualen abzuwerfen.«

Er prüfte mit einem Blick, ob ich ihn verstanden hatte. Ja, das hatte ich. Ich wusste genug, um nachzuvollziehen, was er mir da erzählte.

»Und dann?«, fragte ich leichthin. »Was geschah dann, Mr. Worgan?«

Noch während ich die Frage stellte, wünschte ich, ich hätte nichts gesagt, denn Worgans Geschichte und die Art, wie er sie erzählte, ließ vermuten, dass es kein *dann* gab.

»Nein, verzeihen Sie meine Frage«, sagte ich. »Das muss nicht sein.«

Doch er unterbrach mich.

»Er wurde überfallen«, sagte er. »Irgendwo in Liverpool wurde er überfallen, wie es so oft geschieht. Er starb. Es war ein schneller Tod, wie mir einer erzählte, der dabei war. Er wurde niedergeschlagen, knallte mit dem Kopf auf eine Türschwelle und rührte sich nicht mehr. Für diese Gnade würde ich Gott danken, wenn ich annehmen könnte, dass Gott Männer wie ihn und mich im Auge hat.«

Er legte einen Finger auf eine der Tasten und strich sanft über das Elfenbein.

Ich beabsichtigte nicht, Mr. Macarthur diese Geschichte zu erzählen, um aber möglichen Schwierigkeiten vorzubeugen, erwähnte ich beiläufig, dass Mrs. Brown den Klavierstunden stets beiwohnte. Mr. Macarthur merkte, worauf ich hinaus wollte, und brach in wieherndes Gelächter aus.

»Oh, mit dem sind Sie sicher, seien Sie unbesorgt. Unserem lieben Mr. Worgan könnte man einen ganzen Harem anvertrauen!«

Obwohl Mr. Worgan den Tanzlehrer mit der Geige in der Rocktasche nie wieder erwähnte, begleitete uns sein Freund, wenn er geduldig mein Spiel verbesserte, mich über die Maßen lobte und, als mein Ceylontee zur Neige ging und kein Ersatz aufzutreiben war, ein wildes Kraut mitbrachte, das als Süßtee bezeichnet wurde. Es war eine ungewöhnliche Freundschaft an diesem lieblosen Ort.

EIN HAUS MIT KLAVIER

Obwohl die Offiziere in Sydney mager und ihre Uniformen oft abgerissen waren, zeugte ein zufriedener Gesichtsausdruck, ein Glanz in den Augen davon, dass sie zumindest einen Appetit befriedigen konnten. Nach einer stillschweigenden Übereinkunft durften sie sich als Privileg ihrer Stellung unter den weiblichen Sträflingen bedienen. Mehr als einmal sah ich eine Frau mit dem Rücken an einem Baum gelehnt, den Rock auf die Oberschenkel hinuntergezogen, und einen Mann im Offiziersgewand, der sie mit seinen Stößen gegen den Stamm nagelte. Wie der unendliche Nachschub an Dienern entschädigte auch der unendliche Nachschub an Frauen, denen ein Nein nicht zustand, die Männer für ihren Dienstort.

Doch die Offiziere verlangten auch nach beschaulicherem Zeitvertreib, und nachdem wir in das größere Quartier umgezogen waren und das Klavier hineingestellt hatten, entwickelte sich das Haus der Macarthurs zu einem Treffpunkt. Mr. Worgan war Dauergast, meist gemeinsam mit Captain Tench und Lieutenant Poulden, und ein halbes Dutzend weiterer Offiziere besuchten uns, wenn ihr Dienstplan es erlaubte. Gelegentlich kam Captain Collins, und auch der Gouverneur ließ sich aus Höflichkeit hin und wieder blicken, war aber nicht so töricht, den Offizieren durch allzu häufiges Erscheinen den Spaß zu verderben.

Vielleicht lockten sie die heimatlichen Rituale: eine Mutter mit ihrem kleinen Jungen, der durchs Zimmer tobte, Teetassen und eine silberne Teekanne, das eine oder andere Lied. Vielleicht steckte auch etwas anderes dahinter. Alle diese Männer kannten die Geschichte Captain Gilberts, den der Zusammenstoß mit Macarthur ruiniert hatte. Gilbert würde fortan nichts Größeres als ein Ruderboot kommandieren. Und sie hatten gehört, dass Captain Trail von einem Strom ätzender Briefe an seine Arbeitgeber verfolgt wurde. Mit John Macarthur stellte man sich besser gut, das wusste jeder.

So oder so war ich hocherfreut, einer so fröhlichen Runde vorzustehen, und bemühte mich, die animalische Seite dieser Männer auszublenden.

Obgleich ich meinen Gästen nicht immer echten Ceylontee oder gar ein Gläschen Madeira anbieten konnte, war die akute Gefahr einer Hungersnot einstweilen gebannt. Aus England waren endlich ein oder zwei Nachschubschiffe der Regierung eingetroffen, und manchmal ging auch ein Privatschiff in der Bucht von Sydney vor Anker, das für alle, die die exorbitanten Preise bezahlen konnten, Waren an Bord hatte. Die Offiziere schien es nicht weiter zu bekümmern, als der Ceylontee ausging und in der Kanne einheimische Kräuter aufgegossen wurden. Auch dank Worgan, der einen Musikwunsch nach dem anderen erfüllte, ging es an den Nachmittagen dieses ersten Frühlings recht gesellig zu. Ein paar Mal kamen so viele Offiziere zu Besuch, dass ich Sullivan zu den Nachbarn schicken musste, um mir Stühle auszuborgen, und an einem legendären Nachmittag mussten die Gäste, weil es zu wenig Tassen gab, ihren Tee abwechselnd trinken.

Vermutlich war es Captain Tench, der die Tradition einführte, die Tassen zu einem Toast zu erheben. Der erste ging natürlich auf *Seine Majestät, den König*. Der zweite lautete *Auf unsere Rückkehr* oder *Auf die Heimat*. Wenn wir dann schweigend unsere Tassen leerten, machte sich wohl jeder der Anwesenden sein eigenes Bild von der *Heimat*. Ich sah es an ihrem schimmernden Blick, und auch mir standen Tränen in den Augen.

Ich stellte mir unter *Heimat* ein behagliches Bauernhaus vor, das sich irgendwo in Devon in ein sanftes Tal schmiegte. Gut genährte Schafe fraßen sich auf einer saftigen Wiese satt, und mitten durch dieses Bild schlängelte sich murmelnd ein schmaler silberner Fluss. Edward war da und ich auch, besser genährt, in einem gestreiften Schürzenkleid, die Tasche voller Wäscheklammern. Aus unerfindlichen Gründen war in dem Bild kein Mr. Macarthur zu sehen. Ich strengte mich an, mehr zu erkennen, doch die Vision hatte die zarte Flüchtigkeit eines Traums.

Mr. Macarthur förderte diese nachmittäglichen Teegesellschaften, was mich erstaunte, bis ich begriff, dass sie für ihn weniger sozialen als strategischen Wert hatten. Bei den Zusammenkünften seiner Offizierskollegen konnte er Dinge in Erfahrung bringen, mit denen er die Männer dieser seiner Welt unter Druck setzen konnte: Er las ihren Charakter, erkundete ihre Stärken und Schwächen, und wenn die Zeit gekommen war, jemanden von etwas überzeugen zu müssen, konnte er dieses Wissen zu seinem Vorteil einsetzen.

Bei den blauäugigen jungen Männern musste er nicht mehr tun, als ihnen in einem vorübergehenden finanziellen Engpass seine Hilfe anzubieten.

»Mein Lieber«, hörte ich ihn sagen, »als Offizierskollege und Freimaurerbruder erkläre ich, niemand darf Sie wegen eines Schillings bedrängen!«

Diese Fäden konnte er später jederzeit nach Belieben ziehen.

Manch anderer verlangte wie ein Fisch mit klaffendem Maul nach Schmeichelei: So einem brauche man nur ein wenig Honig um den Mund schmieren, sagte Mr. Macarthur, und schon lechze er nach mehr. Wieder andere konnten die Stille des Alleinseins nicht ertragen und waren bereit, sich auf jeden Rufmord und jede Intrige einzulassen, wenn sie ihnen nur die ersehnte Gesellschaft bescherte.

Was Captain Tench betraf, so fand man den Weg zu seinem Herzen, indem man ihm als Schriftsteller schmeichelte. Er freute sich über Klatsch und Tratsch, exotische Phänomene, groteske Details. Wenn er uns mit einer amüsanten Anekdote unterhielt, feilte er an jeder Formulierung, wählte jedes Wort mit Bedacht. Wir waren sein erstes Publikum, die Geschichten, die er uns erzählte, seine ersten Entwürfe.

Und wir gaben ein dankbares Publikum ab, denn Tench war nicht nur ein angenehmer Gesprächspartner: Wir alle wollten in seinem Bericht auch möglichst freundlich dargestellt werden.

Anfangs gefiel er sich darin, mein bescheidenes Zimmer mit dem Klavier an der Wand als *Ballsaal* zu bezeichnen, doch der Witz nutzte sich mit der Zeit ein wenig ab. An dem Tag, an dem die Teetassen knapp wurden, hatte er eine bessere Idee und hob die Tasse, die ihm vorübergehend zur Verfügung stand, zu einem spöttischen Toast.

»Meine Liebe Mrs. M.«, rief er, »Sie sind wahrlich zu beglückwünschen!«

Wir warteten gespannt auf die geistreiche Bemerkung, die er sogleich an uns auszuprobieren würde und die wir irgendwann zwischen zwei Buchdeckeln zu lesen bekämen.

»Sie, meine liebe Dame, haben in einem abgelegenen Winkel des Universums etwas geschaffen, das auf dieser Seite des Erdballs völlig unvorstellbar war«, sagte er. »Einen antipodischen *Salon,* wie man ihn sonst nur in Mayfair oder im 15. Arrondissement findet!«

Mr. Macarthurs Gesichtszüge vertrugen sich nicht recht mit Gelächter, sondern wirkten stets so verkniffen, als würde er alsbald in Tränen ausbrechen. Doch nun klopfte er Tench auf den Rücken und übertönte mit seinem schallenden Lachen alle anderen.

Einer der wenigen Offiziere, die meinen glamourösen *Salon* nie besuchten, war der Astronom Mr. Dawes.

»Er ist ein brillanter Kopf«, erklärte mir Tench. »Auch wenn er wie ein Einsiedler lebt oder wie ein Mönch. Ab und zu störe ich seine Einsamkeit mit einem Besuch des Observatoriums, aber er hat nichts dagegen, weil es ihm unbändige Freude bereitet, mich im Schach zu schlagen. Er ist ein mathematisches Genie, beherrscht diese nützlichen Sprachen Latein und Griechisch, und die Feinheiten der Botanik sind für ihn ein offenes Buch.«

Die Freundschaft zwischen Tench und Dawes war eine dieser überraschenden Paarungen zweier völlig unterschiedlicher Menschen: Tench, der gewandte Mann von Welt, und Dawes, der gesellschaftliche Stoffel. Allerdings spielte Tench bereitwillig mit, wenn die anderen Offiziere Dawes mal wieder als *Seine Heiligkeit* titulierten, in Anspielung auf seine Gelehrsamkeit und den Umstand, dass er mit dem Pfarrer in der Nähe des Hafens fischen ging.

Plötzlich sah ich eine Gelegenheit, aus der engen Siedlung herauszukommen, wo ich vor Langeweile den Verstand verlor.

»Meinen Sie, Mr. Dawes würde mir Unterricht geben?«, fragte ich Tench. »Ob er wohl Zeit hätte, mir die Grundlagen der Sternkunde oder die Grundlagen der Botanik beizubringen?«

»Für Sie, Mrs. Macarthur, würde er das mit Vergnügen tun«, sagte Tench. »Nichts macht ihm so viel Freude, wie sein Wissen an andere weiterzugeben.«

Ich musste an den Mr. Dawes denken, den ich an jenem Abend beim Gouverneur kennengelernt hatte, einen Mann, der geradezu Todesqualen litt, wenn er einem gesellschaftlichen Anlass gerecht werden musste. Und ich fragte mich, ob sich Tench womöglich dichterische Freiheit erlaubte.

Die Gefahr, dass mein Mann eine Fehde mit Captain Nepean vom Zaun brach, war vorerst gebannt. Da aber die Beteiligten Hitzköpfe waren, und der Captain wieder in Sydney Dienst tat, konnten sich die Macarthurs wenig Hoffnung auf Aufstieg machen, solange beider Glut noch glimmte.

An Bord der *Neptune* hatte ich es bedauert, nicht direkt mit Mr. Trail oder Captain Nepean ins Gespräch zu kommen. Hätte ich Gelegenheit gehabt, mir selbst ein Urteil über die Lage zu bilden, so hätte ich sie vielleicht zum Besseren wenden können. Mehr als die rechten Worte im rechten Moment wären womöglich gar nicht nötig gewesen.

Sydney war zu klein, als dass man sich aus dem Weg gehen konnte, und so begegneten Captain Nepean und ich uns immer wieder. Er verneigte sich, blickte über meinen Kopf hinweg und marschierte weiter. Ich grüßte so freundlich, wie es sein entschwindender Rücken zuließ, und zerbrach mir jedes Mal den Kopf, mit welchem Vorwand ich ihn zwingen könnte, stehen zu bleiben und ein paar Worte mit mir zu wechseln. Lange fiel mir keiner ein, bis mir mein *Salon* eine Möglichkeit bot.

»Ach, Captain Nepean«, rief ich in aller Unschuld, als ich ihn das nächste Mal traf. »Am Mittwoch werden sich einige Offiziere bei mir im Wohnzimmer einfinden, und Mr. Worgan hat sich gütigerweise bereit erklärt, uns mit musikalischen Einlagen zu unterhalten. Würden Sie sich uns wohl anschließen, Sir, zu einem vergnüglichen Nachmittag?«

Nun musste er stehen bleiben, und die Höflichkeit gebot es, dass er mich ansah, während ich sprach. Ich war ein wenig nervös und allzu bemüht, seine Aufmerksamkeit zu erlangen, setzte seinem Argwohn aber mein freundlichstes Lächeln entgegen. Ich beobachtete, wie er, die wohlgestalteten, eher weiblich anmutenden Lippen geschürzt, hin und her überlegte und meine Einladung in alle Richtungen drehte und wendete.

»Mr. Macarthur hat explizit darum gebeten, dass ich Sie einlade, Sir«, sagte ich. »Es ist sein ausdrücklicher Wunsch.«

Eine glatte Lüge, aber Mr. Macarthur war nicht da, es abzustreiten.

»Immerhin, Sir, wurden Sie und ich am Ufer desselben wunderschönen Flusses geboren. Bei jeder gesellschaftlichen Zusammenkunft in unserem Hause bringen wir einen Toast auf den Tamar aus.«

Captain Nepean und ich waren tatsächlich beide am Tamar zur Welt gekommen, und das galt auch für Mr. Macarthur. Noch nie allerdings war in meinem *Salon* jemand auf den Gedanken gekommen, einen Toast auf diesen Fluss auszubringen. Das hatte ich mir soeben ausgedacht.

»Es wäre uns eine Ehre, Sir, wenn Sie mit uns auf die Heimat anstoßen würden.«

Captain Nepean war kein Narr. Während ich meine elegante kleine Rede hielt, stellte er eigene Überlegungen an und kam möglicherweise zu dem Schluss, dass es besser war, wenn Mr. Macarthur ihm schmeichelte, als wenn er ihn anschwärzte. In seiner Weisheit gab er vor, sich von meinem Charme bezaubern zu lassen. Der wohlgeformte Mund öffnete sich zu einem Lächeln.

An jenem Abend berichtete ich Mr. Macarthur von der Begegnung auf der Brücke.

»Captain Nepean hat sich nach Ihrer Gesundheit erkundigt«, sagte ich. »Sehr aufrichtig und mit großem Respekt.«

Seit Mr. Macarthur am Afrikanischen Fieber erkrankt war, litt er immer wieder unter Gelenkschmerzen und Verdauungsstörungen. Meine schönen Worte trafen daher genau den richtigen Ton.

»Er empfahl Süßtee«, sagte ich, »und war sehr um Ihre Genesung besorgt.«

Falls mir Mr. Macarthur nicht glaubte, leuchtete ihm doch zumindest der Zweck der Fiktion ein. Als Captain Nepean am folgenden Mittwoch zu Besuch kam, machte ich meinerseits zumindest eine meiner Erfindungen wahr.

»Auf die Ufer des Tamar«, rief ich, hob meine Teetasse und blickte Captain Nepean an, dem nichts anders übrig blieb, als sich meinem Toast anzuschließen.

»Auf die Ufer des Tamar«, sprachen alle nach, Captain Nepean so laut wie die anderen. Dann drehte er sich zum Nächststehenden um – es war zufällig Mr. Macarthur –, und die beiden stießen in gespielter Feierlichkeit mit ihren Teetassen an.

Ich begegnete Captain Tenchs Blick, der auf der anderen Seite des Raums stand und einen kurzen Moment lang ein Auge schloss. Im Schutz des allgemeinen Trubels formte er Worte mit den Lippen: Hieß das *Gut gemacht?*

Von jenem Tag an wirkte es zumindest oberflächlich, als hätten die unguten Ereignisse auf der *Neptune* nie stattgefunden. Wenn ich die beiden Männer über einen geistreichen Scherz des jeweils anderen lachen sah, rief ich mir in Erinnerung, dass die *oberflächliche* Wirkung auch völlig ausreichte.

Wenn sie Bestand hatte wie Wasser, das in einem übervollen Glas von seiner eigenen Dichte gehalten wird, lag es im Bereich des Möglichen, dass Mr. Macarthur die Idee eines Kriegsgerichts schlussendlich fallen ließ und das Schicksal uns wieder gewogen war.

Meiner Mutter schrieb ich mit Worten, die der Wahrheit etwa so nahe kamen wie ein Vetter zweiten oder dritten Grades, Captain Nepean sei *wahrhaftig ein herzensguter Mann.* Oh, man beachte das Wort *wahrhaftig!* Ich zögerte nicht hinzuzufügen: *Er ist, glaube ich, mit Mr. Macarthur freundschaftlich verbun-*

den. Kann eine Behauptung als falsch bezeichnet werden, wenn man sie mit einem *glaube ich* einschränkt?

Hinter diesem *Glauben* steckte Berechnung. Devon und Cornwall waren von einem Netz aus Beziehungen durchzogen. Wenn meine Mutter davon ausging, dass Captain Nepean mit ihrem Schwiegersohn *freundschaftlich verbunden* war, so konnte dieses Gerücht weiter wandern, immer am Ufer des Tamar entlang. Sollte es dem alten Mr. Nepean in Saltash zu Ohren kommen, mochte der es seinem Sohn Evan berichten, der hinter einem prächtigen Mahagonimöbel in Whitehall thronte. Evan Nepean würde es selbstverständlich für bare Münze nehmen und sich im Geiste notieren, dass dieser Macarthur ein guter Bursche sein musste und unverzüglich befördert werden sollte. Um dem Gerücht weitere Nahrung zu geben, schrieb ich Mutter, im Falle einer Beförderung Mr. Macarthurs würden *unsere Gedanken gewissermaßen wieder nach »Old England«* wandern.

Aber wozu diese gestelzte Formulierung, die koketten Anführungszeichen? Wenn ich mir die Sätze heute ansehe, wird mir klar, dass England für mich immer mehr einer Geschichte glich, die ich kannte, deren Bestandteile ich wiedergeben konnte, die ich liebte, jedoch nicht ganz glaubte. Mit den Anführungszeichen entfernte ich mich noch weiter von ihr. Sie verwandelten England in eine scherzhafte, ja, in eine ironische Anspielung.

DAS SCHÖNSTE GEHEIMNIS

Captain Tench bereitete es große Freude, Sachverhalte aufzuspüren, die nicht auf den ersten Blick ersichtlich waren. Zu gegebener Zeit würde er diese Informationen in sein Buch einarbeiten, doch er fand auch eine unmittelbarere Verwendung dafür: Er nutzte sie als Währung, mit der er ausgesuchte Vertrauensleute bezahlte. Da er den Charakter meines Mannes richtig beurteilt hatte, wusste er, mit welcher Münze er sich seine Freundschaft erkaufen konnte.

An einem Nachmittag kurz vor unserem ersten Weihnachtsfest saß er in einer ruhigen Ecke meines *Salons* mit meinem Mann und mir zusammen. Da kurz zuvor ein Schiff mit Nachschub angelegt hatte, waren, bis die Vorräte wieder zur Neige gingen, unsere Tassen mit echtem Ceylontee gefüllt, und es gab sogar einen Teller mit Scones, ohne Butter, aber mit etwas Marmelade. Dass wir vorübergehend von der ständigen Lebensmittelknappheit verschont wurden, verlieh dem Nachmittag eine festliche Note. Captain Tench sah sich zum Zeichen dafür, dass er uns ein Geheimnis anvertrauen wollte, nach allen Seiten um. Mr. Macarthur beugte sich zu ihm vor.

»Gestern habe ich den Gouverneur getroffen«, sagte Tench.

»Ja?«, sagte mein Mann.

Wie jeder gute Geschichtenerzähler ließ sich Tench nicht hetzen.

»Wir haben über dies und das gesprochen«, sagte er.

Mit einem Lächeln und einem Handzeichen begrüßte er jemanden auf der anderen Seite des Zimmers. Bereitete es ihm Vergnügen, Mr. Macarthur am Haken zappeln zu lassen? Unsere Blicke begegneten sich. *Oh, Sie Plagegeist, Captain Tench!*

»Dem Gouverneur ging es nicht gut«, sagte er. »Aber Sie wissen ja, wie tapfer er seine Gebrechen verbirgt.«

»Allerdings«, bestätigte Mr. Macarthur. »Und was haben Sie mit ihm besprochen? War es erfreulich?«

»Ja, ja«, sagte Tench gleichgültig.

Mr. Macarthur räusperte sich, und Tench beschloss, ihn nicht weiter hinzuhalten.

»Sie haben doch sicher das von Mrs. Brooks gehört«, sagte er mit gesenkter Stimme.

»Mrs. Brooks! Nein, was hätte ich über Mrs. Brooks hören sollen?«

Mr. Macarthur war hin und hergerissen zwischen Verärgerung, weil er etwas nicht wusste, das Tenchs Ton nach zu schließen Allgemeingut war, und dem Verlangen, es zu erfahren.

»Oh, tja, dass sie, wie soll ich das sagen, dass sie …«

»Dass sie was? Kommen Sie schon, heraus damit!«

»Mrs. M.«, sagte Tench mit einem Lächeln, »Sie müssen mir vergeben, ich habe mich da in einen Bereich vorgewagt, der für eine Dame nicht …«

»Oh, Captain Tench«, sagte ich, die ich so neugierig war wie mein Mann. »Machen Sie sich keine Gedanken! Es ist eine allgemein bekannte Wahrheit, dass ich hin und wieder zu plötzlichen Taubheitsanfällen neige. Gerade jetzt spüre ich einen kommen.«

Nun lächelten wir alle. Tench warf mir einen anerkennenden Blick zu.

»Nun ja, es ist nur so, dass Mrs. Brooks dem Gouverneur gewissermaßen Gesellschaft leistet«, sagte er. »Und da Mrs. M. ihren Taubheitsanfall hat, kann ich offen sprechen: Sie ist schon seit sieben oder acht Jahren seine *inamorata.*«

Mr. Macarthur gelüstete es nach mehr.

»Es gibt eine Ehefrau«, sagte Tench. »Zu Hause in Hampshire. Die aber offenbar ungeeignet ist.«

Bildete ich mir das nur ein, oder wich er meinem Blick aus?

»Mrs. Brooks ist die Frau des Bootsmanns, der auf dem Schiff des Gouverneurs Dienst tut«, sagte er. »Es fällt daher nicht weiter auf, wenn sie praktisch überall dort auftaucht, wo auch der Gouverneur ist.«

»Oh, unser gottesfürchtiger Gouverneur!«, sagte Mr. Macarthur. »Ich habe mich natürlich auch gefragt, ob da vielleicht das eine oder andere Sträflingsmädchen ist.«

»Allerdings«, sagte Tench. »Jeder vernunftbegabte Mann muss sich diese Frage gestellt haben. Der Gouverneur hätte ja freie Wahl gehabt, aber dennoch einen Skandal riskiert. Als er sich eine ausgesucht hat, die in aller Öffentlichkeit mit ihm reisen kann, hat er eine weise Entscheidung getroffen, meinen Sie nicht auch?«

»Oh ja, das ist schlau!«, sagte Mr. Macarthur. »Ein gewiefter Bursche, unser geschätzter Gouverneur. Und was ist mit Brooks, dem Bootsmann? Wie läuft das ab? Auf die übliche Weise?«

Er rieb Daumen und Zeigefinger aneinander.

»Das kann ich Ihnen nicht sagen«, sagte Tench lächelnd, und es war unmöglich zu entscheiden, ob er nicht *konnte* oder nicht *wollte*. »Aber es ist davon auszugehen, dass man in Whitehall in dieses besondere häusliche Arrangement Seiner Exzellenz nicht eingeweiht ist.«

Er kannte meinen Mann gut, wusste, er konnte ihn als Verbündeten gewinnen, wenn er ihm schenkte, was Mr. Macarthur am meisten schätzte: ein Geheimnis, das einen anderen vernichten konnte. Sie lachten miteinander, als gäbe es nichts Amüsanteres.

Dass sie es wagten! An des Gouverneurs Stelle wäre jeder ohne eine Vertraute an seiner Seite an der Anstrengung und Einsamkeit zerbrochen. Auch wenn die Obrigkeit in Whitehall ihren Namen nicht kannte, mussten die Meister des Wegschauens erraten haben, dass es sie gab. Sie beschrieben Massen von Papier, auf denen sie jede Kleinigkeit in New South Wales festhielten, diesem Papier zufolge aber war Deborah Brooks nichts weiter als die Frau des Bootsmanns auf der *Sirius*. Die Zukunft wird von Mrs. Brooks nicht die leiseste Ahnung haben. Nur ich berichte hier davon.

Um ihre Lage war sie nicht zu beneiden. Als Geliebte eines wichtigen Mannes fristete sie ihr Leben in einer einsamen Parallelwelt, in der sich ihr Leumund irgendwo zwischen Dame und Dirne bewegte. Doch womöglich gab es auch eine Kehrseite. Der wohlige Schauder des Doppellebens, das sie und der Gouverneur notgedrungen führten, mochte die beiderseitige Zuneigung beständig und angenehm am Köcheln halten. Neidvoll dachte ich an den Blick des Gouverneurs, als Mrs. Brooks ihn bei Tisch bediente: wie sein schmales Gesicht weich wurde, sich in kaum wahrnehmbarer Zuneigung aufhellte.

Oh, wie es wohl war, mit so viel Herzlichkeit und Liebe betrachtet zu werden von einem Mann, der, so sehr er sich auch bemühte, seine Gefühle nicht verbergen konnte!

WIE ES WOHL WÄRE?

Wie mein Mann klammerte sich Tench mit aller Macht an seine Stellung als Gentleman, die er seinem Offiziersrang, ausreichender Bildung und höflichen Manieren zu verdanken hatte, obwohl er der Gerüchteküche zufolge Sohn eines Tanzmeisters war. In dieser von Gemeinheit und Gehässigkeit geprägten Umgebung schien er der Einzige zu sein, der mit allen auf gutem Fuß stand. Sogar Mr. Macarthur sprach freundlich vom ihm. Für mich glich er einer wendigen, geschmeidigen Kreatur wie einem Frettchen oder einem Otter, denn er bildete sich etwas auf seine Biegsamkeit ein und konnte sich, wenn nötig, elegant aus jeder Verlegenheit herauswinden. Wie von selbst richtete ich mich an Tenchs schillerndem Charakter aus, seiner Durchtriebenheit, seinen Anspielungen, seinen zweideutigen und anzüglichen Blicken und Bemerkungen. In seiner Gesellschaft hatte ich das Gefühl, geistreich und amüsant zu sein, wach und lebendig bis in die kleinste Ader.

Am Nachmittag unseres ersten Weihnachtsfestes in New South Wales bearbeitete Worgan das Klavier so laut, dass sich zwei Personen neben dem Kamin ungehört unterhalten konnten, und ich lachte frei und vergnügt über eines von Tenchs geistreichen Wortspielen. Ich begegnete seinem warmen Blick, seinen dunkelbraunen humorvollen Augen und gestattete mir den Gedanken, wie es wohl wäre, bei ihm zu sein, die Frau dieses Mannes zu sein.

Schön war er nicht: das Gesicht zu schmal, das Kinn mit dem schwarzen Stoppelbart zu schwach, die Augen zu eng beieinander. Doch seine flackernd forsche Energie zog mich an. Mit einem Partner wie ihm wäre ich eine andere Frau: würde nicht jedes Wort und jede Geste auf die Waagschale legen, wäre beherzter, unbekümmerter, glücklich im Hier und Jetzt.

Tench bemerkte meinen ungeschützten Blick, und ich sah dieselbe Frage in seinen Augen: *Wie es wohl wäre?*

Gerade erwiderte ich Tenchs Scherz mit einer schlagfertigen Antwort, als plötzlich mit hochrotem Kopf Mr. Worgan neben uns stand. Er tippte mich am Ellbogen an, und als ich mich – ungehalten, muss ich sagen – zu ihm umdrehte, war sein eindringlicher Blick nicht zu übersehen.

»Mrs. Macarthur«, sagte er, »darf ich Sie bitten, für mich umzublättern? Captain Collins wünscht sich *Lovers' Garland*, und ich fürchte, ohne Ihre Hilfe kann ich dem Stück nicht gerecht werden.«

In meiner Dummheit ließ ich mir meine Verärgerung vermutlich anmerken, zum Glück aber bemerkte ich seinen Seitenblick und erkannte nun endlich, wovor er mich offenbar warnte: Mr. Macarthur hatte Tench und mich beobachtet.

»Mit größtem Vergnügen, Mr. Worgan«, rief ich aus, ließ Tench unhöflich und ohne ein weiteres Wort stehen, stellte mich neben das Klavier, um Mr. Worgans Noten umzublättern – was er auch sehr gut selbst hätte bewältigen können –, ließ anschließend sein glühendes Lob ob meiner Fortschritte über mich ergehen, setzte mich an das Instrument und quälte mich durch *Foote's Minuet*.

Den Rest des Nachmittags achtete ich darauf, dass mich ein Raum voller Männer von Tench trennte. Allerdings war ich mir stets bewusst, wo er gerade stand, und auch er behielt mich im Auge.

JACK BODDICE

An meinem ersten *Salon* im neuen Jahr bat mich Captain Tench um Rat für das Ausbessern seines seidenen Halstuchs. Wir standen gemeinsam am Fenster und hielten den fadenscheinigen Vorwand gegen das Licht.

»Mrs. M.«, sagte er, »ich glaube, ich muss Ihnen etwas sagen.«

Er legte das Tuch auf den Fenstersims und strich mit dem Finger über das Satin, das gehorsam zarte Fältchen warf.

»Mir etwas sagen, Captain Tench? Was kann das nur sein?«

Wollte er mich hier und jetzt bedrängen? Wo mein Mann auf der anderen Seite des Raumes stand? Was sollte ich sagen, wenn er vorschlug, was ein Mann, der bei einer Frau Bereitschaft aufblitzen sah, vorschlagen mochte?

»Etwas, das Sie wissen sollten, Mrs. M. Etwas Wichtiges. Wichtig für Sie.«

Ich spürte, wie ich rot wurde. Ich fürchtete mich vor den nächsten Worten und hungerte gleichzeitig danach. *Wie es wohl wäre?* Vielleicht wie in jenen fernen Tagen mit Bridie: zwei Menschen, die sich und einander in Zuneigung und Humor beglücken.

Er musterte mich in meiner Erregung, und mir fiel sein belustigter Blick ins Auge. Plötzlich ging mir auf, dass er genau das beabsichtigt hatte. Ich hatte ja beobachtet, wie er mit Mr. Macarthur seine Spielchen trieb, und nun spielte er mit mir.

Schlagartig war es vorbei mit Erregung und Bereitschaft. Tench konnte mit Zuneigung und Humor nicht dienen. Er hatte nichts als Koketterie zu bieten.

»Was müssen Sie mir denn sagen, Sir?«

Er nahm meinen veränderten Tonfall wahr.

»Nur den Spitznamen ihres Mannes, Mrs. M.«, sagte er. »Den er, so Gott will, nie erfahren wird.«

»Ein Spitzname? Ein Spitzname für meinen Mann?«

»Jack Boddice«, flüsterte er mir zu. »Hinter seinem Rücken nennt man ihn Jack Boddice.«

Obwohl ich mich gewappnet hatte, keinerlei Überraschung zu zeigen, konnte ich einen Ausdruck gehässiger Schadenfreude nicht verhindern. Sie waren nicht dumm, diese Leute, die uns beobachteten. *Lehrling eines Korsettmachers.* Ich hatte das alte Gerücht nie geglaubt, aber ob es nun stimmte oder nicht: Wer den fragilen Stolz des Tuchhändlersohns anpiksen wollte, konnte den Stachel gar nicht besser ansetzen.

Meine Häme verflog so schnell, wie sie entflammt war, denn natürlich hatte Tench mich auf die Probe gestellt. Wie treu war ich meinem Ehemann ergeben? Am Anflug eines *Aha!* in seiner Miene konnte ich ablesen, dass er meine unbedachte Schadenfreude bemerkt hatte. Er hatte eine Frage gestellt und seine Antwort bekommen.

Captain Tench begnügte sich nicht mit Koketterie. Er war gefährlich.

»Oh, ich bin entsetzt«, sagte ich. »Wie garstig sie sind!«

Damit meinte ich nicht nur die Männer, die meinen Gatten so pfiffig zum Narren hielten. Ich hatte Tench als Freund betrachtet. Hatte mir insgeheim die Frage gestellt: *Wie es wohl wäre?* Nun spürte ich anstelle von Herzlichkeit eine widerliche Leere.

»Das ist in der Tat entsetzlich, Mrs. M.«, sagte er, ohne den Blick abzuwenden. Er wartete auf mehr. Ich musste schnell einen Rückzieher machen, musste diesen gefährlichen Moment, in dem ich mir eine Blöße gegeben hatte, hinter mir lassen.

»Dann bin ich wohl Mrs. Boddice«, sagte ich, »oder habe ich mir einen eigenen Spitznamen erworben? Und Sie, Sir? Wie nennen die Leute Sie?«

»Oh, wer weiß?«, sagte Tench lachend. »Wer weiß schon, was Sie und ich für die Leute sind?«

Sie und ich. In dieser beiläufigen Paarung schwang Vertrautheit mit. Wenn *Jack Boddice* der erste Test gewesen war, dann folgte mit *Sie und ich* der zweite.

Plötzlich musste Mrs. Macarthur ihren Pflichten als Gastgeberin nachkommen, eilig nach dem Tisch sehen, heißes Wasser kommen lassen, Tee in die jeweils nächste Tasse gießen, Mr. Worgans Klavierspiel loben, eine Zugabe verlangen.

Jack Boddice. Ich wünschte mir, Tench hätte diesen Spitznamen für sich behalten. Er würde mich fortan nicht mehr loslassen. Dass er nun in der Welt war, versetzte mir einen gefährlichen Schlag, machte mich schwach, wo ich hätte stark sein müssen. Diese Schwäche hatte mir Tench beigebracht, und zwar gezielt.

Als ich mich setzte und lächelnd mit den Fingern auf dem Knie den Takt zu Worgans neuem Stück schlug, mied ich Tenchs Blick. *Wie es wohl wäre?* Ich wunderte mich, dass mich dieser Gedanke je gestreift hatte. Er war aufgeflackert wie ein Wetterleuchten, das die Wolken erhellt. Nun war er verflogen. Ich wollte Tench nicht.

Das Flackern aber war da gewesen. Seit Mr. Macarthur und ich uns im Pfarrhaus von Bridgerule durch jenen Schlauch aus leerer Luft angeblickt hatten, schien vieles in mir gestorben zu sein. Nun stellte ich verwundert fest, dass es mitnichten gestorben war, sondern sich lediglich versteckt hatte.

GESCHAFFEN FÜRS MITTELMASS

Captain Nepean hatte das New South Wales Corps von vornherein nur vorübergehend befehligt. Der ranghöhere Offizier, ein Major Grose, war noch in England aufgehalten worden, doch im neuen Jahr legte sein Schiff in Sydney Cove an, und er übernahm seine Pflichten. Mr. Macarthur verlor keine Zeit, ihn in den *Salon* seiner Frau einzuladen. Mrs. Brown und Hannaford wurden angewiesen, alles blank zu putzen, was sich blank putzen ließ, aufzuräumen, was aufzuräumen war, und zu verstecken, was sie weder aufräumen noch blank putzen konnten. Sullivan fegte den Weg vor der Haustür, nicht ohne dramatisch zu seufzen und immer wieder die Hände ins Kreuz zu stützen. Für den Fall, dass der Major den Abort aufsuchen musste, wurde er angehalten, auch hinter dem Haus zu rechen.

Major Grose war ein großer, schlaffer Gentleman mit schmalen Lippen und einem abwesenden Blick. Zunächst erklärte ich mir sein Auftreten mit der weisen Vorsicht eines Menschen, der erst kürzlich an seinem neuen Standort eingetroffen war. Bald aber merkte ich, dass er lediglich auf die diversen Beschwerden und Schmerzen seines Körpers horchte, der nach Verletzungen im Amerikanischen Krieg noch nicht vollständig genesen war. Ungeachtet seiner umgänglichen Art verbarg sich meiner Ansicht nach hinter seiner prächtig ausladenden Brust ein unentschlossenes Seelchen, das sich bereitwillig von jedem überzeugen ließ, der gerade mit ihm sprach. Auf mich wirkte er wie das vollendete Produkt der langen militärischen Rangordnung: gehorsam gegenüber den Vorgesetzten, arrogant gegenüber den Untergebenen, ein Mann, geboren und geschaffen fürs Mittelmaß.

Bereitwillig nahm er den Sitzplatz ein, den Mr. Macarthur ihm anbot, und rührte sich den ganzen Nachmittag nicht von der Stelle.

»Ich leide unter Kraftlosigkeit, Mrs. Macarthur«, sagte er. »Um die Wahrheit zu sagen, würde ich mich zu jeder Tageszeit am liebsten in die Horizontale begeben.«

Als Corps-Kommandant war Major Grose Stellvertreter des Gouverneurs und würde an dessen Stelle treten, falls Arthur Phillip seinen Pflichten nicht mehr nachkommen konnte. Ich beobachtete, wie Mr. Macarthur an diesem Nachmittag all seinen Charme versprühte, und als ich mich von Major Grose verabschiedete – der unter viel Aufhebens meine Hand ergriff und wie ein altmodischer Galan an die Lippen führte –, beglückwünschte ich mich. *So weit, so gut.*

»Wahrhaftig«, sagte Mr. Macarthur, als sich die Tür hinter unserem letzten Gast geschlossen hatte. »Den habe ich so weit, der frisst mir aus der Hand!«

»Und meine hat er geküsst«, sagte ich, um meinen Teil unseres Erfolgs herauszustreichen, doch auf diesem Ohr war Mr. Macarthur taub. Ich hakte nicht nach. Je mehr er Groses Wohlverhalten seiner eigenen Schlauheit zuschrieb, desto stärker war er ihm zugetan.

»Ihre klare Sicht der Dinge hat ihm sehr imponiert«, bemerkte ich und dachte an eine nützliche Redewendung, die mir Mr. Worgan beigebracht hatte: *ad libitum.*

»Er hat ausdrücklich betont«, fuhr ich fort, »wie erleichtert er ist, zumindest einen Offizier zu haben, der über so viel Energie und Ortskenntnis verfügt.«

Diese Worte hatte der Major nicht benutzt, nicht direkt. Genau gesagt, hatte er nichts dergleichen geäußert. Aber hin und wieder macht man etwas wahr, indem man es ausspricht, und ich hoffte, dass es in diesem Fall so wäre.

Mr. Macarthur ließ dem Major jede nur denkbare Unterstützung angedeihen, und bald erklärte Grose jedem, der es hören wollte, was für ein rechtschaffener, fleißiger und loyaler Offizier mein Mann war: Oh, der Jugend Weisheit! Die rechte Hand des Majors! Innerhalb kürzester Zeit wurde Mr. Macarthur zum Captain befördert und zum Regimentszahlmeister ernannt.

Die Beförderung war nach Mr. Macarthurs Ansicht längst überfällig, ein willkommenes, wenn auch nicht sonderlich bemerkenswertes Ereignis. Die Position des Zahlmeisters aber war begehrt, weil sie reichlich Gelegenheit bot, sich die eigenen Taschen zu füllen. Zum ersten Mal seit unserer Ankunft in New South Wales kam mir der Gedanke, dass es doch gut gewesen war, herzukommen. Wenn sich Mr. Macarthurs Sprunghaftigkeit in Zaum halten ließ, war es im Bereich des Möglichen, dass wir in wenigen Jahren genug erwirtschafteten, um in bescheidenem Wohlstand nach England zurückzukehren.

Mr. Macarthur dankte es dem Major, indem er ihm insgeheim den Spitznamen »Verehrter Dummkopf« gab. In der Öffentlichkeit nannte er ihn VD, und erklärte, nach der Bedeutung dieser Abkürzung gefragt, sie stehe für vitaler Deputy.

EINIGE MORGEN LAND

Wenn in New South Wales etwas reichlich zur Verfügung stand, so war es Land. Hier lag ein ganzer Kontinent vor uns, und wie eine Herde unmarkierter Schafe im Moor entbehrte jeder Morgen Land eines offiziellen Eigentümers. Der Gouverneur und die geizigen Herren in Whitehall wollten erreichen, dass die Kolonie ihre eigene Nahrung erzeugte. Auf einigen dieser unendlichen Morgen Land wuchsen auch schon Feldfrüchte, allerdings unzuverlässig und in geringen Mengen, sodass sie die unregelmäßigen Nachschublieferungen aus England nicht ausgleichen konnten. Die Gefahr einer Hungersnot war allgegenwärtig.

Der Gouverneur verfügte über das Recht, Land zu vergeben, und hatte bereits ein paar bescheidene Parzellen verschenkt: an ehemalige Sträflinge, von denen er sich versprach, dass sie erfolgreiche Bauern wurden, an Marinesoldaten, die sich niederlassen wollten, und sogar an ein paar Corps-Soldaten, die lieber Land bearbeiteten als dienten. Anne hatte mir erzählt, auch sie und Ennis machten sich Hoffnung auf ein kleines Stück Land in der Nähe des Kangaroo Ground. Reverend Johnson besaß bereits seit seiner Ankunft Grund und Boden. Tench erklärte, der Reverend sei der beste Landwirt der Kolonie – er habe den falschen Beruf ergriffen, denn seine Kartoffeln seien deutlich besser als seine Predigten.

Von der Landvergabe ausgeschlossen waren allein die Offiziere des New South Wales Corps, da der Gouverneur die Ansicht vertrat, diese Männer hätten für Ordnung zu sorgen und nicht Landwirtschaft zu betreiben. In Mr. Macarthurs Augen war das eine Farce. Land – umsonst! – an einfache Diebe zu vergeben und es den Offizieren Seiner Majestät vorzuenthalten! Das war Tyrannei! Es war – das gefährliche Wort – eine Beleidigung!

Eines Tages saßen wir vor dem Feuer. Er tobte schon den ganzen Abend und steigerte sich in seine Wut hinein, während ich mich über meine Näharbeit beugte. Schließlich versuchte ich, ihn aufzuheitern.

»Sie haben also vor, Landwirt zu werden, Mr. Macarthur? Sie wollen sich wohl mit dem Reverend messen, wer die größten Kartoffeln anbaut?«

»Machen Sie sich nicht über mich lustig, Weib«, sagte er. »Ich erwarte ja nicht von Ihnen, dass Sie die Lage überschauen können, doch seien Sie wenigstens so gut und vertrauen Sie auf meinen Durchblick.«

Jeder Satz, der mit *aber* begann, hätte den Abend vollends ruiniert und mich am Ende zu einem Rückzieher gezwungen. Da mir nur Sätze mit *aber* einfielen, sagte ich nichts.

»Zu Hause müsste ich für das mickrigste Gut mindestens zehn Pfund pro Morgen berappen«, sagte er. »Hier ist der Preis deutlich günstiger, denn man braucht nicht mehr als etwas Schmeichelei für den Gouverneur.«

Das mickrigste Gut. Nun verstand ich. Mr. Macarthurs Vater hatte die Ausbildung eines Gentleman finanziert und dann auch noch das Geld für den Offiziersrang bezahlt oder aufgenommen. So konnte sein Sohn auf dem Titel *Esquire* bestehen. Doch nur in New South Wales durfte Mr. Macarthur darauf hoffen, den wahren unbestreitbaren Beweis für seinen Status als Gentleman zu erlangen: einige Morgen Land, *ein Gut.*

»Ein vernunftbegabter Mann«, sagte er – oh, diesen Ausdruck Tenchs mochte er besonders! –, »schaut weit voraus, denn das Land in New South Wales mag jetzt wertlos sein, es ist aber eine Art Währung und ließe sich in der Zukunft gegen echtes Geld in Pfund, Schilling und Pence umtauschen, das uns die Heimkehr nach England ermöglichen würde.«

Mr. Macarthur hatte sich sogar schon ein Stück Land in Parramatta ausgesucht. Früher hatte er den Ort verachtet. Nun fielen ihm unzählige Gründe ein, warum Parramatta eine kluge Wahl wäre. Wegen der besseren Böden würde sich der Ort bald zum Mittelpunkt der Kolonie mausern, und Sydney Cove wäre dann lediglich der Hafen. Der Gouverneur habe das erkannt und bereits eine zweite Residenz dort errichten lassen. Ein kluger Kopf wie Mr. Macarthur erkannte, dass jetzt der Moment gekommen war, den er still und unauffällig nutzen musste, ehe andere auf dieselbe Idee kamen.

»Ich habe bereits einen Platz für uns gefunden«, sagte er. »Besser noch als der des alten Seebären. Ein wunderbares Stückchen Land mit einer Anhöhe, die für ein prächtiges Haus ideal geeignet ist. Stellen Sie sich vor, meine Liebe: Sie in Parramatta, Dame des Hauses auf dem besten Hof der gesamten Kolonie!«

Schneller, als eine Maus durchs Zimmer flitzt, erschien die Vision meiner Flucht vor meinem inneren Auge. Schuld war das Wort *Hof.* Ich sah ihn deutlich vor mir: ein gemütliches Cottage, ein Blumengarten, die Sonne, die in stille Räume fällt. Eine Hühnerschar, vielleicht eine Milchkuh, Erbsen und Bohnen aus eigenem Anbau. Und gemächliche ruhige Tage auf dem Land.

Ruhig, ja, denn ich würde den Hof von Zeit zu Zeit für mich allein haben. Grundbesitz war für einen Gentleman zwar unentbehrlich und, wenn er ihn umsonst bekommen konnte, unwiderstehlich, doch Mr. Macarthurs wahre Leidenschaften galten nicht dem Gut. Seiner würde er bald überdrüssig werden. Mr. Macarthurs Natur verlangte danach, von anderen Männern umgeben zu sein, die er bearbeiten konnte, wie Hefe mit Zucker arbeitet. Ihn würde es stets ins Zentrum ziehen. In Sydney, diesem Gewimmel aus Intrigen und Komplotten, konnte er sein Wissen über seine Kameraden nutzen, um zu bekommen, was er wollte. Kaum hatte er das Wort *Parramatta* ausgesprochen, keimte in mir die Hoffnung, auf diesem Weg ein wenig Tageslicht in die geschlossene Kiste zu bringen, in die ich seit meiner Eheschließung eingesperrt war.

Doch ich wagte es nicht, ihn zu drängen. Wurde Mr. Macarthur gedrängt, so machte er einen Rückzieher.

»Parramatta!«, rief ich in einem leicht ungläubigen Tonfall aus. »Meinen Sie das ernst, Mr. Macarthur? Haben Sie bedacht, wie abgelegen das ist? Wie einsam? Ohne jede weibliche Gesellschaft?«

Er musterte mich, und ich fürchtete schon, zu weit gegangen zu sein.

»Meine liebste Frau, mir ist auf Ihrer Seite keine besondere Sehnsucht nach weiblicher Gesellschaft aufgefallen«, sagte er. »Es tut mir leid, meine Liebe, wenn ich Sie Ihres hiesigen Kreises beraube, aber wir müssen das Ziel im Auge behalten.«

Ah, *des hiesigen Kreises!* Gab es etwa noch einen anderen Beweggrund? Seine Denkweise war offenbar ansteckend, denn ein neuer Gedanke schoss mir durch den Kopf: Meinen Mann machte es womöglich froh, seine Frau fernab der Stadt zu wissen. Auch die umtriebigste Dame konnte auf dem flachen Lande von Parramatta keinen *Salon* unterhalten. Von meinen Gedanken an Captain Tench ahnte er nichts, dessen war ich mir sicher. Aber es lag in seiner Natur, auch künftige Möglichkeiten im Vorfeld zu berücksichtigen. Wenn eine Frau von Männern umringt war, die sich gegenseitig überboten, um sie zu unterhalten, so mochte das sein Misstrauen erregt haben.

Aus dieser Überlegung spross eine zweite. Mein Mann gehörte zu den wenigen Offizieren in Sydney, die keine hübsche junge Dirne unter den Gefangenen hatten. Meinte er wohl, dass auch ihm dieses Vergnügen zustand? Eine Dame zur Ehefrau, die ihm, in Parramatta gut aufgehoben, seine Dynastie gebar, während er sich in der Stadt an den Wonnen frivolerer Gesellschaft erfreute?

Es war ein angenehmer Gedanke.

Ich schützte einen unterdrückten Seufzer vor. Machte ein paar Stiche an meiner Näharbeit, neigte den Kopf mit der

Demut der Unterlegenen. Zog einen kleinen unzufriedenen Schmollmund.

»Ich bin überrascht, Mr. Macarthur«, sagte ich. »Aber ich sehe ein, dass Sie Ihre Gründe haben. Natürlich beuge ich mich Ihrem Urteil.«

»Oh, meine liebe Frau, lassen Sie den Kopf nicht hängen«, sagte er. »Stellen Sie sich vor, wie wir es uns vor dem herrlichen Marmorkamin bequem machen! Vielleicht blaue Wolle für die Livreen? Messingknöpfe mit Wappen – was halten Sie von einem Olivenkranz, meine Liebe, schlicht, aber vornehm?«

»Oh, um Himmels willen, Mr. Macarthur, kein erfundenes Wappen«, sagte ich. »Ich schäme mich nicht dafür, die Tochter eines Bauern zu sein.«

»Meine liebe Frau«, sagte er. Ich sah ihm an, dass er nach einem letzten überzeugenden Argument suchte.

»Ich werde den Hof Elizabeth Farm nennen, meine Liebe, in Anerkennung Ihrer Vollkommenheit als Ehefrau.«

Ich lächelte, als könnte mich solch eine Lappalie locken.

»Ich bin mir sicher, es wird sich alles zum Besten regeln, Mr. Macarthur.«

Mr. Macarthur beabsichtigte keineswegs, offen um Land zu bitten. Oh nein. Er stellte sich auf die lange Partie ein, die ihm so lag. Mann für Mann würde er seine Soldaten für ein raffiniertes Flankenmanöver in Stellung bringen, und wenn die Falle zuschnappte, war jeder Widerstand zwecklos.

Der erste harmlose Schritt sollte seine Ernennung zum Befehlshaber der Garnison von Parramatta sein. Das könnte er mit einem Wort in des VDs Ohr erreichen. Der Befehlshaber war natürlich verpflichtet, in Parramatta zu wohnen, und an dieser Stelle würden Edward und ich aus der Reserve geholt und in Dienst gestellt. Ein Offizier konnte in den schlichten Räumen der Kaserne von Parramatta wohnen, doch von einer Dame wie

Mrs. John Macarthur, die ein kleines Kind hatte, konnte man das nicht erwarten. Ebenso wenig durfte sie allein und schutzlos in Sydney zurückbleiben. Der einzige Ausweg aus diesem Dilemma bestand darin, die Macarthurs in der Nähe von Parramatta in einem Quartier unterzubringen, das einer Familie angemessen war. Die Regierung hatte zu viele finanzielle Verpflichtungen, als dass sie das hätte leisten können; wenn sie freilich Mr. Macarthur eine Parzelle Land gewährte, würde er sich um alles kümmern.

Ich war innerlich hin- und hergerissen zwischen Verbitterung, weil er Edward und mich so skrupellos benutzte, und Befriedigung, weil mir die erhoffte Flucht womöglich gelingen würde.

Mein Mann zweifelte keine Sekunde daran, dass der Gouverneur ihm seinen Wunsch erfüllen würde. Für ihn stellte sich nur die Frage, ob er sich mit fünfzig Morgen zufrieden geben oder hundert fordern sollte. Wie ein edles Jagdpferd mit Reiter im roten Rock flog sein Ehrgeiz ungestört über jedes Hindernis, das sich in der Gegenwart aufbaute, und landete sanft auf einer satten Weide der Zukunft.

Ich war mir da nicht so sicher. Der Gouverneur hatte das Recht auf seiner Seite. Warum sollten Männer, die für ihren Dienst am Staat bezahlt wurden, Land erhalten, um es auf eigene Rechnung zu bestellen?

Der erste Teil des Plans ging reibungslos über die Bühne: Der VD ernannte Mr. Macarthur zum Befehlshaber von Parramatta. Er sollte seinen Dienst antreten, sobald die Umstände es zuließen. Der alte Seebär war indes nicht so leicht zu gewinnen. Er ließ wissen, Major Grose könne mit seinen Offizieren verfahren, wie er es für richtig halte, die Vergabe von Land aber liege in seinen Händen, und diesbezüglich lasse er sich nicht umstimmen.

Ich wartete auf den vertrauten Wutausbruch oder die polare Gegenstimmung, den schwarzen Trübsinn, doch wenn ich meinen Mann danach fragte, schob er das Thema beiseite, als wäre es völlig belanglos. Dass ihm jemand seinen Willen verwehrte, drohte den tiefsten zerbrechlichsten Teil seines Ich zu beschädigen. Statt über sein Scheitern Schmerzen zu empfinden, ließ er indes einfach Schorf darüber wachsen.

»Oh, vertrauen Sie mir, ich habe alles im Griff.« Mehr hatte er nicht zu sagen. »Wir werden das Gut in Parramatta bekommen, haben Sie keine Sorge.«

Doch er verbreitete eine fieberhafte Spannung, und in der Finsternis jener Nacht kam er mit besonderer Vehemenz über mich, die nicht ohne Schmerzen abging.

Wenige Tage später kam Mr. Macarthur zu mir ins Wohnzimmer, setzte sich, rutschte an den Rand seines Stuhls und beugte sich vor, um seine ganze Überzeugungskraft aufzubieten.

»Was meinen Sie, Mrs. Macarthur«, sagte er freundlich, »wofür würden die Leute hier wohl Geld ausgeben?«

Die Frage hatte einen Haken, das war mir klar, und ich wollte ihm nicht den Gefallen tun, die falsche Antwort zu geben. Doch wenn ich nicht antwortete, würden wir uns nicht vom Fleck bewegen.

»Nun ja, Mehl und Äxte«, sagte ich. »Schuhe, Töpfe, Tabak, Nägel, Seil.«

Ich überlegte, was ich brauchen könnte.

»Tee und Zucker. Alles Mögliche eben.«

»Genau!« Elektrisiert lehnte er sich zurück und trommelte mit den Fingern auf die Armlehne.

»Bei den gierigen Schurken von Kapitänen hat sich das herumgesprochen: Fahrt nach New South Wales, den Frachtraum voll mit, wie Sie es ausdrücken, allem Möglichen, und ihr könnt dafür verlangen, was ihr wollt.«

Das stimmte. Wenn, was selten vorkam, ein Schiff im Hafen anlegte, folgte ein unwürdiger Sturm auf die Waren, und wer Geld besaß, also die Offiziere und wenige andere, zahlte die skandalösen Preise, die verlangt wurden. Niemand konnte wissen, wann das nächste Schiff einfahren würde. Doch die Mehrheit der Menschen – Sträflinge, die auf Bewährung frei waren, Begnadigte, Kleinbauern – ging leer aus.

Mr. Macarthur sprang auf und begann, im Raum auf und ab zu schreiten, vom Holzboden auf den Läufer und zurück. Auf den Dielen klackerten seine Schritte, vom Teppich wurden sie verschluckt.

»Wir, die Offiziere, sollten unbedingt ein Schiff chartern und zum Kap schicken«, sagte er. »Den Verkauf der Waren selbst in die Hand nehmen. Das Monopol dieser Schurken brechen.«

Ich wollte gerade sagen: »Aber dann Sie würden ein Monopol durch das andere ersetzen!« Doch er war bereits einen Schritt weiter.

»Mit einem Schiff voller Waren machen wir unweigerlich gute Gewinne.«

Zwischen uns schwebte das Gespenst der *fünfhundert Pfund*.

Mr. Macarthur schlug vor, den größten Anteil zu übernehmen – und aus dem Geldsäckel des Regiments zu begleichen. Er würde Buch führen, den Verkauf der Waren überwachen und allen Anteilszeichnern ihren Gewinn auszahlen. Und auch hier zog er im Verborgenen sicherlich in jeder Phase seine Strippen. Mr. Macarthur mochte der Enkel eines Laird of Strathclyde sein, doch nach Abzug seines Hochmuts blieb der Sohn eines Krämers übrig, der von Gewinn und Verlust etwas verstand.

Es gab nur ein Problem. Wie alles in der Kolonie musste der Plan vom Gouverneur genehmigt werden, dessen Vorschriften der Genehmigung jedoch im Wege standen. Die Anweisungen aus Whitehall lauteten, dass der Gouverneur im Einflussbereich der Ostindischen Kompanie keinerlei Handel betreiben oder zulassen durfte.

Trotzdem war Mr. Macarthur zuversichtlich. Mit der gebotenen Bescheidenheit erläuterte er seinen wahrhaft genialen Plan, des Gouverneurs Herzensgüte auszunutzen. Hunger und Not plagten nach wie vor die Siedlung, unterernährte Männer und Frauen brachen entkräftet auf der Straße zusammen. Das Angebot einer Schiffsladung Vorräte konnte ein Mann wie der Gouverneur nicht ausschlagen.

»Lassen Sie es sich gesagt sein, er wird nachgeben«, erklärte mein Mann. »Und wenn er einmal gegen seine Vorschriften verstoßen hat, dann ist er … angreifbar.«

Er kostete die Worte aus wie eine schmackhafte Speise. Während er durch den Raum schritt, leuchtete sein Gesicht mal im Schein des Feuers, mal verschwand es im Dunkel des Schattens. Rund um seinen zu einem wölfischen Grinsen verzogenen Mund glitzerte Speichel.

»Er wird mir aus der Hand fressen«, sagte er, »und feststellen, dass er uns keine vernünftige Bitte abschlagen kann.«

»Zum Beispiel fünfzig Morgen Land in Parramatta«, sagte ich.

Er warf mir einen halb überraschten, halb verächtlichen Blick zu.

»Meine liebste Frau«, sagte er. »Sie gäben wahrlich einen jämmerlichen Schurken ab. Fünfzig Morgen! Mindestens hundert.«

Er bleckte die Eckzähne vor Vergnügen.

»Warum nicht zweihundert?«

DIE FRÜCHTE DER SCHURKEREI

Als die *Britannia* zu gegebener Zeit vom Kap zurückkehrte, hatte sie viele Fässer Mehl und Reis geladen. Es gab Äxte und Kochtöpfe, Bandeisen und Papier. Der Großteil der Fracht aber bestand aus der gewinnträchtigsten Ware: Rum. Die Offiziere berechneten einen Aufschlag von 500 bis 600 Prozent, und da nur das Offizierskonsortium das nötige Kapital für den Import besaß, wurde dieser Preis auch bezahlt. Die Gewinne fielen üppig aus. Mr. Macarthur plante bereits die nächste Fahrt, und seine Offizierskameraden waren gern bereit, mitzumachen und sich die Taschen zu füllen. Er stellte sicher, dass möglichst viele an den enormen Mengen Schnaps mitverdienten, die in die Kehlen der Menschen flossen. Falls es Ärger geben sollte, waren alle in die Sache verwickelt.

Zwischen den Rumfässern hatte man auf der *Britannia* jedoch Platz für andere Wohltaten gelassen, die auch den Weg in den Macarthurschen Haushalt fanden. Oh, diese vorzügliche erste Tasse Ceylontee nach der teelosen Zeit! Ich trank ihn mit geschlossenen Augen, schwelgte in der Süße des Zuckers. Ich will mich in diesem Bericht nicht besser machen, als ich es war. Ich musste mich mit diesem Ehemann abfinden und war feige genug, die Früchte seiner Schurkerei zu genießen.

Mr. Macarthur bekniete den Verehrten Dummkopf, damit dieser den Gouverneur bekniete, ihm das Stück Land in Parramatta zu überlassen. Der VD war durchaus willig, doch der Gouverneur blieb hart. Der gute Mann wirkte mit jeder Woche zermürbter, geplagt von Problemen, deren der fordernde Mr. Macarthur nur eines war. Der Schmerz in der Seite ließ nicht nach, und des Gouverneurs ehrenhafter Charakter war den bösartigen Angriffen seiner Umgebung schutzlos ausgeliefert. Hunger konnte ihm nichts anhaben, aber unter den Anfeindungen bröckelte seine Autorität.

Es war allgemein bekannt, dass er darum ersucht hatte, nach England zurückkehren zu dürfen, und schon mehrere Anträge mit wachsender Dringlichkeit gestellt hatte. Früher oder später würde er die Genehmigung erhalten und abreisen. Dann bliebe die Kolonie bis zum Eintreffen eines neuen Gouverneurs in den Händen seines Stellvertreters, des Verehrten Dummkopfs.

Mr. Macarthur hatte es nicht eilig. Wenn mein Mann erst wusste, was er wollte, war er die Geduld in Person. Dann umwehte ihn etwas Unmenschliches, ein Falke, der mit kaltem Blick lauernd schwebt und schwebt und schwebt.

EINE GLÜCKLICHE FRAU

Wenn ich an Bridie schrieb, so geschah das in dem Wissen, dass sie noch unverheiratet war. In einem ihrer Briefe hatte sie angedeutet, sie habe nach Captain Moriarty jemanden kennengelernt, aber offenbar hatte sich nichts daraus entwickelt. *Wenn ich dir schilderte, was vorgefallen ist,* schrieb sie, *brächte dir das kein Vergnügen und mir nur Kummer.* Sie sprach von sich als *alter Jungfer* und schien alle Hoffnung aufgegeben zu haben. Mir machte das Sorge, denn meine Freundin war wie ich Mitte zwanzig, und tatsächlich rückte die Sackgasse der Ehelosigkeit immer näher.

Weder wollte ich in meinen Briefen auf unsere unterschiedlichen Lebensumstände eingehen, noch konnte ich ihr anvertrauen, wie wenig ich um meine Ehe zu beneiden war. Deshalb sparte ich mein Leben als Mrs. Macarthur aus und hoffte, sie würde aus meinem Schweigen die richtigen Schlüsse ziehen. Damit handelte ich mir allerdings wieder andere Schwierigkeiten ein.

Mr. Macarthur bekam nach der Lektüre eines Briefes einen Tobsuchtsanfall, weil ich mich auf die Schilderung der Siedlung, ihrer Lage und Wirtschaft beschränkt hatte: so schreibe doch keine Ehefrau!

Im nächsten Brief änderte ich meinen Kurs.

Ich habe in meinen Briefen bisher vermieden, Mr. Macarthurs Namen zu erwähnen, schrieb ich, *weil ich mich nicht der Prahlerei verdächtig machen wollte.*

Oh, Sie geniale Frau, Mrs. Macarthur!

Keine zwei Menschen auf Erden können glücklicher sein als wir, fuhr ich fort. *Mr. Macarthur ist ein lehrsamer und fröhlicher Gefährte, der wegen seines integren Charakters allseits geschätzt wird.*

Wie viele Äußerungen Mr. Macarthurs enthielten auch meine Formulierungen ein Fünkchen Wahrheit. Ja, er war *lehrsam*. Auf seine ermüdende und unangenehme Art belehrte er mich über Schiffsbeteiligungen, den Kurs des spanischen Dollars oder darüber, wie weit man Rum mit Wasser strecken kann, ohne dass der Käufer es merkt. Mit der Formulierung *keine zwei Menschen auf Erden* hoffte ich Bridie auf meine wahren Gefühle zu stoßen. Da sie mich so gut kannte, würde sie die an Ironie grenzende Übertreibung sicher erkennen. Dass mein Mann *wegen seines integren Charakters allseits geschätzt* werde, hatte ich schlicht und einfach erfunden.

Meine Ehe war keine Wonne, aber auch keine Sackgasse. Mein Leben konnte mir noch die eine oder andere Wegbiegung bescheren. Solche Biegungen mochten zum Besseren oder Schlechteren führen, ermöglichten aber doch zumindest eine gewisse Freiheit oder zumindest Geschmeidigkeit. Eine alternde Jungfer in Bridgerule erwarteten keine Wegbiegungen.

Meine liebste Freundin, schrieb ich in einem Anflug von Leichtsinn, *lege deine Skrupel ab und heirate. Als ich die Ehe einging, hielten nur wenige unserer Freunde diesen Schritt für klug. Ich galt als träge und faul, Mr. Macarthur als zu stolz und hochmütig angesichts unserer bescheidenen Mittel und Erwartungen.*

Da erst merkte ich, dass ich mich zu weit vorgewagt hatte. Zwischen den Zeilen war deutlich die Wahrheit zu lesen: Ich ließ Bridie wissen, eine schlechte Ehe könnte besser sein als keine Ehe. Ich weiß noch, wie meine Feder über das Blatt eilte, um diese Aussage zu vertuschen.

Beurteile daher selbst, meine Freundin, ob ich mich nicht als glückliche Frau betrachten sollte.

Oh, du Arme! Jetzt, da ich diese Wort lese, ist unübersehbar, dass ich eine schnörkellose Lüge schreiben wollte: *Ich bin eine glückliche Frau,* mich aber nicht dazu überwinden konnte. Da, in diesem Wörtchen *sollte* und der komplizierten Verneinung, lugt die Wahrheit ungebeten durch die Wolkendecke der Lüge.

Ich schrieb hastig weiter. *Wenn du heiratest, achte bei deinem Mann auf gesunden Menschenverstand. Du wärst nie glücklich mit einem, der dir an Vernunft unterlegen ist.*

Dieser Brief wurde zu komplex, weil er zu viele Funktionen erfüllen sollte: Ich schrieb für Bridies Augen, aber ich schrieb auch für Mr. Macarthurs Augen, und die doppelte Wahrheit, die ich zu vermitteln suchte, drohte mir zu entgleiten. Innerhalb weniger Zeilen widersprach ich mir, drängte Bridie zu heiraten, koste es, was es wolle, und warnte sie vor dem Fehler, sich an den falschen Mann zu binden.

Als ich sah, wie sich der Mund meines lehrsamen und fröhlichen Ehemanns sichtbar entspannte, gab ich ihm innerlich recht: Schmeichelei konnte man gar nicht dick genug auftragen. Mich überkam sogar ein wenig Mitleid mit ihm, weil ein inneres Bedürfnis ihn dazu drängte, bereitwillig alles zu glauben, genau wie all die Männer, die er verhöhnte. Er war in jeglicher Hinsicht gepanzert, doch hier lag sie offen, diese Leere, die Sehnsucht danach, gehört und, ja, geliebt zu werden.

Er beschwerte sich nie wieder. Und mir schadete es nicht, ein wenig zu übertreiben. Ganz Bridgerule würde meine Zeilen zu Gesicht bekommen, und falls nur einer dieser Menschen noch Mitleid mit mir gehabt hatte, sollte dieser Brief ihn eines Besseren belehren.

TEIL VIER

DIE GRUNDLAGEN DER STERNKUNDE

Als Mr. Dawes an einem heißen Januartag endlich den Weg in mein Wohnzimmer fand, hatte Tench ihm offensichtlich auf der Straße aufgelauert und ihn mehr oder weniger ins Haus gezerrt.

»Darf ich Ihnen unser Genie vorstellen, Mrs. M.«, rief Tench enthusiastisch aus. »Unseren gelehrten Sternenleser, den Astronomen Mr. Dawes. Mr. Dawes, darf ich Ihnen Mrs. John Macarthur vorstellen, unsere Madame d'Épinay.«

Mr. Dawes quittierte Tenchs spöttische Worte mit einem Stirnrunzeln und sah sich verzweifelt um. Ich wollte fragen, wer Madame d'Épinay war – die einfachste Methode, Mr. Dawes zu signalisieren, dass ich mich keinesfalls in solcher Gesellschaft wähnte –, doch Tench fuhr in seiner liebenswerten amüsierten Art bereits fort.

»Mrs. M. hat den Wunsch geäußert, die Grundlagen der Astronomie zu erlernen, Dawes«, sagte er. »Ich habe ihr gesagt, Sie wären gewiss entzückt, sie in das Gebiet einzuführen, Sterne, Planeten und so weiter.«

Mr. Dawes sah mich erstaunt an.

»Entzückt«, sagte er. »Oh ja, ich wäre entzückt, Mrs. Macarthur. Die Grundlagen der Sternkunde. Ja, ich wäre wirklich entzückt. Ja.«

Ungeachtet all dieser Entzückung war nicht zu übersehen, dass er nur *Ja* sagte, weil ihm kein naheliegender Grund für ein *Nein* einfiel. Aus Tenchs Mund klang mein Wunsch frivol, ja anmaßend, und so versuchte ich, ihn zu erklären.

»Ich bin eine Frau von dürftiger Bildung, aber großer Neugier, Mr. Dawes«, sagte ich. »Und nun sind wir also hier, an einem Ort, der mir so fremd erscheint, dass mir nicht einmal die Sterne geläufig sind. Ich hätte das Gefühl, eine Gelegenheit zu versäumen, wenn ich nichts darüber lernte.«

Gleichwohl fragte ich mich, ob die Idee mit der Astronomie vielleicht doch ein Fehler gewesen war.

Bei dem Wort *Neugier* warf mir Dawes einen verstohlenen Blick zu. Welcher Gedanke ihm dabei durch den Kopf schoss und auch was er sagen wollte, blieb ein Rätsel, denn Tench wollte nicht so lange warten.

»Dann ist das ja geregelt«, rief er. »Sagen wir, nächsten Donnerstagnachmittag zur ersten Unterrichtsstunde! Und mich interessiert brennend, wie Sie vorankommen, Mrs. Macarthur, also versäumen Sie es nicht, mich auf dem Laufenden zu halten, Dawes.«

Mr. Dawes hob die Hand wie zu einem ungeschickten Segen, murmelte etwas Unverständliches, drehte sich um und verschwand.

»Halten Sie unseren Mr. Dawes nicht für unhöflich, Mrs. M.«, sagte Tench. »Doch sobald er in unsere banale menschliche Sphäre eintritt, beschreibt seine Bahn leicht exzentrische Kreise.«

WIR WAREN SCHLIESSLICH NICHT IN DEVON

Am folgenden Donnerstagnachmittag machten sich Mrs. Brown, Hannaford, Edward und ich wie immer auf den Weg zum westlichen Hügelkamm. Dort angekommen standen wir im Wind, der vom Meer her wehte, und blickten hinab auf den Fußweg, der, wie durch die Büsche undeutlich zu sehen war, zur Sternwarte führte. Wie nie zuvor überkam mich plötzlich der unwiderstehliche Wunsch, in dieser grandiosen Landschaft allein zu sein.

»Ich frage mich, Mrs. Brown«, sagte ich, »ob es wohl besser wäre, wenn Sie und Mr. Hannaford mit Edward hierblieben. Dann wären Sie noch in Sichtweite der Siedlung.«

Die Wahrheit auszusprechen, dass ich an diesem weitläufigen luftigen Ort ungestört sein wollte, hätte wohl exzentrisch geklungen. Doch Mrs. Browns Wünsche gingen in dieselbe Richtung wie meine.

»Ja, Mrs. Macarthur«, sagte sie, »der Pfad ist für die kurzen Beine des Kleinen ja auch zu steil.«

Nicht steiler als der, den wir soeben erklommen hatten, wie wir beide wussten.

»Und es ist anstrengend, ihn zu tragen, wenn er auf dem Rückweg zu müde ist«, sagte ich.

Das Kind zu tragen, war durchaus nicht anstrengend. Hannaford schwang ihn mit einer Leichtigkeit auf seine Schultern, als werfe er sich einen Mantel über. Mrs. Brown und ich hatten uns gemeinsam ein hübsches Märchen gestrickt.

In Devon wäre das nie möglich gewesen, aber wir waren schließlich nicht in Devon.

Innerhalb weniger Schritte löste sich alles Vertraute auf. Ich wusste ja Mrs. Brown und Hannaford in der Nähe, gleichwohl kam es mir plötzlich vor, als wäre ich allein auf Erden. Das Leben der Menschen verlor jegliche Bedeutung. Ich war umfangen vom Reich der Blätter, Steine, Lüfte. Wie in einem Spiel wirbelte und zwirbelte der Wind die Zweige der fremdartigen Bäume, Vögel stoben von einem Ast zum nächsten, und weiter unten glitzerten und schimmerten in einem Labyrinth aus Buchten und Förden die imposanten Wasser von Port Jackson.

Ich folgte dem Pfad von Fels zu Fels, unsicher, ungeschickt, wie in einem Tanz, dessen Schritte ich noch nicht beherrschte. Ich fühlte mich von der Landschaft beobachtet, eine unbeholfene Frau in zu vielen Kleiderschichten, die mit ihren Stiefeln über Steine stolperte und mit dem Rock an den biegsamen Ästen der Sträucher hängenblieb. Auf einem Felsvorsprung machte ich Halt, atmete in tiefen Zügen die saubere Luft des tosenden Windes ein und meinte, augenblicklich vom Boden weggerissen und davongetragen zu werden.

Mit jedem Schritt offenbarte sich ein neues Wunder: ein flüchtiger Blick durch die Sträucher auf ein Stückchen Hafen, rau und blau wie Lapislazuli, ein Baum mit glatter Rinde in einem solch intensiven Rosaton, dass man meinte, sie müsse warm sein wie Fleisch, ein Felsüberhang, der an der leuchtend gelben Unterseite weich und porös aussah wie ein Kuchen. Der Wind wehte das Salz des Ozeans und den würzig strengen Duft der Sträucher und Blumen heran. Breite, Tiefe und Höhe dieser Landschaft nahmen fast schon erschreckende Ausmaße an, das lärmende Brausen der Böen und Bäume, das Kreischen der Seemöwen und das Glitzern des Wassers erfüllte das offene Land mit Leben. Wie ein Körnchen Mensch an einem Ort, der groß genug war, es zu verschlingen, blickte ich mich um, wie es mir schien, zum allerersten Mal mit offenen Augen.

Der Weg war nicht weit, und doch führte er mich in eine andere Landschaft, in ein anderes Klima, in ein anderes Land.

Am Fuß des Abhangs sah ich in leicht westlicher Richtung und somit außer Sichtweite der Siedlung eine Lichtung, auf der ein merkwürdiger Bau stand: eine Hütte wie jede andere im Städtchen, jedoch mit dem Anbau eines kurzen dicken Turms. Dessen schiefes Spitzdach war mit Segeltuch abgedeckt, unter dessen Falten sich an den Stoffenden undeutlich ein senkrechter Schlitz abzeichnete.

Und da war auch Mr. Dawes. Er trug ein kariertes Hemd und eine bis zu den Waden hochgekrempelte Seemannshose und rührte in einem Eimer, der, wie ich beim Näherkommen erkannte, mit Kalktünche gefüllt war. In der anderen Hand hatte er einen großen groben Pinsel. Das Segeltuch, das er mit Wasser vorbehandelt hatte, schimmerte noch nass, und er war drauf und dran, den Kalkanstrich aufzutragen. Die Verabredung, die Tench für mich arrangiert hatte, war ihm augenscheinlich entfallen. Und gewiss kam ihm der Besuch einer müßigen Frau, die mit der Idee spielte, sich in die einfachsten Grundlagen der Sternkunde einführen zu lassen, nicht gerade gelegen. Ich wollte schon umkehren, um ein andermal wiederzukommen.

Doch er muss mich aus dem Augenwinkel gesehen haben, denn er sah auf, und so blieb mir nichts anderes übrig, als meinen Weg fortzusetzen. In meinen klobigen Stiefeln hastete ich ungeschickt den Abhang hinunter, Rock und Unterröcke anhebend, damit sie sich nicht in den Sträuchern und den langen störrischen Grashalmen verfingen. Als ich bei ihm ankam, allein war mit ihm, fühlte ich mich befangen. Wir blickten beide hinauf zu der seltsamen Segeltuchkonstruktion.

»Der Zimmermann hat sich schon beschwert«, sagte Mr. Dawes. »Sehen Sie, die schiefen Winkel da oben, die sind wegen der Dachspitze notwendig. Sie darf nicht genau in der Mitte liegen, damit man Beobachtungen im Zenit vornehmen kann. Dazu kommt die Schwierigkeit, dass sich das Dach für Messungen des Azimut drehen lassen muss. Und damit bei widrigem

Wetter die Instrumente geschützt sind, muss man es auch schließen können. Das sind die wertvollsten und empfindlichsten Gegenstände hier, vielleicht sogar die wertvollsten und empfindlichsten auf dem gesamten Kontinent Neuholland, so groß er auch sein mag, denn natürlich sind seine Abmessungen bislang noch unbekannt.«

Schließlich hielt er inne. Es schien, als hätte er die Flut der Worte, die ihm als Mauer oder Barriere diente, nicht bändigen können. Nun aber ließen ihn die Worte im Stich.

»Ein guter Zimmermann legt Wert auf sorgfältige Arbeit«, sagte ich, um ihm zu Hilfe zu eilen, doch der Einstieg in unsere Unterhaltung war alles andere als vielversprechend.

»Captain Tench erwähnte, es gehe um eine Unterweisung in die Materie der Himmelskörper«, sagte er.

Sein Mangel an Enthusiasmus war augenfällig, und so ärgerte ich mich über Tench und noch mehr über mich, hatten wir doch Mr. Dawes und mich erst in diese peinliche Lage gebracht. Ich hätte nun meinen Plan, etwas über die Sterne zu lernen, einfach fallen lassen können, aber der Gedanke, dass Woche um Woche ohne Stoff zum Nachdenken verstreichen sollte, war mir unerträglich.

Er musterte die Tünche im Kübel. Das Zeug stank fürchterlich und schimmerte in einem hässlichen Grau. Mr. Dawes hatte vermutlich statt Talg das Fett des ranzigen Pökelfleisches vom Schwein oder Rind verwenden müssen, weil in der Kolonie nichts anderes zur Verfügung stand. Die Tünche war fertig, das Segeltuch vorgeweicht, damit der Anstrich haften blieb. Er wollte mich loshaben. Wenn er für die Lady den Gentleman spielen musste, würde das Segeltuch trocknen, und er konnte wieder von vorn anfangen.

Ich hatte mir meine Worte zurechtgelegt, doch heraus kamen andere.

»Sie sind sehr begehrt, Mr. Dawes.«

Er lächelte schwach und entblößte schiefe Zähne, die seinem Lächeln einen wehmütigen Ausdruck verliehen, obwohl Wehmut vermutlich nicht im Spiel war.

»Und jetzt komme auch noch ich mit meinem Begehren daher«, sagte ich.

Sein Blick wanderte zum Segeltuch, dann zum Kübel mit der Tünche.

»Ja«, sagte er. »Wenn ich zu Diensten sein kann.«

»Ich sehe doch, dass Sie hier Wichtigeres zu tun haben, Mr. Dawes«, sagte ich. »Ich komme ein andermal wieder.«

Jahrelang hatte ich mich in Gelassenheit geübt, nun aber zerrte ich zu meiner eigenen Überraschung völlig außer mir an meinem Rock, der an einem Zweig festhing, sich absurd neben mir spannte wie eine Fahne und die groben Arbeitsstiefel zum Vorschein brachte. Hastig drehte ich mich um und verabschiedete mich über die Schulter, was in jeder anderen Situation unhöflich gewesen wäre.

»Ein andermal, Mr. Dawes, ich bitte hundertmal um Vergebung.«

Ich spürte, dass er mir nachblickte, während ich in der Eile unsicher nach dem Ast eines Strauchs griff, der sich als stachliger erwies, als er aussah.

Dieses Wort, Azimut, jagte mir Angst ein. Es ließ vermuten, dass ich mir doch zu viel vorgenommen hatte. Dank Tenchs Hartnäckigkeit aber war es ebenso peinlich, wenn ich einen Rückzieher machte, wie wenn ich hartnäckig blieb.

Am folgenden Donnerstag mussten Mrs. Brown und ich kein fadenscheiniges Ammenmärchen mehr erfinden. Auf dem offenen Plateau angelangt, nahm sie die Haube ab und setzte sich auf den Felsblock mit der Gesäßmulde. Edward rannte zu der Felsspalte, wo noch die Äste lagen, mit denen er das letzte Mal gespielt hatte, und Hannaford holte seine Pfeife aus der Tasche.

Ich stieg langsam den Pfad hinab, den Tanz nach und nach erlernend. Ich hatte jede Menge Zeit. Alle Zeit dieser neuen Welt.

Mr. Dawes, der mich hatte kommen hören, stand im Eingang seiner Hütte, rollte die Ärmel herunter und knöpfte das Hemd bis obenhin zu.

»Guten Tag«, rief er mit krächzender Stimme, als hätte er länger nicht mehr gesprochen. »Guten Tag, Mrs. Macarthur, willkommen im Observatorium.«

Diesmal wusste ich, was ich sagen wollte.

»Mr. Dawes, Sie sind ein vielbeschäftigter Mann«, sagte ich. »Es ist gütig von ihnen, sich auf meine müßigen Einfälle einzulassen, aber fühlen Sie sich bitte keinesfalls verpflichtet. Kommen Sie nächste Woche in meinen *Salon,* wie Captain Tench ihn zu nennen beliebt, dann schenke ich Ihnen eine Tasse Tee ein, und wir verlieren kein Wort mehr über die Einführung in die Sternkunde.«

Ich sprach so nüchtern, wie es mir möglich war, weil ich ihm einen eleganten Ausweg eröffnen wollte. Nun, da ich wieder hier war, sehnte ich mich aber danach, in dem Turm mit dem Segeltuchdach durch das Teleskop zu schauen und zu lernen, was ein Azimut ist. Ich sehnte mich heftiger danach, als ich mich je danach gesehnt hatte, einen neuen Takt von *Foote's Minuet* zu erlernen.

Gleichzeitig schämte ich mich. Mr. Dawes schützte seine Gelehrsamkeit nicht wie viele andere nur vor, sondern verfügte über profundes und authentisches Wissen. Es wäre töricht gewesen anzunehmen, dass ich auch nur einen Bruchteil von dem lernen konnte, was er wusste.

»Ich habe mich geirrt, Mr. Dawes«, sagte ich. »Ich erröte ob meines Irrtums.«

Schon spürte ich, wie mir die Röte ins Gesicht stieg, meine Wangen heiß und hässlich glühten. In dem sinnlosen Versuch, schamrote Wangen mit gleichermaßen heißer Haut zu kühlen, legte ich die Hände vors Gesicht. Nun war ich diejenige, die meinem Gegenüber nicht in die Augen sehen konnte.

»Wirklich, Mrs. Macarthur«, sagte er, »ich wäre entzückt ... «

Da fiel ihm offenbar wieder ein, dass er diese hohlen Worte schon einmal verwendet hatte.

»Wirklich, es wäre mir eine große Freude, mein Wissen mit Ihnen zu teilen.«

Er hustete in die hohle Hand, als steckten ihm die Worte noch in der Kehle.

»Die Sterne sind meine Freunde, seit ich ein einsames Kind war«, sagte er mit seinem wehmütigen Lächeln. »Ich würde mich sehr freuen, sie jemandem vorzustellen, der ihre Gesellschaft zu schätzen weiß.«

Es war lächerlich, doch in diesem Moment fühlte ich die Tränen in mir aufsteigen. Dieser unbeholfene Fremde hatte einen Teil von mir erreicht, den ich eigentlich niemandem offenbarte. Die kecke Mrs. Macarthur, Lady des Geplänkels, die Tench zum Lachen brachte, die reizende Mrs. Macarthur, für die Worgan alles getan hätte, diese brüchige Hülle wurde in einem Gespräch, das sich auf den ersten Blick in die vielen Partien des großen Gesellschaftsspiels einreihte, von einem Mann überrascht, der von seinem Herzen zu ihrem Herzen sprach.

BLIND ODER TAUB

In der Hütte begann Mr. Dawes unter Zuhilfenahme von Zweigen und den Früchten des Blaugummibaums, die er zwischen uns auf den Tisch legte, mit der ersten Lektion. Er sprach über die Sonne und die Planeten, die sie auf ihren Umlaufbahnen umkreisen, und erklärte, einer davon, unsere Erde, besitze so etwas wie einen eigenen Planeten, den Mond, der sich ebenfalls auf einer Umlaufbahn bewege und zunehme oder abnehme, je nachdem, welcher Teil gerade im Schatten liege. An dieser Stelle kam ich nicht mehr mit. Ich starrte die Gumminüsse und Zweige an, konnte aber nicht folgen, hatte von Anfang an nicht folgen können.

Ich war keine dumme Frau, doch das von Mr. Kingdon für Mädchen als schicklich erachtete Wissen hatte mich auf diese Lektion nicht vorbereiten können. Einfache Grundrechenarten für das Haushaltsbuch, schriftliches Addieren, Multiplizieren, Dividieren. Bei dem, was Mr. Dawes mir da beizubringen versuchte, galt es aber, keine Zahlen zu addieren oder zu subtrahieren: Hier zogen Gumminüsse und Zweige ovale Bahnen über den Tisch, begleitet von mir völlig unverständlichen Worten.

»Sie haben sich vermutlich nicht mit Geometrie beschäftigt«, sagte er schließlich sanft, als wäre jemand, der von Geometrie keine Ahnung hatte, blind oder taub.

»Nein, Mr. Dawes, habe ich nicht«, sagte ich.

Ich schämte mich meiner. Diese ganze Idee, etwas Neues zu lernen, war ein großes Missverständnis.

»Sie sind über die Maßen freundlich, Mr. Dawes«, sagte ich in dem Versuch, ein bisschen Würde zurückzuerlangen. »Aber die Sterne und Planeten werden ohne das Verständnis einer unwissenden Frau ihre Kreise ziehen müssen.«

Er sah mich mit einem fast schon zornigen Blick an.

»Verunglimpfen Sie nicht Ihre geistigen Fähigkeiten, Mrs. Macarthur«, sagte er. »Niemand kommt mit geometrischen Kenntnissen auf die Welt. Als Frau wurde Ihnen sämtliche Bildung in diesen Dingen versagt, und es ist Ihnen hoch anzurechnen, dass Sie diesem Mangel abhelfen wollen. Kommen Sie nächste Woche wieder, und ich verspreche Ihnen, wir machen bessere Fortschritte.«

RAFFINIERTE MAGIE

Als ich eine Woche später in die Hütte kam, stand eine merkwürdig wackelige Vorrichtung auf dem Tisch. Ich hielt sie für eine Apparatur zum Drehen oder Wickeln, und sprach es aus, ohne nachzudenken.

Er lachte sein eigentümliches halb verschlucktes Lachen.

»Wahrhaftig, Mrs. Macarthur«, sagte er, »selbst der Königliche Astronom hätte Schwierigkeiten, dieses Gerät zu erkennen. Ich bezeichne es als Planetenmaschine, auch wenn es mit den Planetenmaschinen, die ich kenne, nur wenig gemein hat.«

Wenn er lächelte, verbreiteten seine Gesichtszüge mit den Fältchen um Augen und Mund, die sich durch häufiges Lachen eingegraben hatten, automatisch gute Laune. Auch wenn Mr. Dawes hinter seinem Rücken Seine Heiligkeit genannt wurde, war er beileibe kein Griesgram.

»Mich wundert es gar nicht, dass Sie den Apparat nicht erkennen, Mrs. Macarthur, denn es ist ein stümperhaftes Gerät«, sagte er, »aber es soll unser Sonnensystem darstellen. Die Kugel in der Mitte, sehen Sie, das ist die Sonne, und die hier, das ist die Erde.«

Er drehte die Kurbel an der Seite, und die Planeten bewegten sich ruckweise im Kreis, jeder in einer anderen Geschwindigkeit. Das war raffinierte Magie, wie der Mechanismus jeden Planeten auf einer anderen Bahn wandern ließ, den einen langsam, den anderen schneller, alle jedoch angetrieben von derselben Kraft.

»Oh ja, jetzt sehe ich es. Es dreht sich tatsächlich!«

Ich hörte mir meine eigene Wut an, weil ich mich womöglich blamiert hatte und in seinen Augen nichts anderes war als eine dumme gelangweilte Frau. Doch er ging nicht auf meinen verletzten Tonfall ein, sondern begann zu erklären, nicht etwa, wie die Planetenmaschine funktionierte – die war ihm vertraut und deshalb eher uninteressant –, sondern wie er sie gebaut hatte. Der Zimmermann habe ihm etwas Restholz für die Achse und die Planeten gegeben, erklärte er, und er habe mehrere Bekannte aufgesucht, bis ihn Lieutenant Bradley von der Marine schließlich mit dem Draht versorgt habe, mit dem er die Planeten in der richtigen Entfernung zur Achse anbringen konnte. Deshalb war dieses antipodische Exemplar einer Planetenmaschine so ein seltsam spinnenhaftes Gebilde mit schiefen Drähten, an deren Enden nicht ganz runde, geschnitzte Holzplaneten zitterten.

Er bot mir an, es auszuprobieren, und hielt die Grundplatte fest, während ich die Kurbel betätigte und wir Kopf an Kopf beobachteten, wie die Miniaturplaneten um ihre winzige Sonne kreisten.

»Man könnte sich für Gott halten«, sagte ich, »und die Menschheit hier unten meint, sie könne frei entscheiden, obwohl sie doch gar nichts entscheiden kann.«

Zu spät fiel mir ein, dass er mit dem Reverend befreundet war und es womöglich nicht sonderlich schätzte, wenn sich eine Frau mit Gott gleichsetzte.

»Sie sprechen mir aus dem Herzen, Mrs. Macarthur«, sagte er. »Als ich es gebaut habe, musste ich mir in Erinnerung rufen, dass nicht einmal Seine Heiligkeit, der Lieutenant da draußen über das Wasser gehen kann.«

Welch angenehme Überraschung: Mr. Dawes wusste, dass er das Ziel von Spott und Gelächter war. Die Zeit mit ihm versprach unterhaltsamer zu werden als mit Tench, ungeachtet dessen erprobten Humors. Der Humor, der Mr. Dawes und mich verband, ließ Jahre von mir abfallen. Ich war vierundzwanzig, eine erwachsene Frau, aber nun wurde ich auch wieder zu dem Mädchen, das ich mit Bridie gewesen war: Fantasievoller, lebhafter, vor Selbstbewusstsein sprühend, lachte ich furchtlos über Nichtigkeiten in einer Welt, die noch nicht geschrumpft war.

DIE EINZIG RELEVANTE FRAGE

Was die Astronomie lehrte, war völlig widersinnig: Das vermeintlich Wahre war unwahr. Meine Füße, die scheinbar fest auf dem Boden von Mr. Dawes' Hütte standen, hingen in Wahrheit in der Luft, Füße, Hütte, Kontinent und Ozeane wurden in ungeheurer Geschwindigkeit durch eine Art Nichts gewirbelt.

Die Vorstellung war so absurd, dass ich, ohne nachzudenken, herausplatzte: »Aber woher weiß man das denn?«

Als ich merkte, wie kindisch die Worte klangen, hätte ich sie am liebsten zurückgenommen. Doch Mr. Dawes war begeistert.

»Sehr gut, Mrs. Macarthur«, sagte er. »Sie haben die einzig relevante Frage gestellt.«

Machte er sich über mich lustig? Er bemerkte meine Unsicherheit und schien nach den Worten zu suchen, die am ehesten seinen Gedanken entsprachen.

»Wir entscheiden, was wir zu wissen glauben«, sagte er. »Und zwar aufgrund der Beweise, die wir haben. Da es nicht mehr Beweise gibt, bleibt uns nichts anderes übrig. Aber wir müssen demütig sein. Wir müssen diese Beweise hinterfragen, wissen Sie, und dürfen nie vergessen, dass sie unvollständig sind. Vor allem müssen wir demütig sein hinsichtlich der Schlüsse, die wir ziehen. Wir dürfen uns nie zu sicher sein.«

Er schien an seinen Worten zu zweifeln, starrte in die Luft, als suche er nach besseren. Dabei waren es genau die richtigen Worte für eine Wahrheit, die ich, ohne es zu wissen, immer gekannt hatte: Die Welt und meine Rolle darin waren eine Oberfläche, die mir Freude bereiten mochte, der ich aber besser nie ganz traute.

Ehe ich mir das Grundwissen über die Himmelskörper aneignen konnte, musste ich zunächst Grundlegenderes lernen, hinter dem sich noch Grundlegenderes verbarg. Doch Mr. Dawes erwies sich als geduldiger Lehrer. Was in der einen Woche noch verwirrend schien, war in der nächsten einfach: Perlen, die sich auf einen Erkenntnisfaden aufreihten. Verwirrung, so wurde mir klar, ist kein Grund zur Verzweiflung. Im Gegenteil, Verwirrung geht der Weisheit voraus.

Als wir in der Astronomie alles abgehandelt hatten, was ich nachvollziehen konnte, wandten wir uns der Botanik zu. In der Siedlung gab man den hiesigen Pflanzen Namen, die sie zu einem minderwertigen Abklatsch des Bekannten degradierten. *Heimische Kirschen, wilder Spinat, Botany-Bay-Petersilie.* Nun lernte ich, nicht das in ihnen zu sehen, was sie nicht sein konnten, sondern das, was sie darstellten. Die Bäume mochten im Vergleich zu einer Eiche hässlich wirken und an einem heißen Tag kaum Schatten spenden, hatten aber gute Gründe, genauso zu sein, wie sie waren. Mr. Dawes zeigte mir, dass die glänzenden harten Blätter der Sonne listig die Schmalseite zukehrten, um möglichst wenig Wasser zu verlieren. Und er erklärte mir, warum sich das Laub im Herbst nicht gelb verfärbte und herabfiel.

»Die Blätter sind diesem mageren Boden mühsam abgerungen«, sagte er. »Sie haben gelernt, sich unter Entbehrungen am Leben zu halten.«

Als ich die Bäume mit seinen Augen sah, begriff ich, dass keine Eiche es mit ihrer Lebenskraft und Vielseitigkeit hätte aufnehmen können. Erst als ich aufhörte, sie mit den Bäumen meiner Kindheit zu vergleichen, erkannte ich, wie elegant und anmutig die glänzenden Blätter mit dem Sonnenlicht spielten, wie die Wipfel im Wind wiegten und wogten. Die weiche helle Borke eines Baums, die säuberlich in Schichten angeordnet war wie Papier, das Seite auf Seite übereinandergestapelt wird, mutete merkwürdig, schlechterdings unmöglich an wie ein Schabernack der Schöpfung. Doch Mr. Dawes zeigte mir, dass es auch dafür einen Grund gab: Die gestapelten Blätter widerstanden dem Wüten von Fluten oder Feuersbrunst.

Es machte mir Freude, diese Blätter, diese Borke durch Mr. Dawes' dicke Linse zu betrachten, hinter der eine geheime Landschaft zutage trat, eine strahlende, scharf umrissene Welt, verborgen in der, die ich bewohnte. Eine Person, die sich auch nur die Grundlagen der Botanik angeeignet hatte, vergeudete nie wieder einen Tag, dachte ich. Wo auch immer sie sich aufhielte, würden sich Pflanzen vor ihr verneigen, ihr zunicken, sie auffordern, sich einen Reim auf sie zu machen.

Seit jenen fernen Unterrichtsstunden bei Mr. Kingdon hatte ich nicht mehr das Vergnügen gehabt, mich anstrengen zu müssen, um etwas zu begreifen. Und wie herrlich es war, gelobt zu werden, wenn ich es endlich begriffen hatte! Als ich das erste Mal ohne Mr. Dawes' Hilfe eine Pflanze richtig klassifizierte, empfand ich einen geradezu absurden Stolz. Es gab so vieles, dessen ich fähig war, von dem ich aber nie geahnt hatte, dass ich es erreichen konnte!

»Ich danke Ihnen, Mr. Dawes«, sagte ich, »weil Sie mich immer wieder antreiben. So bringe ich mehr zustande, als ich es für möglich gehalten, sehe mehr, als ich es mir je erträumt hätte.«

Mir schnürte es die Kehle zu, und ich stockte.

»Nun, Mrs. Macarthur«, sagte er. »Sie sind eine sehr fähige und eifrige Schülerin, und ich kann nur sagen, wenn ich Ihnen einige, sagen wir, Türen geöffnet habe, so bereitet mir das größte Freude.«

Diese ruhige Antwort rettete uns beide.

Als ich eines Nachmittags über den vertrauten Pfad hinabstieg, sah ich, dass Mr. Dawes Besuch hatte. Mehrere Einheimische, Frauen, ihre Kinder und ein zwei Männer saßen vor der Hütte mit Mr. Dawes um ein Feuer. Ich zögerte, doch eines der Kinder hatte mich schon bemerkt und machte die Erwachsenen aufmerksam. So drehten sich alle Köpfe zu mir, und ich hatte keine andere Wahl, als meinen Weg fortzusetzen. Mr. Dawes stand auf und ging mir entgegen.

»Gestatten Sie mir, Ihnen meine Freundinnen und Freunde aus dem Volk von Sydney vorzustellen«, sagte er.

Er machte die Runde wie ein Gentleman in seinem Salon.

»Werong. Milbah. Patyegarang. Baringaroo. Daringa.«

Für mich waren das lauter schnarrende verworrene Geräusche, doch Mr. Dawes, der meine Schwierigkeiten bemerkte, wiederholte die Namen einzeln und ließ mich so lange nachsprechen, bis ich sie beherrschte. Wenn man sich nur die Mühe machte, genauer hinzuhören, klangen sie bald so klar und deutlich wie *James* oder *Mary Ann*.

Dann sagte Mr. Dawes einen mir unverständlichen Satz, der aber meinen Namen enthielt: *Mrs. Macarthur*. Mit den Ohren der Anwesenden hörte ich ihn wie zum ersten Mal: eine Abfolge von Lauten, die erheblich komplizierter waren als *Werong* oder *Daringa*.

Die Männer, stark, aufrecht und verschlossen, würdigten mich mit einem Blick, der knapp an mir vorbeiging. Sie waren nicht unfreundlich, aber auch nicht sonderlich leutselig. Für sie waren Konversation, verbindliches Lächeln, fröhliches Geplauder ohne Belang. Ihnen lag nicht daran, *Interesse zu bekunden* oder *die Stimmung zu lockern*. Vielmehr strahlten sie eine gewichtige Macht aus, eine Autorität, die nicht von den Waffen neben ihnen herrührte, sondern einer gefestigten Welt des Wissens zu entspringen schien. Sie erinnerten mich vor allem an meinen Großvater mit seinem unerschütterlichen Glauben, der stets im Schatten der Ewigkeit wandelte.

Die Frauen sahen mir zwar auch nicht in die Augen, gaben mir aber das Gefühl, willkommen zu sein. Meine Versuche, ihre Namen auszusprechen, hatten sie offenkundig sehr belustigt; meiner kam ihnen leicht über die Lippen. Sie redeten und lachten, recht offensichtlich über mich, fast unmerklich aber kam ein Rücken und Rutschen in Gang, das ich als Einladung begriff, mich zwischen ihnen auf den bloßen Boden zu setzen. Ich nahm gern an, doch weil die Sitzposition für mich ungewohnt war, verhedderte ich mich ungeschickt mit den Beinen im Rock, und es kostete mich einige Anstrengung, meinen Platz in der Gruppe einzunehmen.

Nachdem wir einander mit dem Austausch unserer Namen bedeutet hatten, dass es viel zu erzählen gäbe, waren wir wieder auf die Körpersprache zurückgeworfen. Unwillkürlich veränderte sich meine Zuwendung zu Mr. Dawes' Besuchern, schien es mir, als hörte ich ihnen nicht mehr mit den Ohren, sondern mit der Haut zu.

Daringa zeigte mir ihren Säugling, der in jene pudrig weiche, papierartige Borke eingewickelt war. Ein Kind zu bewundern gehört zu den Dingen, für die man keine Sprache braucht. Ich blickte in das Gesichtchen, das aus der fremdartigen, aber zweckdienlichen Decke lugte, streichelte ihm die Wange und sprach die lobenden Worte, die Mütter gern hören.

Nun legte Daringa das Kind sanft auf den Boden und wickelte es aus, damit ich es genauer bewundern konnte. Das Mädchen lag da, mit ernstem Blick, rudernden Ärmchen und kräftigen Oberschenkeln, in denen sich die Frau in ihr bereits ankündigte. Daringa fuhr mit ihren langen glänzenden Fingern über den Körper des Säuglings, als könne sie der weichen Haut nicht widerstehen. Sie war die Königin zu dieser Prinzessin und verströmte mit ihren ruhigen und verlässlichen Händen Autorität und Liebe gleichermaßen.

Nie hatte ich jemanden von *unseren schwarzen Schwestern* reden hören. Und doch war Daringa eine Mutter wie ich, voller Liebe für ihr Kind, das sie wiegte, wie ich meins gewiegt hatte, und die Kleine strahlte ihre Mutter an, wie Edward ungeachtet seines kränklichen Zustands mich angestrahlt hatte. Daringa war ohne Zweifel eine Schwester wie jede andere Frau, die ich kannte.

Dabei gehörte sie einem Volk an, das, wie man mir mit großer Ernsthaftigkeit versichert hatte, seine Kinder auffraß. Diese Erkenntnis wurde herumerzählt, und nie fragte jemand: *Woher wissen Sie das?* Vermutungen wuchsen sich zu einer Geschichte aus, die, wenn sie erst kursierte, wasserdicht war wie ein Fass. Ein solches Fass konnte Unwahrheiten rund um die Welt befördern, immer weiter in die Zukunft, ohne jemals leckzuschlagen.

Wenn die Frauen miteinander oder mit Mr. Dawes redeten, glich ihre Sprache einem ruhigen Wortfluss, dem das Ruckartige des Englischen völlig abging. Auch der Rhythmus war anders, denn die Wörter begannen hart, gaben dann aber nach, als wollten sie sich nicht aufdrängen. Ich konnte mir nur schwer vorstellen, dass man in solch einer Sprache schimpfen konnte. Obwohl Mr. Dawes seine Fragen langsam und umständlich stellte, verstanden ihn die Frauen und gaben Antwort. Während sie redeten, machte er mit dem Bleistift Notizen in einem kleinen blauen Heft, und obwohl er die Sprache augenscheinlich noch lernte, fand bereits ein Gespräch statt.

Als das Baby gebührend bewundert und wieder in seine Rindendecke eingewickelt war und Mr. Dawes genügend Wörter aufgeschrieben hatte, standen die Frauen auf, riefen die Kinder herbei und gingen langsam am Abhang der Landzunge entlang zur nächsten Bucht. Die Männer waren aufgebrochen, ohne dass ich es bemerkt hatte. Aus den Sitten, die in meiner Gesellschaft herrschten, leitete ich die Vermutung ab, dass sie als Männer meinten, gemeinsam Dinge erledigen zu müssen, die Frauen nichts angingen.

»Wie Sie sehen, sind meine Freunde hier so gut, mir ihre Sprache beizubringen«, sagte Mr. Dawes. »Besonders bemerkenswert ist, dass sie flektiert! Genau wie das Griechische!«

Flektiert, dachte ich. Was um Himmels willen heißt *das denn*? Und was mag daran so bemerkenswert sein?

»Man denkt, man kann sich die Wörter merken, wenn man sie hört«, sagte Mr. Dawes. »Aber man vergisst sie wieder. Oder man meint, ein einfacheres Wort gehört zu haben, das man schon kennt.«

Er blätterte in seinem Notizbuch, und da er mir alles auf einmal zeigen wollte, konnte ich gar nichts erkennen.

»Langsam, Mr. Dawes«, sagte ich. »Lassen Sie mich doch mal sehen!«

Einige Seiten waren mit einem Buchstaben des Alphabets überschrieben und in zwei Spalten für die Wörter eingeteilt: *Karingal – hart, schwer zu brechen. Karamanye – die Bauchschmerzen. Korrokoitbe – schlucken.* Auf anderen Seiten stand ein Verb und darunter die noch weitgehend unvollständige Auflistung seiner Formen. *Sehen – Naa. Ich sehe – Ngia Ni. Du siehst. Er sieht. Wir sehen. Ihr seht. Sie sehen.*

»Ich dachte, ich bräuchte einfach nur die Leerstellen ausfüllen«, sagte er. »Das war meine ursprüngliche Annahme. Mittlerweile habe ich eine andere Methode, wenn man das so nennen kann. Hier sehen Sie ein Gespräch zwischen mir und dem Mädchen Patyegarang, genau so notiert, wie ich es gehört habe. Was ich gesagt habe und was sie gesagt hat. So will ich den gesamten lebendigen Körper der Sprache erfassen statt nur eines Fingernagels oder Ohrläppchens, in der Hoffnung, dass das Verstehen mit der Zeit von allein kommt.«

Patyegarang hatte mit den Frauen im Kreis gesessen, ein Kind an der Schwelle zum Frausein. Mr. Dawes erzählte, trotz aller offensichtlichen Unterschiede erinnerte sie ihn an seine jüngere Schwester.

»Patyegarang hat ihren flinken Verstand«, sagte er. »Und ihren klugen Humor, ihre Neugierde. Wenn ich mich mit Patyegarang unterhalte, kommt es mir fast vor, als hätte ich Anne hier bei mir.«

Er presste niedergeschlagen die Lippen zusammen.

»Meine Schwester wäre eine gute Astronomin«, sagte er. »Aber sie wird wohl heiraten müssen.«

Ich konnte ihn nicht trösten. Eine Frau, die eine gute Astronomin abgab, hatte geringe Aussichten auf Glück. Ihr Umgang mit den Sternen würde sich allezeit darauf beschränken, im Garten in den Himmel zu blicken, bis Mann und Kinder sie wieder im Haus brauchten.

SIPPE ODER VOLK

Mr. Dawes nannte seine Besucher nicht *Eingeborene,* geschweige denn *meine schwarzen Brüder und Schwestern.* Wenn man von einem dieser Menschen als *eingeboren* spreche, sei das, als bezeichne man einen Engländer als *Europäer:* zutreffend nur in einem ungehörig allgemeinen Sinne. Diejenigen, die mit ihm verkehrten, seien überwiegend Gadigal, erklärte mir Mr. Dawes. Hinter der nächsten Bucht wohnten die Wangal, auf der anderen Seite des Wassers die Cameraygal, landeinwärts nahe der Quelle des Flusses, an dem Ort, den wir Parramatta nannten, die Burramattagal.

»Sie merken, das Suffix *gal* muss die Bedeutung Sippe oder Volk haben«, sagte er.

Er lächelte.

»Sehen Sie, das ist gar nicht so schwierig. Und was für ein wunderschönes Wort das ist, Parramatta. Es hat auch eine eigene Bedeutung: Aalwasser.«

Parramatta. Ich hatte das Wort Dutzende von Malen gehört und gesagt, ohne weiter darüber nachzudenken. Es war nicht mehr gewesen als *der Eingeborenenname für den Ort.* Wenn ich es künftig in den Mund nahm, würde ich jedes Mal seine Bedeutung mitdenken. Das Wort war mehr als nur eine Abfolge angenehmer Laute. Es sagte etwas über den Ort aus und ließ darauf schließen, welche Menschen aufs Engste mit seinem Leben verwoben waren und welche nicht.

Eines Nachmittags ließ ich wie gewöhnlich Mrs. Brown und Hannaford auf dem Plateau zurück und stieg den Pfad hinab. Ich war nicht mehr weit weg, als ich aus der Hütte Gesang hörte. Zunächst dachte ich, Mr. Dawes singe, sein Alleinsein genießend, fröhlich vor sich hin, und überlegte schon, ob ich wohl besser ein andermal wiederkommen sollte. Während ich noch zögerte, war das Lied zu Ende. Mr. Dawes sagte etwas in der Gadigal-Sprache, und eine leise Stimme antwortete. Als ich anklopfte, rief Mr. Dawes, ich möge doch eintreten, bitte nur herein! Er saß auf dem Stuhl, den Bleistift in der Hand, das Notizbuch vor sich auf dem Tisch. Patyegarang stand neben dem offenen Kamin, und neben ihr röstete ein kleiner Junge – wohl ihr Bruder, dessen Namen ich allerdings nicht kannte – ein Stückchen Brot am Stock.

»Ich versuche gerade, Patye die schöne alte Melodie von *Greensleeves* beizubringen«, sagte Mr. Dawes. »Und sie versucht, mir eins von ihren Liedern beizubringen. Aber es ist für uns beide gleichermaßen schwierig.«

Er sang: *Greensleeves war meine Freud', Greensleeves war mein golden Herz.* Dieses Lied kannte ich besser als jedes andere, denn mein Vater hatte es gesungen, wenn er an meinem Bett saß, sein Gewicht warm neben meinen Füßen, die große knorrige Hand auf meiner Schulter, draußen der Wind und in der Ferne das Klingeln der Glöckchen, wenn sich die Schafe in der Herde bewegten. Für mich war es das vertrauteste Lied der Welt, doch beim Anblick dieses Mädchens, dem es so fremd vorkommen musste, hörte ich es so, als wäre es das erste Mal: eine Abfolge von hohen und tiefen Tönen, manche lang, manche kurz, anschwellend wie in einer großartigen Geste, die der Auflösung entgegenstrebt.

Mr. Dawes' Stimme klang schwach, aber wahrhaftig, seine Züge entspannten sich mit der Musik. Er sah das Mädchen beim Singen an, stellte eine Verbindung her über diesen sich aufspulenden Faden aus Tönen. Als er geendet hatte, konnte er das Mädchen indes auch mit den freundlichsten Worten nicht zum Nachsingen bewegen. War sie verlegen?, fragte ich mich. Oder verwirrt?

Als sie den Kopf hob und zu singen begann, konnte ich den ersten Tönen noch folgen: Hoch, angestrengt hoch waren sie, ehe sie hinabstürzten in einen monotonen Sprechgesang, der durchzogen war von einer tiefen Schwingung.

Ich suchte nach einer Melodie, bemühte mich, einen Rhythmus auszumachen, gab mich dann aber einfach der Macht des Gesangs hin.

Das war keine Musik wie *Foote's Minuet* oder *God Save the King*. Und doch war es Musik, denn sie kam daher, wo alle Musik herkommen muss, war inkohärent und trotzdem kontrolliert, öffentlich und doch ganz und gar persönlich, eine Sprache, die zu verstehen keine Anstrengung erforderte, ein Geschenk von einem Menschen an den anderen.

Unerschütterlich stand sie vor uns, und als sie fertig war, betrachtete sie das Echo der Musik in unseren Gesichtern. Um uns herum setzten wieder die Geräusche der Welt ein: das Geschrei der Möwen, das Murmeln der Bäume, die sich im Wind wiegten, das Schwappen und Schlagen der Wellen gegen den felsigen Fuß der Landzunge.

»Vielen Dank, Patye«, sagte Mr. Dawes. »Das war ein Geschenk, das wir nicht vergessen werden.«

Er lächelte das Mädchen an, und sie lächelte zurück. Dann wanderte ihr Blick zu mir. Ich teilte ihr lächelnd und nickend meine Anerkennung mit, aber auf Lob war sie offenbar nicht aus. Auch der kleine Junge, der sein geröstetes Brot gegessen hatte, musterte mich.

»Nun, Mrs. Macarthur«, sagte Mr. Dawes. »Ich würde sagen, Sie schulden uns ein Lied. Das ist es wohl, was die Kleine auf dem Herzen hat?«

Ehe ich den Mund öffnete, wusste ich nicht, was ich singen würde. *Eines Morgens im schönen Mai, drauß auf dem Felde im grünen Heu, wurd' ich gewahr meiner Liebe treu, drauß auf dem Felde im grünen Heu.* Ich sah meine Mutter singen, während sie den Pudding rührte, den man, wie sie behauptete, keine Sekunde unbeobachtet stehen lassen durfte und der nicht gerinnen würde, wenn man beim Rühren sang. Bei all den Liedern, die in meinem Gehirn gespeichert waren: warum dieses?

IST ER SCHWER?

An einem anderen Donnerstag unternahm Mr. Dawes einen neuen Versuch, mir das Rätsel der Rückläufigkeit von Planeten zu erklären, und ich fühlte mich geradezu erlöst, als Daringa und Milbah mit ihren Kindern den Pfad herunterkamen. Wir begrüßten sie, Mr. Dawes holte mit der Schaufel etwas Glut, und in kürzester Zeit saßen wir auf dem Boden vor einem hübschen kleinen Feuer.

Ich konnte mittlerweile in der Sprache der Frauen *bujari gamarruwa* sagen, »Guten Tag« und verstand ihre Erwiderung. Für mich waren das die ersten Wörter einer Fremdsprache, von dem lateinischen Wahlspruch auf dem Wappen der Kingdons einmal abgesehen. Tief genug in die Sprache einer anderen Welt vorzudringen, um zumindest einen Gruß auszutauschen, bereitete mir unerwartet große Freude.

Daringa sprach mich mit einer kurzen Abfolge von Wörtern an, die mir auch, als sie den Satz wiederholte, unverständlich blieb.

Es war offensichtlich, dass sie uns neckte, denn sie zeigte auf Mr. Dawes und dann auf mich und löste mit ihren Worten bei den anderen große Heiterkeit aus. Ich drehte mich zu Mr. Dawes um, der sie, wie sein Blick mir verriet, durchaus verstanden hatte, sich aber ausnahmsweise sträubte, zu übersetzen.

»Kommen Sie, Mr. Dawes«, sagte ich. »Soll meine Sprachausbildung so früh enden?«

Ein Verziehen des Mundwinkels verriet seinen Zweifel, doch er war ein zu gewissenhafter Lehrer, ein zu aufrichtiger Mensch, als dass er sich weiter widersetzt hätte.

»Sie fragt: *Ist er schwer?*«, sagte er.

»Schwer? Ist er schwer?«, wiederholte ich.

In der Luft lag eine Bedeutsamkeit, die ich nicht begriff. Ich merkte nur, dass Mr. Dawes und ich Gegenstand aufmerksamer Beobachtung und großer Belustigung waren.

Und dass Mr. Dawes errötete. Er errötete bis in die Haarwurzeln. Seine Schamröte verriet mir endlich den Grund für all die Heiterkeit. Wie ein Blitzschlag traf mich die Erkenntnis, dass die Frauen annahmen oder jedenfalls anzunehmen vorgaben, Mr. Dawes und ich kämen nicht nur zum Astronomieunterricht zusammen. Und nun beobachteten sie uns, um zu sehen, ob sie recht hatten.

Mr. Dawes, noch hochrot im Gesicht, sah mir in die Augen, und dieser Blick, der mit starken und innigen Gefühlen aufgeladen war, sagte mir, was ich schon die ganze Zeit gewusst hatte, mir aber nicht hatte eingestehen wollen. Seine Heiligkeit, der Lieutenant war kein Mönch. Im Gegenteil, er interessierte sich sehr für die weiblichen Vertreter der Spezies und für eine vielleicht besonders.

Diesem Blitzschlag folgte eine zweite Erkenntnis: Wie Daringa wollte ich gern wissen, ob Mr. Dawes schwer war.

Nun rief sie etwas, und die anderen kreischten vor Vergnügen. Sie deutete mit dem Kinn auf Mr. Dawes, und sagte, diesmal auf Englisch: »Der ist schon in Ordnung…« Doch der Rest des Satzes ging im Gelächter unter.

»Nun, Mr. Dawes.« Meine Stimme zitterte vor lauter Lachen oder vielleicht aus anderen Gründen. »Daringa will mir offenbar etwas mitteilen, aber da müssen Sie mir schon unter die Arme greifen!«

Er zögerte, dann entspannte sich sein Gesicht zu einem Lächeln.

»Das bezieht sich auf eine ihrer Geschichten«, sagte er. »Sie hat mit den Plejaden zu tun, den Sieben Schwestern, und es kommt ein Mann darin vor, der den Frauen nachstellt. Ich fürchte, was Daringa in Bezug auf mich gesagt hat, war: *Der ist schon in Ordnung, aber hütet euch vor seinem Freund.*«

»Ihrem Freund«, sagte ich. »Wer ist denn Ihr Freund, Mr. Dawes?«

Er sah an sich herunter. Ich folgte seinem Blick, und nun war es an mir, der verheirateten Frau, zu erröten.

MRS. MACARTHUR UND MR. DAWES

Als die Frauen gegangen waren, breitete sich Schweigen zwischen uns aus. Ich war gefasst, umfangen von einem achtsamen Glanz, friedlich und intensiv gleichermaßen. Es bestand keine Eile.

»Ich will Ihnen etwas zeigen, Mrs. Macarthur«, sagte Mr. Dawes und nahm mich bei der Hand. Ich spürte die feuchte Wärme seines Handtellers und eine starke Regung, die bebend von seinem Körper in meinen wanderte.

Sein Bett, vermutete ich, und scheute mich, die Schritte zu tun, die uns geradewegs von hier nach dort führen würden. Er spürte meinen Widerstand, drückte meine Hand fester.

»Hier entlang, bitte«, sagte er und führte mich an der Hütte vorbei, den steilen Abhang hinab, auf das glitzernde und tanzende Wasser des Hafens zu.

»Ich nenne es *mon petit coin à moi,* sagte er. »Sprechen Sie Französisch, Mrs. Macarthur?«

Doch er wartete meine verneinende Antwort nicht ab.

»Mon petit coin à moi«, sagte er, offenkundig bemüht, die Stille zu füllen. Es spielte keine Rolle, ob die Stille mit Englisch, Französisch oder Gadigal gefüllt wurde.

»Es bedeutet, meine kleine Ecke für mich. Ein Eckchen nur für mich. *Mon petit coin* – meine kleine Ecke. À moi – für mich.«

Und nach einem mühevollen Abstieg durch die Büsche standen wir in einem Raum, der an drei Seiten von Laub begrenzt war. Die vierte zum Hafen hin war zwar von Ästen überwachsen, aber nicht geschlossen. So entstand eine verborgene Kammer: ein Raum aus Blättern.

»Mon petit coin à moi«, sagte er. »Jetzt nenne ich es vielleicht besser *notre petit coin à nous,* was natürlich ein Eckchen nur für uns bedeutet.«

Es war wie an jenem ersten Nachmittag, als er immer weiter geredet hatte, über das Segeltuch, den Azimut und den verärgerten Zimmermann: Mr. Dawes verbarg das Streben in eine neue Richtung hinter einem Schwall aus Worten.

Unter einem Felsvorsprung holte er eine Decke hervor, die er auf einem stuhlhohen oder betthohen flachen Felsen ausbreitete.

»Sehen Sie«, sagte er, »*mon petit coin* ist mit jeder Annehmlichkeit ausgestattet, denn ich verbringe hier viele Stunden.«

»*Mon petit* – wie spricht man das noch mal aus, Mr. Dawes?«

Die fremden Wörter aus meinem Mund zu hören, jede Silbe nachzusprechen, die er vorsagte, gab mir das Gefühl, ein Teil von ihm zu sein. Wie die Worte teilten wir auch das zugehörige Empfinden: die Freude darüber, an einem privaten Ort einfach nur sein zu können, wer wir waren. À moi. Nur für mich, mein eigen.

Es war kein Donnerschlag, sondern ruhig und natürlich wie schmelzendes Eis auf einem Bach, das zunächst unsichtbar ist, bis die Oberfläche bricht, fortschwimmt und offenbart, was schon die ganze Zeit da war: den unermüdlichen Strom des Begehrens.

Unser Verhältnis war immer von größter Schlichtheit geprägt. Uns verbanden Zärtlichkeit und Freude. Er war ein herzensguter und lebhafter Gefährte. Ich hörte ihn lachen, Atemstöße an meinem Ohr. Gleichgültig, was gerade geschah, war ich stets *Mrs. Macarthur* und er stets *Mr. Dawes*. Uns beglückte diese förmliche Anrede und alles, was wir miteinander machten.

Meine Haut strebte ihm entgegen, in seiner Nähe erwärmte sich mein Blut. Der Habitus der Mrs. Macarthur – züchtig, liebenswürdig, zurückhaltend – hüllte mich ein wie ein lang getragenes Kleidungsstück, von dem ich jede Naht genau kannte. Doch hier löste es sich plötzlich auf und legte bloß, was sich darunter verbarg. Mit Mr. Dawes, diesem überraschenden Mann, war ich unversehens im Besitz eines Körpers, der den Körper eines anderen begehren und vor schierem Entzücken schreien konnte.

Die Decke bot gerade genug Platz für zwei, die sich aneinanderschmiegten, des anderen Wärme spürten, ihren Herzschlag hörten. Ein schwacher Hauch reichte aus, um sich verständlich zu machen.

»Sie sagten, Sie erröteten ob Ihres Irrtums«, flüsterte er. »Und als ich hinsah, waren Sie tatsächlich rot. Die gelassene Mrs. Macarthur war errötet.«

Er berührte die Wange, die rot geworden war.

»Die Röte steht Ihnen, Mrs. Macarthur.«

EIN GESCHENK

Wie Mr. Dawes, der auf seine Art so zurückhaltend war wie ich auf meine, überhaupt meiner gewahr geworden war, blieb mir ein Rätsel. Heute glaube ich, dass er meinen Schutzschild erkannte. Er wusste, wie ein Schild aussieht und wofür er da ist, denn er besaß auch einen.

Mr. Dawes galt wohl nicht als schön, für mich aber war er es. Er kam aus Portsmouth, wo sein Vater als Angestellter im Waffenamt arbeitete, und seine Mitschüler hatten ihn, den Stipendiaten, wegen seiner einfachen Herkunft schikaniert. Die Sterne und Planeten boten ihm Trost, und die herrlich indifferente Großartigkeit ihrer Bewegungen konnte seine Einsamkeit lindern. Lieutenant der Marine wurde er, weil man auf jedem Schiff einen Mann brauchte, der anhand der Sterne die genaue Position auf dem weiten Ozean berechnen konnte. Mr. Dawes lernte, sein wahres Ich zu verbergen, und die anderen Offiziere hielten ihn für ein seltsames Geschöpf mit seltsamen Leidenschaften. Er sei dankbar, sagte er, dass ihm seine astronomischen Pflichten einen Grund lieferten, der Siedlung fernzubleiben.

Portsmouth lag ein gutes Stück von Bridgerule entfernt, wenn auch nicht am anderen Ende des Landes. Es verschaffte mir qualvollen Genuss, vor mich hin zu träumen, wie sich die Dinge entwickelt hätten, wenn es Mr. Dawes gewesen wäre, mit dem ich hinter der Hecke verschwunden war.

Im Rahmen verzeihlicher menschlicher Dummheit lernten wir einander doch recht gut kennen. In den kurzen Sommermonaten, denen die prickelnde Dauergefahr ihre besondere Würze verlieh, machten wir einander glücklich. Wie einfach das klingt, wenn ich dieses Wort schreibe, wenn ich mich an das Gefühl erinnere. Diesem Glück allzu tief auf den Grund zu gehen, ist unnötig, wäre wieder eine Dummheit. Ich kann nur sagen, dass unser Glück ein Geschenk war, für das ich dankbar bin.

In unserem Raum aus Blättern hörten wir die Wellen ans Ufer klatschen, sahen wir die Möwen kreisen und auf einer Windbö segeln. Blickte man von dort aus nach Osten oder Westen, schien das Hafengewässer zu enden, abgeschnitten von baumbewachsenen Landzungen, als wären die mächtigen Fluten nicht mehr als ein See, ein Areal, das nur uns gehörte. Hin und wieder sahen wir Gadigal oder Cameraygal auf ihren Rindenkanus fischen. Ab und an nahm das Postboot seinen beschwerlichen Weg nach Parramatta oder zurück, mit flatterndem Segel oder tropfenden Rudern, die hohl gegen das Holz schlugen. Einmal trieb der Reverend auf seiner Jolle vorbei, eine Angelschnur am Heck hinter sich herziehend. Unser Schutzschirm aus Zweigen aber bot uns die Möglichkeit, die Welt dahinter, in der Mrs. Macarthur und Mr. Dawes heillos in ein Netz aus Unmöglichkeiten verstrickt waren, einfach zu vergessen.

Wenn der Nachmittag dem Abend wich, betrachteten wir die letzten Sonnenstrahlen auf dem Wasser, ein weiches Schimmern und Flimmern, das Licht, das zwischen den Blättern der Sträucher hing, und die Stille wachte über uns. Wenn der Abendstern – Astronomen wie wir nannten ihn Venus – begann, sich vom Nachthimmel zu lösen, war es an der Zeit, zu gehen. Dann musste ich mir geloben wiederzukommen. Bis dahin würde mich die Venus Abend für Abend an jene andere Welt erinnern.

Wir sprachen nie über Mr. Macarthur. Sprachen nie über die Zukunft. Wir wussten, dass es keine geben konnte.

VERTRAUEN

Kurze Zeit, nachdem Mr. Dawes und ich zueinander gefunden hatten, führte ich ein heikles Gespräch mit Mrs. Brown. Sie war eine scharfsinnige Frau, und der Ablauf unserer Donnerstagsausflüge – Mrs. Macarthur, die ein ums andere Mal allein über den Pfad verschwand – hatte etwas Seltsames an sich. Von Woche zu Woche erschien es mir dringlicher, ihr begreiflich zu machen: *Sagen Sie es nicht Mr. Macarthur.*

Hannaford ging mit Edward auf den Schultern voran in Richtung Hügelkamm. Wir sahen und hörten, wie das Kind mit heller Stimme die Rufe des Sergeant-at-Arms nachahmte und Hannaford, der sich bereitwillig auf das Spiel einließ, auf Befehl zügig marschierte, rechtsum kehrt machte, stehen blieb und seine nicht vorhandene Waffe präsentierte.

»Mrs. Brown«, begann ich, »ich muss Ihnen sagen, Mr. Dawes ist ein recht eigenwilliger Mensch. Ein Einsiedler, verstehen Sie? Nicht sehr gesellig.«

Vor meinem inneren Auge sah ich Mr. Dawes, wie er vor seinen Gadigal- und Wangal-Freunden den Clown spielte, um seinen Wortschatz zu erweitern, mal vorgab zu essen, mal die Gesellschaft unterhielt, indem er auf allen vieren kroch oder sich in der Achselhöhle kratzte.

»Ja, Mrs. Macarthur«, sagte Mrs. Brown.

»Deshalb ist er lieber ...«

Ich suchte nach Worten. *Allein mit mir* war zu unverblümt.

»Deshalb ist es ihm lieber, wenn wir nicht gestört werden. Ich bin eine schlechte Schülerin, Mrs. Brown, und lasse mich leicht ablenken!«

»Ich verstehe, Mrs. Macarthur.«

Ich fragte mich, ob das, was ich da in ihrer Stimme hörte, Erheiterung war, doch ihr Gesicht blieb unter der Haube verborgen.

»Üblich ist das nicht«, sagte ich. »Eine verheiratete Frau …«

Hannaford hatte sich, Edward noch auf den Schultern, zu uns umgedreht und wartete auf uns. Rasch, als sei ihre Geduld mit mir am Ende, brachte Mrs. Brown mein kompliziertes Ansinnen auf den Punkt.

»Ich verstehe«, sagte sie wieder. »Was Hannaford und mich angeht, kann ich Ihnen versichern, Mrs. Macarthur, dass nach unserem Verständnis der Unterricht eine Sache zwischen Schülerin und Lehrer ist und niemanden sonst etwas angeht.«

Sie wandte sich mir zu und sah mir direkt in die Augen. Mehrere Herzschläge lang waren wir nicht Dienerin und Herrin, sondern zwei Frauen, die einander verstanden.

»Sie können uns vertrauen, Mrs. Macarthur«, sagte sie, »Hannaford und mir. Wir wissen, was Sie meinen.«

Uns. Hannaford und mir. Ich war so mit meinen eigenen Angelegenheiten beschäftigt gewesen, dass ich nicht zur Kenntnis genommen hatte, was ich doch jeden Donnerstag sah, wenn ich wieder auf das Plateau zurückkehrte: Mrs. Brown und Hannaford, die in ein leises Gespräch vertieft nebeneinander auf dem Fels mit der Vertiefung saßen, während Edward zu ihren Füßen spielte: ein inniges Bild familiärer Harmonie. Hier waren zwei Menschen, deren hartes Leben den Drang, den auch Mr. Dawes und mich beseelte, nämlich einen Gefährten, eine Gefährtin zu finden, nicht ausgelöscht hatte. Ich konnte ihnen vertrauen. Sie würden auf ihre Nachmittage auf dem Felsen nicht verzichten wollen.

Ich konnte kaum fassen, dass Mr. Macarthur nicht merkte, was da vor sich ging. Fiel ihm denn gar nicht auf, in welch glückseliger Stimmung ich von meinen Unterrichtsstunden zurückkehrte? Er aber, der in der Beziehung zwischen den Geschlechtern nur die animalische Seite erfasste, vermochte Zärtlichkeit in anderen nicht zu erkennen.

Wie Tench betrachtete auch mein Mann Mr. Dawes als intelligenten Hanswurst, als tollpatschige Mathematikmaschine. Er schien nicht mehr zu brauchen als die Sterne und einen Ort, an dem er sie beobachten konnte. Er ließ jeglichen Ehrgeiz missen, fand keinen Spaß an Intrigen, keine Befriedigung darin, Rivalen auszustechen. Nach Mr. Macarthurs Verständnis war Mr. Dawes aufgrund dieser Unzulänglichkeiten kaum als Mann zu bezeichnen.

Anfangs hatte die Planetenmaschine einen guten Vorwand geliefert, denn sie wurde für die Unterrichtsstunden gebraucht, ließ sich jedoch nicht transportieren. Als die Botanik an die Seite der Astronomie trat, bot sich Mr. Dawes' Landzunge an, weil man dort die zarten Pflanzen untersuchen konnte, die in Siedlungsnähe niedergetrampelt wurden. Mr. Macarthur schluckte jeden Vorwand und legte mir, wenn ich Woche für Woche die Sternwarte besuchte, keine Steine in den Weg. Ich ließ ihn in dem Glauben, dass Hannaford und Mrs. Brown bei mir waren, seine Gleichgültigkeit indes machte offene Lügen überflüssig. In den seltenen Fällen, in denen sich mein Mann nach den wöchentlichen Lektionen erkundigte, fragte ich mich freilich, ob sein Interesse womöglich von einer unbewussten Ahnung befeuert wurde. Ich gab mir größte Mühe, von der reichen Ernte, die ich einfuhr, nur die trockensten Spelzen an ihn weiterzugeben.

»Das ist so interessant, Mr. Macarthur«, begann ich. »Wussten Sie, dass Pflanzen, die Schoten ausbilden wie eine Bohne, zur Familie der *Papilionaceae* gehören, so genannt, weil die Blüten einem Schmetterling oder *papilio* ähneln?«

Mr. Macarthur hielt es nie für geboten, sich über den ersten Satz hinaus belehren zu lassen. Er fand immer einen Grund, aus dem Zimmer zu gehen oder sich in ein Buch zu vertiefen, womit Botanik und Astronomie für eine weitere Woche abgehakt waren.

EINEN BESTIMMTEN NAMEN

In einem meiner Briefe an Bridie, den ich schrieb, als Mr. Dawes und ich lichterloh füreinander entbrannt waren, segelte ich hart am Wind. Ich habe ihn hier in der Hand. Als ich die Worte schrieb, gab ich vor, von den verschiedenen Menschen in unserem gesellschaftlichen Zirkel zu berichten. Doch jetzt spüre ich sie wieder, die Lust an der Gefahr, die mich damals trieb, als ich meine Neuigkeiten so arrangierte, dass ich einen bestimmten Namen immer und immer wieder erwähnen konnte. *Besonders häufig besuchen wir Mr. Dawes, Captain Tench und einige andere mehr.* Ein unschuldiger Satz, und das gilt auch für den nächsten: *Dank Mr. Dawes habe ich beachtliche Fortschritte in der Botanik gemacht.* An der folgenden Stelle, das weiß ich noch, lachte ich in mich hinein: *Mr. Dawes ist so mit den Sternen beschäftigt, dass er für das menschliche Auge nicht immer sichtbar ist.* Schließlich konnte ich einem persönlichen Scherz nicht widerstehen: *Ich war so vermessen, Mr. Dawes' Schülerin zu werden, stellte aber rasch fest, dass ich meine Fähigkeiten falsch eingeschätzt hatte, und erröte ob meines Irrtums.*

Ich erröte ob meines Irrtums! Beim Anblick der ausgebleichten Tinte muss ich schmunzeln, denn ich weiß noch, welchen Spaß es mir bereitete, mein Geheimnis zu verraten und gleichzeitig – das dachte ich jedenfalls – zu verschleiern. Ich hielt mich für sehr schlau. Dabei pfiff dieser Brief die Wahrheit von den Dächern.

Mrs. Brown und Hannaford vertraute ich. Doch mir schwante, dass sich in einer Gemeinde von tausend Seelen, zusammengepfercht in einer kleinen Waldlichtung, nichts geheim halten ließ. Zumal, wenn eine dieser Seelen an einem Buch schrieb. Ein Autor war eine gefährliche Bekanntschaft. Als Tench und ich uns eines Nachmittags auf der Brücke begegneten und er stehen blieb, um mich in ein Gespräch zu verwickeln, setzte ich mein freundlichstes Lächeln auf. *Vorsicht!,* ermahnte ich mich.

»Nun, Mrs. M., wie entwickelt sich denn Ihr Studium der Astronomie?«, fragte er. »Meine Anstrengungen, den Unterricht für Sie in die Wege zu leiten, haben sich hoffentlich gelohnt?«

Eine unschuldige Frage, schien es, aber Tench war nie unschuldig. *Ob er etwas weiß?*

Er beugte sich näher zu mir.

»Ich habe wirklich mein Bestes gegeben, um Seine Heiligkeit zu überzeugen«, murmelte er, als vertraute er mir ein Geheimnis an. »Ich kann ihnen versichern, es war nicht leicht, aber für Sie, liebe gnädige Frau, scheue ich keine Mühen.«

Sein Ton war ernst und wurde von einem sehnsuchtsvollen Blick begleitet. Nein, er wusste es nicht. Er hatte mich auf der Brücke abgepasst, um mich über meine Astronomiestunden auszufragen, ohne einen Verdacht zu hegen, jedoch in der Absicht, den liebeskranken Galan zu spielen. Ich wollte schon mit einer geistreichen Bemerkung parieren – ob er wohl so gütig wäre, einen Drachen für mich zu töten? –, überlegte es mir aber anders. Jede Antwort, und sei sie noch so spöttisch, wäre für ihn nur der nächste Schritt im Tanz der Koketterie.

Nachdem er mir mit der Offenbarung des Spitznamens *Jack Boddice* einen solchen Schrecken versetzt hatte, war ich Captain Tench aus dem Weg gegangen. Tench ging fest davon aus, dass ihm keine Frau widerstehen könne, und dem schelmischen Blick, mit dem er mich nun bedachte, entnahm ich, dass meine Zurückhaltung in seinen Augen lediglich zum Spiel aus Angriff und Rückzug gehörte. Er hatte auf weitere Prüfungen verzichtet, war die Zuvorkommenheit, Höflichkeit und Gefälligkeit in Person gewesen. Nichtsdestotrotz lauerte er auf den nächsten Spielzug.

In der noch verbleibenden Dienstzeit der Marine in New South Wales hätte ich Tench am liebsten wie Luft behandelt, doch ich durfte nicht zu abweisend sein, denn ich war zu der Einsicht gelangt, dass ich noch etwas von ihm brauchte: sein Schweigen. Auch wenn er nichts ahnte, konnte ich mir gut vorstellen, dass er es fertigbrachte, mit der Art und Weise, wie er in seinem Buch Mrs. Macarthurs wöchentliche Besuche in der Sternwarte schilderte, das Misstrauen eines bestimmten Lesers zu erregen. Das mochte erst in ferner Zukunft geschehen, aber wenn es so weit war, hätte das für mich schreckliche Folgen. Ohne dass sich Captain Tench dessen bewusst war, hielt er eine Waffe in der Hand, mit der er mich ins Verderben stürzen konnte. Auf die eine oder andere Weise musste ich sicherstellen, dass ich in seinem Buch nicht erwähnt wurde.

»Mr. Dawes und ich sind kürzlich von einer Expedition ins Landesinnere zurückgekehrt, Mrs. M.«, sagte er. »Und ich versichere Ihnen, ohne diesen Herrn und seine hervorragenden Navigationskünste wären wir immer noch dort! Wenn wir nachts am Feuer saßen, berechnete er unsere Wege und bestimmte mit einem Pinnkompass unseren genauen Standort: eine beachtliche Leistung, die ich in meinem kleinen Bericht über die Kolonie selbstverständlich erwähnen werde.«

Beachtlich, ja, doch sein Tonfall und sein Lächeln sagten *amüsant.* Ich konnte mir schon vorstellen, wie er den armen Mr. Dawes in seinem Buch beschrieb: als lächerliches Werkzeug ermüdender Gelehrsamkeit.

Mir aber öffnete sich eine Gelegenheit.

»Oh, Captain Tench«, rief ich, wie ich hoffte, mit der nötigen Ausgelassenheit. »Ich sehe schon, Sie machen vor nichts Halt, wenn es darum geht, Ihrer hungernden Leserschaft Zerstreuung zu bieten!«

»In der Tat, liebe gnädige Frau, Sie haben wie immer recht«, sagte Tench mit einer Verbeugung.

Seine Augen strahlten, und ich sah ihm förmlich an, dass er dachte: *Ah, sie lenkt ein!*

»Allerdings muss ich sagen, Sir«, fuhr ich fort, »einige von uns möchten nicht so gern in Ihren Aufzeichnungen erwähnt werden. Wenn ich annehmen muss, dass Sie alles, was ich Ihnen erzähle, in Ihrem Gedächtnis speichern, um es später für Ihr Buch zu verwenden, werde ich in Ihrer Gesellschaft künftig leider stumm bleiben müssen!«

Ich hatte mich bemüht, die Bemerkung beiläufig fallen zu lassen, mein Tonfall aber machte ihn stutzig.

»Sogar stumm, Madam, wären Sie noch angenehmste Gesellschaft«, sagte der galante Tench.

Ich spürte seinen geballten Scharfsinn auf mir ruhen.

»Ah, aber Offenheit wäre mir lieber«, sagte ich. »Könnten Sie mir nicht versprechen, in Ihrem Buch auf jede Erwähnung meiner Person zu verzichten?«

»Meine liebe Mrs. M., dann denkt doch jeder, Sie hätten etwas zu verbergen«, sagte er. »Einen Liebhaber vielleicht, der sich hinter einem Baum versteckt!«

Lachend und mit übertriebener Geste sah er um sich, als wäre das der beste Scherz, den man sich nur vorstellen konnte. Dabei ließ er mich nicht aus den Augen.

Du darfst jetzt nicht ernst werden, sagte ich mir, *sonst wittert er ein Geheimnis.* Zu spät ging mir auf, dass ich ihm mit meiner Bitte genau die Waffe in die Hand gegeben hatte, vor der ich mich fürchtete. In mir stieg heiß das Entsetzen auf.

Der beste Schutz vor einem Geschichtenerzähler ist die Langeweile, doch dafür war es zu spät. Captain Tench würde mir es nicht abnehmen, wenn ich mich plötzlich in Mary Johnson verwandelte.

So senkte ich die Stimme und sagte, als müsste ich mich dazu überwinden: »Mein werter Herr, ich denke, Sie sind sich meiner Lage als Frau hier bewusst. Da wir nur so wenige sind, fürchte ich, jede Erwähnung würde wie ein Paukenschlag wirken. Sie wissen doch, dass Männer das zarte Geschlecht, sagen wir, gern in Kalamitäten stürzen.«

Es war ein guter Versuch. *Das zarte Geschlecht in Kalamitäten stürzen.* Das brachte uns zurück auf das Terrain, das Tench liebte: Männer und Frauen, die einander hinter einem Schleier aus neckischen Spielchen belauerten. Ich schenkte ihm ein freundliches Lächeln, inständig hoffend, meine Lage möge nicht noch dadurch erschwert werden, dass Mr. Macarthur uns zufällig tief ins Gespräch versunken sah.

Mein entzückter Verehrer erwiderte mein Lächeln, der wissbegierige Autor aber hatte sichtlich seine Nase noch im Wind.

»Meine Sicherheit liegt in Ihren Händen, werter Herr«, sagte ich und hob die meinen in einer Geste der Hilflosigkeit, nicht ohne versehentlich seinen Arm zu streifen. »Ich kann nur *an den Gentleman* in Ihnen appellieren.«

Diesem Bittruf konnte der Sohn eines Tanzmeisters nicht widerstehen.

»Oh, Sie haben mein Wort als Gentleman, Mrs. M.«, sagte er so inbrünstig, dass ich schon fürchtete, er werde sogleich auf die Knie fallen. Stattdessen tastete er, meine Hüfte streifend, nach meiner Hand, fasste aber so ungelenk zu, dass er nur meinen Daumen erwischte. Ich zog ihn weg. Auf der Brücke waren wir ausgestellt wie auf einer Bühne. Das war ein gefährliches Spiel.

Er beugte sich näher und murmelte mir ins Ohr: »Meine liebste gnädige Frau, Ihr hilfloser Bewunderer wird Ihnen gehorchen. Kein Wort, kein einziges Wort über Sie wird in meinem Text stehen. Bei meiner Ehre.«

Kein Wort, kein einziges Wort über Sie wird in meinem Text stehen. Ich habe nun dieses Buch vor mir auf dem Tisch liegen, mit der Widmung: *Meinem lieben Freund John Macarthur, mit der höchsten Bewunderung und Wertschätzung.* Captain Tench hat seinen Schwur erfüllt, denn ich komme in seinem Text nicht vor. Allerdings konnte er einem Kunstgriff nicht widerstehen, der in seiner Raffinesse des geschätzten John Macarthur würdig gewesen wäre: Er erwähnt mich in einer Fußnote. Es handelt sich lediglich um einen beiläufigen Hinweis darauf, dass ich an einem bestimmten Tag am Dinner im Government House teilnahm. Ein argwöhnischer Leser mag sich fragen, warum Tench meinen Namen überhaupt nennt. Aber ich kann ihn mir vorstellen, wie er in sich hinein schmunzelte, als er diese Fußnote verfasste.

Nirgends in dem Buch kommt Mr. Macarthur vor. Mein Mann erhielt nicht einmal eine Fußnote. Das hätte er als Kränkung verstehen können, wäre nicht diese überschwängliche Widmung gewesen. Falls Tench davon ausging, dass sich Mr. Macarthur ohnehin nicht die Mühe machen würde, das Buch zu lesen, so lag er damit jedenfalls richtig.

DER ERBÄRMLICHE HUT

Mr. Dawes ward nur selten in der Siedlung gesehen, eines Morgens aber kam er mir auf dem staubigen Weg vor der Kaserne entgegen. Schon aus der Ferne konnte ich sein Lächeln sehen, weiß im sonnengebräunten Gesicht, und als er näherkam, dachte ich, er würde mich auf der Stelle umarmen.

Was natürlich nicht geschah. Mr. Dawes blieb stehen und zog den erbärmlichen Hut mit dem schweißdunklen Band und dem Riss an der Stelle, wo er zu oft geknickt worden war, und wir verneigten uns, züchtig wie zwei Kirchenvorsteher.

»Guten Morgen, Mrs. Macarthur«, sagte er, und nicht einmal der gewiefteste Beobachter hätte erraten können, dass er am Nachmittag zuvor Mrs. Macarthur näher gekommen war als jeder andere Mann, abgesehen von ihrem Gemahl. Nein, er war ihr sogar näher gekommen als ihr Gemahl. Mrs. Macarthurs Ehemann durfte mit Mrs. Macarthurs Beinen und Armen tun, was ihm beliebte, doch ihr Wesen konnte er nicht berühren.

Erst, als wir heil aneinander vorbei waren, fragte ich mich, wer uns gesehen haben mochte. An diesem Ort wurde man immer von jemandem gesehen, auch wenn nicht jeder so gefährlich war wie Captain Tench. Nichts war vorgefallen, kein Wort gewechselt worden. Nichts war zu sehen gewesen. Aber es lag ein Widerhall, eine entzückte Ohnmacht in der Luft. Ich konnte kaum glauben, dass andere das Sirren nicht wahrnahmen, das die Welt erfüllte, wenn Mr. Dawes und ich einander nahe waren.

Es war Wahnsinn. Gewiss, Mr. Dawes bekam selten Besuch aus der Siedlung. Und ja, er und ich waren gut versteckt in unserem Raum aus Blättern, zudem bewachten Mrs. Brown und Hannaford den Zugang zum Pfad. Aber hin und wieder kam Tench vorbei, das wusste ich ja, und vielleicht gab es auch noch andere Besucher.

Wir waren wahnsinnig, dass wir es für möglich hielten. Doch wir dachten nicht nach, ließen uns von einem Treffen zum nächsten treiben. Heute blicke ich mit Verwunderung zurück, und in die Erinnerung mischt sich kribbelnde Angst. Angst und auch Leidenschaft. Ich habe nicht vergessen, wie es mit ihm war. Noch heute, da ich als alte Frau hier sitze, gerät, wenn ich daran denke, mein Blut in Wallung, und meine geröteten Wangen sagen mir, dass ich noch nicht tot bin.

Wie unergründlich es ist, dieses Rätsel des Begehrens, sonderbar wie die windschiefe Planetenmaschine. Der Mann bewegt sich auf seiner Umlaufbahn, die Frau auf ihrer, und beide denken, sie bestimmten ihren Kurs selbst. Dabei werden wir alle von derselben unsichtbaren Kurbel bewegt, von denselben Kräften getrieben: dem Drang nach Verbundenheit, der Sehnsucht, eine vertraute Seele zu finden. Obwohl wir uns alle bewegen, verringert sich der Abstand zwischen uns nie.

Und welche Kraft drehte für mich die Kurbel? Begehren: Was für eine Entdeckung das war. Und Ehrgeiz: Ich freute mich, der mutigen jungen Frau wieder zu begegnen, die geglaubt hatte, ihr Schicksal in der Hand zu haben.

Und, liebe unbekannte Leserin, lieber Leser, erlauben Sie mir, Ihnen etwas keck in Erinnerung zu rufen, dass Sie auf das Geschilderte nichts als mein Wort haben. Diese Geschichte, diese Verflechtung zweier Herzen im Sydney des Jahres 1791, ist nirgendwo anders als in dem Schriftstück festgehalten, das Sie gerade lesen. Sie mag glaubwürdig klingen, aber könnte es nicht auch einfach die listige Erfindung einer durchtriebenen alten Frau sein?

SCHMIERIGE LÜGE

Meines *Salons* war ich mittlerweile überdrüssig, und ich hatte auch den Seiltanz satt, Captain Tench mit meinem geballten Charme auf Armeslänge Abstand zu halten, damit er sein Schweigen bewahrte. Wenn ich die Teetassen herumreichte, kam mir mein Lächeln selbst zerbrechlich vor wie Porzellan.

Er war wie eine Katze, lautlos und unbarmherzig. Mittlerweile wusste er, dass er bei mir nicht landen konnte, und wahrscheinlich hatte er das auch gar nicht vor. Ihn erregte das Spiel mit dem Feuer oder vielmehr das Spiel mit der Macht: mir kleine Geheimnisse zuzustecken, mit denen er mich zur Komplizin machte.

Eines Nachmittags umfasste er, als ich ihm seinen Tee reichte, meine Finger, die noch die Untertasse hielten. Seine Hand verharrte dort, glatt und kühl. Ich konnte die Tasse nicht fallen lassen, konnte auch keinen Widerspruch einlegen. Wer uns sah, hätte sein Lächeln als Dank für den Tee, als Würdigung der Gastfreundschaft gedeutet, diese untadeligen Gründe für ein Lächeln. Doch das Gefühl von Haut auf Haut verschaffte ihm die Genugtuung, mich in eine heimliche Berührung verstrickt zu haben.

Als er mir die Tasse endlich abnahm, drehte ich mich weg und hätte mir am liebsten die Finger am Rock abgewischt.

Er folgte meiner Kopfbewegung und murmelte mir in seiner vertraulichen Art ins Ohr: »Oh, übrigens, Mrs. Macarthur. Ich war gestern in der Sternwarte und habe unseren gemeinsamen Freund Mr. Dawes besucht. Wir haben über Sie gesprochen, meine liebe Mrs. M., und über Ihr gemeinsames Tun.«

Ihr gemeinsames Tun! Er wusste Bescheid! Diesmal wusste er alles. Ich durfte mir meine Unruhe nicht anmerken lassen! Durfte den Tee, den ich ausschenkte, nicht verschütten, mich nicht mit der geringsten Regung meines Gesichtes verraten!

Noch konnte ich alles abstreiten. Ich setzte mein Salonlächeln auf, meine Beine aber zitterten, mein Herz hämmerte. Ich spürte etwas in der Kehle aufsteigen, das heraus wollte, und dieses Etwas war angstvolle Übelkeit.

»Er sagt, Sie machten in Ihren astronomischen Studien große Fortschritte«, sagte er. »Und Ihre Begabung für Botanik sei wirklich beachtlich.« Ich warf ihm einen forschenden Blick zu, doch er hatte sich abgewandt, um sich Zucker zu nehmen, und setzte gerade vorsichtig den Deckel wieder auf die Zuckerdose. Spielte er mit mir wie die Katze mit der Maus?

»Oh, ich bin wahrlich eine schwache Schülerin«, sagte ich in einem aufgesetzt heiteren Tonfall. »Aber ich kann Ihnen die Planeten in der Reihenfolge ihres Abstands zur Sonne aufsagen.«

Und machte mich sogleich ans Werk, um mit dem Gewicht schwerfälliger Fakten das Gespräch umzulenken. Ich war erst bis zum Mars gekommen, als er mich unterbrach.

»Meine Güte, ich merke schon, Dawes hat recht«, sagte er. »Sie haben in der Tat große Fortschritte gemacht. Hat er Ihnen denn auch seine Freunde unter den Eingeborenen vorgestellt?«

»Oh ja«, sagte ich. »Ich habe sie kennengelernt, sie kommen oft zu seiner Hütte.«

Die Frage *Ist er schwer?* stieg in mir auf, und ich unterdrückte sie. Wagte es nicht, zu sprechen, weil sonst womöglich diese Worte herausgekommen wären. Er aber rührte seinen Tee um, legte vorsichtig den Löffel auf die Untertasse, und nickte, wie ein Mann nickt, der nicht zuhört. Er hatte sich offenbar für unser Gespräch einen Plan zurechtgelegt, und seine Frage nur gestellt, um ihm die gewünschte Richtung zu geben.

»Ich frage mich«, sagte er, »ob Sie wohl eine bestimmte Person getroffen haben, die mit Mr. Dawes besonders eng befreundet ist?«

Nun blickte er mir in die Augen.

Er zwinkerte.

»Ein junges Mädchen, eine besonders enge und vertraute Freundin? Er nennt sie, glaube ich, Patty.«

Ich war keine so gute Heuchlerin, als dass ich meine Gefühle hätte verbergen können: Wut, Abscheu, Verachtung.

»Oh, Captain Tench«, rief ich. »Ich bin entsetzt!«

Ja, entsetzt über einen Mann, der sich eine so schmierige Lüge ausdachte.

Ich öffnete schon den Mund, um seine Behauptung mit einem Hinweis auf die Schwester zu widerlegen, von der mir Mr. Dawes erzählt hatte. Doch Widerspruch hätte der Lüge noch mehr Gewicht verliehen, und ohnehin hätte ich nur in den Wind geredet. Tench hatte vergessen, dass er Spekulationen anstellte. Eine Mutmaßung war in seiner Vorstellung nahtlos in eine schlichte Tatsache übergegangen. Und die Lüge mutete wahr genug an, um zu überzeugen. Das gab ihr eine bösartige Macht, die zu bezwingen die Wahrheit nicht stark genug war.

Wie die Gedanken springen können, schneller als ein Wimpernschlag! Kaum hatte ich das Wort *entsetzt* ausgesprochen, als ich mich eines Besseren besann, als zu widersprechen. Wenn Captain Tench bereits zu wissen meinte, was in der Sternwarte vor sich ging, würde er vielleicht nicht mehr so genau hinschauen. Seine widerliche kleine Lügengeschichte konnte mir als Schleier oder Köder dienen. Mit all meinem Erfindungsreichtum hätte ich mir keine bessere Taktik ausdenken können, um ihn von unserem *gemeinsamen Tun* abzulenken.

»Oh, unser guter Mr. Dawes«, sagte ich. »Wer hätte so etwas vermutet?«

Ich hörte mir selbst an, wie erleichtert ich war. Tench hörte es auch und schien sich zu wundern.

»Ich habe ihn ja mit den Einheimischen gesehen«, sagte ich und bemühte mich, den erleichterten Tonfall durch eine vorwurfsvolle Note zu ersetzen. »Er hat behauptet, er lernt ihre Sprache!«

»Es tut mir leid, wenn ich Sie erschüttert habe, Mrs. M.«, sagte Tench mit großem Ernst. »Wo doch das Mädchen fast noch ein Kind ist.«

Er schüttelte traurig den Kopf, während unter seiner Haut die Erregung bebte, wollüstig und auch triumphierend. Tench hatte von dem Augenblick an, da er hinterlistig meine Finger liebkost hatte, auf diesen Punkt zugesteuert. Wie damals, als er mir die Geschichte mit *Jack Boddice* anvertraut hatte, wollte er mich, indem er mich in ein schmutziges Geheimnis einweihte, mit in den Schmutz ziehen.

Sei's drum. Er dachte, er hätte mich mit seinem Geheimnis in die Falle gelockt. Er würde nie erfahren, dass er ganz im Gegenteil mir in die Falle gegangen war. Je häufiger er die Geschichte von Mr. Dawes und Patyegarang erzählte, desto besser waren Mr. Dawes und Mrs. Macarthur geschützt. Captain Tench mochte nach Belieben meine Finger streicheln und mir vertraulich ins Ohr säuseln. Ich würde keine Angst mehr vor ihm haben.

Tench verließ an jenem Tag den *Salon* als Letzter. Ich brachte ihn zur Tür, und als er meine Hand nahm und sich darüber beugte, erlaubte ich ihm, sie zu küssen. Er ging pfeifend davon. Ich sah, wie er hinter der Kaserne verschwand, ein Mann, der sich über ein Geheimnis freute, auch wenn es das falsche war.

ERKLÄRUNGEN WAREN ÜBERFLÜSSIG

Die Geschichte von Mr. Dawes und Mrs. Macarthur endete nicht wie im Liebesroman. Wir wurden nicht entdeckt. Keine andere Frau eroberte meinen Platz. Niemand starb. Was tatsächlich geschah, war einfacher und gleichzeitig rätselhafter. Eines Morgens, als ich bei Sonnenaufgang neben Mr. Macarthur aufwachte, gelangte ich zu der Erkenntnis, dass mir dieses Leben nicht entsprach.

In meiner Zeit mit Mr. Dawes hatte eine neue Elizabeth Veale Gestalt angenommen, ein Schössling, der tief im Erdreich samt Blättern und Wurzeln darauf harrte, durch die schwere Erde nach oben ins Sonnenlicht seines eigentlichen Lebens zu wachsen.

In Mr. Dawes' Gesellschaft war ich auf eine Frau gestoßen, die ich mochte, ja bewunderte. Ich hatte ungeahnte Dinge über mich erfahren. Unsere Freundschaft hatte mich gelehrt, dass das Leben in mir nicht ausgelöscht war. Hinter Mrs. John Macarthurs Fassade nichtssagender Höflichkeit wohnte eine völlig andere Frau, eine, die ich gern willkommen hieß.

Die Welt hatte uns diese kurze Zeitspanne geschenkt, ein paar Monate, in denen der antipodische Sommer in den Herbst überging. Es war nicht nur eine Zeit der Sinneslust gewesen, sondern ich hatte auch tiefes Wissen erworben, das mich mein restliches Leben begleiten mochte. Mit solcher Leichtigkeit hätte ich zu einer anderen Zeit diese Dinge, die mir bis zu meinem Tod bleiben würden, nicht lernen können: dass ich vollkommen war, so, wie ich war, mit all meinen Fehlern und all meinen Stärken. Dass ich Raum einnahm in der Welt und Anspruch hatte auf diesen Raum.

Nachdem ich diese Frau, die ich war, kennengelernt hatte, wollte ich mich nicht mehr verstecken wie eine Ratte im Abflussrohr. Mit Mr. Dawes konnte ich wahrhaftig ich sein, doch ich musste auch im grellen Licht des Lebens bestehen, das mir gegeben war. Was uns verband, war aufrichtig und wichtig. Aber nicht nur seine, auch meine Umlaufbahn lag woanders. Wir hatten vom Universum ein Geschenk erhalten, eine zeitlich begrenzte kostbare Konjunktion. Dieses Geschenk währte nicht ewig, wir mussten es schätzen und uns seine Lehren zu Herzen nehmen.

Ich hatte keine Vorstellung davon, welchen Raum mir die Welt in den kommenden Jahren bieten würde. Der Ausblick der Astronomin half mir, mich in Geduld zu üben. Auf die Größe eines fernen Sterns zu schrumpfen, das eigene Tempo auf das von Planeten herunterzufahren, die für ihren heiteren Tanz Jahrhunderte brauchen: Das war die Kunst der Astronomin, und ich würde sie in eine Kunst der Frau verwandeln. Mir war eine Umlaufbahn bestimmt, die zu verändern nicht in meiner Macht stand, die Bahn der Mrs. John Macarthur. Nun galt es, die Geschwindigkeit dieser Umlaufbahn zu nutzen, um mir eigenen Raum zu schaffen.

Mr. Dawes musste nicht in Kenntnis gesetzt werden. Erklärungen waren überflüssig.

»Wir können uns glücklich schätzen, Mrs. Macarthur«, sagte er. »Ich habe mehr Glück, als ich es verdiene.«

Lange saßen wir uns an seinem klapprigen Tisch schweigend gegenüber und blickten ins Feuer, wie Freunde, die einander trösten, wohl wissend, dass sie dafür keine Worte brauchen.

Er nahm meine Hand und ging mit mir aus der Hütte, den Hang hinunter in Richtung Wasser. Wir wollten uns beide nicht niederlegen. Zu schwer hätte *das letzte Mal* auf uns gelastet. Wir setzten uns in unserem *petit coin* nebeneinander auf den Fels, von dem man weit in den Osten sehen konnte, wo die Sonne über den Landzungen und Buchten aufging, und weit in den

Westen, wo sie hinter der Landmasse des Kontinents versank. Möwen flogen herbei, und wir beobachteten, wie eine von ihnen mit einem sicher schmerzhaften Platsch ins Wasser stürzte, ihr Ziel aber verfehlte, sich wieder in die Luft schraubte, erneut ins Wasser klatschte, taumelnd aufstieg. Wir sahen zu, wie sie kreiste, ihre Beute in den Blick nahm, erneut eintauchte und diesmal auf dem Wasser tanzend den Kopf hin und her warf, bis der Fisch im Schlund verschwunden war.

Wir lachten beim Anblick des Vogels, seiner Kraft und Energie, freuten uns am vollendeten Zusammenwirken von Wasser und Himmel, Fisch und Vogel, Wind und Gezeiten. Ja, es ging etwas zu Ende, aber etwas würde uns auch stets begleiten: dieses Leben, diese Welt und was wir einander gegeben hatten.

SÄMTLICHE MITGLIEDER MEINES GESELLSCHAFTLICHEN ZIRKELS

Es war an einem lieblichen Frühherbsttag, als Mr. Dawes und ich zum letzten Mal in *notre petit coin* zusammensaßen. Zu Beginn des folgenden Sommers wurde die *Gorgon* für die Rückkehr der Marine nach England bereit gemacht. Bis zu unserem zweiten antipodischen Weihnachtsfest würden sämtliche Mitglieder meines gesellschaftlichen Zirkels abreisen: Mr. Dawes, Captain Tench, Mr. Worgan und all die anderen Marineangehörigen, die meine Freunde geworden waren. Der Gouverneur blieb, doch es war ein offenes Geheimnis, dass auch er bald zurückkehren und die Verantwortung an Major Grose übergeben würde, bis ein neuer Gouverneur einträfe.

Es gab durchaus auch Neuankömmlinge, angenehme Menschen, die die Tradition der Teestunde in Mr. Macarthurs Haus bereitwillig fortsetzten. Der liebenswürdige Colonel Paterson, Stellvertreter Major Groses und wie der Gouverneur ein Günstling Sir Joseph Banks', hatte seine gleichermaßen liebenswürdige Frau mitgebracht, aber die Patersons besuchten meinen *Salon* nur ein- oder zweimal, ehe sie in die Kolonie auf Norfolk Island entsandt wurden.

Mit keinem der Neuankömmlinge entstand allerdings eine so enge Beziehung wie zwischen denen, die gemeinsam die ersten hungrigen Zeiten durchlebt hatten.

Mr. Worgan vermachte mir sein Klavier, nicht ohne mich zu weiteren großartigen Fortschritten zu ermuntern und mich in das Stimmen des Instruments mit dem zugehörigen Werkzeug einzuweisen.

Obwohl das Klavier nicht mehr da ist, besitze ich dieses Werkzeug bis heute. Es liegt hier vor mir, ein seltsam geformtes Stück Metall, das außer mir niemandem in der Welt etwas sagen würde, das ich aber im Andenken an den Freund behalten habe.

Captain Tench machte aus seiner Ungeduld, endlich wegzukommen, kein Geheimnis.

»Ich könnte behaupten, meine Liebe Mrs. M., dass ich unserer Abreise mit gemischten Gefühlen entgegenblicke«, sagte er. »Doch in Wahrheit begrüße ich sie aus vollem Herzen.«

Dann wurde ihm offenbar bewusst, dass er all sein früheres Schmachten und Sehnen Lügen strafte.

»Ausgenommen ist natürlich der Abschied von Ihnen, gnädige Frau! Der bereitet mir echten Kummer! Sie, für die ich tiefste Zuneigung empfinde und deren vornehme Gesellschaft ich stets in leuchtender Erinnerung behalten und in meinem Herzen bewahren werde.«

Das dürfte sogar in seinen Ohren überzogen geklungen haben, und so bat er mich, wohl um seinen Worten Glaubwürdigkeit zu verleihen, um ein Andenken. Er nahm eine Schleife an sich, die sich von meinem Hut gelöst hatte und auf dem Fenstersims lag, weil ich sie wieder annähen wollte. Dass Captain Tench diese Schleife in seiner Brusttasche aufbewahrte und eine Geschichte darum spann, war mir überhaupt nicht recht. Ich konnte mir schon vorstellen, wie er überall herumerzählte: *Oh ja, eine Dame, an der mir sehr viel liegt, hat sie mir geschenkt.* Ich überhörte seine Anspielung und schenkte ihm eine unromantische Handvoll Süßtee in einem hübschen Papiertütchen.

Mr. Dawes wäre wohl wie einige andere Marineoffiziere gern noch geblieben, doch der Gouverneur hatte seine Rückkehr nach England angeordnet. Wie Mr. Macarthur mir erzählte, war er auf einer Strafexpedition gegen das Botany-Bay-Volk in einen Akt der Ungehorsamkeit verwickelt gewesen. Nun wurde er in Schimpf und Schande nach Hause geschickt, wo er sich vor einem Militärgericht verantworten musste.

Niemand fragte je nach, warum wir die Botanik- und Astronomiestunden eingestellt hatten. Captain Tench hatte genug damit zu tun, mich anzuschmachten, und Mr. Macarthur war froh, dass ihm weitere Vorträge über *Papilionaceae* erspart blieben. Nach unserer gemeinsamen Zeit begegneten Mr. Dawes und ich uns hin und wieder im Städtchen, setzten aber nach einer gegenseitigen Verbeugung unseren Weg fort, ohne einander in die Augen zu blicken.

Als die Abfahrt der *Gorgon* angekündigt wurde, war ich mir fast sicher, guter Hoffnung zu sein. Ich zählte die Monate zurück, rechnete nach und zählte noch einmal, gelangte aber immer zu demselben Ergebnis: Mr. Dawes konnte nicht der Vater des Kindes sein. Für diese Gewissheit war ich dankbar. Im Kind nach den Spuren des Mannes zu suchen, hätte einen bitteren Beigeschmack gehabt. Die Gewissheit war grausam, aber wahr.

Mr. Dawes blieb nichts anderes übrig, als die von Tench mit großem Nachdruck geforderte Abschiedsfeier in meinem *Salon* zu besuchen, doch wir beide tanzten nur traurig umeinander herum und achteten darauf, dass immer andere zwischen uns standen. Tench bemühte sich, die Anspannung des Nachmittags zu lockern, indem er wie so oft die Teetasse hob und einen Toast ausbrachte: *Auf Seine Majestät! Auf die Heimat! Auf die Rückkehr!*

Ich hätte die Marineangehörigen, für die sich dieser letzte Trinkspruch bald bewahrheiten sollte, wohl beneidet, wenn sich mein Bild von der *Heimat* mittlerweile nicht ein wenig verwaschen hätte. Das Haus, das Land, ich im gestreiften Schürzenkleid: Das alles konnte ich mir nicht mehr vorstellen. Geblieben war lediglich ein unscharfer Schemen von Regen und Nebel.

Auf die Heimat!, rief ich mit den anderen, doch das Wort klang fremd in meinen Ohren.

Mr. Dawes schickte einen Boten mit der sorgfältig eingepackten Planetenmaschine vorbei, dazu eine förmliche Notiz, von der er wusste, dass sie anderen zu Augen kommen konnte. Er hoffe, ich würde meine Studien fortsetzen. Die Planetenmaschine, so schlicht und klapprig sie auch sein mochte, bedeutete mir viel, gemahnte sie mich doch an das Beste in mir. Ich besitze sie noch immer.

SCHLECHT, SEHR SCHLECHT

Bridie hatte, wie sie mir in ihrem Antwortbrief zu erkennen gab, zwischen den Zeilen gelesen. Sie habe immer gewusst, schrieb sie, dass Mr. Macarthur *einen hervorragenden Ehemann abgeben würde, wenn er auf eine Frau träfe, die in Gemüt und Fertigkeiten zu ihm passt.* Danke, liebe Freundin, dachte ich, für dieses spinnenzarte, nur für meine Augen durchsichtige Gewebe, mit dem du dein Verständnis durchblicken lässt.

Als ich ihr an dem Abend, bevor die Marine Anker lichtete, zurückschrieb, konnte ich meine Gefühle kaum bändigen. Mein Brief würde auf der *Gorgon* nach England reisen, Mr. Dawes und der Brief auf demselben Schiff: Beide würden ein Stückchen von mir mitnehmen.

Meine Stimmung ist schlecht in diesen Zeiten, sehr schlecht, schrieb ich. *Morgen verlieren wir einige wertvolle Mitglieder unserer kleinen Gesellschaft, sehr gute Freunde, die uns mit ihrer Güte und Verbundenheit ans Herz gewachsen sind.* Ich erinnere mich noch gut an das verzweifelte Gefühl, dass sich nie etwas ändern würde. In meinem Kummer leichtsinnig geworden, ließ ich der Feder freien Lauf. *Nach diesen Worten magst du an meinem Glück zweifeln.* Um Himmels willen, zweifeln! Ich hungerte danach, diesmal meinen wahren Empfindungen Gehör zu verschaffen.

Als diese Sätze so unverblümt auf dem Papier standen, merkte ich, wie gefährlich sie waren. Ich musste sie bei der Hand nehmen und wieder auf sicheres Terrain zurückführen. *Doch so viel kann ich für meine Person aufrichtig sagen: Seit ich über die Kraft der Vernunft und der Reflexion verfüge, war ich nie ernsthafter glücklich als jetzt.* Oh, du Arme, du liebe Frau, wie du mit unnötigen Floskeln den Moment hinauszögerst, in dem du die Lüge doch zu Papier bringen musst. *Ernsthaft* zu Papier bringen musst.

Nun setzte sich wieder ein Fünkchen Wahrheit durch. *Es stimmt, dass einige meiner Wünsche unerfüllt geblieben sind.* Ich beobachtete mich selbst bei dem angestrengten Versuch, Offenbarung und Verschleierung ins Gleichgewicht zu bringen. *Obschon aber dieser Zustand nicht perfekt ist, bin ich ausnehmend zufrieden.* Ja, wenn ich meine Situation mit Tod oder Zerstückelung verglich, konnte ich natürlich zufrieden sein. *Ausnehmend* zufrieden.

Heute fällt mir auf, dass ich entgegen meiner Gewohnheit viele Wörter unterstrichen habe. *Aufrichtig* ist mit einer etwas wackligen Linie hervorgehoben, und die Wörter *als jetzt* sitzen jeweils auf einem Tintenklecks. Drei Kleckse zieren *nicht perfekt,* so, als hätte ich die Silben einzeln betonen wollen. *Ausnehmend* und *zufrieden* sind jeweils dick unterstrichen. Am Ende jeder Unterstreichung verweilte die Schreibfeder, einen Punkt hinterlassend, als hätte ich den Wörtern nicht zugetraut, dass sie die schwierige Überzeugungsarbeit leisteten.

DIE GORGON

Den ganzen Morgen dachte ich an die *Gorgon*, die in der Bucht auf dem Wasser schaukelte, um den Bug gen Osten in die Weiten des Ozeans zu richten. Ich hatte mich dagegen entschieden, bei der Abfahrt zuzusehen, aber eine halbe Stunde, bevor die Anker gelichtet werden sollten, lief ich doch in die Bucht. Begleitet von heiseren Hurrarufen und konfusen Pfeifentönen und Paukenschlägen wurden die letzten Marineangehörigen an Bord gerufen.

Die Anker wurden eingeholt, ich hörte den Gesang der Seeleute, die sich ins Spill legten, das Rasseln beim Setzen der Segel. Obwohl ich aus der Entfernung keine Gesichter ausmachen konnte, winkte ich, als sich das Schiff langsam in Bewegung setzte, mit dem Taschentuch und sah an Deck in Erwiderung meines Grußes ein paar weiße Punkte aufflackern.

Als sich die *Gorgon* so weit entfernt hatte, dass es sinnlos war, weiter zu winken, fiel mir auf der anderen Seite der Bucht am Fuß der Landzunge, auf der Mr. Dawes gewohnt hatte, eine Gestalt auf. Sie stand bis zu den Knien im Wasser und blickte dem Schiff nach: Patyegarang. Obwohl die Entfernung zu groß war, um sie genau zu erkennen, war ich mir sicher. Sie winkte nicht, sondern richtete ihre geballte Aufmerksamkeit auf das Schiff, wie um ihm mit der schieren Kraft ihrer Gefühle eine Botschaft hinterherzuschicken.

Von Captain Tench wusste ich, dass Mr. Dawes auf eine Rückkehr hoffte. Er wollte sein Offizierspatent verkaufen und um Auswanderung als Schullehrer nachsuchen oder etwas in dieser Richtung. Die Kolonie hätte einen Lehrer mit seiner Befähigung gewiss gut gebrauchen können. Warum nichts daraus wurde, weiß ich nicht. Ich weiß nur, dass ich ihn seither nicht mehr gesehen habe und nicht erwarte, ihn noch einmal wiederzusehen, auch wenn kaum ein Tag vergeht, an dem ich nicht an ihn denke.

DER ABENDSTERN

Was Mr. Dawes und ich gemeinsam erlebten, ließ sich nicht vergleichen mit der Liebe, die am Ende eines Romans triumphiert und nach der letzten Seite in ein tiefes gefälliges Schweigen mündet. Ich will ehrlich sein. Wie andere Menschen auch tasteten wir ungeschickt durch einen Wolkenschleier nach dem Ich des jeweils anderen. In mir verbarg sich ein Wust an Geheimnissen, von denen er nie etwas erfuhr, und bei ihm war es gewiss nicht anders.

Dennoch, Mr. Dawes, wie sehr – oh, wie sehr! – wünschte ich mir, mit Ihnen noch einmal auf jenem Felsen über dem Hafen zu sitzen und den Abendstern zu betrachten, dessen Glanz mir mit jeder Minute wie ein Glockenschlag in Erinnerung rief, dass ich zurückkehren und der heiklen und gefährlichen Pflicht nachkommen musste, Gemahlin des John Macarthur, Esquire zu sein.

TEIL FÜNF

ÖFFENTLICHE ARBEITEN

Mr. Macarthurs *lange Partie* stellte diesmal sogar seine eigene Geduld auf die Probe, denn der Gouverneur widersetzte sich hartnäckig der Forderung, Offizieren des New South Wales Corps Land zuzuweisen. Ein Jahr nach der Marine aber kehrte auch er nach England zurück. Da noch kein neuer Gouverneur eingetroffen war, wurde seine Position vorerst von Mr. Macarthurs größtem Bewunderer eingenommen, dem Verehrten Dummkopf Major Grose.

Statt der langen Partie war nun Schnelligkeit gefragt. Der neue Gouverneur konnte jederzeit eintreffen, der VD seine Macht von einem Tag auf den anderen einbüßen. Kaum war das Schiff des alten Seebären am Horizont verschwunden, als der VD die Unterschrift leistete, die Mr. Macarthur so hartnäckig eingefordert hatte: Er wies ihm die gewünschten hundert Morgen Land bei Parramatta zu sowie Strafgefangene für die Feldarbeit. Mit einem einzigen Strich einer gefälligen Feder kam Mr. Macarthur zu einem Besitz, den zu erlangen er in England ein ganzes Leben gebraucht hätte. Von anderen ehrgeizigen Männern in der Kolonie unterschied sich Mr. Macarthur darin, dass er, wenn er ein Ziel erreicht hatte, sogleich ein neues ansteuerte.

»Die Tinte auf der Urkunde war noch feucht«, sagte er, »und er trocknete noch seine Unterschrift, als ich schon meine nächste Karte ausspielte. Ich musste nicht viel Überzeugungsarbeit leisten, um dem Faulenzer begreiflich zu machen, dass er für die Erledigung der vielen belanglosen Bagatellaufgaben seiner neuen Position einen Mann brauchte. Inspektor für Öffentliche Arbeiten lautet der Titel, den ich ihm vorschlug.«

Was hätte Mr. Macarthur nur ohne seine Frau gemacht, die ihm zuhörte und seine Triumphe mit einem anerkennenden Nicken quittierte?

»Er war begeistert«, sagte er. »Sah sich schon den ganzen Tag auf dem Sofa liegen – mir fiel auf, dass sein Blick zu den Kissen wanderte. Bis ich mit aufgesetztem Bedauern erwähnte, für die Vergütung des Postens sei leider die Zustimmung aus Whitehall notwendig. Armer Kerl, welch ein Wehklagen!«

Mr. Macarthur hatte nicht verlernt, anderer Leute Schwächen pantomimisch darzustellen. Da war er, lebensecht, der arme Major, das Gesicht vor Bestürzung in tiefste Bluthundfalten gelegt.

»Dann bot ich ihm in aller Bescheidenheit meine Dienste an.«

»Ohne Bezahlung?«, sagte ich. »Was soll das für Vorteile haben?«

Es war wie beim Federball: Er schlug mir den Ball zu und wartete, dass ich ihn zurückspielte.

»Meine Liebe«, sagte er. »Meine liebe kluge Frau.«

Er kostete den Moment sichtlich aus.

»Wenn die Arbeit erst erledigt wird, kann sich Whitehall nicht weigern«, sagte er. »Zu gegebener Zeit wird der Posten großzügig entlohnt werden. Aber es geht ja auch gar nicht um das Geld. Fällt Ihnen in dieser Kolonie nur eine Amtshandlung ein, meine Liebe, die nicht in die Rubrik Öffentliche Arbeiten fiele? Eine einzige Genehmigung für Erwerb, Rodung, Bau, Zuteilung, Entlohnung oder Bestrafung?«

Er hatte recht, mir fiel keine einzige ein.

»Gouverneure kommen und gehen«, sagte er. »Aber der Inspektor für Öffentliche Arbeiten ist eine feste Einrichtung. Er entzieht sich ihren Launen.«

Der Inspektor für Öffentliche Arbeiten verlor keine Zeit, sich zehn, dann zwanzig, dann dreißig Sträflinge zuzuweisen, die von Seiner Majestät verpflegt und von Mr. Macarthur mit der Rodung und Bepflanzung seines Landes beauftragt wurden. Er konnte sich auch Backsteine und Holz für den Bau des eigenen Hauses zuteilen. Sechs Monate nach der Abreise des Gouverneurs war genügend Land für den Getreideanbau urbar gemacht worden. Sechs weitere Monate, und das Haus konnte bezogen werden.

Ich hatte unterdessen ein Mädchen zur Welt gebracht. Wie ihr Bruder war sie ein schwächlicher Säugling, und monatelang fürchtete ich, meine zweite Tochter könnte den Weg der ersten gehen. Ich hielt sie fest, wie ich Jane festgehalten hatte, machte mir diesmal aber keine Hoffnungen. Ich ertrug es nicht, erneut zu hoffen, und fand mich damit ab, dass auch dieses Mädchen, das leise wimmernd die kleinen Lippen spitzte, dahinschwinden würde wie ihre Schwester. Doch sie klammerte sich ans Leben. Jeden Morgen stellte ich überrascht fest, dass sie noch atmete, und ihre stille Zurückhaltung schien eher einer Rationierung der knappen Ressourcen geschuldet zu sein als einem langsamen Abschied ins Jenseits.

Mr. Macarthur bestand darauf, sie Elizabeth zu nennen. Ich hätte mir einen anderen Namen ausgesucht. Sie war sie selbst, keine Kopie ihrer Mutter. Mr. Macarthur aber ließ nicht locker, denn ihm schien es zu schmeicheln, von Elizabeths umgeben zu sein. Was spielte ihr Name auch für eine Rolle, solange sie nur lebte?

Elizabeth war achtzehn Monate alt, Edward ein Knabe von vier Jahren, als wir nach Parramatta übersiedelten. Neben Daringas kräftiger kleiner Prinzessin hätte die Kleine kränklich gewirkt, doch ich hoffte, der Umzug nach Parramatta würde ihr neue Kraft geben, und mittlerweile war ich zuversichtlich, dass sie auf Dauer bei mir bleiben würde.

OHNE JEDE WEHMUT

Drei Jahre hatte mir Sydney eine Heimat geboten, doch ich verließ es ohne jede Wehmut. Nach der Abreise erst der Marine und dann des Gouverneurs hatte sich die Stadt grundlegend verändert. Mit den Spekulationsgeschäften der Offiziere lebte sie schamlos vom Rum, der alle Arten der Korruption befeuerte. Die Offiziere stolzierten durch die Siedlung wie Regenten durch ihr Reich, und ihre Untergebenen strampelten sich ab, sich das eine oder andere Privileg zu erschwindeln.

Schon vor Mr. Dawes' Abreise hatte man auf seiner Landzunge eine Geschützstellung erbaut, deren Kanonen auf das Meer gerichtet waren. Hütte und Sternwarte waren in der militärischen Anlage aufgegangen. Den schmalen Pfad, den ich so gut kannte, hatte man zu einem Weg verbreitert, über den Karren und Lafetten rollten, und in der nächsten Bucht, in der Mr. Dawes' Freunde einst gelagert hatten, befand sich nun ein Gewirr aus Lagerhäusern und Muschelsammlerhütten.

Rund um die Siedlung vergab der VD Land, fünfzig Morgen hier, hundert Morgen dort. Jeder Siedler, der eine Urkunde in der Tasche hatte, fühlte sich berechtigt, die einheimischen Familien von dem Land zu vertreiben, das kraft dieses Dokuments ihm gehörte.

Doch die Einheimischen rührten sich nicht vom Fleck. Sie schienen eine Bindung zu dem Ort zu haben, die stärker war als Wohlbefinden oder freier Wille. Sie besetzten Land, auf dem sie weder willkommen waren noch froh wurden und das wir für uns beanspruchten. Offenbar glaubten sie fest daran, dass wir bald wieder weg sein würden. Doch auf den kleinen Landkrumen, die wir ihnen ließen, war ihnen kein Glück beschieden. Erkrankungen, die für uns nicht mehr als eine Woche Ungemach mit sich brachten, verliefen für sie tödlich. Unter den

Siedlern breitete sich die Überzeugung aus, es sei nur eine Frage der Zeit, bis *unsere schwarzen Brüder* so freundlich wären, auf natürliche Art zu verschwinden wie die Jahreszeiten.

Unter den Einheimischen, die in die Stadt kamen, suchte ich stets nach den Frauen, die ich bei Mr. Dawes kennengelernt hatte. Hin und wieder sah ich Daringa und die anderen, einmal auch Patyegarang am Ufer an einem kleinen Feuer sitzen. Ich blieb stehen, grüßte sie, wie ich es gelernt hatte: *bujari gamarruwa,* und sie grüßten zurück. Anders als damals in der Sternwarte rückten sie jedoch nicht zusammen, um mich zum Bleiben einzuladen. Hätten sie es getan, so wäre ich der Einladung womöglich nicht gefolgt. Mrs. Macarthur, die vor den Augen der gesamten Stadt mit eingeborenen Weibern im Dreck sitzt? Ich will nicht lügen: Dafür hätte es eine Frau gebraucht, die mutiger war als ich.

Ich musste einsehen, dass ich meine Bekanntschaft mit dem Volk von Sydney nur Mr. Dawes' Vermittlung zu verdanken hatte. Nach seiner Abreise blieb mir keine Möglichkeit, sie fortzusetzen. In jener Zeit und an jenem Ort, in den wenigen Monaten auf seiner Landzunge war ein neutraler Raum entstanden, in dem die üblichen Regeln außer Kraft gesetzt waren. Menschen, die auf beiden Seiten einer tiefen Schlucht standen, hatten sich zusammengefunden, um eine zarte Brücke zu bauen. Doch das war nur ein flüchtiger Moment gewesen, und nun war er vorbei.

Es war befreiend, nach Parramatta überzusiedeln und die Erinnerungen an diese unschuldigeren Tage hinter mir zu lassen. Ich kehrte ihnen den Rücken zu, schloss die Augen und dachte nur an meinen eigenen Vorteil. Es gibt nichts zu beschönigen: Ich war keinen Deut besser als die anderen.

DER ERSTE MORGEN

Das Haus in Parramatta stand auf einer sanften Anhöhe in Richtung Norden, an deren Fuß der Fluss verlief. Die Siedlung war wenige Gehminuten, das Government House eine knappe Meile entfernt. Mr. Macarthur wies mich mit großer Genugtuung darauf hin, dass unser Haus zwei Fuß mehr maß als das des Gouverneurs.

An meinem ersten Morgen ging ich von Zimmer zu Zimmer, was beileibe kein ausgedehnter Fußmarsch war, doch von jedem der größeren Räume konnte ich auf den Bach blicken. Das Wasser plätscherte glitzernd über Steine und mündete weiter unten in den Fluss, der zwischen den Mangroven durchblitzte. Durch jedes Fenster kam die Sonne herein wie eine Freundin, und die Lage des Hauses auf der kleinen Anhöhe, der eine weitere folgte, hatte etwas an sich, das mich mit einer großen Ruhe erfüllte. Es erinnerte mich natürlich an Großvaters Haus in den grünen Hügeln von Devon, von der Sonne beschienen und von einer großen empfänglichen Stille umgeben.

Edward rannte durchs Haus und lief den Männern, die Kisten, Stühle und Tische schleppten, zwischen den Beinen herum. Die kleine Elizabeth, dieses süße verträumte Kind, stand im Wohnzimmer in einem Sonnenstrahl, das feine fahle Haar wie eine Lichterkrone auf dem Kopf, und blickte versunken in den frisch bepflanzten Garten. Sie ist zu jung, um sich später daran zu erinnern, dachte ich: an die Sonne, das hallende Geräusch der Kisten, die in die noch leeren Zimmer gestellt werden, an die singenden Stimmen der Umgebung: der Wind im Laub, die Vögel, all die unsichtbaren Lebewesen, die im Gras miteinander redeten. Sie würde sich an die Sonne auf ihrem Gesicht, an das Gefühl des Neuanfangs nicht erinnern. Ich schon.

Hannaford sollte die Arbeiter beaufsichtigen, und wie es sich herausstellte, war er den derben Männern mehr als gewachsen. Er wusste, wann er freigebig und wann er besser geizig mit Mr. Macarthurs Schnaps umging. Mr. Macarthur baute sich vor den neuen Männern auf und legte ihnen dar, welche Strafen sie zu erwarten hatten, falls sie sich erdreisteten, zu stehlen, zu fluchen, sich vor der Arbeit zu drücken oder Widerworte zu geben.

Hannaford stand neben ihm, das Gesicht unter der Hutkrempe verborgen. Als Mr. Macarthur gegangen war, hörte ich ihn übersetzen: »Keine Widerrede, ihr Scheißkerle. Und bei Gott, kein Fluchen und Lästern, sonst macht er Kleinholz aus euch.«

Smasher Sullivan war in Sydney geblieben. Er hatte seine Zeit abgeleistet und seine Bewährung erhalten. Ich war froh, ihn los zu sein. Er hatte etwas an sich, das mich schaudern ließ.

Mrs. Brown beaufsichtigte das Hausgesinde. Ihre Untergebenen waren alles andere als vollkommen, lauter junge Frauen, die weiß Gott welche Misshandlungen hatten ertragen müssen, ehe es sie hierher verschlagen hatte. Doch Mrs. Brown machte sich mit den Eigenheiten jeder Einzelnen vertraut, so, wie Großvater jede seiner geschätzten Milchkühe genau gekannt hatte. Eine Frau sprach auf Freundlichkeit an, einer anderen musste man Beine machen. Die eine schuftete von morgens bis abends, vorausgesetzt, sie musste nicht über ihre Arbeit nachdenken, die andere suchte immer wieder neue Herausforderungen.

»Die Mädchen sind nicht übel, Mrs. Macarthur«, sagte Mrs. Brown nur, als ich sie für ihre Arbeit lobte. »Die Mädchen sind nicht übel.«

Wie ich es mir erhofft hatte, bot Parramatta eine willkommene Abwechslung von Sydney, wo zu viele unglückliche Menschen auf zu engem Raum zusammengepfercht lebten. Der Himmel war weiter, weiter und sauberer und offener, der Fluss wunderschön mit den überhängenden Kängurubäumen, den schimmernden Mangroven und den Vögeln zu Wasser und in der Luft. Das Städtchen bestand lediglich aus einem holprigen Weg mit Sträflingshütten rechts und links, und das bescheidene Anbaugebiet beschränkte sich auf kleine Flächen aufgebrochener Erde. So schäbig die Siedlung, so armselig die Landwirtschaft auch war, hatte doch alles eine beruhigende Ordnung, die sich wohltuend vom Matsch und Schmutz, von den abgehackten Bäumen und Sträuchern im geschundenen Sydney absetzte.

Edward, Elizabeth und ich konnten auf unserem eigenen Land spazieren gehen und entdeckten jeden Tag neue Sprösslinge und frisches Grün. Mit Devon ließ sich dieses Leben natürlich nicht vergleichen, doch der Hahnenschrei bei Sonnenaufgang war mir ebenso vertraut wie das geschäftige Treiben der Hühner im Hof. Es war ein Vergnügen, das Federvieh bei Sonnenuntergang mit flatternden Flügeln zum Hühnerhaus rennen zu sehen, als flüchteten sie vor den Zähnen der Wildhunde. Ich liebte meine Hühnerschar, die properen Hennen, die beim Scharren fröhlich miteinander schwatzten, den Hahn, der auf dem Misthaufen stand und der Welt kundtat, was für ein toller Kerl er war.

Mr. Macarthur hatte ein Pfauenpaar mitgebracht, das mit einem Schiff vom Kap eingetroffen war. Ich fand die Vögel anmaßend und überheblich, mit ihrem aufdringlichen Schrei und dem Gehabe des Hahns, der seinen Schwanz auf dem Boden hinter sich her schleifte oder zu einem Rad aufspannte. Sie waren jedoch der ganze Stolz ihres Besitzers, denn Pfauen gehörten nun einmal auf den Gutshof eines Gentleman.

ANGRIFFE

In Sydney mochte man sich noch einbilden, dass die lokale Bevölkerung eine vorübergehende Unannehmlichkeit sei, aber wer außerhalb der Stadt wohnte, konnte sich solchen Illusionen nicht hingeben. Von hier aus hatte man freien Blick auf das wilde Land jenseits der Hügel und des Wassers. Diese unermesslichen unbekannten Weiten, die gleich hinter dem Nebengebäude begannen, ließen das vertraute Terrain winzig klein erscheinen.

Parramatta war gut geschützt, und so konnten wir für die Siedlung und unser Haus, das in Hörweite der Kaserne lag, Ungemach so gut wie ausschließen. Auf den neuen Höfen im Norden dagegen kam es zu Angriffen, nicht jede Woche, aber doch wiederkehrend wie Kopfschmerzen. Felder wurden verbrannt, Tiere getötet, Hütten geplündert. Hinter vielen dieser Überfälle vermutete man einen gewissen Pemulwuy, es waren aber auch andere Krieger zugange, deren Namen wir nicht kannten. Sie wussten genau, wie sie bei geringstem Risiko für sich selbst die größten Schäden für die Siedler anrichten konnten, und so überfielen sie abgelegene Höfe und verschwanden schnell wieder im Wald. Nie unternahmen sie einen größeren Angriff, nie überfielen sie eine Siedlung. Waren in der Nähe eines Hofs Soldaten stationiert oder besaß der Bauer eine Waffe, ließen sie ihn in Ruhe. Nie schlugen sie an einem Ort zweimal zu.

Obwohl hin und wieder ein Bauer von einem Speer durchbohrt wurde, hätten auf den entlegenen Höfen noch viel mehr Menschen umkommen können. Den Kriegern schien es nicht darum zu gehen, ihre Feinde zu töten, sondern die Grundlagen ihrer Existenz zu vernichten, und dafür hatten sie die perfekte Waffe: Feuer. Im Spätsommer wurden kurz vor der Ernte Getreidefelder niedergebrannt, die Arbeit des letzten Jahres und die Nahrung für das nächste in einer halben Stunde zerstört. Die Macht dieser Waffe lag in ihrer Schlichtheit und der Verstärkung durch die Natur. Ein Feuer, das an einem heißen windigen Tag gelegt wurde, ließ sich nicht eindämmen.

Diebstahl, mit oder ohne Gewalt, war ein Verbrechen, unter dem sich die Menschen hier etwas vorstellen konnten. Doch abseits der Siedlungen geschah etwas völlig anderes. Getreide wurde nicht gestohlen, sondern verbrannt, Schweine wurden abgeschlachtet, aber nicht gegessen, aus den Hütten wurde Kleidung gestohlen, für die der Dieb keine Verwendung hatte: In den Augen der Siedler bewies das, dass die Einheimischen unvernünftig, kindisch und bockig waren. Wie sonst sollte man ihr Verhalten erklären?

Die Anweisung aus Whitehall lautete wie eh und je, Blutvergießen tunlichst zu vermeiden. Ureinwohner seien, wenn irgend möglich, festzunehmen und wie alle anderen Straftäter vor Gericht zu stellen. Musketen sollten nicht mit Kugeln, sondern mit Schrot geladen werden, um die Gegner einzuschüchtern und zu verwunden, aber nicht zu töten. Der Verehrte Dummkopf überließ die Einzelheiten allerdings großzügig dem Ermessen seiner Befehlshaber, und die Menschen auf den Höfen entschieden ohnehin selbst, wie sie sich verteidigen wollten.

Für meinen Mann war die Ernennung zum Garnisonskommandanten von Parramatta lediglich ein Schachzug seiner langen Partie gewesen, doch wie es sich bald herausstellte, hatte er sich diesmal verrechnet. Nachdem ihm seine militärischen Pflichten bis dahin wenig abverlangt hatten, drohten sie ihn nun völlig in Beschlag zu nehmen.

Als Kommandant von Parramatta oblag es Mr. Macarthur, sich um *Angriffe und Verheerungen* auf den umliegenden Höfen zu kümmern. Nach jedem Gewaltakt musste er Männer aussenden, um die Übeltäter dingfest zu machen, obwohl sich niemand der Illusion hingab, dass die Angreifer einfach abwarten würden, bis man sie festnahm. Für die Bewachung gefährdeter Höfe wurden Kommandos abgestellt, doch die Einheimischen waren ja nicht blind und griffen nicht ausgerechnet dort an, wo sich Soldaten befanden. Gleichwohl musste der Anordnung Genüge getan, der Anschein, alles im Griff zu haben, gewahrt werden. Meinen Mann hielt das auf Trab, denn er musste Männer von einem Ort zum nächsten schicken und voraussagen, wo der nächste Angriff stattfinden mochte. Eine ernsthafte Gefahr bestand auch darin, dass sich geflüchtete Sträflinge den Einheimischen anschließen und die Speere durch Musketen ergänzen würden. Der vor sich hinschwelende Brandherd ging weder lichterloh in Flammen auf, noch wurde er vollständig gelöscht, verlangte aber Mr. Macarthur immer mehr Zeit und Kraft ab, für die es doch andere, gewinnträchtigere Verwendung gegeben hätte.

Er wollte für die Vorgänge nicht das Wort *Krieg* verwenden. Immerhin handle es sich um unberechenbare und bösartige Taten von Wilden, behauptete er, die im Wesentlichen sinnlos und letztlich vergeblich seien. Und tatsächlich war dies nicht der Krieg, den Soldaten wie er unter diesem Begriff verstanden. In ihrer Tradition gab es für einen Kampf ohne Formation und Schlachtordnung eine andere Bezeichnung: *Verrat.* Männer, die sich des *Verrats* schuldig machten, verdienten keine Gnade.

Dennoch versicherte er mir, die Raubzüge von Kriegern, die er als nackte Wilde abtat, bereiteten ihm keine schlaflosen Nächte. Parramatta sei nicht in Gefahr, sagte er, und die Angriffe auf die Höfe nahm er nicht weiter ernst.

»Sollen sie doch den einen oder anderen Kleinbauern ausräuchern«, sagte er. »Wir können nicht jede Kate und jeden Maiskolben schützen. Ich plane langfristig, meine Liebe. Pemulwuy und seine Kumpane werden unsere Zeit nicht mehr lange in Anspruch nehmen, da können Sie sich sicher sein.«

Sein Tonfall ließ mich aufhorchen, aber er setzte nur sein verkniffenes Lächeln auf.

BURRAMATTAGAL

In den ersten Wochen der Besiedelung Parramattas, so war mir berichtet worden, hatte man freundliche Beziehungen zu den Burramattagal aufgenommen. Es entwickelte sich ein Handel, bei dem Brot und gepökeltes Rindfleisch gegen Fisch getauscht wurde. Doch irgendwann zerstörte offenbar einer der Sträflinge mutwillig ein Kanu der Einheimischen, und mit den Tauschgeschäften war es vorbei.

Einige Burramattagal-Familien lebten noch in der Nähe auf den wenigen Flächen, die nicht zugeteilt worden waren und auf denen sie somit nicht als Unbefugte galten. Diese Menschen verfolgten eine andere Strategie als Pemulwuy: Sie machten sich unsichtbar. Manchmal, wenn die Aale wanderten, sah man am Flussufer zwei oder drei Männer mit ihren Fischspeeren, und in den Mangroven sammelten Grüppchen aus Frauen und Kindern Krabben. Ich hätte sie gern gegrüßt, hoffte, sie würden die Worte, die Mr. Dawes mir beigebracht hatte, vielleicht verstehen. Doch bis ich an die Stelle kam, an der sie soeben noch gestanden hatten, waren sie jedes Mal verschwunden, und ich sah nur die huschenden Schatten des Laubs. Wir waren zwei Völkchen, die an demselben Ort wohnten und ihren Geschäften nachgingen, als wären die jeweils anderen gar nicht da.

Kurz nach unserer Ankunft in Parramatta erspähte ich eines Nachmittags am Fluss ein paar Frauen, die sich auf die übliche Weise augenblicklich entfernten. An ihrer statt fand ich eine verborgene Feuerstelle vor, mit heißer Glut, aber ohne Rauch oder Flammen, und daneben einen der Stecken, mit denen ich die Frauen schon hatte graben sehen. Sie hatten ihn wohl in der Eile vergessen. Als ich ihn aufhob, spürte ich noch die Wärme der Hand, die ihn gehalten hatte.

Man musste ihn schon an sich nehmen, um zu erkennen, mit welcher Kunstfertigkeit er hergestellt worden war. Das Holz, dunkel, als wäre es dem Feuer ausgesetzt gewesen, war hart und fest wie Metall, doch das Gewicht lag angenehm ausgewogen in der Hand. Am einen Ende des Stocks saß eine knaufartige Verdickung, auf die man sich wohl stützen konnte, am anderen eine scharfe flache Klinge. Dort, wo die Hand den Stecken umfasst hatte, war das Holz so glatt, dass es leicht schimmerte. In die Herstellung dieses Gegenstands mussten viele Stunden Arbeit geflossen sein, und an Schönheit und Handwerkskunst stand er einem Kutschenrad oder einem Esszimmerstuhl in nichts nach.

Mich überkam der Wunsch, den Stecken zu behalten. Ich wollte ihn mitnehmen, sein Gewicht in meiner Hand spüren. Ihn nach Hause tragen, ihn anderen zeigen, ihn auf dem Kaminsims präsentieren, einen Teil seiner Pracht für mich abzweigen.

Es hatte etwas Intimes an sich, den Stecken in der Hand zu halten wie die Frau, deren Finger das Holz über die Jahre schimmernd blank poliert hatten. Ich musste an den Kochlöffel denken, mit dem meine Mutter immer den Pudding umgerührt hatte. Nach den vielen Jahren, in denen sie mit dem Löffel Kreise über den Topfboden gezogen hatte, war er auf der einen Seite abgeflacht, ein Zeichen, das sich wie eine Unterschrift in die Löffelform gegraben hatte.

Ich schämte mich für den Impuls, mir den Stecken anzueignen, und legte ihn wieder neben das Feuer. Wenn die Frau zurückkäme, wäre sie froh, ihn dort zu finden. Sie wäre mir dankbar, denn ich hätte ihn ja mitnehmen können, hatte es aber nicht getan. Es war eine Art Gedankenaustausch zwischen uns beiden. Ein freundlicher Gruß, vielleicht sogar der Beginn eines Gesprächs.

Als ich an jenem Abend auf den Schlaf wartete, sann ich über den Tauschhandel Fisch gegen gepökeltes Rindfleisch nach, von dem ich gehört hatte. Ich dachte an meine Bekannten, die Gadigal-Frauen, die mehr über Mr. Dawes und mich gewusst hatten als ich, und deren feinsinniger Humor mir erst erklärt werden musste wie einem Kind. Diese Frauen wären niemals so töricht gewesen, das säuerliche gepökelte Rindfleisch als angemessenen Gegenwert zu frischem Fisch zu akzeptieren. Warum sollten ihre Nachbarn, die Burramattagal, dümmer sein als sie?

Fast erleichtert fiel mir eine andere Lösung für das Rätsel ein. *Handel* war unser Wort. Wenn die Burramattagal ihren Fisch gegen unser Rindfleisch eintauschten, trieben sie aber vielleicht gar keinen Handel. Vielleicht hatte es eher mit Bildung zu tun. *Seht her,* mochten sie sagen. *Ich zeige euch, wie es richtig geht: Ich gebe euch, und ihr gebt mir. Und indem ich eure minderwertige Nahrung annehme, lehre ich euch Anstand, Versöhnung und Großzügigkeit. Vielleicht auch Scham.*

Als der Warenaustausch endete, lag es womöglich daran, dass der Schüler zu dumm war zu lernen. Zu ungehobelt, um Scham zu empfinden. Selbstgefällig hatte ich den Stecken als freundliche Botschaft an seine Besitzerin betrachtet. Aber konnte es nicht auch sein, dass er als Botschaft an mich dort liegen geblieben war, die ich in meiner Beschränktheit nicht als solche erkannt hatte? *Dieser Ort gehört mir, und dieser Gegenstand beweist es.* Eine seiner vielen Verwendungsmöglichkeiten mochte die einer Besitzurkunde sein: für alle, die sie zu lesen verstanden, war sie klar und eindeutig wie das Stück Papier mit der Aufschrift *J. Macarthur 100 Morgen.*

Dieses Bewusstsein, auf Land zu wohnen, das andere Menschen als das ihre betrachteten, warf einen Schatten auf den äußersten Rand meines Lebens. An Tagen, an denen ich auf meinem Spaziergang keine Burramattagal sah, tat ich gern so, als gebe es diesen Schatten nicht.

SCHAFE

Hundert Morgen waren nur ein Bruchteil dessen, was Mr. Macarthur besitzen wollte, und so versuchte er bereits nach einem knappen Jahr in Parramatta, unserem Nachbarn im Westen, einem ehemaligen Sträfling namens Ruse, sein Land abzukaufen. Doch wie es sich herausstellte, hatte Mr. Macarthur an Bord der *Neptune* eine Strafgefangene beleidigt, die nun Ruses Ehefrau war, und das hatte ihm dieser nicht vergessen. Er lehnte standhaft jeden Preis ab, den Mr. Macarthur ihm bot, und verkaufte das Land schließlich aus Prinzip für die Hälfte seines Wertes einem anderen. Ruse war meines Wissens der Einzige, der meinem Mann je die Stirn bot.

Als ich allerdings später hörte, der arme Kerl sei in große Not geraten, geriet ich ins Grübeln. Es war gefährlich, sich mit dem Inspektor für Öffentliche Arbeiten zu überwerfen.

Wer vom Staat mehr Land erhalten wollte, musste beweisen, dass er aus dem vorhandenen das Beste machte, und so ließ Mr. Macarthur Hannaford und die Sträflinge hart arbeiten. Die Äcker entwickelten sich trotzdem nur langsam. Es war einfach zu aufwändig, das Land urbar zu machen. Wenn jemand mehr Fläche herausholen wollte, so brauchte er Schafe oder Rinder, die einfach zwischen den Bäumen weideten und die einheimischen Gräser fraßen. Wenn sich das Vieh vermehrte, brauchte es auch mehr Land. Diese Fortpflanzungsarithmetik brachte Mr. Macarthurs Augen zum Leuchten.

Unverzüglich kaufte er die einzigen Nutztiere, die er bekommen konnte, nämlich sechzig Bengalschafe, die mit der *Atlantic* aus Kalkutta eingetroffen waren. Da ich die herrlichen Wollknäuel aus Großvaters Herde gewöhnt war, gelang es mir kaum, diese hässlichen Kreaturen überhaupt als Schafe einzuordnen. Die jämmerlichen Zotteltiere erinnerten mit ihrem groben struppigen Fell in schmutzigen Brauntönen und ihren befremdlichen Hängeohren eher an Ziegen. Man hat Sie übers Ohr gehauen, Captain Macarthur, dachte ich. Da hat jemand den Sohn eines Tuchhändlers erkannt, der noch nie ein Schaf aus der Nähe gesehen hat.

»Etwas anderes ist nicht aufzutreiben«, sagte er gleichgültig. »Ich werde mich bemühen, bessere Tiere zu bekommen, aber für den Moment müssen sie genügen.«

Der Schafdieb Hannaford inspizierte gleich am ersten Nachmittag die Neuankömmlinge, die sich auf der grasbewachsenen Anhöhe hinter dem Haus zusammendrängten.

»Was meinen Sie, Mr. Hannaford«, sagte ich. »Sind das nicht armselige Schafe?«

»Nun, also, Mrs. Macarthur«, sagte er.

Ich hatte ihm ungewollt eine Falle gestellt, denn welcher Schäfer krittelt schon an den Tieren seines Herrn herum? Er lugte vorsichtig unter der Hutkrempe hervor.

»Wirklich, solche Schafe habe ich noch nie gesehen«, sagte er. »Aber vielleicht erleben wir ja noch eine Überraschung, Mrs. Macarthur. Ich gebe jedenfalls mein Bestes, da können Sie sicher sein.«

Er drehte sich um und fing eins der Schafe ein. Seine gekonnten Bewegungen machten deutlich, dass Mr. Macarthur mit den Schafen ein schlechtes Geschäft gemacht haben mochte, nicht aber mit dem Schäfer. Dieser Mann kannte sich aus.

Kurz nach der Ankunft der Bengalherde kam Hannaford mit drei irischen Schafen aus Sydney zurück, zwei Mutterschafen und einem jungen Bock. Die großrahmigen Iren waren ein herrlicher Anblick, robust und cremeweiß trotz der monatelangen Schiffsreise. *Ein Bein an jeder Ecke,* hatte Großvater über seine kräftigsten Tiere gesagt. Die Neuen gesellten sich zu den Bengalschafen auf der Anhöhe und machten sich sogleich über die harten Büschel her, als hätten sie nie zartes irisches Weidegras gekostet.

Es entwickelte sich zu einer täglichen Zerstreuung, mit Mrs. Brown, Edward und Elizabeth am Spätnachmittag auf den Hügel zu gehen, ehe die Schafe in ihre Koppeln zurückgetrieben wurden. Ich nannte die Stelle Fairview, schöne Aussicht, weil sie eine natürliche Bühne bildete, unter der das Land zu allen Seiten sanft abfiel. Bäume erhoben sich feierlich über die wilden Gräser, als seien sie gepflanzt worden, um einen herrschaftlichen Park zu verschönern. Von dort oben konnte man bis zu den fernen Bergen sehen, die den Rand unserer Welt markierten.

Dieser Flecken Erde, an dem von jedem Baum Vögel ihre Musik erklingen ließen, die Luft gesättigt war von abendlicher Feuchte, jeder Grashalm seinen eigenen Glorienschein, seinen fadendünnen Schatten besaß, erfüllte mich mit demütiger Freude. Es war herrlich zu beobachten, wie das Blau der Berge tiefer und rätselhafter wurde, abzuwarten, bis die Sonne dahinter versank.

Ich versuchte Edward zu erklären, warum das letzte blasse Licht von dem Schatten, der über die Anhöhe kroch, weggewischt wurde. Wir seien in Bewegung, erklärte ich ihm. Wir befänden uns auf einem großen Ball, der sich von der Sonne wegdrehte wie eine Orange, die man vor einer Kerze kreisen lässt. Doch ich war kein Mr. Dawes, konnte meinen lieben Kleinen nicht überzeugen. Macht nichts, dachte ich, er wird noch darauf kommen, und vielleicht erinnert er sich dann mit einem Lächeln an die einstigen Bemühungen seiner Mutter.

Hannaford passte auf, dass der Schäferjunge die Tiere auf dem Weg nach unten in die Hürden nicht hetzte oder verlor. Zum Zählen hatte er eine Schnur dabei, und ich sah ihm wehmütig dabei zu, wie er mit seinen großen Fingern eine Schlaufe machte, die Schnur weiterzog, eine Schlaufe machte, weiterzog, genau wie mein Großvater.

Mr. Macarthur erklärte mir, er habe die Iren gekauft, damit die dürren Bengalschafe etwas mehr Fleisch auf die Knochen bekamen. Hammelfleisch erzielte einen guten Preis. Ich bezweifelte, dass der irische Bock diese ziegenhaften Geschöpfe als Seinesgleichen anerkennen würde, und fürchtete, die schmalen Bengal-Damen würden womöglich die Nerven verlieren, wenn der schwere Fremde ihnen auf den Pelz rückte.

Als wir eines Nachmittags früher als gewöhnlich den Hügel hinaufgingen, waren die Mutterschafe unruhig, bereit für die Böcke. Hannaford beobachtete die Tiere.

»Guten Tag, Mrs. Macarthur«, sagte er. »Und Mrs. Brown.«

Die Schafe waren unruhig, und die Widder streiften von einem Mutterschaf zum nächsten, als hätten sie etwas verloren und bäten um Hilfe beim Suchen.

Als der irische Bock einem Bengalschaf näher kam und einer der dürren Bengalböcke auf ihn losging, vertrieb der Ire den Rivalen ohne viel Federlesens.

»Die sind … also, die …«, sagte Hannaford, nun doch verlegen.

»Die Mutterschafe sind bereit, nicht wahr?«, sagte ich in sachlichem Ton, um deutlich zu machen, dass mich ein Bock, der ein Schaf besteigt, nicht aus der Fassung brachte. Sieh dir das genau an, Edward, dachte ich. Eines Tages wird es an dir sein, dich an eine Frau heranzumachen und dein Glück bei ihr zu versuchen.

»Ich bin gespannt auf dieses Zusammentreffen von Iren und Bengalen«, sagte ich. »Was meinen Sie, wie das ausgeht, Mr. Hannaford?«

Mit einer Geste seiner großen kräftigen Hände gab er zu verstehen, dass er keine Voraussage wagte.

»In der ganzen Geschichte der Welt hat das noch niemand probiert, Mrs. Macarthur«, sagte er. »Wir sind hier schließlich am Ende der Welt.«

Gedacht hatte er *am Arsch der Welt,* dessen war ich mir sicher.

Mrs. Brown hatte das unausgesprochene Wort so deutlich gehört wie ich und hüstelte ein wenig, um ihre Belustigung zu überspielen. Hannaford sah sie von der Seite an, und da standen wir nun alle drei mit von unterdrückter Heiterkeit erhellter Miene und wichen dem Blick der anderen aus.

Nun beschnupperte der irische Widder das Hinterteil des Bengalschafs und wackelte mit den Ohren. Er stupste die Dame mit dem Vorderfuß in die Flanke, doch sie schenkte ihm keine Beachtung, sondern ging lediglich einen Schritt weiter, als hätte sie ein besseres Grasbüschel entdeckt. Er folgte ihr und stupste sie immer weiter.

Ich musste an Mr. Macarthur denken, wie er mich am Ärmel zupfte, wenn er meine Dienste benötigte. Das Schaf war ich, und es dachte: *Muss das sein?* Bei diesem Gedanken muss ich gegluckst haben, denn Mrs. Brown sah mich an, unsere Blicke trafen sich: zwei Frauen, die sich über die Mätzchen der Männer amüsierten.

Wie es sich herausstellte, war sich der irische Bock keineswegs zu schade, die Bengaldame zu bespringen, so hässlich sie auch sein mochte. Sie ließ ihn friedlich gewähren, als sei es eine alte Gewohnheit.

Als uns Hannaford mitteilte, dass die Bengalschafe lammten, gingen wir alle zusammen auf die Anhöhe, ausnahmsweise begleitet von Mr. Macarthur, der den Zuwachs zählen wollte. Es war ein stiller Morgen, am Horizont hing eine dicke Perlenborte aus grauen Wolken, durch die schüchtern die Sonne schimmerte.

Obwohl einige der Mutterschafe ihre Lämmer noch nicht zur Welt gebracht hatten, war die Herde bereits beachtlich angewachsen. Großvaters Schafe hatten meist ein Lamm geworfen, an die meisten dieser indischen Schafe dagegen schmiegten sich zwei Lämmer. Einige hatten drei und ein paar dieser kümmerlichen Tiere sogar vier gesunde Lämmer geboren, gerade so, als hielten sie sich für Hündinnen, die einen Wurf Welpen gebaren. Die Mutterschafe waren wohlauf, setzten auf unseren satten Weiden Fett an, und die Lämmer, die in ihrem Schatten herumtollten, machten einen kräftigen Eindruck.

Mr. Macarthur, der weniger über Schafe wusste als Hannaford und ich, schien die Fruchtbarkeit der Bengalen nicht weiter zu überraschen. Aber er war doch stolz, als wäre er selbst der Erzeuger dieser Schar.

»Der irische Lord hat sein Bestes gegeben, Mr. Macarthur«, sagte Hannaford. »Falls Sie noch Gelegenheit haben, ein paar gute Böcke zu erstehen, Sir, könnten Sie das gegebenenfalls in Betracht ziehen.«

Mir fiel seine vorsichtige Wortwahl auf. Wer war er schon, der Sträfling, Mr. Macarthur vorzuschreiben, was er zu tun hatte?

WOLLE UND HAARE

Man konnte sehen, mit welchen Bengalen sich der irische Widder gepaart hatte. Als die Lämmer wuchsen, bildeten einige ein weicheres Fell mit einer anderen Haarstruktur aus.

»Schauen Sie sich dieses schöne Tier an, Mr. Macarthur«, sagte Hannaford und hielt ihm eins der Lämmer hin. »So ein kräftiger kleiner Scheißer, entschuldigen Sie, Mrs. Macarthur. Und sehen Sie mal hier.«

Er zog das kurze staubige Fell des Lamms auseinander.

»Sehen Sie, Sir«, sagte er. »Unter den Haaren, direkt auf der Haut, das ist fast so etwas wie Wolle.«

Mr. Macarthur zeigte kein Interesse, es anzufassen. Ich schon. Hannaford hatte recht: Unter den Haaren lag eine geheime zweite Haut, weich wie Samt. Das war der Stempel, den der Ire dem haarigen Bengalschaf aufgedrückt hatte.

»Da kommt das gute Blut durch«, sagte Hannaford. »Das gute Blut für Wolle.«

Doch Mr. Macarthur interessierte weder Wolle noch Haare, sondern nur die Zahlen. Hannaford und ich sahen zu, wie er die Schafe zu zählen versuchte, sich verzählte, wieder von vorn anfing. Hannaford hatte seine Schnur in der Hand.

»Nach meiner Zählung hundertfünfzehn Lämmer, Mr. Macarthur«, sagte er. »Die ganze Herde hundertsiebenundachtzig.«

SPANIER

Dank der Landzuweisungen hatte sich Elizabeth Farm größtmöglich ausgedehnt. Einer weiteren Vergrößerung standen nun anderer Männer Ländereien oder das Wasser im Wege. Mr. Macarthur verstand das als Anreiz, ein größeres Ziel ins Auge zu fassen. In etwa dreißig Meilen Entfernung lag ein Stück Land mit den besten Böden weit und breit. Dorthin hatten sich die Rinder zurückgezogen, die in den ersten Wochen der Kolonie ausgebrochen waren. Mr. Macarthur hatte in seiner Eigenschaft als Inspektor das Land zu Pferde begutachtet, die Rinder gesehen, die herausragende Bodenqualität erkannt und beschlossen, Cowpastures, »Kuhweiden«, wie es mittlerweile genannt wurde, in seinen Besitz zu bringen.

Der Abstand zu den Siedlungen schreckte ihn nicht, obwohl die Verteidigung gegen *Angriffe und Verheerungen* nicht einfach werden würde. Ein unmittelbares Hindernis war jedoch, dass der erste Gouverneur Cowpastures für alle Zeit der Krone zugeschlagen und damit von der Landzuweisung ausgenommen hatte. Mr. Macarthur sah allerdings auch das weniger als Hindernis denn als Ansporn für seinen Erfindungsgeist. Wie ein General, der seine Truppen in Stellung bringt, traf er alle Vorbereitungen für eine lange Partie.

Am Anfang stand der Erwerb weiterer Nutztiere, egal welcher, deren einzige Aufgabe es war, die Forderung ihres Besitzers nach mehr Land zu rechtfertigen.

So kaufte er als Nächstes vier Mutterschafe und zwei Böcke. Die mageren Tiere hatten abfallende Schultern, eine schmale Brust und klapprige Rippen, doch obwohl sie nach der langen Zeit auf dem Schiff recht verdreckt waren, wirkte ihr Vlies weicher und feiner als die Wolle der Iren.

»Angeblich Merinos«, sagte Mr. Macarthur. »Waterhouse hat sie am Kap gekauft. Da hat ihm jemand das Märchen aufgebunden, es handle sich um echte spanische Merinos. Eine gute Lügengeschichte, deshalb hat er ein hübsches Sümmchen darauf verschwendet. Mag ja sein, dass die Tiere mal spanische Vorfahren hatten, aber seither müssen sie sich vermischt haben. Wenn das Spanier sind, bin ich Holländer, habe ich zu ihm gesagt!«

Die Erinnerung an diese geistreiche Bemerkung belustigte ihn enorm.

Großvater hatte mir vom Mythos der spanischen Merinos erzählt, wertvollen Schafen, die man wegen ihrer feinen Wolle nicht aus dem Lande ließ. Zum Glück war er nicht hier, den Mythos in Fleisch und Blut zu begutachten.

Warum hatte Mr. Macarthur die jämmerlichen Tiere dann überhaupt gekauft? Oh, das war einfach: um dem neuen Pfarrer Mr. Marsden eins auszuwischen, der sich für einen Landwirt hielt.

»Ich wollte sie alle haben«, sagte er. »Aber Waterhouse hatte Marsden schon die Hand darauf gegeben. Ich nahm ihn in die Zange, doch der widerspenstige Narr wollte mir nur die Hälfte verkaufen.«

Er betrachtete die unruhig blökenden Schafe.

»Es war allerdings eine Genugtuung, dass der Pfarrer ein langes Gesicht machte«, sagte er. »Nun ist er nicht der Einzige in New South Wales, der Merinos spanischer Abstammung bekommt! Der Dummkopf hat es sich in den Kopf gesetzt, feine Wolle zu gewinnen, stellen Sie sich nur vor.«

Gleichwohl schien er seinen Kauf mittlerweile zu bereuen.

»Wir halten sie getrennt«, sagte er. »Damit das Blut rein bleibt.«

Er sprach, als besäße er nicht sechs, sondern hundert spanische Schafe.

»Damit das unreine Blut rein bleibt«, sagte er und lachte.

»Dann kann ich sie getrost als Spanier anpreisen, wenn mal jemand des Weges kommt, der reinrassige Merinos sucht.«

Hannaford war nicht sonderlich begeistert von den neuen Schafen. Die spanischen Merinos, erklärte er mir, seien dafür bekannt, dass sie sich nur langsam vermehrten und schlechte Mütter abgaben. Auch der Plan, das Blut rein zu halten, überzeugte ihn nicht. Sechs Schafe, die sich rasserein fortpflanzten, würden bald eine kränkliche Herde ergeben. Doch er tat, was Mr. Macarthur von ihm verlangte, und zäunte die erbärmlichen Spanier mühevoll auf einer eigenen Weide ab.

WAS FÜR EIN SCHÖNES GEFÜHL

Als die spanischen Schafe lammten, war Mr. Macarthur enttäuscht: Die vier Mutterschafe hatten nur drei Lämmer, die überlebten.

Hannaford stand mit den Müttern auf der Weide, und ich sah ihm dabei zu, wie er versuchte, eine von ihnen zum Stillstehen zu überreden, damit ihr Lamm trinken konnte. Die Mutter blickte ihr Junges nicht an, und sobald es näher kam, wich sie ihm scheu aus, als wäre es ihr völlig fremd. Das kleine Ding mühte sich ab, stolperte, fiel, rappelte sich auf und lief wieder hinter der Mutter her, doch es war vergebens.

Hannaford schnappte sich das Mutterschaf. »Mrs. Macarthur, wenn ich es festhalte, könnten Sie wohl das Lamm bringen?«

Das Lamm, ein Federgewicht in meinen Armen, hatte die Milch wirklich dringend nötig. Es war gefällig wie ein Kinderspielzeug, das Fell glatt und weich. Ich kniete mich mit ihm neben die Mutter, kraulte sie unter dem Kinn und hielt das Lamm fest. Bald stand sie lange genug still, dass es ans Euter gelangen konnte. Was war das für ein schönes Gefühl, zwischen den Schafen zu knien und die Wolle zu riechen, all die Dinge im Kopf zu haben, die Großvater mir beigebracht hatte.

»Das könnte einem glatt das Herz brechen«, sagte Hannaford. »Irgendwo unterwegs sind das Blut, das eine gute Mutter macht, und das Blut, das feine Wolle macht, getrennte Wege gegangen. Da ist mir ein Leicester-Schaf allemal lieber.«

Das Lamm hatte sich satt getrunken und legte sich hin, erschöpft von der Verfolgungsjagd.

»Nehmen wir an, wir mischen dieses spanische Blut wieder in die anderen Schafe ein«, sagte ich, »in die veredelten, meine ich, wenn sie alt genug sind. Ob dann wohl das Blut für die Mütterlichkeit bleibt und sich das für die Wolle auch durchsetzt?«

Ich sprach nur einen Gedanken aus, doch als sich Hannaford schweigend über das Mutterschaf beugte, um ihm einen Dorn aus dem Fell zu ziehen, ging mir auf, dass ich ihn mal wieder in Schwierigkeiten gebracht hatte. Die Anweisung meines Mannes, die Rasse *rein* zu halten, musste er mir wahrlich nicht in Erinnerung rufen.

»Das weiß ich nicht, Mrs. Macarthur«, sagte er schließlich. »Ich bin nur ein ungebildeter Bursche.«

»Unsinn, Mr. Hannaford«, sagte ich. »Sie sind kein ungebildeter Bursche, sondern ein Schafdieb, und kann es einen besseren Fachmann in Sachen Schafe geben als einen, der für einen guten Bock um ein Haar mit seinem Leben bezahlt hätte?«

Er lachte, froh, diesen Preis nicht bezahlt zu haben, und ich war erleichtert, dass ich den peinlichen Moment hatte überspielen können. Das Rätsel, warum sich gute Wolle und gute Mutterinstinkte gegenseitig ausschlossen, hatte meine Neugier geweckt. Die Freude am Rätseln war es jedoch nicht wert, Mr. Macarthur zu verärgern.

Hannaford stand neben dem Mutterschaf und fuhr mit den Händen über das Fell und in das Vlies. Unter seinen Fingern kam die cremefarbene Wolle zum Vorschein, weich und fein.

»Die Böcke«, sagte Hannaford. »Wissen Sie, Mrs. Macarthur, ein Schafbock kann seinen Samen weitergeben, wenn Sie meine Ausdrucksweise verzeihen wollen. Ohne dass er etwas verliert. Sein Blut bleibt …«

Er vermied das Wort *rein*. Wir sahen einander nicht an, sondern betrachteten nur die Wolle zwischen seinen Fingern. *Crimp,* dachte ich, und als mir das Wort einfiel, hörte ich Großvaters Stimme. Diese dichte gekräuselte Wolle war besser, als Großvater es sich je hätte vorstellen können.

»Die spanischen Mutterschafe müssen natürlich abgesondert werden«, sagte ich.

»Das werden sie, Mrs. Macarthur, selbstverständlich«, sagte

er. »Die spanischen Herren tun ihre Pflicht bei ihren Damen. Und dann begatten sie so viele von den anderen, wie ihre Kraft es zulässt.«

Nun endlich sah er mir ins Gesicht.

»Das Blut würde nicht an Reinheit verlieren, Mrs. Macarthur, das versichere ich Ihnen. Überhaupt nicht.«

Oh, er wusste um meine Schwierigkeiten. Sie wussten es alle.

BEKLAGENSWERT

Landbesitz war für Mr. Macarthur unwiderstehlich, so er ihn umsonst bekommen konnte, doch seine wahren Leidenschaften lagen woanders. Er interessierte sich nicht für Schafe oder Getreide und gewiss nicht für seine unerwartet lästigen militärischen Pflichten. Ihn beschäftigte vor allem der Handel. Der Frachtvertrag für die *Britannia* war nur der erste von vielen gewesen. Mit Alkohol ließen sich nicht nur gigantische Gewinne erzielen. Dazu kam, dass sich Mr. Macarthur von Natur aus am wohlsten fühlte, wenn er im Herzen eines komplizierten Geflechts aus anderer Leute Gier, Angst, Faulheit und Bosheit diese anderen mit Listen, Ränken, Lockungen, Drohungen und Schmeicheleien manipulieren konnte. Mehr als am Geld, mehr sogar als an der Macht, den Lauf der Dinge zu bestimmen, ergötzte er sich an seinen eigenen genialen Intrigen.

Wir lebten erst ein paar Monate in Parramatta, als mich mein Mann mit Koseworten überschüttete.

»Es ist ja so bedauerlich, meine liebste Frau«, sagte er, »nein, es ist beklagenswert. Aber ich kann nicht umhin, einige Zeit in Sydney zu verbringen. Ich muss Sorge tragen, dass mir der VD auch weiterhin gewogen bleibt.«

Das war mehr, als ich zu hoffen gewagt hätte, doch um der Form Genüge zu tun und ihn ein wenig zu ärgern, zog ich einen Schmollmund. Ich konnte beobachten, wie er hastig nach einem neuen Argument suchte.

»Diese Gauner im Corps«, sagte er. »Wenn ich nicht aufpasse, meint einer der Männer noch, er könnte aus dem neuen Schiff so viel herausholen wie ich. Ich muss einfach vor Ort sein.«

»Oh«, sagte ich, »darf ich Sie denn nicht begleiten, um mal wieder in den Genuss von Gesellschaft zu kommen?«

»Hm«, sagte er.

Ich ließ ihn noch ein wenig zappeln, ehe ich ihn erlöste.

»Wenn ich es mir recht überlege, würde es mir nicht leicht fallen, die Kinder in der Obhut der Dienerschaft zu lassen.«

Seine Stirn glättete sich. Da waren wir also, zwei Menschen, die etwas als *beklagenswert* bezeichneten, das sie tief in ihrem Herzen beide begrüßten.

An jenem ersten Morgen, an dem mein Mann nach Sydney aufbrach, hatte ich Elizabeth an der Hand und blickte mit ihr dem Pferd hinterher, das in der Ferne immer kleiner wurde. Als ich mit ihr ins Haus zurückkehrte, gingen wir von Zimmer zu Zimmer. Bis in die letzten Winkel des Hauses wirkte die Luft stiller, das schimmernde Licht auf den Bodendielen friedlicher.

Das Ehebett und sogar das Zimmer, in dem es stand, war mir mittlerweile verhasst. Kann man sich tatsächlich vor einem marmornen Kaminsims fürchten, vor eigentümlich geformten Rissen in der Decke? Ich öffnete die Verandatüren – er mochte das Schlafzimmer verschlossen, ich dagegen schätzte die bewegte Luft – und ließ die Außenwelt herein. Vor mir lag der Garten, dahinter das gelbliche Grün der Büsche, blasse Baumstämme wie chinesische Schriftzeichen in einem Schleier aus Laub, darüber die Sonne, die gelassen ihre Tageswanderung unternahm.

Wie einfach es war, sich Raum zurückzuerobern! Wie wenig es dazu bedurfte!

In jener Nacht lag ich wach und kostete die schlichte Gewissheit aus, allein zu sein. Weil es für mich so neuartig war, konnte ich nicht schlafen, und so tat ich auch etwas völlig Neues. Ich schlüpfte aus dem Bett, ging barfuß auf die Veranda und ließ mich von der taufrischen nächtlichen Dunkelheit umströmen. Mein Körper, jede Pore meiner Haut fühlte sich lebendig an, meine Füße spürten auf dem kühlen Steinboden jedes einzelne Körnchen.

In der Ferne bellte ein Hund, ein hohles Geräusch, das unaufgeregt und unbekümmert klang, als wolle das Tier nur seine eigene Stimme hören. Irgendwo war es angekettet, sein Bellen überwand Meilen, füllte gleichwohl die Stille nicht aus, sondern vergrößerte sie noch. Wie ein Fussel auf einem weißen Tuch, der das strahlende Weiß nur betont, ließ das hohle ferne Geräusch auf die Unermesslichkeit der Nacht schließen. Der Hund war wie ich, war einfach nur da in dieser Dunkelheit und grüßte die verborgene Welt.

Hinter dem Blumengarten schimmerte ein Licht durch die Ritzen der Bretterhütte, in der Hannaford und der Schäferjunge wohnten. Unvermittelt drängte es mich, hinauszugehen, mich über das Gras bis zur Hütte zu schleichen und das Auge an eine dieser Ritzen zu legen.

Was war so verlockend, dass ich unbedingt durch diesen Spalt blicken wollte? Mit Hannaford oder dem Schäferjungen hatte das nichts zu tun. Es war Neugier, die aus Unwissenheit erwuchs. Nachdem ich zu mir selbst gefunden und die Freiheit erlangt hatte, allein zu sein, wollte ich das Leben anderer beobachten, Menschen beobachten, wenn sie meinten, niemand könne sie sehen. Mein ganzes Leben lang hatte ich nur Oberflächen betrachtet, anderen nur Oberflächen präsentiert. Nun verzehrte ich mich danach, unter die Oberfläche zu blicken. Wer sind die Menschen, wenn sie sich unbeobachtet fühlen? Wie ist es, diese Person zu sein?

Während ich zur Hütte schlich, unternahm ich den konfusen Versuch, mir zurechtzulegen, was ich sagen würde, falls ich entdeckt wurde. Konnte ich jemanden davon überzeugen, dass ich schlafwandelte, konnte ich ins Leere stieren und wirres Zeug reden wie Lady Macbeth? Lady Macbeth hätte aber nicht auf Zehenspitzen durch eine Ritze gespäht, egal wie tief sie schlafen mochte. Noch wäre sie auf die Idee gekommen, sich ihren blauen Morgenrock überzuziehen, um das Weiß ihres Nachthemds zu verhüllen. Ich hatte keine Geschichte parat, keinen noch so verrückten Vorwand, als ich das Auge auf den Spalt legte.

Im flackernden Licht des Feuers konnte ich zunächst nichts deutlich erkennen. Dann sah ich eine Bewegung, hörte ein Geräusch. Es klang wie ein zufriedener Seufzer. Ich rutschte noch ein wenig am Spalt entlang und erkannte nun, dass die Bewegung von einem nackten Bein herrührte, das Mrs. Brown gehörte und verschlungen war mit einem Arm, der William Hannaford gehörte.

Rasch trat ich zurück. *Darauf war ich nicht gefasst,* dachte ich. *Oh, darauf war ich wahrlich nicht gefasst!* Ich musste innerlich lachen, aber was war eigentlich so lustig? Ich krümmte mich vor Heiterkeit oder was auch immer das sein mochte, während ich lautlos über das Gras zum Haus zurücklief. Natürlich war mir nicht entgangen, dass Hannaford und Mrs. Brown zueinander gefunden hatten. Und natürlich lag es nahe, dass sie sich trafen. Wenn sie Zeit für sich haben wollten, konnte Hannaford den Schäferjungen jederzeit bitten, bei den anderen Männern zu übernachten. Aber irgendwie hatte ich nicht weiter darüber nachgedacht. Hatte mir keine Gedanken gemacht, was ich dort zu sehen bekäme, sondern mir nur die Freiheit genommen, nachzuschauen.

Im Haus schlüpfte ich ins Bett und rollte mich zusammen, sodass sich mein Herzschlag wieder beruhigte. Ich spürte einen Schmerz, einen Kummer, der sich in mir drehte und krümmte wie ein unglückliches Tierchen. Auch ich hatte erlebt, was diese beiden jetzt miteinander teilten, die Zärtlichkeit zweier Menschen, die sich körperlich und geistig miteinander verbinden. Doch das war vorbei, vorbei, vorbei. Ich glaubte nicht, dass ich so etwas noch einmal erleben würde.

Gleichzeitig musste ich schmunzeln beim Gedanken an das Bein, den Arm. Diese Glückseligkeit würde immer ein Teil meiner selbst sein. Eine Flamme hatte Mr. Dawes und mich verbunden, war vom einen zur anderen übergesprungen. Eine Zeit lang hatte sie William Dawes und Elizabeth Macarthur entbrannt. Nun begleitete sie Agnes Brown und William Hannaford. Das war ein Geschenk, dessen wir teilhaftig werden mochten, das wir jedoch nicht besitzen, sondern nur weitergeben konnten.

Da lag ich nun, in einem unentwirrbaren Gefühlsmischmasch aus Freude und Kummer. Lady Macbeth war zu jener Ritze geschlichen, weil sie etwas gesucht hatte, und vielleicht hatte sie es gefunden: Wenn das Leben Glück bereithält, soll man es auskosten. Hier war ich, allein, und wie mich das entzückte. Wie viel schöner es doch war, das eigene wahre Ich zur Gesellschaft zu haben, als in der Einsamkeit einer unglücklichen Ehe zu versinken.

Ich wusste nie, wie viele Nächte ich allein im Bett verbringen würde, denn Mr. Macarthur kehrte stets ohne Vorankündigung zurück.

Du kannst dir wohl vorstellen, schrieb ich eines Tages an Bridie, als er gerade das Haus betreten hatte, *wie groß meine Freude bei der Rückkehr Mr. Macarthurs war.* Oh, ich liebte solche doppelgesichtigen Wortgebilde. Diese private Vergnügung verlor nie ihren Reiz.

Es ist möglich, dass sich Mr. Macarthur in Sydney eine hübsche junge Dirne gönnte. Doch ich wollte es damals nicht wissen und will es auch heute nicht wissen.

RAT UND SEGEN

Ohne dass Mr. Macarthur und ich es ausdrücklich so vereinbart hätten, zog er sich nach und nach aus dem Hofbetrieb zurück, während ich mich stärker einbrachte. Verglichen mit der bescheidenen Landwirtschaft meines Großvaters war es ein gigantisches Unternehmen, und anfangs machte es mir Angst, dass ich noch so viel lernen musste. Ich hatte keine Erfahrung, kein Vertrauen in meine Urteilsfähigkeit, keine Kenntnisse über den Umgang mit Landarbeitern.

Doch ich war nicht allein. Jeden Morgen suchte mich erst Hannaford, dann Mrs. Brown auf. Beide standen jeweils höflich neben mir am Tisch und erklärten mir, worum ich mich kümmern musste, während ich wie eine Schülerin auf einer Liste vermerkte, welche Rechnungen zu bezahlen, welche Projekte zu planen, welche Probleme zu lösen waren.

Ich hatte Mrs. Brown und William Hannaford nie zu verstehen gegeben, dass ich über ihre Beziehung Bescheid wusste. Das war ihre Angelegenheit. Doch sie wussten, dass ich es wusste. Zwischen uns dreien herrschte eine warme Herzlichkeit, und wir waren wie gute Freunde, die einander gern um sich hatten.

Anfangs ging ich noch mit all meinen Unterlagen zu Mr. Macarthur, um seinen Rat oder Segen einzuholen, aber da er die Papiere stets ohne Interesse überflog, bezog ich ihn immer seltener ein. Um ihm in Erinnerung zu bringen, wie langweilig der Betrieb des Hofs war, erfand ich hin und wieder ein Problem, und zwang ihn, sich endlose Detailfragen anzuhören, während er unruhig hin und her rutschte. Es war wie dereinst mit den *Papilionaceae*.

Die Bauersfrau, die ich hätte werden können, nachdem mich mein Großvater so gut darauf vorbereitet hatte, trat auf Zehenspitzen hinter der Gemahlin des Gentleman hervor. Wie ich in der Zeit mit Mr. Dawes gelernt hatte, machte es mir Freude, Probleme zu lösen, Schwierigkeiten zu bewältigen. Jeder Tag brachte der Herrin von Elizabeth Farm ein Ärgernis. Doch bei jedem neuen Ärgernis dachte ich an das letzte, das ich gelöst hatte. Ärgernisse waren ärgerlich, aber Müßiggang war tödlich.

FEINE WOLLE

Hannaford und ich verloren kein Wort mehr über die Paarung der spanischen Böcke mit den gekreuzten Mutterschafen, und ganz gewiss erwähnten wir sie nicht gegenüber Mr. Macarthur. Doch als es geschehen war und die Lämmer aus dieser Zucht größer wurden, sah es ganz danach aus, als hätte der spanische Bock tatsächlich die feine Wolle, das veredelte Mutterschaf aber die Robustheit vererbt. Auf solch ein Wunder hatten wir kaum zu hoffen gewagt.

»So muss sich Gott fühlen«, sagte ich eines Abends zu Hannaford, als wir gemeinsam am Gatter lehnten und die wolligen Lämmer begutachteten, die wir irgendwie aus den haarigen Schafen gezogen hatten.

Etwas Ähnliches hatte ich in jenem anderen Leben über die Planetenmaschine gesagt. Als es mir wieder einfiel, musste ich schmunzeln.

»Das könnte durchaus sein«, sagte Hannaford. »Und wenn wir es richtig anstellen, können wir dem Herrgott noch unter die Arme greifen und die Haare ganz aus der Herde herauszüchten.«

Ihm war ein Anflug von Besorgnis anzumerken, weil er den Sträfling William Hannaford und Mrs. John Macarthur so beiläufig in einem Satz als *wir* angeführt und dazu noch leichtfertig Gott erwähnt hatte. Doch ich freute mich über das *Wir* und befand Gottes Werk nicht als so perfekt, dass er eine helfende Hand nicht gut hätte gebrauchen können.

»Sie meinen, auf Wolle züchten«, sagte ich. »Nicht auf Fleisch?«

»Bei diesem Bock, den ich damals habe mitgehen lassen, da war es das Vlies, das mich in Versuchung führte«, sagte er. »Ich dachte mir, wir sollten auf Wolle züchten. Nicht darauf vertrauen, dass die Spanier uns ihre verkaufen.«

Er drehte den Kopf weg, als wolle er ausspucken, ließ es jedoch sein.

»Mit *wir* meine ich England«, sagte er verächtlich. »Aber warum nicht hier? Die Kolonie könnte etwas brauchen, womit sie Handel treiben kann.«

Auf mein Drängen begleitete mich Mr. Macarthur zur Weide und musste zugeben, dass die Wolle vielversprechend aussah. Schon nach einem oberflächlichen Blick aber drehte er sich um und wollte zum Haus zurückgehen.

»Gut gemacht, meine Liebe«, sagte er. »Sehr erfreulich.«

»Aber Mr. Macarthur«, sagte ich und hielt ihn zurück. »Ließe sich die Wolle denn nicht nach London schicken und dort verkaufen? Welche Ware findet schon nach sechs Monaten im Frachtraum noch einen Käufer?«

»Oh ja«, sagte er. »Das könnte stimmen.«

Sein Ton war lässig, doch sein Gesicht wirkte angespannt. Hannaford befand sich noch in Hörweite, und mein Mann meinte wohl, ihm beweisen zu müssen, dass er sich vom Gefasel seiner Frau in seiner Autorität nicht erschüttern ließ.

»Dieser Bursche, Marsden, hat es sich in den Kopf gesetzt, Wolle zu erzeugen«, sagte er. »Aber gebraucht wird Fleisch. Nur ein Narr sähe das anders.«

Er schwieg, um seine Worte wirken zu lassen: Der *Narr* war ich.

»Meine liebe Frau, Ihre Begeisterung in allen Ehren«, sagte er, »aber lassen Sie sich mit einer kleinen Rechnung überzeugen. Der Preis für Wolle wird in Pence bemessen, der für Hammelfleisch in Schilling. Wie Sie sehen, beläuft sich der Unterschied auf den Faktor zwölf.«

Hannaford war plötzlich schwer damit beschäftigt, eins der Mutterschafe wegzuführen und ihm mit dem Messer die Klauen zu schneiden. Er rief den Schäferjungen herbei: »Schau her, Kleiner, sieh dir das genau an!«

»Meine liebe Frau«, sagte Mr. Macarthur und tätschelte mir mit größter Herablassung den Arm. »Ich denke, Ihre Idee entspringt der Sehnsucht nach den Wiesen und Schafen der Heimat.«

Ich sprach das Thema Wolle nicht mehr an. Dank seiner Gleichgültigkeit konnte ich aber schon einmal darüber nachdenken, gemeinsam mit Hannaford die Tiere für die Zucht so auszuwählen, dass jede Lämmergeneration feinere Wolle brachte. Wenn ich mir überlegte, wie viele Kombinationen und Permutationen bengalischer, irischer und spanischer Schafe uns bevorstanden, falls wir diesen Plan umsetzten, wurde mir geradezu schwindelig. Mein Großvater hatte von *Inzucht* gesprochen, die man allerdings nur betreiben konnte, wenn man von jedem Schaf die Eltern und auch deren Eltern kannte. Um das zu dokumentieren, musste ich alles in sauberen Spalten notieren, ähnlich wie Mr. Dawes die für ihn neue Sprache in seinem blauen Notizbuch aufgeschrieben hatte. Nur so ließ sich Ordnung halten, damit Bock und Mutterschaf nicht nach dem Zufallsprinzip zusammenkamen, sondern mit System.

Vor meinem inneren Auge sah ich mich jeden Morgen zur Herde gehen, um bei dem einen Schaf die Wolle zu prüfen, beim anderen den Brustkorb zu messen. In diesem Bild stand Großvater zufrieden neben mir auf der Anhöhe und begutachtete voller Stolz auf seine gescheite Enkelin, was sie zuwege gebracht hatte. Vielleicht verzieh er William Hannaford sogar den Diebstahl eines Bockes, der ihm nicht gehört hatte.

MON PETIT COIN

Unten am Fluss hatte ich ein Fleckchen gefunden, an dem ich hin und wieder aus der Haut der Mrs. John Macarthur schlüpfen konnte. Es wurde von Sträuchern abgeschirmt, die den Blick flussaufwärts und flussabwärts einrahmten: ein neuer luftiger Raum aus Blättern. An diesem wunderbaren Ort dachte ich oft darüber nach, welchen Hafen, welchen Fluss, welche Straße Mr. Dawes wohl gerade vor Augen hatte. Wo er auch sein mochte: Gewiss hatte er wieder einen *petit coin* gefunden, in dem er vielleicht an die Frau zurückdachte, die sich mit der Aussprache dieser Worte so schwer getan hatte: *mon petit coin à moi.*

Eines Abends ging ich gedankenverloren zum Fluss hinunter, sann über das vergangene und das kommende Jahr nach und die überraschenden Wegbiegungen, die mich an diesen friedlichen Ort geführt hatten. Ich ließ mich auf einem umgefallenen Baumstamm nieder, der ähnlich dem Fels oberhalb von Mr. Dawes' Sternwarte wie gemacht war für das menschliche Gesäß. Auf dieser vertrauten Sitzgelegenheit wartete ich ab, dass sich die Unruhe, die ich verursacht hatte, in Luft auflöste, ich mich in die Landschaft einfügte und die Lebewesen um mich herum wieder ihren Geschäften nachgehen konnten.

Ein schwarzer Wasservogel stolzierte über einen Grasstreifen, bei jedem Schritt bedächtig mit dem Kopf nickend, und irgendwo über mir sang ein anderer Vogel *»Himm-lisch! Himmlisch!«*, als habe auch er ein Auge für die Schönheit des Schauplatzes. Unter kaum vernehmbarem Rascheln ringelte sich eine schlanke schwarze Schlange von einem Grasbüschel zum nächsten. Hauchdünne Spinnweben hingen golden im weich schimmernden Licht, und auf dem Boden lagen, formvollendet zur Schau gestellt, Blätter des Blaugummibaums, jedes ebenmäßig wie eine kleine Mondsichel.

Während ich dort saß, fing der Fluss das letzte Tageslicht ein, goldene Muster und die glitzernden Tupfen aufsteigender Blasen tanzten auf der Oberfläche. Auf der anderen Flussseite knieten Scharen in sich verschlungener schwarzer Mangrovenstämme im düsteren Wasser. Ich hörte das Plätschern kleiner Wellen, das Säuseln des Windes im Laub der Kängurubäume, das Zwitschern und Tschilpen unsichtbarer Vögel, die sich zur Nacht niederließen. Ein Schwarm kleiner Mücken schwebte im letzten Licht, jedes Tierchen ein von der untergehenden Sonne vergoldeter Punkt. Während die Helligkeit der Finsternis wich, traf mich jeder Augenblick wie ein kleiner Schlag, erfüllte mich mit nachdenklichem Erstaunen über die Anmut dieser einfachen Dinge, die mich umgaben. Die Welt hatte nicht nur diese Schönheit geschaffen, sondern mir auch die zugehörigen Sinne geschenkt, sie zu erkennen.

Als ich zur Anhöhe hinaufblickte, konnte ich zwischen den Bäumen die dunklen Umrisse des Hauses ausmachen. Just in diesem Moment blitzte ein Licht auf, flackerte erst, leuchtete dann hell und beständig. Das musste Mrs. Brown sein, die die Wohnzimmerlampe angezündet hatte. Es folgte das nächste Licht, das im Esszimmer.

Bald würde ich in das Haus, in dieses goldene Licht zurückkehren. Die Kinder wären da, Geschöpfe, die an diesem Ort erblüht waren. Ich kannte jedes Fältchen ihres Körpers, jede Anwandlung ihrer kleinen Seele. Ich kannte jeden Winkel in jedem Zimmer, jede Maserung jeder Diele. Ich kannte jeden Baum und jeden Stein in meinem *petit coin,* kannte die Strömung des Wassers im Flussbett bei Ebbe und bei Flut. Dieses Land – dieser Boden, diese Steine, diese Bäume – war durch tausend Tage und Nächte, die ich seine Luft geatmet hatte, über tausend Erinnerungsfädchen mit mir verbunden. Wenn ich am Fluss saß, überlegte ich mir nie, wo es wohl nach England ging, um dem Heimweh eine Richtung zu geben. An diesem Flecken Erde kam mir ein anderer Ort gar nicht in den Sinn. Ich dachte nur an das, was mich hier umgab. Dieser Himmel. Diese Erde. Dieses Wasser und diese Steine.

Das war nicht Fleisch von meinem Fleisch, Bein von meinem Bein. Devon war die Heimat der Männer und Frauen, aus deren Verbindungen ich hervorgegangen war, auf dem Friedhof von Bridgerule lagen meine Vorfahren schon so viele Jahre, dass die Inschriften auf den Grabsteinen verwittert waren. Und trotzdem gehörte ich zu diesem Stück Land, mehr als zu jedem anderen Flecken auf dem riesigen Erdball.

Ich war bereit, mich für den Rest meines Lebens in die Geschichte dieses Ortes einzufügen. Ich wollte meinen Fuß auf dieses Land setzen und Wurzeln schlagen. Jeden Nachmittag hinabsteigen zu diesem Fluss mit seinen rätselhaften Schatten. Meinen Kindern, vielleicht meinen Enkeln zusehen, wie sie im Sonnenlicht und in der trockenen frischen Luft groß und stark wurden. Mich von diesem Ort einwachsen lassen wie von einer zweiten Haut. Hier alt werden und sterben, freudig in die Erde dieses Landes übergehen.

Wie ein Kompasszeiger, der unschlüssig hin und her schwingt, zögert und schließlich die Richtung anzeigt, offenbarten mir meine Gedanken, was ich im Grunde schon lange gewusst, mir aber nicht eingestanden hatte: hier war meine Heimat.

Das Wasser war nun finster, der Mangrovenwald gespenstisch. Als ich da saß und die Bäume am anderen Flussufer im Dunkel der Nacht versinken sah, konnte ich mir dennoch eine Zukunft an diesem Ort nicht vorstellen. Früher oder später würde Mr. Macarthur sagen: *So, jetzt fahren wir wieder nach Hause,* und was sollte ich dann tun? Ich mochte mich hier heimisch fühlen, doch Mrs. John Macarthur musste dort zuhause sein, wo ihr Mann es bestimmte. Hierzubleiben war ein Traum, eine gestaltlose Sehnsucht.

Nichtsdestotrotz war der Gedanke stärker als seine Unmöglichkeit. Schon allein, diese Sehnsucht zu erkennen und einzugestehen, hatte etwas Machtvolles an sich.

FLÜCHTIG WIE RAUCH

Unglaubliche zwei Jahre waren ins Land gegangen, ohne dass ein neuer Gouverneur in der Bucht von Sydney eingetroffen wäre. Mit den verschiedenen Schiffen kamen immer neue Gerüchte. Dieser oder jener würde es sein, er sei noch nicht ernannt worden, er sei unterwegs. Jedes Schiff brachte eine neue Geschichte, die mit derselben atemlosen Gewissheit verbreitet wurde wie die letzte.

Unterdessen fiel es Major Grose immer schwerer, seine Pflichten zu erfüllen. Die Wunden, die er sich in Amerika im Dienste Seiner Majestät zugezogen hatte, brachten eine Schwäche über ihn, die auch noch so viel Ruhe nicht beheben konnte. Wenn ich ihn bei meinen seltenen und kurzen Besuchen in Sydney sah, hatte er eine ungesunde Gesichtsfarbe und war auf eine Weise aufgedunsen, die eher für Krankheit sprach als für Schwelgerei. Niemand war überrascht, als er ankündigte, er werde nach England zurückkehren, um wieder zu Kräften zu kommen.

Das Zepter reichte er an seinen Stellvertreter weiter. Der gutmütige Colonel Paterson ließ sich durch die Macht nicht verderben und blieb so liebenswürdig wie eh und je. Er begnügte sich gern damit, *den Stuhl warm zu halten,* wie er es ausdrückte, und folgte sämtlichen Vorschlägen, die ihm der Inspektor für Öffentliche Arbeiten unterbreitete. Weil unsere Schafherde stetig wuchs und Mr. Macarthur dem Colonel reichlich Honig um den Mund schmierte, erhielt er weitere hundert Morgen Land, die hinter der Siedlung an einem Ort namens Toongabbie lagen, anschließend folgten noch einmal hundert. Mr. Macarthur war nicht der Einzige, der von der Freigiebigkeit des Colonels profitierte: allenthalben wurde Land vergeben, an jedem Wasserlauf entstanden neue Bauernhöfe.

Je mehr Land zugeteilt wurde, desto mehr Überfälle verübten Pemulwuy und seinesgleichen, und desto größer waren die Schäden. Auch wenn Mr. Macarthur die Vorgänge nicht als Krieg bezeichnen mochte, gab es kaum Zweifel darüber, wer den Sieg davontrug. Soldaten, die nach New South Wales entsandt worden waren, um unter den Sträflingen für Ordnung zu sorgen, mussten stattdessen Äcker bewachen. Sie konnten aber nicht überall sein, und so ging ein wertvolles Getreidefeld nach dem anderen in Rauch auf. Die Siedler in den entlegenen Gebieten, die täglich mit der Angst lebten, von einem Speer aus dem Wald getroffen zu werden, waren drauf und dran, ihre Höfe zu verlassen. Manchmal spitzte sich die Lage so zu, dass man munkelte, die Kolonie müsse vollständig aufgegeben werden; diese Gerüchte wurden zwar stets dementiert, verstummten aber nicht.

Obwohl die Soldaten den einen oder anderen Krieger erschossen, errangen sie nie einen entscheidenden Sieg, weil die Einheimischen die Bedingungen des Kampfes vorgaben: Überraschungsangriff und schneller Rückzug. Sie ließen sich nicht in eine offene Schlacht locken, in der die Gewehre ihren Dienst tun konnten. Dafür waren sie zu schlau.

Mein Mann, das spürte ich, begann es persönlich zu nehmen, dass er einem Feind hinterherjagen musste, der flüchtig war wie Rauch. Pemulwuy machte Captain Macarthur so langsam zum Gespött der Leute.

DER ALTE PFEIFENSACK

Mit der *Iconic* traf die Meldung ein, die *Admiral Barrington* werde mit dem neuen Gouverneur an Bord nicht lange auf sich warten lassen. Mr. Macarthur ließ sich das Pferd satteln und machte sich, ehe der Frühstückstisch abgeräumt war, auf den Weg nach Sydney, fest entschlossen, den Gouverneur noch an Bord als Erster willkommen zu heißen. Kaum, dass die Anker ausgeworfen waren, habe er sich zum Schiff rudern lassen, prahlte er später, und ein ausgiebiges Vier-Augen-Gespräch mit dem Neuen geführt, in dem er ihm habe darlegen können, mit welchen Personen und Problemen er es zu tun haben werde und wie er sich nach Mr. Macarthurs Ansicht am besten verhielt.

Wie der alte Gouverneur war auch der neue ein Offizier der Marine. Mr. Macarthur verpasste ihm unverzüglich den Spitznamen Alter Pfeifensack. Allerdings war der Gouverneur, der schon mit der ersten Flotte in Sydney Cove Station gemacht hatte, kein Dummkopf. Er erkannte schnell, dass sich die Kolonie zu einem eigenen Königreich entwickelt hatte, beherrscht vom Corps und finanziert mit Schnaps. Vom ersten Monat an war klar: Er gedachte, den Offizieren die Macht wieder abzunehmen, indem er die gewinnträchtigen Rumströme zum Versiegen brachte.

Diese Haltung entsprang aus Sicht meines Mannes purer Bosheit. Der Alte Pfeifensack wollte ihn, Captain John Macarthur, persönlich zerstören. Was für ein Skandal! Der Mann war ein Schurke und ein Narr. Der Inspektor für Öffentliche Arbeiten drohte damit, seinen Dienst zu quittieren, schrieb vernichtende Briefe nach Whitehall und hetzte möglichst viele Männer gegen den Gouverneur auf.

Der Alte Pfeifensack wehrte sich nach Kräften. Er ließ es darauf ankommen, dass Mr. Macarthur seinen Posten hinwarf, und ernannte einen Nachfolger. Mr. Macarthurs Briefen nach Whitehall schickte er eigene hinterher, und er betonte unermüdlich, auf diesem Kontinent in seiner Person und seinem Amt Seine Majestät König Georg III. zu vertreten.

Colonel Paterson, Corps-Kommandant und nunmehr Stellvertreter des Gouverneurs, war meinem Mann nach wie vor nützlich und wurde von ihm entsprechend umworben. Doch die gottähnlichen Befugnisse, die ihm als geschäftsführender Gouverneur zugestanden hatten, waren dahin. Es gab keinen Zweifel: Für die Offiziere waren die glorreichen Zeiten vorbei.

Mehr als einmal überraschte ich Mr. Macarthur, wie er düster vor sich hin grübelte: ein Mann, der Triumphe gefeiert hatte und nun fürchtete, alles zu verlieren. Seinen Ambitionen wurden von allen Seiten Grenzen gesetzt: An weiteres Land kam er nicht heran, seine einträglichen Spekulationsgeschäfte waren in Gefahr, und die Auseinandersetzungen, die er nicht als Krieg bezeichnen wollte, schwelten weiter.

Ich kannte diese düstere Grübelei. Mein Mann hatte noch ein Ass im Ärmel.

ES BEGREIFEN

Eines Abends brachte ein Bote Mr. Macarthur eine Nachricht von der Kaserne.

»Aha«, sagte Mr. Macarthur. »Unruhen auf den Farmen im Norden. Ja, ich verstehe.«

Er wirkte nicht beunruhigt oder überrascht, sondern vielmehr, als hätte er genau diese Nachricht erwartet, wenn nicht an diesem Tag, dann an einem anderen. Und er wusste auch schon, was er zu tun hatte, wenn sie eintraf.

»Wieder Pemulwuy?«, sagte ich.

Mr. Macarthur bedachte mich mit einem ausdruckslosen Lächeln, aus dem ich nicht schlau wurde.

»Ich gehe der Sache besser auf den Grund, meine Liebe.«

Er klang unbeschwert, was mich überraschte, weil seine militärischen Verpflichtungen sonst oft Anlass zum Ärger boten. Schon war er weg und ließ sich sein Pferd satteln. In dieser Nacht kehrte er nicht mehr zurück.

Ich schlief unruhig. Ständig musste ich daran denken, wie Mr. Macarthur die Nachricht aufgenommen hatte. *Was haben Sie vor, Mr. Macarthur? Wissen Sie etwas und sagen es nicht?*

Als ich am Morgen aufwachte, war alles ruhig. Ich ging auf die Veranda, und Mrs. Brown brachte mir meinen Frühstückstee. Hannaford kam um die Hausecke und wollte gerade etwas sagen, als aus der Ferne schwach der dumpfe Knall eines Gewehrschusses ertönte, dann noch einer. Von der Siedlung her drangen Stimmen herüber, Pfeifen, abgehackte Trommelschläge, dann ein Hagel von Schüssen.

»Was ist das?«, fragte ich mit dem unguten Gefühl, dass da etwas nicht stimmte. Es musste mit der Nachricht zusammenhängen, die Mr. Macarthur erwartet und erhalten hatte.

Da kam der Schäferjunge den Hügel herauf.

»Die Eingeborenen«, keuchte er. »Die Eingeborenen sind da! Sie sind über den Fluss gekommen! Zweihundert mindestens! ...«

Seine Augen leuchteten vor Begeisterung, weil er an etwas so Großartigem teilhaben und trotzdem unbehelligt darüber berichten konnte.

»Mr. Macarthur lässt Ihnen ausrichten, dass keinerlei Gefahr besteht«, sagte er. »Aber Sie sollen hierbleiben, Madam, auf keinen Fall aus dem Haus gehen.«

Während er noch sprach, trat plötzlich Stille ein. Es waren ein paar Dutzend Schüsse gefallen, einige Minuten lang hatten wir Schreie gehört.

Was immer sich da ereignet hatte: Es war vorbei.

Ehe mein Mann an diesem Abend heimkehrte, hatten wir einen Bericht über die Ereignisse gehört, oder besser gesagt, diverse Berichte. Alle Versionen stimmten darin überein, dass eine Stunde nach Sonnenaufgang eine große Gruppe Einheimischer, irgendwo zwischen zehn und hundert Mann, unter Pemulwuys Führung die Siedlung Parramatta angegriffen habe. Es habe einen Kampf gegeben, und mehrere Krieger seien zu Tode gekommen, vielleicht sechs, vielleicht fünfzig. Einigen Berichten zufolge war Pemulwuy tot.

Ich wartete ungeduldig auf Mr. Macarthurs Rückkehr, denn vieles, was ich gehört hatte, erschien mir unlogisch, besonders die zentrale Frage: Warum hätte Pemulwuy am helllichten Tag die am schwersten bewaffnete Siedlung der Kolonie angreifen sollen? Nachdem er so etwas noch nie getan hatte und wissen musste, dass es zum Scheitern verurteilt war?

Am Abend galoppierte Mr. Macarthur den Hügel herauf und sprang mit dem Ausdruck eines Mannes vom Pferd, der mit seinem Tagwerk zufrieden sein konnte.

»Stimmt das, was wir gehört haben?«, fragte ich. »Ein Angriff der Einheimischen?«

Noch vermutete ich, dass die Sachlage durch das häufige Weitererzählen verfälscht worden war.

»Im Großen und Ganzen ja«, sagte er. »Aber Weib, lassen Sie mich erst zu Atem kommen!«

Er rief nach dem Abendessen und wandte dem Mahl seine volle Aufmerksamkeit zu. Ich schenkte ihm und auch mir ein Glas Wein ein, ganz die geduldige Ehefrau, die abwartet, bis ihr Mann Zeit für sie erübrigen kann. Doch er schien sich den Rest des Abends mit Brot und Butter befassen zu wollen, statt auch nur ein Wort zu sagen.

»Nun, Sir, wollen Sie mich die ganze Nacht im Unklaren lassen?«, sagte ich mit einem Lächeln, das den scharfen Tonfall abmildern sollte.

»Also«, sagte er, »Folgendes ist geschehen: Mehr als hundert Eingeborene haben in der Nacht die Höfe im Norden angegriffen.«

Es klang, als mache er eine Aussage vor Gericht oder diktiere einen Brief. Jedes Wort wirkte ausgeschnitten und in die Luft geklebt.

»Die Siedler haben sich bewaffnet, sie die ganze Nacht verfolgt und am Morgen nicht weit von der Stadt eingeholt.«

»Die ganze Nacht«, sagte ich. »Durch den Busch. Und die Männer sind in Richtung Stadt geflohen? Nicht in den Wald?«

Es war nicht so, dass ich Zweifel hatte, ich wollte es lediglich begreifen.

»Ja, meine Liebe, das habe ich doch gerade gesagt«, erwiderte Mr. Macarthur. »Die Siedler haben die Eingeborenen unweit der Stadt eingeholt. Dann sind sie, ermüdet vom Marsch – die Siedler, meine ich – in die Stadt gegangen. Eine Stunde später ist ihnen eine große Gruppe Eingeborener gefolgt, angeführt von unserem Freund Pemulwuy.«

Die Worte waren leicht zu verstehen. Aber wie sollte ich mir vorstellen, dass ernste und weise Männer wie die, denen ich bei Mr. Dawes begegnet war, ein solches Verhalten an den Tag legten?

»Ihnen gefolgt!«, rief ich aus. »Warum, um Himmels willen, sollten sie ihnen folgen, nachdem sie die ganze Nacht vor ihnen geflohen waren?«

Mr. Macarthur sagte nichts. Er betrachtete die Kerze, von der graues Wachs auf den Tisch tropfte. Er beugte sich vor, unterbrach den Strom mit dem Finger und rubbelte sich anschließend andächtig das Wachs von der Haut. Es herrschte eine merkwürdige Atmosphäre im Raum, als wäre ein kalter Luftzug eingedrungen und hätte sich zu uns an den Tisch gesetzt.

Ich dachte angestrengt nach, versuchte, mir aufgrund seiner Schilderung ein Bild zu machen. Den Siedlern *ist eine große Gruppe Eingeborener gefolgt.* Dafür fiel mir nur eine Erklärung ein.

»Oh, ich verstehe!«, rief ich. »Man muss ihnen etwas versprochen haben!«

»Etwas versprochen!«, sagte Mr. Macarthur. »Was hätte man ihnen versprechen sollen, bitte schön, und warum?«

Er sah mich scharf an, doch ich hatte nicht aus Misstrauen gefragt. Allerdings klangen die Worte *ermüdet vom Marsch* allzu bemüht, etwas zu erklären, wohingegen *ist ihnen gefolgt* nicht genug erklärte.

Ich hatte mich nun allerdings mich auf Terrain vorgewagt, auf dem mich Mr. Macarthur nicht haben wollte.

»Vergeben Sie mir, Mr. Macarthur.«

Wenn ich mehr aus ihm herausholen wollte, musste ich zunächst diesen kalten Luftzug loswerden.

»Sie werden aber doch gewiss verstehen: Wir haben ganz in der Nähe Schüsse gehört, und daher möchte ich natürlich alles wissen.«

Alles wissen. Ich sagte es beiläufig, als hätten die Schüsse nicht mehr Bedeutung als der Fleischpreis im Proviantamt.

»Pemulwuy wurde sehr zornig«, sagte er. »Er drohte, den ersten Mann, der es wagte, ihm zu nahe zu kommen, mit dem Speer zu durchbohren. Und tatsächlich schleuderte er einen Speer gegen einen der Soldaten.«

Die kraftvollen Worte *sehr zornig* und *schleuderte einen Speer* klangen aus Mr. Macarthurs Mund farblos und gerade so interessant, als hätte er von *einem kurzen Regenschauer* oder *einem schönen Tag* gesprochen.

Er schleuderte einen Speer gegen einen der Soldaten. Wenn Pemulwuy vorgehabt hatte, jemanden zu verletzen oder zu töten, so hätte er das getan, aber das hatte Mr. Macarthur nicht gesagt. Mir kam es vor, als betrachte ich die Ereignisse durch einen Nebel. *Er schleuderte einen Speer gegen einen der Soldaten,* das war wie *Er wurde sehr zornig* eigentlich eindeutig. Doch welches Motiv hatte den Arm bewegt, der den Speer schleuderte, was den Zorn befeuerte, der dem Wurf seine Wucht verlieh?

»Und wenn ich fragen darf, Sir«, sagte ich, »warum wurde Pemulwuy denn so zornig? Hat jemand etwas gemacht oder gesagt? Hat jemand ihn hintergangen, ein Versprechen gebrochen?«

Um ihm mehr zu entlocken, bemühte ich mich um einen Ton, der gleichermaßen farblos klang wie seiner.

»Um Himmels willen, Weib«, rief er. »Sie erwarten doch wohl nicht von mir, dass ich mich in die Gedankengänge eines Wilden versetze? Sie bedrängen mich wie in einem Kreuzverhör!«

Er griff nach der Karaffe, füllte bedächtig sein Glas und nippte daran.

»Wirklich, meine Liebe«, sagte er mit einem gezwungenen Lachen. »Ich komme ja gar nicht zu Wort, wenn Sie mich mit Fragen überschütten!«

»Aber Mr. Macarthur«, sagte ich. »Das ist äußerst merkwürdig, das sehen Sie doch sicher auch so.«

»Meine Liebe«, sagte er in salbungsvollem Ton. »Sie führen hier ein behütetes Leben, und das ist auch gut so. Wir dagegen, die wir tagtäglich mit den Eingeborenen zu tun haben, wissen, dass sie keine vernunftbegabten Wesen sind.«

Ich wartete, obwohl ich mir mittlerweile ziemlich sicher war, einem Theaterstück beizuwohnen. Er trank genüsslich noch einen Schluck Wein, ehe er das Glas behutsam abstellte.

»Also«, sagte er, »nachdem Pemulwuy den Zusammenstoß durch sein eigenes Tun herbeigeführt hatte, war es zwingend geboten, den Eingeborenen die Überlegenheit unserer Feuerwaffen zu demonstrieren.«

Endlich sah ich das Bild vor mir. Die Soldaten, die mit geladenen Waffen angetreten waren, warteten auf den Feuerbefehl. Als Pemulwuy den Speer hob und warf, kam die Order. Vom Kommandanten.

Mein Mann war Soldat. Sein Beruf erforderte es, zumindest in der Theorie, andere Menschen zu töten. Doch ehe wir nach Parramatta gezogen waren, hatte er als Soldat nicht mehr tun müssen, als Uniform zu tragen, einen bestimmten Dienstrang auszufüllen und die Beförderungsleiter zu erklimmen. Bis zu diesem Moment, als er von der *Überlegenheit unserer Feuerwaffen* sprach, war mir nicht bewusst geworden, dass es in seinem Beruf wirklich um Leben und Tod ging.

Er mochte nicht selbst ein Gewehr in der Hand gehabt haben. Er mochte nicht selbst den folgsamen Metallbügel betätigt und eine Bleikugel auf den Weg geschickt haben, damit sie einem anderen das Fleisch zerfetzte, die Knochen zerschmetterte. Doch es muss seine Stimme gewesen sein, die den Befehl gab. *Feuer!* Es war seine Entscheidung. Den Befehl zu geben oder es zu unterlassen.

Bei dem Gedanken daran, dass mein Mann, der jede Nacht

in meinen Körper eindrang, dieses schreckliche Wort ausgesprochen hatte, schnürte es mir die Luft ab.

»Wie viele Tote?«

Das Wort hatte einen merkwürdigen Klang.

»Tote? Wie viele Tote? Oh, fünf oder sechs. Und mehrere Verwundete.«

»Und Pemulwuy«, fragte ich. »Auch tot?«

Er hob sein Glas und leerte es.

»Pemulwuy wurde lebendig festgenommen«, sagte er. »Mit sieben Schrotkörnern im Körper. Er wurde als Gefangener ins Hospital überstellt.«

Er tupfte sich den Mund ab, warf die Serviette neben den Teller, lehnte sich zurück und verschränkte die Arme.

»Nun, da wir den schwarzen Generalissimus in unserer Gewalt haben, meine Liebe, bin ich zuversichtlich, dass uns die Wilden keinen Ärger mehr machen.«

MIT GROSSER KÄLTE IM HERZEN

Am nächsten Morgen ging ich zu dem Platz, an dem es geschehen war – was auch immer *es* gewesen sein mochte. Vor dem Eingang zum Hospital standen Wachen, doch das war auch schon alles, was aus dem üblichen Rahmen fiel. Das Gras, die Steine, die Erde wiesen keinerlei Spuren der Ereignisse auf.

Nur eines war gewiss: Schüsse waren gefallen. Ich hatte sie selbst gehört.

Nicht gewiss, aber wahrscheinlich war, dass sich Pemulwuy in Gewahrsam befand. *Sieben Schrotkörner*. Wenn das stimmte, dann barg diese merkwürdige Geschichte eine weitere Merkwürdigkeit. Die Musketen, mit denen man auf die nach Mr. Macarthurs Darstellung nunmehr toten Männer geschossen hatte, waren mit Kugeln geladen, die eine Waffe, die sich gegen Pemulwuy richtete, dagegen mit Schrot. Diese Unterscheidung konnte ich mir nur damit erklären, dass man nach Plan gehandelt hatte, und diesem Plan zufolge sollte Pemulwuy nicht getötet, sondern gefangen genommen werden.

Alle Offiziere Seiner Majestät hatten aus der Vergangenheit gelernt. Wenn sie auf dem Schlachtfeld einen gegnerischen Anführer töteten, liefen sie Gefahr, ihm die gefährliche Stellung eines Märtyrers zu verschaffen. Nahmen sie ihn aber gefangen, so vernichteten sie ihn. Sie konnten ihn vorführen und erniedrigen, sie konnten ihn hinrichten, sie konnten ihn ins Exil schicken. Vielleicht konnten sie ihn sogar dazu bringen, sein Volk zur Aufgabe zu überreden. Egal, was sie mit ihm anstellen wollten: Hatten sie ihn erst in der Hand, war ihnen der Sieg gewiss.

Mit großer Kälte im Herzen stand ich da und blickte auf die Leere, hinter der sich so viel verbarg. Der Fluss funkelte in der Morgensonne, ein großer Schwarm Papageien schoss kreischend über das gekräuselte Wasser, eine Elster, zu jung, um

Vorsicht walten zu lassen, hüpfte vor mir über den Weg. Hier war alles unverändert. Wenn es Tote gegeben hatte, so hatte man sie entfernt, ihr Blut mit ein paar Schaufeln Erde zugeschüttet. Nichts wies darauf hin, dass hier etwas vorgefallen war. Nichts als die Worte meines Mannes, ausgeschnitten und in die Luft geklebt.

Für mich gab es nur einen Ort, an den ich zurückkehren konnte, und zwar das Haus, das mein Mann besaß, wo soeben die Kinder erwachten, die ihm gehörten, wo ihm Männer und Frauen aufwarteten, deren Herr er war. Ich konnte nach Hause gehen und Mr. Macarthur drängen, mir mehr zu erzählen, aber wozu sollte das gut sein? Er hatte sich seine Geschichte zurechtgelegt und sah keinen Grund, sie zu ändern.

Ich stand so lange dort, dass die Wachleute vor der Kaserne auf mich aufmerksam wurden. Sie tuschelten schon miteinander und sahen zu mir herüber. Ehe sie kommen und fragen konnten *Was ist denn los, Mrs. Macarthur?*, machte ich kehrt und wandte mich dem Haus und diesem Mann zu, der, bis dass der Tod uns schied, mein Ehemann war.

Es sollten Tage vergehen, Wochen, Monate, der Rest meines Lebens, doch jeder Tag wurde vom Geist dieser Ereignisse begleitet: dem Auslöschen von Menschenleben und einer Geschichte, die nicht überzeugte.

FRUCHTBARKEIT

Das Aalwasser war, wie es sich herausstellte, ein Ort erstaunlicher Fruchtbarkeit, und das galt nicht nur für die Schafe. Elizabeth war noch keine zwei Jahre alt, als James geboren wurde. Oh, er war ein hübsches Kind, sanft und gutmütig, und er entwickelte sich prächtig. Zu meiner Freude hielt er entschlossen am Leben fest, völlig anders als Edward in seinen schwächlichen ersten Monaten und Elisabeth mit ihrer anhaltend zarten Konstitution. Er war der erste Säugling, den ich lieben konnte, ohne seinen Verlust fürchten zu müssen, und ich empfand die Tage mit ihm als reine Freude. Als ich um seinen ersten Geburtstag herum merkte, dass ich wieder schwanger war, wurde mir schwer ums Herz.

Dann starb James. So ein munteres Kind, aber ein plötzliches Fieber raffte ihn innerhalb von zwei Tagen dahin. Er lag da, bleich und schlapp, die Augen immer trüber, und kein Mittel half. Mrs. Brown kam zu mir in das stickige abgedunkelte Zimmer, in dem sein schmächtiger Körper ruhte, eingewickelt in Kompressen, den Bauch voller Arzneitränke, die man ihm eingeflößt hatte. Sie hielt mich fest, und mit ihrer Ruhe schuf sie in ihren Armen einen Raum, in dem ich die schreckliche Leere fühlen konnte. Sie sagte nichts, sondern blieb bei mir, während ich mich der unausweichlichen Tatsache stellte.

Wir bestatteten ihn auf Fairview, eine kleine Grube für einen kleinen Sarg mit einem kleinen Stein, in den sein Name eingemeißelt war. Der Ort wurde mir durch sein Grab noch kostbarer, ein Bestandteil dieses Landes, der zu mir gehörte, ein Bestandteil von mir, der sich mit der Erde dieses Landes verband.

Der Trauer über James' Tod konnte ich keinen Raum geben, weil ich das neue Kind John willkommen heißen musste. Ich liebte John, aber die Liebe, die ich für ihn verspürte, war von

Gram überschattet. John wuchs zum Mann heran, starb jedoch vor seiner Zeit. Vielleicht hatte er tief in seinem Herzen immer gewusst, dass seine Mutter in ihrer Trauer um seinen Bruder noch nicht für ihn bereit war.

Der Junge war erst ein gutes Jahr alt, als ich eine weitere Tochter gebar, und so wuchsen John und Mary eher wie Zwillinge als wie normale Geschwister auf. Als Mary zwei war, kam ein dritter Sohn zur Welt – Mr. Macarthur bestand darauf, dass es wieder ein James sei –, nach weiteren zwei Jahren folgte William und Jahre später die Nachzüglerin Emmeline.

EIN SCHRECKLICHES UNRECHT

Wie jeder andere Gentleman in der Kolonie wollte auch Mr. Macarthur seinen Kindern eine richtige englische Schulausbildung angedeihen lassen. Ich konnte nichts dagegen vorbringen, denn tatsächlich gab es keine Schule, die den Namen verdient hätte. In aller Stille hatte ich schon manch eine Träne darüber vergossen, was jedes der Kinder erwartete, wenn sie größer wurden. Sie waren kaum alt genug, um das Wort *England* auszusprechen, als ihnen Mr. Macarthur auch schon beibrachte, dass alles Gute von dort kam, und so lobten auch sie es in den höchsten Tönen.

Kurz nach Edwards siebtem Geburtstag beauftragte Mr. Macarthur einen gewissen Mr. Skinner, das Kind in England in einer Schule unterzubringen. Als Mr. Macarthur mir das mitteilte, las er das Datum der Abreise von Mr. Skinners Brief ab, als sei es ohne Belang. Doch während er sprach, beobachtete ich, wie seine Finger eine Ecke des Zettels umknickten und wieder auffalteten, umknickten und auffalteten.

»Er ist noch zu jung«, sagte ich. »Können wir nicht warten?«

Er klatschte sich den Brief gegen das Bein, als wolle er sich kasteien.

»Unsinn«, sagte der Mund oberhalb dieser erregten Hand. »Es ist nichts gewonnen, wenn wir warten. Es ist nichts gewonnen. Gar nichts.«

Und zu meiner Überraschung trat er zu mir und legte mir den Arm um die Schultern.

»Meine Liebe«, sagte er, und diesmal steckte echtes Gefühl in der Anrede. »Meine Liebe, ich weiß, das ist eine Tortur für Sie. Für jede Mutter.«

»Für einen Vater nicht?«

Er zog den Arm zurück, faltete den Brief zusammen, stopfte ihn sich in die Tasche.

»Er wird seinen Spaß haben«, sagte er.

Es folgte eine Stille, in der wir beide den hohlen Worten nachspürten.

»Es muss sein«, sagte er, und für einen kurzen Moment teilten wir die Traurigkeit.

Mr. Macarthur hatte mich angewiesen, mich nicht von Edward zu verabschieden.

»Aber man muss ihn doch vorbereiten«, sagte ich. »Man muss es ihm sagen.«

»Unsinn«, sagte Mr. Macarthur. »Er soll unbeschwert an Bord gehen. Wenn er weiß, dass ihm eine Trennung bevorsteht, macht er nur Schwierigkeiten.«

»Aber wenn das Schiff ablegt und er merkt, was geschehen ist, macht er auch Schwierigkeiten!«

»Oh, er wird rasch darüber hinwegkommen«, sagte er. »Kinder vergessen ja so schnell.«

Mr. Macarthur, Mr. Skinner und ich brachten Edward in die Kabine, wo Mr. Skinner ihm alle möglichen pfiffigen Vorrichtungen zeigte, mit denen alles sicher verstaut wurde. Edward versuchte dahinterzukommen, wie der Riegel des Wandschranks funktionierte, als mir Mr. Macarthur mit einem Wink bedeutete zu gehen. Ich zögerte. Er winkte noch einmal.

Ich beugte mich über den Jungen, um ihm einen Kuss zu geben. Ihn ein letztes Mal zu umarmen. Doch gerade jetzt war der Riegel interessanter als die Mutter. Der Riegel war neu, die Mutter dagegen vertraut und verlässlich wie die Luft. Als Mr. Macarthur mich zur Tür schob, zog ich noch rasch mein Taschentuch aus dem Ausschnitt und steckte es in Edwards Reisesack.

Auch wenn ich nicht an Bord war, wusste ich, er würde der neuen Dinge auf dem Schiff irgendwann überdrüssig werden, nach seiner Mama suchen, sie nicht finden und auf Nachfrage erfahren, dass sie nicht mehr da war. Dass er sie auf Jahre hinaus nicht wiedersehen würde. Mit einer solchen Zeitspanne konnte er nicht viel anfangen, den grundlegenden Sachverhalt aber würde er verstehen: Seine Mama hatte ihn im Stich gelassen. Er würde hinaufblicken zu Mr. Skinner, der ihn weit überragte und fortan alles war, worauf er in einer scheinbar endlosen Zukunft seine Hoffnung setzen konnte.

Es war Verrat, dem Wehgeschrei folgen würde. Es war Verrat, ihn so erwartungsvoll, so unbedarft auf das Schiff rennen zu lassen.

Ich hätte mich nicht überreden lassen dürfen. Ich hätte, ehe wir an Bord gingen, dem Jungen alles erklären, seine Einwände aushalten, bei ihm sein, abwarten müssen, bis er sich fügte. Noch in letzter Minute hätte ich sagen können, Edward, vergiss den Riegel, ich lasse dich jetzt allein.

Ich war feige, ich war verstört, ich zweifelte an mir. Als ich von Bord stolperte, wusste ich nur, dass ich ein schreckliches Unrecht zugelassen hatte.

Ich war schwach, und ich wünschte bei Gott, ich wäre stark gewesen.

NACH HAUSE

Mr. Macarthur hatte nach Kräften am Stuhl des Alten Pfeffensacks gesägt und schien aus dieser Fehde zunächst als Sieger hervorzugehen. Doch auch im Getöse seiner Schmähungen und Wutausbrüche konnte ihm nicht entgehen, wie sich die Stimmung in der Kolonie veränderte. Ihm entging nichts, und seinen Schilderungen nach wurde er von bestimmten Leuten mittlerweile gemieden. Einige verkrochen sich offenbar still und leise hinter der schützenden Gestalt des Gouverneurs. Sogar als Frau, die auf einem abgelegenen Hof in Parramatta lebte, spürte ich: Alle waren nun plötzlich darauf bedacht, ihren Hals zu retten.

Eines Abends kam Mr. Macarthur zu mir ins Wohnzimmer.

»Meine liebste, meine geliebte Frau«, begann er.

In mir spannte sich jeder Nerv.

»Sie sind stets die Königin unter den Ehefrauen gewesen«, sagte er. »Nun endlich wird Ihre Geduld belohnt. Ich habe mich entschieden, unseren gesamten Besitz hier zu verkaufen, damit wir in das Land unserer Vorfahren zurückkehren können.«

Ich fühlte mich wie eine Frau, die frohen Mutes am Rand der Klippen bei Bude spazieren geht und unvermittelt auf dem Gras ausrutscht. Es verstreicht nur ein kurzer Moment, ehe sich die Schwerkraft ihrer bemächtigt, ein Moment, in dem sie meint, noch einen Schritt zurücktreten zu können. Sie verspürt keine Angst, sieht nur das Bild eines Netzes vor sich, das sie auffängt, eines Engels, der sie mit in den Himmel nimmt. Noch im Fallen lächelt sie.

Aber da ist kein Netz, kein Engel. Verzweifelt greift sie nach allem, nach einem Büschel Gras, nach der Luft.

»Welche Freude«, sagte ich. Er bedachte mich mit einem wohlwollenden Lächeln, weil er das Zittern in meiner Stimme für Erleichterung hielt.

»Oh, welche Freude, die Heimat wiederzusehen, welch wunderbare Nachricht«, sagte ich, als könnte ich mit immer neuen Worten den Lauf der Dinge aufhalten.

Ich setzte eine Miene auf, aus der, wie ich hoffte, meine Sehnsucht nach der Heimat sprach, und wartete auf Inspiration. Es war unausweichlich gewesen, dass es so weit kam, doch ich hatte mich der Hoffnung hingegeben, es würde erst morgen geschehen, nächsten Monat, nächstes Jahr. Nun konnte ich meinen Selbstbetrug nicht fassen. Die Abende in meinem *petit coin,* die Nachmittage oben auf Fairview, die Kinder, die zur Welt gekommen, die gestorben waren, und ich hatte einfach so getan, als könnte es ewig so weitergehen.

»Ich werde ihn Seiner Exzellenz anbieten«, sagte Mr. Macarthur.

Er sprach diesen Titel stets mit einem spöttischen Unterton.

»Nur die Krone verfügt über die Geldmittel, solch einen wertvollen Gutshof zu erwerben. Ich werde zweitausend Pfund fordern. Schon allein das Haus ist so viel wert. Diesen Preis wird er nicht ausschlagen.«

Endlich, bei den Worten *nicht ausschlagen,* küsste mich die Muse und schenkte mir einen Plan.

»Zweitausend Pfund!«, sagte ich. »Das ist in der Tat eine großzügige Geste, Mr. Macarthur. Ein nobles Geschenk. Seine Exzellenz wird gerührt sein.«

»Ein Geschenk!«, rief er aus. »Ein Geschenk für Seine Exzellenz!«

Ich war ganz die verzückte Unschuld.

»Das passt zu der Großzügigkeit, die Sie im Dienste dieser Kolonie stets an den Tag gelegt haben«, sagte ich. »Sie haben immer weit mehr als nur Ihre Pflicht getan, haben auf den vielen Ritten nach Sydney und zurück Ihr Pferd erschöpft, haben entscheidend zur guten Entwicklung der Kolonie beigetragen! Dass Sie nun den besten Hof von New South Wales großzügig herschenken, urbar gemacht und bestellt, mit einem schönen Haus, nicht zu erwähnen das Vieh, die Pferde und natürlich besonders die Schafe. Immerhin sind ein Dutzend Ihrer Schafe reinrassige Spanier, die außerhalb Spaniens so gut wie nirgends zu finden sind!«

Ich hielt inne, denn mein Wortfluss hatte ein Eigenleben entwickelt, meine Stimmlage war eine Spur zu hoch.

»Natürlich sind die Zweitausend für Land und Haus«, sagte er. »Selbstverständlich fällt für Getreide und Vieh eine zusätzliche Summe an. Ich werde dem Alten Pfeifensack mitteilen, dass es mindestens dreitausend sein müssen.«

Ich nickte, gönnte mir jedoch ein Stirnrunzeln.

»Wir genießen hier einigen Wohlstand«, sagte ich. »Ich nehme an, sehr stark werden wir uns zu Hause nicht einschränken müssen. Ihr lieber Bruder könnte ein bescheidenes Häuschen für uns finden. Und einige Ihrer Waffengefährten werden gewiss mit Ratschlägen zu Diensten sein, wie wir von Ihren Bezügen passabel leben können.«

Auf Mr. Macarthurs Seite folgte ein vielversprechendes Schweigen.

»Die Pferde«, sagte er schließlich. »Ich hatte die Pferde vergessen. »Die besten Vollblüter im Lande. Viertausend wären wohl angebracht.«

Er klang nicht überzeugt, und in der Tat war das eine gewaltige Summe.

»Wenn er von Ihnen erwartet, dass Sie nach all den Dienstjahren für eine geringere Summe verkaufen, wäre das eine Beleidigung«, sagte ich.

Er stand auf, als hätte ihn etwas gebissen, stocherte im Feuer herum und setzte sich brüsk in seinen Sessel. Meine Trumpfkarte, das Wort *Beleidigung,* hatte seine Wirkung getan. Mir kam der Gedanke, dass der verschlagene Mr. Macarthur und ich womöglich aus demselben Holz geschnitzt waren.

Mit dieser Entladung genialen Erfindungsgeistes hatte ich getan, was ich konnte. Wie es ausgehen würde, stand in den Sternen. Die Krone mochte sich sträuben, viertausend Pfund für etwas zu bezahlen, das sie einmal umsonst hergegeben hatte; dann würden wir bleiben. Es konnte aber auch sein, dass der Gouverneur die Gelegenheit, Mr. Macarthur loszuwerden, hocherfreut beim Schopfe packte und ihm die dafür notwendige Summe gab; dann würden wir gehen.

Der Gouverneur schrieb, wie er Mr. Macarthur mitteilte, unverzüglich nach Whitehall und empfahl wärmstens den Erwerb des Anwesens. Doch in London war man nicht begeistert. Die Beamten zeigten sich vielmehr befremdet, dass ein Offizier, der von der Krone für seinen Dienst am Lande vergütet wurde, Gelegenheit gehabt hatte, so schnell so viel Landbesitz anzuhäufen. Mit einem Mal interessierte man sich in Whitehall für Captain John Macarthur und seine Machenschaften, insbesondere die Einfuhr riesiger Mengen Rums.

Von Verkauf war fortan nicht mehr die Rede. Triumph gestattete ich mir trotzdem nicht. Vielleicht hatte ich nur eine Gnadenfrist erhalten. Ich kannte doch meinen Mann. Hatte er erst einen Entschluss gefasst, so bekam er, was er wollte. Wenn ich mich abends in meinen *petit coin* zurückzog, wappnete ich mich nun in melancholischer Stimmung für den Abschied.

Ich will nicht verhehlen, dass mir auch andere Gedanken durch den Kopf schossen. Arsen. Giftiger Nachtschatten. Hätte ich sie in die Tat umsetzen können? In einem Roman vielleicht. Aber mein Leben war gleichzeitig einfacher und komplizierter als jede erfundene Geschichte, und ich war keine Mörderin.

WIE TOPF UND DECKEL

Ein Jahr nach dem *Viertausend-Pfund-Plan* eröffnete mir Mr. Macarthur eines Abends sein nächstes großartiges Projekt.

»Meine Liebste«, sagte er, als wir uns nach dem Abendessen vor dem Kamin niederließen. »Schon seit einiger Zeit zeichnet sich ab, dass wir aus den Spekulationsgeschäften das Bestmögliche herausgeholt haben. Ich habe reiflich über die weiteren Aussichten nachgedacht und bin zu dem Schluss gelangt, dass unsere Zukunft in der Produktion feiner Wolle liegt.«

»Feiner Wolle!«, sagte ich. Nur jemand, der mich besser kannte als Mr. Macarthur, hätte mir mein Erstaunen und meine Erheiterung angehört.

»Wie jeder vernunftbegabte Mann weiß, braucht die Kolonie ein Produkt, das sich für die Ausfuhr eignet«, sagte er. »Da bietet sich Wolle geradezu an. Wir haben ja bewiesen, dass sich Schafe in diesem Lande gut entwickeln.«

Ich hielt den Fächer hoch, als wollte ich meine Wangen vor dem Kaminfeuer schützen.

»Mit dem Erwerb spanischer Schafe habe ich gezeigt, was alles möglich ist«, sagte er. »Das Projekt, die Spanier mit weniger edlen Kreuzungen zu vermehren, hat all meine Hoffnungen übertroffen.«

Im Schutze meines Fächers beobachtete ich ihn. Er ließ nicht die geringste Einsicht erkennen, dass dieses Projekt, wie er es nannte, seinen früheren Absichten ganz und gar widersprach. Es war keine Heuchelei oder Lüge. Seine größte Stärke bestand vielmehr darin, dass er sich seine eigenen Fiktionen vollständig zu eigen machen konnte und darüber tatsächlich vergaß, dass sie nicht real waren.

Dozierend schritt er im Raum auf und ab, und vor lauter Inbrunst sammelte sich in seinen Mundwinkeln weißer Schaum.

Nicht nur hatte er die Schafe dahin veredelt, dass sie die feinste Wolle lieferten, die die Welt je gesehen hatte. Er würde darüber hinaus auch die gesamte Vermarktung selbst in die Hand nehmen.

Schließlich konnte man John Macarthurs Wolle nicht einfach auf ein Schiff verladen, nach London schicken und hoffen, dass die Wollhändler in Scharen zum Kai strömten, um sie zu kaufen! Es musste jemand dabei sein, der sich auskannte, eine gute Nase für lukrative Geschäfte hatte und vertrauenswürdig genug war, den Verkauf abzuwickeln. Diese Aufgabe konnte nur ein Mann stemmen: er selbst. Er würde baldmöglichst unter einem Vorwand ein Urlaubsgesuch einreichen und mit einer Ladung Wolle nach London fahren. Er entschuldigte sich, weil ich in New South Wales würde bleiben müssen. Strich mir reichlich Honig um den Mund.

»Ich bin mir natürlich bewusst, meine liebe Frau, dass Sie allerlei Widerstände werden meistern müssen, wenn Sie unsere Interessen hier vertreten«, sagte er. »Nicht einer unter Tausend hätte dafür die nötige Entschlossenheit und Ausdauer. Aber ich vertraue darauf, meine liebste Frau, dass Sie alle Schwierigkeiten überwinden und mich dankbar und glücklich machen werden.«

Ich musste so tun, als zweifelte ich an meinen Fähigkeiten. Begeisterung zu zeigen, wäre unklug gewesen. Doch es war nicht schwer, den richtigen Ton zu finden, weil er ohnehin kaum zuhörte. Sein Horizont war erfüllt von dem Bild seiner selbst, wie er über die Londoner Bühne stolzierte, ein neuweltlicher Jason, der die Menschen mit seinem goldenen Vlies blendete. Schwieriger war es, meine Erleichterung vor ihm zu verbergen.

Sechs Monate dauerte die Schiffsreise nach England. Sechs Monate die Rückreise. Ein Jahr zum Einfädeln der Geschäfte. Zwei Jahre also. Und wenn Hannaford und ich eine Lieferung nach der nächsten auf den Weg brachten, fühlte sich Mr. Macarthur womöglich verpflichtet, in London zu bleiben und sie auch zu verkaufen. Die wichtigste Aufgabe war es – meine Gedanken flogen wie die seinen weit in die Zukunft –, den ständigen Nachschub an Wolle sicherzustellen, allerdings nie so viel, dass das Kapital für unsere Rückkehr nach England gereicht hätte. Innerlich überlegte ich schon: zwei Jahre, vier Jahre. Acht Jahre.

Trotzdem durfte ich nicht zu früh hoffen. Noch war er nicht weg.

Das Ganze hatte eine bestechende Logik. Mr. Macarthur wollte mit Wolle handeln. Ich war damit zufrieden, dazubleiben und die Wolle zu produzieren. Mit bizarrer Befriedigung begriff ich, dass in dieser Unternehmung Mr. Macarthur und ich endlich einmal harmonisch zusammenpassten wie Topf und Deckel.

ZWEI ZU FÜNF

Mr. Macarthur hatte sich noch nicht um die Schiffspassage gekümmert, als eine Rebellion der Offiziere hochkochte. Es ging um den Gouverneur. Mein Mann erzählte mir nicht alle Einzelheiten, und ich wollte sie auch nicht hören. Offenbar aber hatte ein Gerichtsverfahren stattgefunden, wie üblich unter der Ägide der Corps-Offiziere, und der Gouverneur war so unklug gewesen, dem Urteil des Gerichts zu widersprechen.

Mr. Macarthur hatte etwas an sich, das andere in die Raserei trieb, sodass sie das Gegenteil von dem taten, was gut für sie gewesen wäre. Seine größte Kunst dürfte die der Provokation gewesen sein: Mit kalter Präzision, eisiger Herablassung und hochmütiger Verachtung stiftete er andere zu Dummheiten an. *Sir,* hätte ich dem Gouverneur geraten, *stechen Sie niemals in das Wespennest John Macarthur. Sie mögen glauben, dass Sie gewinnen können, und eine Zeitlang mag es so aussehen, am Ende aber werden Sie zugrunde gehen.*

Angeheizt von Mr. Macarthur entzündete sich ein heftiger Disput. Die Offiziere beschlossen, jedes Gespräch mit dem Gouverneur zu verweigern, und versagten ihm sogar auf der Straße den Gruß. Alle außer Colonel Paterson. Der von Natur aus friedliche Paterson hatte seine eigenen Beweggründe: Er war ein alter Freund des Gouverneurs und wie dieser von Sir Joseph in England gefördert worden. Der Colonel musste sich entscheiden, ob er sich den Gouverneur und Sir Joseph zum Feind machte oder Mr. Macarthur. Er befand sich genau in der Position, in der Mr. Macarthur seine Gegner am liebsten sah: in der Zwickmühle.

Als die Krise ihren Höhepunkt erreichte, merkte ich das an dem Wirbelwind, der in Gestalt Mr. Macarthurs durch unser Haus fegte. Aus Sydney kommend, polterte er in die Bibliothek und holte das Kästchen mit den Duellpistolen aus dem Regal. Ich stand in der Tür, als er die Waffen begutachtete. Seine Hände zitterten, nicht aus Angst, sondern vor Erregung. Die Feder in ihm war gespannt bis zum Äußersten.

»Paterson hat mich zum Duell gefordert, der Dummkopf. Gott sei ihm gnädig, denn ich werde es nicht sein!«

»Mr. Macarthur«, sagte ich und streckte ihm die Hand hin, aber nichts hätte ihn zum Zuhören bewegen können. Er lächelte, die Augen freudig funkelnd wie in Erwartung einer Festlichkeit.

»Ich werde ihn zur Strecke bringen«, sagte er. »Versuchen Sie ja nicht, liebe Frau, mich von der Jagd abzubringen!«

»Mr. Macarthur«, sagte ich wieder, konnte mich indes nicht entscheiden, ob ich ihn aufhalten oder bestärken sollte. Beides konnte vielfältige Folgen haben, die ich jedoch nicht abzuschätzen vermochte.

»Das ist alles belanglos«, sagte er, obwohl ich keinen Einwand vorgebracht hatte. »Für mich beginnt das Spiel amüsant zu werden.«

»Amüsant«, wiederholte ich. »Spiel.«

Gerissenheit und Geduld. Dieser Leitspruch hatte mir gute Dienste geleistet, nun aber schwand meine Gerissenheit, ging mir die Geduld aus.

Nachdem er sich auf den Weg gemacht hatte, war es sehr still im Haus; fast schien es, als halte es die Luft an. Ich stand da, blickte durch die Tür in den Garten und hörte den Hufschlag seines galoppierenden Pferdes in der Ferne verhallen.

Das Duell sollte hinter der Kaserne von Parramatta an einem nicht-öffentlichen Platz unter Bäumen stattfinden, wo schon zahlreiche Duelle ohne Blutvergießen ausgegangen waren. Ich stellte mir vor, wie sich alle dort versammelten: die Duellanten, die Sekundanten, der Arzt. Die Pistolen würden, natürlich von Mr. Macarthur, geladen. Die Kontrahenten würden feierlich die

Distanz abschreiten. Dann die Schüsse. Wenn ich durch die Tür trat, würde ich sie hören. Einer, zwei.

Und dann? In einem besonnenen Winkel meines Verstandes legte ich mir die Möglichkeiten zurecht. Beide Männer konnten ihr Ziel verfehlen. Mr. Macarthur konnte den Colonel verwunden. Der Colonel konnte Mr. Macarthur verwunden. Der Colonel konnte Mr. Macarthur töten. Mr. Macarthur konnte den Colonel töten.

Mathematisch lag die Wahrscheinlichkeit, dass man mir meinen Mann in einer Stunde als Leichnam bringen würde, bei eins zu fünf. Eins zu fünf auch, dass er als Mörder verhaftet würde. Zwei zu fünf also.

Ich fasste den Gedanken nicht in Worte: *Es steht zwei zu fünf, dass ich von ihm befreit werde.* Aber ich stellte meine Berechnungen, das gebe ich ehrlich zu, nicht aus Verzweiflung, sondern voller Hoffnung an. Es hat keinen Zweck, das in diesen privaten Aufzeichnungen zu leugnen.

Es war schon sehr spät, als Mr. Macarthur heimkehrte, und er war weder tot noch ein Mörder. Die Kugel des Colonels hatte ihr Ziel verfehlt, Mr. Macarthurs trickreiche Pistole dagegen hatte ihre Munition durch die Schulter des Colonels geschickt.

Nicht einmal im turbulenten New South Wales konnte man einfach darüber hinwegsehen, wenn ein Offizier dem Kommandanten eine Kugel durch die Schulter jagte. Der Gouverneur war verpflichtet, etwas zu unternehmen. Solange man noch nicht wusste, ob Colonel Paterson überleben würde, stellte der Gouverneur Mr. Macarthur unter Hausarrest. Woraufhin der Gefangene schriftlich beim Gouverneur anfragte, ob ihm wohl erlaubt sei, von einem Zimmer ins andere zu gehen? Was war mit der Veranda? Mit dem Nebengebäude?

Als feststand, dass der Colonel überleben würde, forderte Mr. Macarthur ein Militärgerichtsverfahren, in dem er seinen

Namen reinwaschen könne. Der Gouverneur wollte nichts davon wissen und zeigte Bereitschaft, Mr. Macarthur freizulassen, wenn er ihm versprach, sich ruhig zu verhalten. Damit kam er nicht weit. Mr. Macarthur fiel es nicht schwer, das Angebot des Gouverneurs abzulehnen. Er brauchte nur auf diesen falschen Flitter, seine Ehre, zu verweisen.

Da erst begriff ich. Wenn Mr. Macarthur das Angebot des Gouverneurs ablehnte, musste dieser ihn nach London schicken, damit er sich vor Gericht verantworten konnte.

Mr. Macarthur verließ Parramatta an einem schönen November-Nachmittag mit dem Postboot. Am folgenden Tag sollte er an Bord der *Hunter* gehen und auf dem Schiff Seiner Majestät Sydney Cove verlassen, vorbei an den Buchten, Landzungen und Klippen, die wir auf der *Scarborough* zwölf Jahre zuvor passiert hatten, hinaus auf den Ozean, der ihn nach England führen würde.

Ich beobachtete das kleine Boot, das mit der Flut flussabwärts schipperte und in die breite Biegung fuhr, in der die Mangroven weit ins Wasser wuchsen. Im einen Moment war es noch da, dann verschwand es, als würden die Mangroven es verschlingen: Bug, Rumpf, Heck, ein letztes Flattern der Fahne. Ich stand da und starrte hinterher, als würde es gleich wieder auftauchen, größer werden, zum Anleger zurückkehren, als wäre dieser Gedanke, dass Mr. Macarthur abreiste, nur eine wunderbare Fantasie.

Eine unermessliche Weile blickte ich noch hinterher, neue Zeit, die mir gehörte. Dann blieben nur tanzende Lichtpunkte auf dem Fluss, das geschäftige Plätschern des Wassers an der Mole, eine Möwe, die mit einem schrillen Schrei vorübersegelte, und ich selbst, eine Frau, die das süße Gefühl des Alleinseins auskostete.

VIERZIG JAHRE sind seither vergangen, und hier sitze ich in dem sonnigen kleinen Zimmer in Parramatta, in dem ich schon so lange die Geschäfte führe. Mr. Macarthur nannte den Hof Elizabeth Farm, doch auf meine Briefe setze ich als Absender einfach *Parramatta.* Jedes Mal, wenn ich das Wort schreibe, denke ich an die Menschen, in deren Sprache Parramatta immer das Aalwasser war und sein wird.

Heute, nach den vielen Jahren, weiß ich besser denn je über das Unrecht Bescheid, das den Gadigal, den Wangal, den Cameraygal, den Burramattagal und all den anderen zugefügt wird. Es geht nicht nur um Vertreibungen und die Zerstörung ihrer Traditionen. Nicht nur um Gräueltaten, nicht nur um Morde. Hinter all dem steht eine andere, eine grundlegendere Gewalt: das Verdrängen der wahren Geschichte durch eine unwahre.

Besonders nah – buchstäblich, denn hier sitze ich und blicke auf den Fluss, an dem es stattgefunden haben soll – ist mir das Ereignis, das an jenem Sommermorgen eine Stunde nach Sonnenaufgang seinen Lauf nahm, als Pemulwuy seinen Speer gegen einen Soldaten schleuderte.

Er floh, die Kette noch am Fuß, aus dem Hospital. Mehrere Jahre noch wurden unter seiner Führung *Verheerungen* angerichtet, bis schließlich eine Belohnung auf ihn ausgesetzt wurde, tot oder lebendig. Ein Siedler erschoss ihn und schnitt ihm zum Beweis den Kopf ab, der an die Herren Wissenschaftler in England geschickt wurde.

Der Tod dieses einen Mannes besiegelte nicht das Ende der Angriffe; in fernen Teilen des Landes setzen sie sich bis heute fort. Wie sollte es auch anders sein? *Verheerungen und Freveltaten* sind unsere Worte. Man könnte auch von der *Verteidigung der Heimat* sprechen.

Nach jenem Morgen aber erfüllte die Siedler eine neue Zuversicht. Sie tauften das Ereignis »Die Schlacht von Parramatta«, als könne man diese wenigen Minuten des Tumults mit den Schlachten bei Azincourt oder bei den Thermopylen vergleichen und als drücke sich im Sieg Gottes Lob aus.

Die Schlacht von Parramatta bestätigt, was die Siedler über die von ihnen verdrängten Menschen behaupten: dass es ihnen an Vernunft und Verstand mangelt. Du lieber Himmel, glauben sie doch tatsächlich, es mit den befestigten Garnisonen Seiner Majestät aufnehmen zu können! Mit diesen und ähnlichen Sprüchen reden sich die Siedler ein, sie stellten mit der Vertreibung der ersten Einwohner lediglich die natürliche Ordnung her, in der die Starken und Schlauen die Schwachen und Dummen verdrängen. Das mag traurig sein, versichern sie sich gegenseitig, aber es ist so unvermeidlich wie die Abfolge von Tag und Nacht.

Mr. Macarthur verfasste einen Bericht über den Zusammenstoß, den er an den Gouverneur geschickt haben muss. Der wiederum leitete ihn an Captain Collins weiter, der sich damals in England aufhielt. Collins verwendete ihn in seinem Buch über die Kolonie, und soweit ich weiß, wurde seine Darstellung nie infrage gestellt.

Es mag mit meinem Astronomieunterricht zusammenhängen, dass ich das scheinbar Unzweifelhafte anzweifle. Zudem weiß ich, dass Pemulwuys Volk weder schwach noch dumm ist. Captain Collins' Darstellung ist aber nur dann glaubwürdig, wenn man genau das denkt.

Was an jenem fernen Morgen wirklich geschah, vermag ich nicht zu sagen. Ich weiß nur, dass es nicht so abgelaufen sein kann, wie es Mr. Macarthur mir und Captain Collins der Welt geschildert hat. Da ich meinen Mann gut kenne, vermute ich eine List: eine Falle, einen Hinterhalt oder ein gebrochenes Versprechen. Was auch immer es gewesen sein mag, die Wahrheit wurde getilgt und durch diese andere Geschichte ersetzt.

Als Neuankömmling ist mir das innerste Wesen dieses Landes unbekannt. Das Leben einer Frau lässt sich nicht vergleichen mit den zahllosen Generationen von Menschen, die vor mir hier gelebt haben. Obwohl ich als Fremde herkam, fühle ich mich heute aber hier zuhause. Jeder andere Ort wäre für mich ein Exil.

Dass *mon petit coin*, dieser Raum aus Blättern am Fluss, nicht wirklich mir gehört, ist mir bewusst. Wie die meisten Neuankömmlinge habe ich mein Verhalten nie mit einem passenden Begriff verbunden. Heute bin ich ehrlicher. Wie Mrs. Brown muss ich mich der Tatsache stellen, dass ich eine Diebin bin, schlimmer als Mrs. Brown, die nur einmal gestohlen hat. Ich bin in jedem dieser vierzig Jahre eine Diebin gewesen.

Gewiss, ich kümmere mich darum, dass die Menschen, die auf unserem Land leben, gut behandelt werden. Ich versorge sie mit verschiedenen Dingen, die sie offenbar zu schätzen wissen, wenngleich sie bis vor Kurzem ohne sie ausgekommen sind; nur weil wir uns hier niedergelassen haben, sind sie heute darauf angewiesen. Wie Nachbarn das eben tun, grüßen wir einander mit Namen und unterhalten uns über dies und das – auf Englisch, denn ihr Englisch ist deutlich besser als mein Burramattagal.

Ungeachtet all des guten Willens wissen wir indes alle um einen misslichen Sachverhalt: Ich bin nicht bereit, ihnen zurückzugeben, was ihnen gehört hat. Bin nicht bereit, meine Kinder einzusammeln und mit dem Schiff in das Land meiner Vorfahren zurückzukehren.

Wie man das Unrecht wiedergutmachen kann, weiß ich heute ebenso wenig wie vor vielen Jahren, als ich den Stecken der Burramattagal-Frau aufhob und horchte, was er mir zu sagen hatte. Verändert hat sich nur, dass ich mich nicht mehr abwende, sondern dem, was wir getan haben, ins Auge sehe.

Damit lässt sich das Leid nicht wiedergutmachen, das weiß ich. Aber es ist der erste Schritt, das Eingestehen einer bitteren Wahrheit, ohne die eine Wiedergutmachung völlig unmöglich ist.

Vor dem Fenster hat sich die letzte Glut des Tages sanft auf den Garten gelegt. Dahinter stehen die großen friedlichen Bäume, die schon so viele Jahre dort wachsen, viel länger, als Elizabeth Veale Raum in der Welt beansprucht. Welch ein Trost, dass Bäume, Sonnenlicht, Vögel weiter existieren werden, unabhängig vom Leben in diesem Haus oder im Herzen der Frau im Herzen des Hauses.

Heute bin ich dem Schicksal, der Vorsehung – oder wie man pures Glück auch bezeichnen mag – dankbar, denn es hat mir zweimal eine wunderbare Zeitspanne ohne Mr. Macarthur geschenkt. Das erste Mal war er vier Jahre weg, das zweite Mal fast ein Jahrzehnt. Als er von seiner zweiten Reise zurückkehrte, hatte der Wechsel aus Manie und schwarzem Trübsinn von seinem Leben Besitz ergriffen. Er glich einer Maschine, die zu schnell läuft und raucht und quietscht, bis sie in Stücke zerspringt. Welch herrliche Ironie, dass sich sein Wahnsinn am Ende in der Überzeugung äußerte, seine Frau sei ihm untreu. Viele Jahre, nachdem sie glücklich in Mr. Dawes' Armen gelegen hatte, sprach Mr. Macarthur die Wahrheit aus, war aber mittlerweile zu lange zu verrückt gewesen, hatte zu viele Vorwürfe erhoben, als dass ihm noch jemand Gehör schenkte.

Die Jahre seiner Abwesenheit eröffneten mir Möglichkeiten, die sich nur wenigen Frauen bieten. Als ich die Schafzucht ohne ihn betrieb, war ich nicht Ehefrau, nicht Witwe, nicht alte Jungfer – nichts davon und doch von allem ein bisschen. Diese Vielschichtigkeit erlaubte es mir, nicht mehr und nicht weniger zu sein als ich selbst, aber auch das, was wir alle sind, besonders am Ende: allein.

Welch unbesungene Wonne das Alleinsein ist, das wir angeblich fürchten müssen. So langweilig es anmuten mag: Als Frau, die eine interessante Ehe überstanden hat, mag ich die Langeweile.

Heute, in der Phase, die eine Dichterin wohl als *Lebensabend* bezeichnen würde, sind mir die Abende am liebsten. Am Ende des Tages, wenn schon lange Schatten auf dem Gras liegen, gleicht der Gang zum Fluss einem Gebet. Jeder Abend ist schön, doch heute war ein Gewitter übers Land gegangen, und in der orangefarbenen Glut des Sonnenuntergangs breitete sich ein imposanter Himmel aus wie ein unermesslicher prächtiger Text. Die verschiedensten Wolken standen am Himmelsgewölbe: frische weiße Kleckse, in einer Linie nebeneinander getupft, loser Flaum wie das Haar eines alten Mannes, imposante teppichartige Gebilde, dick übereinandergeschichtet, runde Flauschbällchen, rosarot verfärbt vom letzten Licht des Sonnenuntergangs, und, wie zugewandert von einem völlig anderen Firmament, zwei helle Wölkchen in der Form von Mr. Dawes' optischen Linsen.

Ich saß auf dem Baumstamm und sah das Licht schwinden, während der Fluss das sanfte Himmelsglühen noch bewahrte. Auf der anderen Flussseite folgten fünf Burramattagal-Kinder dem sandigen Ufer, jedes streckte die langen dünnen Beine und winkelte sie an, streckte sie und winkelte sie an, diese Beine, die dafür gemacht sind, weite Wege zurückzulegen, ohne zu ermüden, und jedes Anwinkeln, jedes Strecken spiegelte sich in genauer Übereinstimmung zu ihren Füßen im Wasser, sodass es aussah, als wären es zehn Kinder, fünf mit dem Kopf nach unten, fünf richtig herum. Eines wirkte so echt wie das andere, und so mochte man sich fragen, was Kind war und was Spiegelung. Was ewige Vergangenheit und was ewige Zukunft, denn diese Füße waren durch alle Zeiten hinweg untrennbar mit diesem Land verbunden.

Ich schreibe das – ja, warum? Was spielt es für eine Rolle, ob diese Kinder solche Schönheit ausstrahlten, dass ich gar nicht anders konnte, als sie schriftlich festzuhalten? Was spielt es für eine Rolle, ob es eine Person gab, die der Zukunft als Elizabeth Macarthur in Erinnerung sein wird, und ob sie Wert darauf legte, einst als die Frau bekannt zu sein, die sie war?

Ich werde diesen privaten Aufzeichnungen keinen Titel geben. Ich betrachte sie als einen Fluss wie den, an dem ich aufwuchs, der sich schlängelt, kräuselt und in seinem Bett wogt, niemals beständig und messbar, sondern immer nur ein Moment – Da! Das! –, der einem anderen Moment weicht – Da! Das!

Mr. Dawes würde sagen: Schreiben Sie nichts. Hinterlassen Sie nichts. Was kümmert es Sie, ob künftige Menschen der schalen Fiktion Ihrer Briefe Glauben schenken? Er hätte recht. Wenn diese Schriftstücke dereinst in der unvorstellbaren Zukunft gefunden werden, wird sich niemand mehr an Mrs. Macarthur erinnern, und ihr ruhmreicher Ehemann wird nicht mehr sein als ein blasser Name in einem langweiligen Buch über die Vergangenheit.

Mr. Dawes hätte recht und hätte auch unrecht. Ich bin keine Dichterin, doch wie eine solche dürste ich danach, auch fremden Menschen in der Zukunft als wahrhaftige Frau in Erinnerung zu bleiben, die der Zeit offen ins Gesicht gesprochen hat. Andere wollen Gott finden. Ich habe seit jeher ein bescheideneres Ziel. Ich gebe mich damit zufrieden, in dem, was ich hier aufgeschrieben habe, mir zu begegnen, mich zur Begrüßung meiner selbst zu erheben.

Am Fluss steht ein Strauch, an dem in dieser Jahreszeit tausend Samenschoten hängen, jede gebogen wie ein Fragezeichen.

Sie tanzen blasssilbern zwischen den dunklen Blättern, der ganze Strauch scheint zu lachen, zittert in der Brise und stellt mit seinen feinen Blättern und den winzigen gebogenen Schoten seine Frage. Wenn ich an dem Strauch vorbeikomme, bleibe ich stehen und lächle ihn an wie einen alten Freund.

Gewissermaßen ist er das auch, ein alter Freund, denn bei seinem Anblick denke ich an Mr. Dawes. Ihm hätte der Fragezeichenstrauch gefallen. Ich kann ihn mir gut vorstellen, wie er sagt: *Wenn wir lange genug warten, Mrs. Macarthur, offenbart sich uns vielleicht noch der ganze Satz.*

Ja, Mr. Dawes, ich würde den Satz gern hören. Und ich bin bereit zu warten.

ANMERKUNG DER VERFASSERIN

Nein, das geheime Kästchen, das angeblich auf dem Dachboden von Elizabeth Farm entdeckt wurde, gibt es nicht. Was Sie soeben gelesen haben, habe ich nicht transkribiert und herausgegeben. Ich habe es geschrieben.

Doch die Geschichte folgt Ereignissen und Menschen, die in Briefen, Tagebüchern und offiziellen Dokumenten aus den ersten Jahren der Kolonie New South Wales erwähnt werden. Die Briefpassagen, die »Elizabeth Macarthur« zitiert, stammen aus den Briefen der echten Elizabeth Macarthur.

Um der erfundenen Geschichte eine Form zu geben, habe ich mir einige Freiheiten genommen. So haben sich in meinen Händen Zeitablauf und Reihenfolge einiger realer Ereignisse leicht verändert, und aus zwei Gouverneuren ist einer geworden. Dieses Buch ist kein historisches Werk.

Es ist aber auch keine bloße Erfindung. Die alten Schriftstücke haben mir als Inspiration und Anleitung gedient. Ich bin zu dieser Geschichte gelangt, indem ich »Elizabeth Macarthurs« Rat folgte: *Glaubt nicht zu geschwind!*

Kate Grenville

Weitere Informationen über dieses Buch finden Sie auf meiner Website: kategrenville.com.au

DANK

Ich danke der Darug Custodian Aboriginal Corporation (insbesondere Leanne Watson und Erin Wilkins) sowie dem Metropolitan Local Aboriginal Land Council (besonders Nathan Moran). Beide Institutionen haben mir ihre Zeit und ihr Wissen großzügig zur Verfügung gestellt, und ich bedanke mich bei den genannten und anderen Mitarbeitern, weil sie sich so bereitwillig auf meinen Versuch eingelassen haben, Aspekten unserer gemeinsamen Geschichte auf den Grund zu gehen. Als weiße Schriftstellerin bin ich mir bewusst, wie leicht man bei der Schilderung der Vergangenheit die eigene kulturelle Blindheit ausblendet. Bitte nehmen Sie daher diese Zeilen als Zeichen meiner tiefen Dankbarkeit für die Großzügigkeit an, die Sie mir gegenüber an den Tag gelegt haben.

Ich möchte auch anderen Menschen danken, die mir sehr engagiert Aspekte der australischen Geschichte nahegebracht haben: Trish Adjei, Andrew Bovell, Wenona Byrne, Heather Goodall, Ashley Hay, Anita Heiss, Kim Mahood, Bruce Pascoe und Chris Wallace.

Melissa Lucashenko hat von ihrem eigenen Projekt wertvolle Zeit abgezogen, um das Manuskript zu lesen und hilfreiche und wertvolle Hinweise zu geben – noch einmal danke, Melissa. Mein tiefer Dank geht auch an meine Freundinnen Lynette Russell und Ramona Koval. Beide haben das Manuskript gelesen und mir oft in Momenten des Zweifels den Rücken gestärkt.

Für die fachkundige und großzügige Beratung zur so genannten Schlacht von Parramatta bin ich Stephen Gapps und Henry Reynolds zu Dank verpflichtet (die allerdings nicht die Verantwortung für Mrs. Macarthurs Spekulationen tragen). In botanischen Fragen hat mir Patrick Matthew sein Fachwissen mit dem üblichen Scharfblick und Humor vermittelt – vielen

Dank, Patrick. Suzanne, Sal und George Falkiner sowie Barbara Holloway möchte ich danken, weil sie mich beim Thema Schafe vor manch einem Fehler bewahrt haben. Von Autorin zu Autorin vermittelte mir Susan Hampton selbstlos das lebendige Schafwissen, das sie für ihr eigenes Werk gesammelt hatte – danke, Susan, für deine großzügige Unterstützung. In allen Fragen zur frühen Kolonialarchitektur hat mich Robert Griffin dankenswerterweise an seinem Wissen teilhaben lassen. Falls mir in einem der genannten Fachgebiete dennoch Fehler unterlaufen sind, so gehen sie allein auf mein Konto.

Eve Salinas dürfte eine wichtige Zeile wiedererkennen, die ihrer freundlichen Hilfe entspringt. Judith Upton von Cornwall Online Parish Clerks hat mir unter großen Mühen detaillierte Informationen aus den Kirchenakten von Bridgerule verschafft. Danke, Judith, für die Unterstützung und die Arbeit, die Sie und andere Freiwillige leisten.

Dr. Helena Berenson hat mich mit sachkundigem Rat in Hinblick auf mögliche Leiden des John Macarthur und mit ihrer Verlässlichkeit und Freundschaft unterstützt.

Michelle Scott Tucker hat mich, die ich wie sie eine Bewunderin Elizabeth Macarthurs bin, großzügig bestärkt und beraten; ihr hervorragendes Buch *Elizabeth Macarthur: A Life at the Edge of the World* ist und bleibt auf absehbare Zeit die Standardbiografie dieser bemerkenswerten Frau.

Die Auszüge aus Elizabeth Macarthurs Briefen und das Bild stammen aus den Macarthur Papers in den Sammlungen der Mitchell Library, State Library of New South Wales und wurden mit freundlicher Genehmigung der Bibliothek verwendet.

Mein erster Leser, meine erste Leserin waren wie immer Tom and Alice Petty. Ihre Unterstützung bedeutet mir mehr, als ich sagen kann. Es ist ein unverdienter Segen, sie in meinem Leben zu haben.